大鱼

有爱的青春陪伴者

他如熠熠星辰/也如渺渺萤火
是不刺目的惊艳/也是她的人间

我妈不让我谈恋爱

Fall in love

撒空空 / 著

花山文艺出版社
河北 · 石家庄

图书在版编目（CIP）数据

我妈不让我谈恋爱 / 撒空空著. -- 石家庄 : 花山文艺出版社, 2022.6
ISBN 978-7-5511-6118-3

Ⅰ. ①我… Ⅱ. ①撒… Ⅲ. ①长篇小说－中国－当代 Ⅳ. ①I247.5

中国版本图书馆CIP数据核字(2022)第050734号

书　　名：我妈不让我谈恋爱
Wo Ma Bu Rang Wo Tan Lian'ai

著　　者：撒空空

责任编辑：卢水淹
特约编辑：张　磊
责任校对：董　舸
装帧设计：蔡　璨
封面绘制：我的宗介
美术编辑：胡彤亮
出版发行：花山文艺出版社（邮政编码：050061）
（河北省石家庄市友谊北大街330号）
销售热线：0311-88643221
传　　真：0311-88643225
印　　刷：长沙鸿发印务实业有限公司
经　　销：新华书店
开　　本：880mm×1230mm　1/32
印　　张：10.5
字　　数：354千字
版　　次：2022年6月第1版
2022年6月第1次印刷
书　　号：ISBN 978-7-5511-6118-3
定　　价：42.80元

目录

CONTENTS

目录

CONTENTS

第一章

自古红蓝出 CP

“在我们酒店行业，有一种盛行的说法，那就是，酒店的业主方和管理公司之间的关系就像是结婚。在此，我衷心希望，我们海川酒店管理公司，可以带着先进的管理理念与专业化人才，作为丰厚嫁妆，嫁人您家，携手建设好兰特度假酒店。”

海城，属热带季风气候，常夏无冬。

兰特度假酒店会议室内，海川酒店管理公司营销部经理董梅子侃侃而谈，激情四溢，额上因为激动与紧张生出了一层薄汗。说到“嫁妆”两字时，董梅子手一挥，将身边的朱绯彤也划入其中。

朱绯彤半掩住额角。董姐，求别乱指，她还要脸。

果然，“婆家”有人抬起了头，望向她的方向。

那人坐在主位上，身着极具质感的高定西装。第一眼望去，只觉他白到夺目，是传说中女人都艳羡的冷白皮。额前碎发垂下，半遮住了那双始终懒懒垂着的眸。周身气质清冷，那种冷并没有攻击性，只是对外界不感兴趣的慵懒。

这么多年没见，他还是那么好看。

朱绯彤记得高中时，他就是这样，内双的眼眸永远微垂着，仿佛怎么也睡不醒的模样。每次有人跟他对话时，他都会慢半拍地嗯一声，随后抬起脸，望向唤自己那人。而当看见他那张脸时，无论是谁，呼吸总会不由得一窒，立即生出感叹——人间真绝色。

可他似乎从不觉得自己好看，就像是从不觉得自己家有钱。在他的意识里，世间唯一有意义的事，就是趴座位上睡觉。高中同学三年，朱绯彤似乎从没有见过他那双慵懒安静的眼里出现过什么特别的情绪。

哦，除了一次。

那天，他们俩站在水池边。水龙头大开着，出水嘴上套着根深蓝色的短橡皮管。水花在橡皮管底部四溅开，不断砸在乳白色瓷砖上。

夏风骤起，树影婆娑，光影在他脸上晃动，他的皮肤被阳光照着，白得像是透了明。

他向她表白，微垂的眸子睁开，直直望着她，里面有光芒在翻滚。

然后她回应了一句话。

那些光芒，就这样熄灭了，重新变为暗淡的慵懒。他垂下眼，很久之后，才低低应了声："哦。"

接着，他转身走了。

那次之后，他们再没见过面。直到八年后的今天，朱绯彤重新与他相遇。

兰特度假酒店业主·甲方大人·她的高中同学——蓝青定。

三天前，兰特度假酒店正式宣布将与国际莱斯酒店管理集团解约换牌。消息一出，市面上各大国际国内酒店管理公司开始蠢蠢欲动。

通俗点讲就是，"霸总"离婚了，"小妖精"们搔首弄姿准备出动了。而海川酒店管理公司则是个中翘楚，二话没说，直接杀到了人家家里，猛撩，求娶。

不能怪海川不矜持，兰特度假酒店是海城最早一批五星级酒店，可谓是一块令人垂涎不已的大蛋糕。

海川在业内口碑不俗，倘若能接管兰特，不仅可以获取丰厚利润，更重要的是能再次提升企业知名度。所以海川高层给营销部施加了巨大压力，甚至还让他们立下军令状，要求他们此行必须成功。

可听兰特度假酒店的意思，似乎仍是想选择其他品牌的国际酒店管理集团。也难怪，毕竟国际酒店管理集团优势明显，于 90 年代便占领了中国高端酒店市场。本土酒店管理公司虽然之后崛起，可想要在高端酒店市场内分一杯羹，确实比登天还难。

董梅子给朱绯彤递出个眼神，朱绯彤知道，自己的表演要开始了。

朱绯彤站起身来，她长了一张少女脸，甜美精致，有亲和力，美得没有攻击性，可谓宜家宜室，斩男斩女，老少咸宜。因此，董梅子每次谈判时都会叫上她作为主力，成功概率翻倍，堪称营销部的吉祥物。

朱绯彤将公司资料以及近年来的成功案例在会议室内投屏，她伺候过无数位甲方大人，被他们用“我们需要的是色彩斑斓的黑以及五颜六色的白”等种种虚无而缥缈的要求深深虐过，历经千锤百炼，终于习得口若悬河、舌绽莲花的本领。再加上那张亲和力十足的少女脸，在她的口中，海川插上个小翅膀就能直接飞上大宇宙。

吹嘘完后，还不忘拉踩老外对手。

“国际酒店管理集团收取的管理费用太过高昂，而我们海川的管理费用相对不高，并且更看重管理费与酒店利润之间的相关性，让双方成为利益共同体。”

意思就是，人家老外身娇肉贵，不管你挣钱赔钱，都要你给打钱。我们海川可不一样，皮糙肉厚，肯陪你同甘共苦。

此时，会议室内光线晦暗，只剩投影幕布上反射的莹白灯光，半映着主位上蓝青定的那双眼。眼形线条流畅柔和，干净的内双，淡薄的眼睑，永远半垂着。

“没事，钱不是问题。”他开口。

要是别人说出这话，很可能就是高级的讽刺或者低级的炫富。然而他微抬着眼，用那张棱角分明，看上去很好亲的唇，缓慢而清淡地说出这句话，只能让人相信，他说的就是字面上的意思。

人家不差钱。

好的，蓝大人算你狠。

朱绯彤深吸口气，继续道：“当然，管理费高昂只是问题之一。另外，国际酒店管理集团对我们中国文化以及本地市场并不算了解，融入需要一定时间。”

“没事，有时间。”蓝青定声音淡然。

朱绯彤继续保持恬静笑容：“最重要的是，国际酒店管理集团的经营与管理模式较为固定，缺乏灵活性，使得业主缺少对酒店经营管理的话语权。相反，我们海川更尊重业主对酒店经营控制性的需求。我想，这应该是您更看重的。”

那张脸始终面向着她，半明半暗间，显出了慵懒、清冷、禁欲。

“朱小姐的意思，是很了解我？”

“……”朱绯彤内心表示自己有点了解。

兰特度假酒店隶属兰特集团，兰特集团拥有商管、地产、投资三大产业，连续八年登上《财富》世界500强排行榜，可谓家大业大。

兰特集团董事长为蓝鸿飞，膝下共两子。长子蓝海天为内定接班人，标准教科书式霸总。幼子蓝青定是富贵闲人，对家族事业不感兴趣，网上鲜能查到他的信息。

因此朱绯彤怎么也想不到，今天居然会是蓝青定作为业主代表参加会议。

不过话说回来，人家家里的酒店，他愿意干吗就干吗。

可问题是，刚董姐在那儿说了半天，他一句话没说。她一上场，他就跟睡醒了似的按着她怼？是什么意思？

朱绯彤想哭。小蓝，何苦要为难她呢？

啊，他再也不是当初那个坐她后排，爱睡觉的小蓝了。

残酷的会议总算是结束，酒店方给出的反馈是需要时间考虑。

可看着蓝青定将她按在地上摩擦那个狠劲，估计是没戏了。董梅子与朱绯彤垂头丧气地下楼，穿过中心花园，准备离开酒店。

酒店分为三个区，A 区为夏威夷风情区，中心花园内种植着各种热带植物。此时，暖热海风袭来，吹动棕榈树，发出沙沙声响，映着色彩浓郁的碧海蓝天，让人光是望着，便觉畅意闲适。

可如此美景，却驱散不了两人的沉重心情。董梅子朝着朱绯彤感慨："今天的客人太难伺候了，连你都派出去了，还是被退台。"

朱绯彤蹙眉："董姐，你怎么能把自己形容得像'妈妈桑'呢？"

"你觉得不像？"

"当然不像，"朱绯彤冷静地指出，"我们哪有她们挣得多？"

好吧，原是她不配。董梅子捂胸，这一刀，插得有点疼。正捂着呢，她忽然叫了起来："糟糕，U 盘忘在人家会议室了。"

当然，跑腿的事，属于朱绯彤。朱绯彤忙快步小跑回酒店会议室楼下电梯处，一路上，手机微信"嘟嘟嘟"不断响起。有公司群里接连发来的工作安排，还有小表妹林梓欣的语音。

林梓欣长得可可爱爱，柔柔弱弱。她在微信里，扭捏地告诉朱绯彤，说有个同班男生对自己示好，她不知道怎么拒绝。

朱绯彤边按着电梯按钮，边点开微信对话框，低头对着小表妹语音。

"你不喜欢那个男生吧？就说你妈不让你谈恋爱，直接拒绝他就好了。"

嗖的一声，语音传送过去。

与此同时，朱绯彤忽然感觉到身侧有人，她倏地转头。然后，对上了蓝青定那双慵懒半垂的眼眸。那瞬间，光影波动，时光流转，她的记忆回到了好多年前。

水花四溅，砸在乳白色瓷砖上。光圈在少年脸上晃动，他的皮肤白得像是透了明。

他向她表白，微垂的眸子睁开，直直望着她，里面有光芒在翻滚。

然后她回应了一句话。

她回的是——

“我妈不让我谈恋爱。”

翻车，来自多年后的翻车，惨烈而尴尬。

朱绯彤定在当场，感觉身边的空气瞬间转为固态，令她无法呼吸。

读书时所说的“我妈不让我谈恋爱”，就相当于工作后所说的“你是个好人”，潜台词就是：你很好，但还没好到能配得上我。

朱绯彤非常敬佩多年前的自己，居然敢用这种话来拒绝蓝青定这种天之骄子。

朱绯彤更敬佩现在的自己，居然敢当着天之骄子 2.0 版的蓝青定说出了这潜台词。

打了人家两次脸，她何德何能啊！

就在朱绯彤恨不能把自己烧一遍，再碾一遍，化身为骨渣被风吹走时，叮一声响，金属电梯门打开。

蓝青定迈着长腿步入电梯，背影挺拔清冷，他在电梯轿厢偏左侧站定，随后转身。清隽至极的脸上，那双眼眸仍旧半垂着，也仍旧望着她。

此时此刻的朱绯彤整个人如同泥塑木雕，僵硬无比，动弹不得，只能如面对疾风般迎接着他的目光。

时间在这一刻被拉扯到无限长。电梯的灯是暖色调的，从蓝青定头顶照下，让那张净白面颊陷入明暗交汇之中。他落入阴影中的双眸微垂，淡薄眼睑下，似乎有什么在涌动着。

慵懒而安静地涌动着。

朱绯彤有种错觉——此刻的每一秒都像是刀片，在凌迟着她。

就在她感觉自己化身为烤鸭被片得支离破碎时，金属电梯门终于缓慢关上，夹断两人的目光。

朱绯彤终于可以大口呼吸，新鲜甜美的空气重新涌入胸腔。电梯间的墙面石材，用的是意大利黑金花，如同黑色缎面上，悬浮着碎金，典雅奢华。朱绯彤缓过神来，开始用头撞着墙面，想让自己清醒一点儿。

她上辈子到底是造了什么孽，要遭遇这样的修罗场？啊啊啊，太尬了，世界上简直找不到更尬的场面了！

然而世界告诉她，不，还可以找到。

就在朱绯彤撞墙撞到正嗨时，“叮”一声，金属电梯门再度打开。被电梯门夹断的目光，又相遇了。蓝青定站在电梯内，安静地看向她。

朱绯彤这才意识到，刚才电梯门是自动闭合，电梯内的蓝青定，没有按选层按钮抛下她，而是按了开门按钮。随后，蓝青定就目睹了朱绯彤双手撑着墙面，以额撞之的名场面。

朱绯彤僵直在原地，只想要就地死亡。

蓝青定淡然地望着她，他的唇有种自然的红润，此时微张开，说出了一句话。

“那墙，挺贵的。”声音清冷又柔和。

意思是，别撞坏了。

朱绯彤感到窒息，小蓝，你刚不是说自己家不差钱吗？

好吧，她的身价确实是比不上一块从意大利远渡重洋而来的天然大理石。

杀人诛心完毕后，蓝青定没有再说话，只是将手放置在开门按钮上。每次当那金属电梯门有闭合倾向时，他白皙的手指便按动开门按钮。随着光圈亮起，电梯门发出微沉的响声，再次打开。

意思很明显，他在等她上电梯。

朱绯彤顶着巨大的压力，迈着上断头台般的蹒跚步伐，走进电梯，在蓝青定身边站住。

蓝青定挺高，妥妥一米八以上。而朱绯彤属于娇小身材，踩着高跟鞋也只够得到他耳根。在蓝青定身边站着，她所受到的压迫感十分明显。

电梯门关闭的瞬间，窒息感铺天盖地袭来，朱绯彤感觉自己的每个毛孔都在飙汗。会议室在顶楼，电梯缓慢上行。轿厢内，两人沉默如金。

朱绯彤毕竟也历经过社会的锻炼，在巨大的精神冲击后，快速镇定下来。电光石火间，忽然一个念头升起——也许人家压根不记得她了呢？

没错，从见面起，蓝青定就没提过什么同学情谊。毕竟都八年没见了，他不一定能认出自己。再说了，他这种级别的男神，估计谈过的恋爱比她粉过的

“爱豆”还多，她算哪根葱？

怼她，也许只是单纯讨厌她呢？

想到这里，朱绯彤一颗沉重的心忽地变得轻盈起来。她要镇定，不能慌张。毕竟是高贵的甲方，即使合作不成功，也是要拿三炷香早晚供着的。

朱绯彤决定打破沉默，正准备以“吃饭了吗”“今天天气真好”这两个庸俗而安全的话题作为开场白时，蓝青定忽然主动开口，话题还很突兀：“你没在群里？”

“嗯？”朱绯彤一时没反应过来，下意识地抬头，望向蓝青定。

从她的视线看去，他下颌角线条流畅，鼻梁高挺，整个侧面轮廓柔和又分明。而凸起的喉结，又显出硬朗的男性气息，骨相皮相都堪称干净完美。

“高中同学群。”

那声音明明异常轻缓，可听在朱绯彤耳中，却像是铁锤，砸碎了她脑海中美好的愿望。

稀里哗啦，碎了一地。

原来，蓝青定还记得她是自己高中同学。完了，那刚才的一系列操作岂止翻车，简直是坠机。

“哦，可能是不小心删除了群。”朱绯彤强自镇定微笑，但感觉脸部神经很紧张，有抽筋的倾向。

叮一声，电梯到达顶楼，金属电梯门再度打开。朱绯彤感觉自己重返光明人间，几乎是冲了出去。她压抑住想要奔逃的强烈愿望，转过身，朝同样跟着走出电梯的蓝青定礼貌微笑：“那蓝总，您先忙，我……”

“我拉你进群吧。”蓝青定忽然道。

朱绯彤有拒绝的权利吗？她没有。

蓝青定拿出手机，朝着朱绯彤出示了个二维码。他的手骨节分明，干净修长，灯光下，白得耀目。朱绯彤被那白色给刺激得恍惚，大脑瞬间空白，也没细看，直接扫描了。

扫完才发现，扫描的二维码并不是高中同学群，而是蓝青定的个人微信。

微信名是：Lan。微信头像则是一幅油画，红蓝撞色，抽象派风格，表现力强悍，两种色泽都呈暗色调，对比强烈，却又分外和谐。

朱绯彤手一抖，下意识发送了好友申请。可是站在自己对面的蓝青定却没什么反应，迟迟没有点同意按钮。明明是他要她加好友的，现在搞得跟她求着他加似的。

朱绯彤也没心思计较这些，看看时间不早，怕董梅子在楼下等着急了，便斟酌着语句：“那……蓝总，我去会议室取个东西，先走了。”

“嗯。”蓝青定又恢复了那种对什么事都不在意的慵懒状态。

朱绯彤跌跌撞撞跑进了会议室，她不敢回头，只觉得背脊上，始终有道视线在注视着自己。那视线，烫得灼人。

那瞬间，朱绯彤感觉自己不再像只被片成无数块的烤鸭，而是像个烧烤架上的炭烤茄子。

到周末时，还没得到兰特度假酒店的回复，估摸着合作是没戏了。董梅子与朱绯彤因此被高层给夹枪带棒训了顿，灰溜溜地返回了办公室。

其实朱绯彤私心里倒是庆幸这次合作不成功，毕竟双方要真签了合约，她跟蓝青定估计会时不时见面。那太尴尬了，她选择死亡。

蓝青定也是个人才，那天下午她发送了添加好友申请后，他那边却迟迟没有添加。直到隔天晚上，才睡醒了似的加了自己。添加好友后，两人连一分钱的天都没聊。红蓝撞色头像就这样安静地躺在她好友列表里，活脱脱就是枚定时炸弹。

朱绯彤好奇心起，点开蓝青定的资料，偷窥他的朋友圈。却发现他朋友圈内全是空白，原本以为他屏蔽了自己，仔细看才发现，他是压根没发过朋友圈。

难道这个是蓝青定不常上的小号？嗯，只有这个原因了。

蓝青定在加了朱绯彤好友后，也将她拉入了高中同学群。朱绯彤怕影响工作，便将群设定了免打扰模式。不过估计大家都处于事业上升期，“社畜”都忙碌，这一周群里暂时也没动静。

此时正是周五傍晚，办公室内众人都蠢蠢欲动，全都期待着度过一个疯狂肆意的周末，缓解一周的疲倦。

朱绯彤正坐在电脑前整理资料，忽然同事吴小语划着办公椅，跟划着小船般靠过来。

“今晚有什么计划？”吴小语眼里闪烁着八卦的光芒。

“吃零食，看连续剧。”朱绯彤追的韩剧总算是大结局了。她攒了一个月，打算趁着这个周末看完，想想男主角的大长腿，心里就有点小激动呢。

吴小语表示失望：“你可是我们公司票选第一美，年纪轻轻怎么就无心恋爱呢？给你介绍了那么多青年才俊，可你一个都不去看，太浪费这张脸了。”

朱绯彤继续滑动着鼠标：“哪里浪费了，我的七个爱豆就是我老公。”

“别沉迷追星了，要多注意身边。”吴小语谆谆告诫，“说不定，你的缘分嗖一下就到了。”

缘分到没到朱绯彤不知道，可点赞到了。朱绯彤发现自己朋友圈里忽然多出个点赞，点赞头像有点陌生，红蓝撞色，深沉神秘。起先她没在意，继续整理着资料，忽然她反应过来，这好像是蓝青定的头像。

朱绯彤点开仔细查看，发现果然是他点的赞。

被点赞的那条朋友圈是朱绯彤小半年前生日时发布的，是她当天夜晚去山顶拍摄的星空照片。只见浩瀚天幕上，万里银河，繁星璀璨绚丽。配的文字是——祝我生日快乐。

朱绯彤怔了半晌，忽然察觉出不对。

海川近年来特别注重企业形象，宣传方面搞得热火朝天。隔三岔五就要求全体员工在朋友圈转发公司的宣传文案、图片和活动。因此，朱绯彤的朋友圈基本是被公司的广告占领了。

要翻到她小半年前发的这条朋友圈，起码要翻个十多分钟才能找到。十多分钟，你说蓝青定干点啥不好，居然把时间浪费在翻她朋友圈上？

朱绯彤知道蓝青定很有钱，但没想到他居然还这么闲？

正当朱绯彤看着那个赞发怔时，表姐孔情发来微信。

孔情：【晚上回来吃饭。】

孔情：【我妈昨天让我通知你，我给忘了。】

孔情：【保持口径，准时出席，别出卖我。】

朱绯彤大姨妈家住在城南，习惯是晚上七点准时开饭。也就是说，朱绯彤需要在周五傍晚堵车高峰期间，于一个小时内穿越半个城，难度不下于做反身翻腾两周半再转体两周半的屈体动作。可又不能违背大小姐的命令，朱绯彤只能硬着头皮答应。

跟孔情聊完后，朱绯彤退出对话框，正准备再度研究下蓝青定的点赞。结果却发现，那条朋友圈下，蓝青定的头像不见了。

嗯？她的赞呢？她那么大的一个赞呢？

朱绯彤一时有些恍惚，弄不清到底是蓝青定取消了，还是自己眼花看错了。

朱绯彤穿越了大半个城市，紧赶慢赶，终于准点到达了大姨妈家。在小区门口她还顺便买了一大袋水果和一箱牛奶，哼哧哼哧提上了楼，累得满头大汗。刚进门就看见孔情正歪斜着身子，躺在沙发上，边看电视边涂着指甲油。

朱绯彤单独出现时，没人不夸她漂亮。可一旦孔情站她身边，大家的视线都会不约而同被孔情吸引去。孔情长着一张异域混血脸，大气深邃，惊艳夺目。现在是一名职业旅游博主，粉丝上百万，刚从土耳其旅游回来，正在筹备自己的工作室。

朱绯彤刚把水果放下，还没来得及擦去额上的汗珠，立马跑去厨房帮大姨妈蔡敏做饭。

“你歇歇吧。”蔡敏忙道。

“没事，姨妈，是要炒糖醋白菜吧？我来，你去客厅盛饭吧。”朱绯彤挽起围裙开始接管厨房。

这时，孔情来到厨房门口，背靠着棕色的木纹门套，十指微握成拳，嘴里吹着刚涂抹的正红色丹寇，那双戴着浅灰色美瞳的眸子，则时不时地瞄朱绯彤一眼。

朱绯彤动作麻利，将洗净的白菜倒入锅中，哗啦一声，水碰到油，发出爆响。与此同时，孔情的声音也传来：“还记得蓝青定吗？”

朱绯彤本来是要退后一步避开溅出的油，可在听见“蓝青定”三个字时，脚却像是被无形的钉子固定住，怔在当场——这么一迟疑，没躲开，柔白手臂上立即被高温的油溅上，顿时晕出红点。

朱绯彤从高中起便经常进出厨房，被油溅烫是常事，早就习惯。她轻嘶了一声，也没在意，边翻动着锅中的菜叶，边回复着孔情的话：“怎么了？”

“校友群里都在传，说他最近回国了。”孔情怕被油溅到，赶紧退后一步。

孔情比朱绯彤大几个月，两人高中都就读的十三中，却不同班。蓝青定是十三中的风云人物，至今仍被人提及，也在情理之中。

朱绯彤没回话。孔情状似无意，却仔细查看着朱绯彤的脸色：“我记得他好像对你有意思，后来你们没在一起，不是因为我吧？”

朱绯彤将锅盖放在锅上，两者相接，发出微沉的金属声响。

“没有。”朱绯彤淡声道，“人家哪儿对我有意思，没有的事。”

蓝青定当年瞎眼对她表白的事，朱绯彤是深埋在心底，谁也没告诉过。

孔情还想说什么，但此时蔡敏走了进来，又指着孔情开始了例行训导：“你自己看看，绯彤还是妹妹，从小就比你能干，什么都会做。你呢，整天除了吃，就是睡和玩，我看你老了怎么办？”

孔情深知蔡敏是吃软不吃硬的主，当即只得求饶，抱住蔡敏撒娇：“我老了你养我呀。”

蔡敏又气又笑，一时无可奈何。

朱绯彤将目光转回锅中，白菜焖的时间差不多了，她将锅盖揭开，顿时热气升腾而起，遮住了她眼里的艳羡之色。

朱绯彤边装盘，边觉得奇怪，这都多少年前的事了，怎么大家一个个的，都记得这么清楚呢？

不都过去了吗？

朱绯彤怎么也想不到，事情并没有过去。

兰特度假酒店最终居然决定和海川酒店管理公司签订委托管理合同，合同约定海川将于近期派驻专业管理团队入驻酒店，全权对酒店进行经营管理。专业管理团队全是公司千挑万选出的精英，而在这群精英当中，却多出了个空降军的名字。

不是别人，正是朱绯彤。

别说同事诧异，就连朱绯彤自个儿也是一头雾水。她确实是酒店管理专业毕业，之后进入海川，加入营销部。但其实自当初选择酒店管理专业那刻起，她对自己的职业规划是想最终成为酒店高级管理人才。原本以为要熬上不少年岁，没料到忽然就天降大饼。

虽然只给了她个总经理助理的职务，但能跟着一群精英前辈在五星级酒店进行管理学习，基本就等同于一群大神带着新手村的她打怪刷经验了。难道是公司认为这个项目她谈判有功，所以给她的奖励？

朱绯彤心头是既欣喜又忐忑，欣喜的是自己的职业生涯有了重大突破，忐忑的是以后跟蓝青定碰面的机会会增多。

不过静下心来想想，甲方业主不至于每天都亲自在酒店坐镇，一般是需要进行重大决策时才会出现。而且据说蓝青定本身性格淡然，不喜欢介入家族企业管理中。指不定当时谈判时，人家只是代表蓝家出席，最终并不会派他来接管兰特酒店呢。

想到这里，朱绯彤放下心来。

接下来便是兵荒马乱的交接与准备，朱绯彤忙到脚不沾地，也没空再想蓝青定。

为了方便工作，兰特度假酒店给海川管理团队在酒店内安排了宿舍住宿。整个管理团队之后便会一直待在酒店，直到酒店经营管理走上正轨，并为酒店训练培养出一支合格优秀的管理团队后才会离开。

负责接待海川的是常务副总经理黄助功，是作为酒店业主派来的代表。说白了最大职能就是代表业主方监督海川整个团队。

黄助功将大家领到宿舍处，一一将他们安排好。朱绯彤作为刷经验的新手，拖着行李箱，不争不抢安静本分地等到最后。结果黄助功却一拍脑门，用浮夸的灵魂演技叫道："哎呀，差个房间。"

朱绯彤指着宿舍一楼的小房间道："那间房好像空着。"

黄助功淡定地回应："那间房厕所堵住了。"

朱绯彤开始挽袖子："实不相瞒，我通厕所是一把好手。"

黄助功眉头蹙得就跟亲眼看见她在奋力通厕所似的，顿时发出了灵魂质问："我们酒店高薪聘请你们管理团队来，就是为了通厕所吗？"

逻辑好像有哪里不对，但毕竟是新手，朱绯彤不敢反驳，生怕得罪了这位人形 NPC。

黄助功将她带到了酒店东边的一幢小独栋公寓处，公寓是灰白色的建筑，共三层，位于酒店角落，位置比较偏僻。四周种满了棕榈树，高大茂密，绿意满目，充满了热带风情。

"你住三楼吧，清净，我住一楼。但我基本只是节假日忙的时候住，平时很少回来。"黄助功挥手安排。

朱绯彤正想打听二楼住的是谁，结果黄助功的对讲机响起。酒店那边出现了点小状况，需要他出面解决，他立即抛下朱绯彤，奔赴前线。

早习惯自力更生的朱绯彤拖着行李箱爬到三楼，打开房间，发现里面是一室一厅一厨一卫。

麻雀虽小五脏俱全。房间是简约风装修，温馨简洁，朱绯彤非常满意。她花了大半天的时间，整理收纳，终于将自己的东西全部摆放好。因为懒得出去吃饭，她便泡了方便面填饱肚子。

吃完后，朱绯彤来到窗边，想看下远处风景，却发现因为公寓矮，视线受阻。她忽地记起黄助功提过天台有屋顶花园，便爬上楼梯去查看。

推开天台门的瞬间，朱绯彤感觉自己像是进入了个世外桃源。楼顶上地面铺有防腐木，角落有花圃，种植着各种多肉植物，散发着柔和的生命力。楼顶另一侧放置着木秋千，以及户外休闲桌椅，供人休憩。

此时正值傍晚，站在屋顶，可以远眺大海。余晖是金红色，仿佛要释放出最后的灿烂。海天交接处，云霞绚丽壮观。长空与海洋，已无法分清界限。海风咸湿，拂在脸颊上，有种粗粝的美感。

朱绯彤只想常驻于此，坐看太阳朝升夕落。

正沉浸于美景中时，朱绯彤忽然听见身后传来脚步声，她下意识地回头。只看了来人一秒，她便立马转回了头，继续看那落日。

虽然表面镇定，但一颗心却慌得差点没蹦出喉咙。

朱绯彤觉得自己有病，因为刚才那瞬间，她居然看见了蓝青定的幻影。完了，不仅是幻想人家点赞，现在还幻想人家来天台，她果然该吃药了。

朱绯彤用差点儿揉掉视网膜的力气揉着眼睛，再转头看去，却发现蓝青定还是在那儿。

朱绯彤这才确定，不是幻影，是真人。

蓝青定坐在休闲座椅上，也没理会她，只垂首看着书。今天的他并没有穿西装，只穿着简单的白 T 恤，外套衬衣，下身是牛仔裤。没有精英范，却增添了股清爽的少年气。

他微垂着头，朱绯彤看不清他眼眸内的神情，只看得见他浓密的睫毛以及那高挺俊秀的鼻梁。冷白色的皮肤，在夕阳下也白得耀目。

朱绯彤暗暗告诫自己，不能慌，要镇定。于是，她努力装出镇定的声音问道：“蓝总，您怎么在这儿？”

“我住这里，二楼。”蓝青定没有抬头，手指夹着书页，哗啦一声，将书翻动一页。

“你在我下面？”朱绯彤冲口而出，说完后，隐隐约约觉得这话有哪里不对，似乎有歧义。

果然，蓝青定的手指顿了下，白净指尖似乎聚了全力，手指捏住的纸张处印出了深深的折痕。他喉结滚动下，溢出声低沉的回应：“嗯。”

朱绯彤此刻满脑子想的都是以后要与蓝青定低头不见抬头见这个艰难境况，并没察觉到他的异样。

顿了下，蓝青定将那页再受力就会破损的书页翻过，补充道："酒店管理人员新旧交替，事情比较杂乱，我来监督。"

这个理由令人无法反驳。

朱绯彤顿时觉得夕阳一点儿也不美丽了，她只想回屋子里躺躺。

"那蓝总，您先休息，我回去准备下工作资料。"

朱绯彤正准备脚底抹油溜走，但还没迈步，就被蓝青定叫住。

"你们海川打算怎样做好酒店的管理工作呢？"他问。

这是一道送命题。

朱绯彤告诫自己必须字斟句酌："我只是总经理助理，具体工作内容，可能让总经理亲自向您解释比较好。"

职场如战场，稍不留意就会被炸得灰飞烟灭。她个小菜鸟，必须要谨慎。

蓝青定抬起头，海风吹拂起他的碎发，半遮住那双眼眸，朱绯彤看不太清里面的情绪。

"只是随便聊聊，我也是刚学习管理酒店事务，算是新手，所以想先听听大家的想法，做个汇总。我们家情况比较复杂，我这次回来，很多人盯着，兰特度假酒店算是我的第一站，必须做出成绩，也希望你们能全力配合。"

蓝青定的声音低沉清冽，搭配远处轻缓的潮汐声，给人以安心之感，像是她每晚临睡前听的助眠声。

同是新手村居民，朱绯彤顿时对蓝青定生出了亲切感。也是，虽然外界并没有蓝家兄弟阋墙的传言，但之前高中时朱绯彤看过他们相处，好像两人感情没多好。说不定，蓝青定这个富贵闲人出国多年，就是被哥哥逼迫的呢？这次回国，难道是想专注在事业上，重新夺回失地？

朱绯彤瞬间就脑补出了百集豪门大戏，顿时放下了戒心，不知不觉间就在蓝青定对面坐下。

两人中间隔着长条柚木桌，那本书摊开放置于桌上。海风骤起，书页被"哗哗"吹动。在喧嚣的书页翻动声响中，蓝青定的唇似乎有那么一点向上的弧度。

很轻微的弧度，就像是一滴水落在湖面上，荡出一圈涟漪，随即便消逝，再无痕迹。

朱绯彤确实对酒店管理是真心热爱，之前也在休息时间坚持学习，有不少这方面的心得，只是懂得韬光养晦，从没对人透露过。这次见蓝青定询问，当即也生出了倾诉的欲望。

“就我个人的想法，我觉得有六大点可以着手。第一，兰特度假酒店的品牌形象相对而言比较模糊，我们应该定期举办各种活动，打造出明确的酒店品牌形象；第二，要摆脱对 OTA 的过分依赖，完善酒店自身销售网络系统，扩展酒店直销渠道，降低网络营销成本……”

朱绯彤滔滔不绝地说着自己的想法，而对面的蓝青定始终认真聆听，再适时提出问题，与她讨论。

他就这样专注地看着她，适时颔首，像是给予鼓励。他有上位者的身份，却没有上位者的隔阂，只耐心倾听询问，朱绯彤情不自禁便将心中所想都倾吐而尽。

一直聊到月色初升，朱绯彤才将自己做的计划全部说完。

“这些只是我个人的一些浅薄想法，肯定有许多不足和需要改进之处，蓝总见笑了。”朱绯彤最后进行了番总结，显示出自己谦虚的优良品格。

话是这么说，但要是蓝青定真的敢嗤笑她，她不保证自己不会动手。

天幕微黑，蓝青定打开了屋顶花园的几盏户外灯，黄色灯光，明亮温暖。他浸在暖色之下，眉目明朗柔和。

“不着急。”他说，声音清冽，尾音一点点低下去，像是在自言自语，“我们一步步来。”

夜色沉沉中，朱绯彤忽然生出种错觉——蓝青定说的仿佛是另外的事。

说话太多，耗气伤神，疲倦感阵阵涌来，朱绯彤便决定下楼休息，而蓝青定则决定留在屋顶继续看完手中的书。

朱绯彤走到天台门处，忽然感觉到背脊上又生出了一种灼热感，她停下脚步，迟疑转头。

她看见，柚木桌边，蓝青定正专注看着书。他微垂着头，侧颜的每一根线条，都完美流畅。

他整个人如同熠熠星辰，也如渺渺萤火。都是黑暗中的光，是不刺目的惊艳。

恍惚之间，朱绯彤感觉又回到了很多年前。

高中时的某天早上，她看错了钟，早到了学校一小时。推开班级门时，也看见过类似的场景。晨曦微光里，少年蓝青定专注垂眸看着书，侧颜美好。

美好到让她站在原地看了很久很久。

晚上，朱绯彤躺在床上，也许是认床，她翻来覆去怎么也睡不着。兰特提供的宿舍什么都好，就是这床有点不对劲，也许是木质受潮导致变形，每次翻身时，都会发出吱呀吱呀的响声。

这声音，有点尴尬。朱绯彤生怕惊动了楼下那个不好惹的大兄弟，只得连翻身都小心翼翼，实在憋屈。

虽然朱绯彤身体难受，可心却放松了。楼下的大兄弟整晚都没提以前的事，全身心关注工作问题，看来是要学习他哥，走事业霸总路线。当时谈判桌上怼她，其实也不过是谈判的小手段吧。毕竟商场如战场，即使再满意，也不能露出底牌。

以前高中时，大家都纯洁，他们俩连手都没牵过，所以那番不成功的告白根本就不算啥。就是她太老土了，还揪着以前那点破事不放，人家才不会在意她这朵昨日小黄花呢。

朱绯彤边自嘲，边小心翼翼翻身，直到半夜才勉强入睡。结果刚睡下没多久，凌晨六点就被持续不断的电话铃声吵醒，那声音在空荡荡的房间内回响，跟催命一般。

朱绯彤努力睁开像被胶水粘住的眼，抓来手机查看，发现是总经理李子露的来电，心头顿时升起不妙的预感。果然，接起后，那边传来李子露严肃的命令："紧急情况，所有人立刻来总经理办公室开会。"

朱绯彤瞬间清醒，一个鲤鱼打挺起身，用十分钟的时间穿衣洗漱，随后将高跟鞋提在手上，自己则脚踩运动鞋，奔下了楼。路过二楼楼梯口时，还要踮起脚不发出声响，就怕吵醒了里面的大兄弟。

感觉就跟头晚醉酒上错床，隔天偷偷溜走不想负责的渣男似的。这算是什么事啊？

朱绯彤是真心不喜欢穿高跟鞋，但工作性质要求她必须穿职业装、踩高跟鞋。每天上下班路上，她都习惯将高跟鞋提着，踩运动鞋狂奔。

人家是迪士尼在逃公主，她就是一在逃"社畜"。

"社畜"的早上，从狂奔开始。朱绯彤脚踏运动鞋，在晨曦中，快速从酒店东边公寓奔向西面的总经理办公室。在总经理办公室门口，朱绯彤将高跟鞋换上，整理好酒店制服套装以及后脑的盘发，深吸几口气，快速将呼吸调匀。随后，在逃"社畜"化身为精致的职场 girl，敲门而入。

总经理办公室为了方便布置工作，设置有会议桌，此时，海川的管理团队都已到齐。

办公室内，气氛格外紧张，所有管理人员脸上都笼罩着焦灼不安。李子露拥有将近二十年的酒店管理工作经验。她年近四十，一头爽利短发，气质干练，通身都是女强人的大气范。

李子露此次被海川重金挖来，让其负责带领整个团队。

此时，李子露坐在主位上，面色冷沉，听着管理人员此起彼伏的抱怨。

“没想到这群老外这么阴。”客房部经理姚雨倩恨得咬牙切齿，“居然鼓动员工集体辞职，我们昨天才交接，今早五点就接到员工辞职信息，这完全是挖个大坑给我们海川跳啊！”

“莱斯他们是早就计划好了，我们刚上任，连酒店的大门都没认熟，他们就把底下得力的人都撺掇走，让我们两眼一抹黑，工作上肯定要出错！这哪是坑啊，直接就是背后捅我们几十刀！”工程部经理金荣南忍不住发出低咒。

“也难怪，这次兰特率先提出解约换牌，其他酒店可都盯着呢。莱斯他们这招就叫杀鸡儆猴，本来酒店这些员工都是莱斯招聘来的，向来对他们唯命是从，如此一来，我们的工作基本没办法开展啊。”前厅经理沈华宏沉吟分析。

“你们这些部门都还好，一时半会儿还可以挺过去，撑到把新人招来。可我们餐饮部怎么办？今天酒店还承办了两个宴会啊，厨房一下走那么多人，把我劈成两半也忙不过来啊！”餐饮部经理戚果林急得如热锅上的蚂蚁，恨不得把莱斯抓来当牛排给煎了。

众人七嘴八舌，埋怨吵闹不休，整个办公室此时如同菜市场，杂乱闹哄。

朱绯彤坐在最角落，没有参与讨论，只是静心仔细观察着主位上的总经理。只见李子露面色始终保持着平静，在众人讨论到最高潮时，忽然冷然开口：“都说完了吗？”

她声音不大，却有种穿透力。整个办公室，就像是在烧得沸腾的锅中，忽然加入冰水，瞬间安静下来。

李子露这时抬起眼，缓慢地在每个人脸上扫视一圈。她是细长的单眼皮，眼神凌厉，迸发出的精光令众人心头悚然。李子露语速不紧不慢，清晰而透露威严：“从我们接手酒店开始，就应该做好会有突发状况的心理准备。兰特高薪聘请我们来，不是让我们安稳坐办公室里吹冷气，就是为了解决这些难题。”

大家纷纷垂下头，脸上有些羞赧。接着，李子露脸色松动，声音也软了几分：“在座各位都是海川千挑万选出的精英，再难的事咱们都经历过，还怕这吗？只要啃下这块硬骨头，咱们今后在酒店就稳了。”

短短几句，众人的士气再度提升起来。李子露就这么一打一收，将众人的情绪给安抚下来。朱绯彤心头敬佩不已，暗暗记录学习。

李子露最终下达命令："大家各司其职，管理好自己部门的事。这段时间，谁都不能请假，二十四小时开机待命。好了，散会。"

此时，酒店早班时间开始，因为有员工忽然辞职，状况频发，各位主管人员手中的对讲机纷纷响起，气氛再度紧张起来。众人边回复着对讲机，边快步走出总经理办公室。

窒息的一天，开始了。

总经理办公室内，只剩下李子露以及朱绯彤。作为总经理助理，朱绯彤不属于任何部门，没有具体的工作安排。

没有工作安排，就主动询问。朱绯彤发声："总经理，请问有什么是我可以做的吗？"

李子露工作能力强，当年从底层做起，一路升上管理层，向来凭借实力说话，内心里看不惯关系户。其实最开始海川给她配备总经理助理时，她便婉言拒绝了。可海川高层却执意要将压根没有酒店管理经验的朱绯彤塞给她，还私下悄悄告诉她说是业主方的意思，让她不要声张。

李子露后来见到朱绯彤，发现是个漂亮得不像话的年轻小姑娘，顿时心里生出了其他的想法，以为她是凭美色换工作的那种人，不免鄙夷。碍着朱绯彤有业主方的关系，李子露虽然明面上不好说什么，可对她的态度却始终冷冰冰。

此时，李子露掐着眉心，不耐烦道："那你这几天就去餐饮部厨房帮忙吧。"

意思就是，在厨房洗盘子、切菜、拖地板。

李子露原本以为这小姑娘会不快，谁知朱绯彤二话没说，竟脆生生应了下来："好嘞。"随后，重新换上运动鞋，直奔厨房。

李子露看着她干脆利落的动作，反倒愣了半晌。

酒店厨房果然是重灾区，西餐主厨临时辞职，还带走了手下不少得力员工，整个厨房乱成一锅粥。餐饮部经理戚果林跑前跑后，连哭唧唧的时间都没有。

因为洗碗工也辞职，朱绯彤便在洗碗区帮忙，虽然有洗碗消毒设备，但必须人工操作摆放送洗，堆积成山的碗碟，累得她双臂酸软，头晕眼花。

朱绯彤已经做好了心理建设，知道自己就是块砖，哪里需要往哪里搬。她心思敏感，其实也清楚，不只是李子露，整个管理团队私下里对她的空降行为都颇有微词。

虽然朱绯彤自己也弄不清这机会到底是怎么来的，但既然来了，她就会抓住。不仅抓住，还要证明给他们看。

她朱绯彤，可不是什么废材。就算是洗盘子，她也能洗到最干净。

整个厨房呈现兵荒马乱状态，众人情绪紧绷，一刻不停歇，直到下午三点，忙碌情况才告一段落。

戚果林让已经累得精疲力竭的厨房员工去食堂吃饭，稍事休息，随后回来准备客人的晚餐。

朱绯彤见脏的碗碟堆积成山，想着稍后还有晚餐这场仗要打，便让其余人去吃，自己则留下咬牙坚持。

朱绯彤边默默催眠着“我是最靓的洗碗 girl”，边奋力堆盘子，叠碗筷。操作到最后，她感觉双脚像是灌满了铅，肿胀成硬块，完全不属于自己。双臂也似乎被抽去了骨头，没有丝毫力气，软绵绵的。她实在累得不行，只得原地蹲下，想喘息片刻。

待休息两分钟，觉得缓得差不多了，朱绯彤重新站起身来。谁知这一蹲一起，她眼前忽然发黑，出现无数密密麻麻的小点，双耳发出嗡嗡鸣叫声，浑身无力，整个人不受控制地朝着地上跌去。

洗碗消毒设备全是不锈钢机器，到处是尖锐冰冷的硬角，随便磕碰下，肯定是要头破血流。朱绯彤心头发颤，暗暗叫苦，想着自己这次死定了。

就在这千钧一发之际，一双手适时出现，将她环住。随即在惯性之下，她的后背撞入一个怀抱。

那怀抱挺温暖，朱绯彤嗅到了一股清新气息，是海盐的矿物香气混合着浮木香，有海洋的味道。

朱绯彤抬头，对上了蓝青定的眸子。

第二章

男人不能说不行

朱绯彤此刻脚上踩着平底运动鞋，瞬间矮了不少，蓝青定整整比她高出了一个头。

他的手握住她的双肩，也许是为了稳住她的身体，他掌心的力气竟有些大。热度在她双肩上蔓延，其实只是温热，可在她的感知中，却如同烙铁，瞬间将她灼伤。

朱绯彤下意识就用力挣脱开了蓝青定的环抱，那眩晕感仍在，她脚步不受控制，连着往后退了好几步。她的身后便是铝合金货架，上面杂乱放着各种餐具。她背脊直直撞了上去，货架摇晃了下，不锈钢汤勺与盘子坠落在地，发出哐啷声响。

偌大的厨房里并没有旁人，那金属响声在此间回荡，于两人之间生出了空旷的隔阂与尴尬。

蓝青定的手还保持着抱住朱绯彤双肩的原样，顿了两秒才收回，放置于身侧。他收回的动作很快，也自然流畅，就像是刚才的停顿从没发生过。

背脊的疼痛，令朱绯彤清醒过来。这才醒悟刚刚自己躲避的动作实在太过激，不知道的，还以为蓝青定把她给怎么了。

如果不是蓝青定扶了她一把，现在她指不定要去医院躺着了。可她却表现出一副被人非礼的模样，简直是忘恩负义。

就在朱绯彤不知如何化解尴尬时，蓝青定忽然开口：“事情我都听说了，晚上还有个宴会，厨房应该忙不过来，我也来帮忙吧。”

朱绯彤惊了：“蓝总，这……未免太大材小用了。”

让二太子爷洗碗？万万使不得。

“餐饮收入是酒店营业收入的重要来源，90.4％的消费者认为餐饮体验会影响他们对酒店的整体印象。牵一发而动全身，厨房的任何事，都不是小事。”蓝青定声音平稳，话语中没有任何训斥的意思，只是平心静气，娓娓道来。

他气质清冷，但开口说话时，声音带着柔和气息，令人信服。朱绯彤顿时觉得，跟蓝青定相比，自己实在缺少大局观。

这么一搅，刚才的尴尬气氛顿时烟消云散。

蓝青定也没多说什么，挽起袖子开始帮忙。

他今天同样没穿西装，上身是格子衬衣内搭纯白 T 恤，下身着长裤，简单而清爽。真的像是一心冲前线来帮忙的。

朱绯彤此时才后知后觉想起，刚才后背撞上蓝青定时，感觉到了他胸膛的紧实肌肉。原本以为蓝青定算是清瘦型，如今看来是属于穿衣显瘦脱衣有肉型。

等下，人家在帮你洗碗，你却在想人家肌肉？朱绯彤瞬间又觉得自己从忘恩负义升级成了禽兽不如。

两人合力协作之下，洗碗工作终于告一段落。此时，厨房员工陆续吃饭回来，又马不停蹄地开始准备晚宴。

如今朱绯彤与蓝青定已是“双砖”合璧，哪里需要往哪搬。两人穿戴好衣帽，戴好口罩，来到冷菜间切配区。

今天人手少，厨艺稍好的厨师都被叫去热菜间炒菜，切配人员就剩一个刚来没多久的帮厨小高。

小高壮实憨厚，人虽不狠但话多，挺自来熟。上午时，朱绯彤见他忙不过来，就来切配区帮过一小时忙，小高自然把她当成了朋友。蓝青定也是近期才接手兰特度假酒店，并且从未公开露面过，因此厨房工作人员都不知晓他的身份。

小高见他俩站一起也算是郎才女貌，顿时生出好奇：“小朱，这是你男朋友吧，长得真好看，你们俩好配。”

朱绯彤正在切洋葱，手指摸到洋葱内部，正觉得火辣生疼，可听到小高的话，那火辣触感不知怎的就从手指蔓延到了脸颊上。

朱绯彤忙要解释：“不……”

蓝青定本来站在他们俩中间，此时指着根黄瓜，询问小高：“这个要怎么切？”

他插入话题的时间准确，语气流畅自然。

“哦，这个简单，像我这样，切片就行。”同样作为厨房界新手村村民，小高非常难得才能获得教导他人的任务。

寻找到自我认同感，小高立即将八卦心抛之脑后，开始教蓝青定切黄瓜。

两个大男人压根不再理会自己，朱绯彤的那句话憋在喉咙里，不上不下，堵着难受，可也不好再提及，只得作罢。

仔细想想，蓝青定应该也是故意岔开话题。也对，都什么时候了，还聊八卦，有这时间，还不如帮厨房多切两根黄瓜。嗯，还是睡她下面的大兄弟有大局观。

可惜，胸中的大局观是够了，手上的刀工却不咋样。蓝青定切的黄瓜，厚薄不均，坑坑洼洼，颜值和他本人成反比。

好不容易能在厨房见到个比自己还菜的，小高顿时表现出欣喜又克制，骄矜又自得的模样：“怎么连黄瓜都不会切，唉，小伙子你不行啊。”

闻言，蓝青定握着菜刀的手忽然顿住。

霎时，朱绯彤心头警铃大作，立马冲过去捂住小高的嘴，将他拖到后方，脸上悲愤交加：“你为什么要惹他？！”

小高一头雾水：“怎么了这是？”

从小高的视线看去，只能望见蓝青定的背影，仍旧修长挺拔，只是比刚才更冷更静了几分。随后，两人眼睁睁看着蓝青定走到菜筐处，将所有黄瓜取出，用饮用水洗净，随即拿回案板处，开始一根根切成片。

整个过程一言不发。

朱绯彤一脸万念俱灰：“给供应商打电话，叫他们再送一批黄瓜来。”

小高疑惑：“还有一大筐呢。”

朱绯彤缓慢摇头，吐出绝望的两个字：“不够。”

小高：“？”

小高终于理解了朱绯彤的绝望。

在接下来的时间里，蓝青定都在练习切黄瓜，整整三大筐黄瓜，都被他切了个一干二净。

一个灭了黄瓜满门的男人。

小高想哭，自己为什么要惹他？自己对不起黄瓜！

终于，在切出一盘厚薄均匀，形状完美的黄瓜后，蓝青定放下了“屠刀”。

在朱绯彤的死亡警告眼神中，小高忙用尽毕生词汇，磕磕绊绊地对这盘黄瓜进行了全方面的赞美。

“啊，你看这个碗，它又大又圆……不是，你看这个黄瓜片，它又薄又均匀。”

此时，厨房大战已经结束，只留了夜班人员值班。小高迈着跌跌撞撞，怀疑人生的步伐奔出了厨房。

朱绯彤认命地将牺牲的黄瓜全部收拾好，给厨房众人分了分，希望它们死得其所。随后，她看着蓝青定的背影长叹口气。

这大兄弟真的什么都好，但就是好胜心极强。死穴就是不能说他做某件事“不行”，只要说了，他不吃不喝不睡也要将那件事做好。

记得以前高中时，他喜欢在课堂上睡觉。班主任生了气，直接当着全班的面，说他在读书这件事上“不行”。然后，在接下来的半个月里，蓝青定天天埋头看书做题，期末考居然一跃成了全年级第一。

他的好胜心，冷静又可怕。

不管怎样，崩溃的第一天总算是过去。此时此刻，朱绯彤只想要赶紧回公寓休息。

两人走出厨房，出门右拐便是酒店侧门，正对面就是一条美食街。

海城临海，风景优美的海岸线被多家高档酒店占据，全年游客不断。这条美食街物美价廉，汇集南北方各类小吃，深受游客欢迎。即使是深夜，美食街上仍旧是热闹繁华，人声鼎沸。

两人走在酒店的小路上，天际月色皎皎，地面树影摇晃，连空气都显出了温柔的触感。就在这幽静夜色中，蓝青定忽然开口：“我们去美食街那边吃点东西吧。”

因为错过了食堂开饭时间，加上厨房值班人员今天工作量本来就超负荷，实在不好再麻烦人家做饭，朱绯彤今天基本没吃东西，就中途饿得不行时，偷偷啃了个番茄。

“蓝总你饿吗？”朱绯彤问。

“嗯。”蓝青定颔首作为回答，月光清幽，将他的皮肤映照得更加白皙光洁。他的冷白肤色并不显得女气，只是给整个人增加了清冷干净感。

朱绯彤挥挥手：“那你去吧，听说那边的东西挺好吃的。我不饿，先回公寓了，拜拜。”

饿过了头，身体消耗储存于肝脏内的糖，血糖提高到正常水平，自然又没了饥饿感。朱绯彤虽然知道饿这么久对胃伤害大，但实在懒得动。

刚转身迈出没几步，身后的蓝青定忽然喊了她的名字。

“朱绯彤。”

这是他们重逢后，他第一次唤她的全名。他的声音向来清冽，这三个字，隔了八年的时间再度传来，很奇异的是，并没有陈旧感与陌生感，只有一股暖意。像是染着体温，像是始终被人妥善存放。

朱绯彤身子顿了顿，呼吸瞬间滞住了，她转过头来，看向蓝青定。

明月幽辉下，他身形挺立，如霁月，似清风，可周身却有种尘埃感，像是站在那里，已经等了很久很久。

他望着她，开口，声音冷静且平和。

“我没钱。”他说。

嗯？朱绯彤眨巴眨巴眼睛。

“也没带手机。”他再补充。

气氛瞬间垮掉。

八年之后，他再一次叫了她的名字，只是为了借钱。这位借钱的老同学，你没有心。

这个夜晚，朱绯彤深感人生的不公。

别人家的总裁，都是开几百万的豪车，吃几万一顿的大餐。可为什么，他们家的总裁，却连逛美食街的钱都没有？

啊，也不知道这个月的工资还能不能按时发放，想想就心酸。

不过话说回来，现在手机支付如此便捷，朱绯彤自个儿也从不带现金。也就是说，她也没钱借给蓝青定，只能陪着他去，用手机帮他支付。

两人一同来到美食街，刚走近，人间烟火气便扑面而来。里面灯火辉煌，烟熏火燎，饮食男女，人头攒动。从南到北，各类菜系，各地小吃，应有尽有。

两人最终进了一家港式茶餐厅内，茶餐厅只有几十平方米，装修简单，设备有些陈旧，但不失整洁干净。茶餐厅人手少，需要客人先在收银台点菜支付，随后拿牌取号，等叫号后自己去端菜。

此时正是夜宵期间，客人较多，朱绯彤便让蓝青定占座位，自己则去收银台点菜。点菜是个技术活，如何能点到恰够分量，又能符合两人口味的，确实是个难题。朱绯彤边排队，边仰头看着收银台上方的点餐牌。

她微仰着头，灯光下，那张少女脸肌肤细腻无瑕，五官精致，清纯自然，给人以亲近感。

茶餐厅共两名收银员，客人排了两队，朱绯彤站在左边队伍中，而右边队伍里有三个刚二十出头的男生，看上去应该还是大学生。其中一名男生染了亚麻棕色的头发，单眼皮，高鼻梁，有种奶帅感。男生始终看着朱绯彤，嘴角含笑，显然是对她有了好感。

旁边两名同伴会意，悄声跟他说了什么，似乎是在撺掇他去要电话。毕竟年纪轻，男生面皮薄，始终在犹豫。两名同伴装作开玩笑打闹，直接将他往朱绯彤的方向大力推去。

两名小伙伴的计划是，让他撞到朱绯彤，吸引其注意力，为其购买饮料道歉，顺便索要到联系方式。在将男生推出时，两名小伙伴的眼里写着一句话：兄弟，我只能帮你到这里了。

可惜，送佛没有送到西，男生没有撞在漂亮小姐姐身上。

他撞在了漂亮小哥哥身上。

男生抬头，对上一双慵懒眼眸——淡薄眼睑半垂着，里面却悠悠透着冷意。不知为何，他被盯得小心脏有点发颤。

朱绯彤听见响动，转头，发现蓝青定不知何时竟站在了自己身侧，恰好就隔在她与那个男生之间。

“你怎么来了？”朱绯彤并没意识到蓝青定与男生之间的暗流涌动。

她关心的只有座位——大兄弟你不去乖乖占座位，等会儿是要站着吃吗？

“来看看你要点什么。”蓝青定也抬头看着点餐牌。

他个子高，加上挑选了角度，恰好就挡住了男生看着朱绯彤的视线。

“要个干炒牛河吧？”

“好。”

“再要个蜜汁叉烧？”

“好。”

“再来个海鲜粥吧？”

这次，他声音顿了顿，但很快，又再度回应。

“好。”

两人毕竟也是相处三年的老同学，交流之间自然有种默契在。睹此情状，三名大学生开始窃窃私语。

“是她男朋友？”

“好像是。”

“妈呀，当着面撬人家墙脚可还行？”

蓝青定虽然只着休闲服，但周身自有一股贵气，再加上此刻面色不豫，更显高冷。三人被蓝青定的气息给震慑，当即连宵夜也放弃，灰溜溜逃走。

在蓝青定的遮挡下，朱绯彤压根就没注意到三人。就这样，她生生失去了一个被小奶狗搭讪的机会。

搭讪不搭讪的，朱绯彤不在意，她在意的是蓝青定站在自己身侧。隔得近了，她又嗅到了他身上那股矿物香气与浮木香混合的味道。她忽然想起了中午时，在厨房的那个拥抱，下意识便往旁边走了一步，拉开了两人的距离。

“蓝总，你去占座位吧，我来排队就好。”

她的动作和语言，透露出的，都是礼貌的疏离。

闻言，蓝青定抬眼看向朱绯彤。

为了吸引顾客，茶餐厅的灯光明亮，可那样亮的灯光，却像是照不进他的双眸。他眼内的深黑，覆盖着她，让她心头发毛。

就在朱绯彤有种自己小命即将不保的错觉时，蓝青定忽然开口了。

“很奇怪。”

“嗯？”朱绯彤表示他的话更奇怪。

“你叫我蓝总，听着很奇怪。”蓝青定解释。

他又恢复了之前的清冷，眉目变得柔和平静。

“啊？那我该怎么叫？”朱绯彤也觉得为难。

难不成要连名带姓叫他蓝青定，这样不礼貌吧？

毕竟也是最高级上司啊。

活着不好吗？

“以前徐小科他们怎么叫的，你就跟着他们叫吧。”蓝青定给了朱绯彤答案。

徐小科是蓝青定高中时的同桌，也是学校篮球队队长，属于四肢发达头脑简单那一型，性格很开朗，经常缠着蓝青定以及朱绯彤说话。

朱绯彤仔细回忆了下，唤出了徐小科当年对蓝青定的昵称——

“小蓝？”

“嗯。”

蓝青定适时应了声，就这样，非常自然地将称呼这事给搞定了。她明明说的反问句，可他却解释成了陈述句。朱绯彤感到头痛，还不如连名带姓叫他蓝青定呢。

谁知，让她头更痛的称呼还在后面。

“礼尚往来，那我叫你小红好了。”

蓝青定决定两人称呼这事，节奏快得朱绯彤完全无法跟上。在一连串快速发展中，她只抓住了一个不太重要的点：“小红？为什么不是小朱？”

“确定要叫小朱？”蓝青定忽然嘴角弯起。

他是冷白皮，嘴唇又天生比别人红润，笑起来竟有种绝艳感，如雨后初霁，如冰雪消融，脸上霎时绽放出光芒。

用她们这种追星女孩的话来说，就是——“这个笑，我没了”。

朱绯彤顿时看得呆住。果然，当年的十三中校草宝刀未老。

从美色震撼中回过神来，朱绯彤忽然理解了蓝青定的话——小朱谐音小猪。

“那……小红就小红吧。”这是朱绯彤最后的倔强。

确定好称呼后，朱绯彤回过神来，忽然意识到，本来她是想让蓝青定去占座位的，可没谈两句又被他带偏了道，岔开了话题。如果现在再提及，似乎有点赶人家走的意思，她只能保持沉默。

此时又有一群游客进入茶餐厅，排队的人增多。为了保持队形，蓝青定站在了朱绯彤身后。而蓝青定身后则跟着一对情侣，男的是壮汉，皮肤黝黑，浓眉大眼，看上去性格颇为直爽。他拍拍蓝青定的肩膀，待蓝青定回头，便用自己特有的大嗓门道：“兄弟，我看你和前面那位美女是一路的吧？能不能往前站点，你看后面都排满了。”

壮汉声音洪亮，瞬间吸引了店里其余客人的注意。

朱绯彤这时才发现，不知是不是因为她刚才的躲避太过明显，排在她身后的蓝青定心里有了嫌隙，竟离她足足有一米的距离。茶餐厅本来就不大，如今他离她这样远，拉长了距离，后面排队的客人往来不便，不免颇有微词。

可蓝青定照旧是那副不急不躁，清冷矜贵的神情，稳稳站在原地，半垂眼眸望着她。

“你站近点吧。”朱绯彤忙道。

如果众人的目光有温度，那此刻的朱绯彤已经熟了，她和他完全成了众矢之的。

蓝青定却没有动，声音轻渺：“我怕你躲。”

他就这样将这件事放在明面上说了出来，朱绯彤倒是不好意思了。

也是，人家蓝青定又没干什么，她做出这副被流氓觊觎的小媳妇模样是做什么呢？太不利于开展上下级工作了。

此时，壮汉又开始提着大嗓门催促："兄弟，你行行好快点吧，后面都快挤不下了。"

他这么一喊，排队人群的情绪更加激动了。本来大家就饿得不行，还遇上两个不长眼的，完全是找死的节奏。估计再拖上一分钟，就要组团踩死浪费空间的这对颜色组。

想到这里，朱绯彤忙道："没有没有，不会躲的，你快靠近点。"

闻言，蓝青定抬起眼眸，那淡薄的眼睑很慢很慢地眨动了下："这是你说的。"

这句话非常轻，近乎自言自语，除了蓝青定，没有任何人听见。

包括朱绯彤。

她只看见他红润的嘴唇张合，只看见他突出的喉结滚动，只看见他眼里的流光划过。她刚想问问他到底说了句什么话，他却迈步上前，靠近了她。

瞬间，那股海洋般清新治愈的气息再度袭来。只是这一次，朱绯彤没有再躲避，她拼命给自己做着心理建设。这是她上司，是她老同学，是她大兄弟。

她平视着前方，双眸恰好可以对上他的喉结。

蓝青定外貌清俊冷淡，喉结却充满着男性气息，此时，在她面前缓慢滚动着。朱绯彤有些蒙，一时不知如何反应，本应消逝的洋葱辣意又重新回到了脸颊上。

幸好收银台的小姐姐解救了她。

"您好，请问需要什么？"

朱绯彤如梦初醒，回过身去，发现已经轮到自己点餐。她镇定心神，开始点餐。

"干炒牛河、蜜汁叉烧、海鲜粥，谢谢。"

身后的气息，就如同屋顶花园上的海风，源源不断地袭来，包裹住她。

取号之后，两人回转过身来望向店内，好不容易才在角落寻到了一张小桌，刚好够两人坐。

茶餐厅出餐速度很快，没多久便叫到了他们的号。蓝青定便起身去取餐，朱绯彤负责占位置。

蓝青定端着盘子穿过店内拥挤的人群，朝着角落的那张小桌子走去。他边走，边看着落地窗边的朱绯彤。

朱绯彤并没有闲着，茶餐厅的餐具是统一放置于店铺内的消毒柜中，需要客人自行去取。她取出两副碗筷后返回，随后端起方桌上的不锈钢茶壶，开始冲刷两人的碗筷。她冲洗得认真且仔细，不放过任何一个角落。

她侧着头，轮廓秀丽，鼻尖挺翘，皮肤白皙透亮，脸上仍旧是满满的胶原蛋白，还是和多年前一样。她身旁就是茶餐厅洁净的落地玻璃，此时，她和他的倒影都投射在上面，毛绒，模糊，浅淡。

刹那间，他以为看见了高二时的他们。

高二分班后，蓝青定进入了理科班，仍旧过着晚上打游戏、看电影，白天在课堂上戴耳机睡觉的生活。十三中的食堂是出名的难吃，所以学生大多都是从家里带饭或者在学校附近小吃店里就餐。

学校附近刚好有家酒店，是属于兰特集团旗下，家里人便让蓝青定每天去酒店里吃饭。

蓝青定向来都是中午下课时准时醒，跑去酒店吃完中饭，开个房间打游戏，接着下午再去学校睡觉。可那天也不知怎么的，竟多睡了半个钟头。醒来后，便嗅到了一股饭菜的香气。

他扯掉耳机，努力睁开双眸，发现前方的两张课桌上坐了三名同学，一男两女。桌上摆了三个保温盒，盒子里装着各式家常菜肴。当时，同学中关系比较好的几个，都会在课间吃饭时，把他们带来的饭菜放一起混合食用，这样大家可以吃的菜品种更多。

蓝青定定睛望去，发现男同学正是自己的同桌，徐小科。人高马大的徐小科穿着篮球服，嘴里包着饭，见他醒来，格外激动："小蓝，你终于醒了？我还以为你睡死过去了，但又不敢叫你！"

徐小科说的是事实，蓝青定有严重的起床气，平时看着挺温和，可吵醒他后，虽不至于动手，却会冷冷望着你，特别瘆人。徐小科被那眼神盯过，差点没吓尿，因此这天打死也不敢吵蓝青定。

徐小科边说，边对着蓝青定喷饭。那饭粒，在空中划出一道抛物线，掉落在地——好一个豌豆射手。

蓝青定不着痕迹地将身子靠后，没说话，只揉着自己睡得酸痛的肩颈。

徐小科嘴里包着饭，继续锲而不舍地朝着蓝青定喷饭粒："你要不要吃点，朱绯彤她姐这几天减肥不吃饭，把便当给我们了，还有多的。”

“我不饿。”蓝青定婉言谢绝。

而在说出这句话后，他的肚子发出了咕噜噜的声响。

闻声，前面三人的勺子都顿在了空中，场面一度十分尴尬。

徐小科反应过来，终于将嘴里的饭都吞下喉咙，这次再没喷饭，只是语气里有浓烈的怀疑：“你确定不饿？”

“刚才不饿。”蓝青定镇定回应，“现在又饿了。”

蓝青定想，既然人设都崩了，那就吃吧。

然后，始终背对他而坐的女生转过身来，将一个印着粉红色草莓的饭盒放在他桌上。

“你吃这个吧，还没动过。”她说。

蓝青定刚睡醒，神志还有些迷糊。他抬眼看着面前这位女同学，只见她双眸黑白分明，五官精致，小巧的脸颊饱满圆润，满满全是胶原蛋白，让人看着有点手痒，很想……捏一捏。

蓝青定依稀记得，这位女同学似乎是从高一时就和自己同班。高二分科后，他们还是同班，并且还坐在了自己前面。只是，他一时记不起她的名字。

话说回来，除了徐小科这个人来疯般整天缠着自己说话的同桌，蓝青定基本记不得其他同学的名字。她到底叫什么来着？

朱绯彤见蓝青定只看着自己发呆，并不打开饭盒，以为他是大少爷脾气，被人照顾惯了，跟孔情一样，属于生活无法自理那类人。

孔情平时在家里懒到出奇，恨不得连厕所都想让朱绯彤帮自己给上了。朱绯彤习惯了照顾孔情，当即也没多想，下意识就帮蓝青定打开了便当盒。

便当盒共两层，底部是白米饭，粒粒分明，软糯光泽。上层则是色泽浓郁的番茄鸡蛋，滑嫩可口的小炒牛肉，色泽青青的小白菜。都是快手简单的家常菜，可搭配在一起，清爽干净，让人食欲大增。

“这餐具是新的，没人用过。”

朱绯彤将与便当盒搭配的同款粉红筷子递给蓝青定。粉红草莓便当盒是孔情新买的，朱绯彤打算等蓝青定吃完后，洗了烫下保持原状，不告诉孔情被人用过，免得她又要跳起来。

蓝青定看着面前女同学的元气少女脸，再看着那同款少女心的筷子，愣了下。

朱绯彤也愣了。难不成还要她喂？这位同学，你有点过分了。

还好蓝青定还残留有人性，很快，他接过了筷子。

“谢谢。”他说。

蓝青定开始吃了起来。他吃惯了大厨的菜，觉得这简单家常菜味道并不算多好，只是最后竟都吃完了。

他边吃边想，刚徐小科叫这位女同学什么来着？

朱绯彤？应该吧。好像吧。算了，他也不太记得了。

这算是蓝青定与朱绯彤第一次正式对话。

在同窗一年半后。

“这筷子是洗干净了的，吃吧。”

现实中的朱绯彤将用茶水冲洗干净的筷子递给了蓝青定。

蓝青定接过时，始终垂眸望着那双筷子。两只手都是白皙洁净，都碰触到了筷子，但中间却隔着一段不长不短的距离。

朱绯彤倒没注意到这些，递完筷子后，又给蓝青定舀着海鲜粥。在朱绯彤的意识里，对面的蓝青定仍旧是当初那位生活不能自理的老同学。

餐厅用的是白色仿瓷碗，看着有种塑料的廉价感，却映衬得她的手指更加莹白。蓝青定刚想伸手去接，她却站起身来，直接将粥放在了他面前，成功避开了两人手将在碗上接触的机会。

蓝青定敛下眼睑，唇部线条紧了两分。

虽然这间茶餐厅挺小，然而菜品味道却不错，也难怪生意红火。猛火快炒的干炒牛河，光泽感十足，润而不油腻；蜜汁叉烧鲜嫩多汁，色泽诱人；海鲜粥鲜甜香浓，米粒软糯。

朱绯彤的食欲开启，吃到停不下来。她抬头，却看见蓝青定似乎没怎么动碗里的粥，不禁好奇：“怎么不吃，不是饿了吗？”

蓝青定顿了顿，用勺子舀起碗里的粥，放入了嘴里。只是放进去的时候，感觉像是停滞了下呼吸。

朱绯彤觉得奇怪，她低头又喝了口，挺好喝的呀。看来二太子就是二太子，口味比较挑剔。

“明天我们是继续去厨房帮忙吗？”蓝青定的唇被粥润过，似乎更红了些，“几点？”

"厨房早上六点就上班了，这几天人手少，我估计怎么也得在他们早班时就去。"朱绯彤收回目光，继续低头吃宵夜。

朱绯彤没使用"我们"两个字，毕竟在她印象里，面前这位大兄弟是个整天睡觉的主，她可没期望他能起多早。

蓝青定沉吟道："我今天问了下戚经理，他私下询问了相关人员，打听到那些员工确实是被莱斯集团给鼓动辞职的，说是莱斯会私下给他们补偿。厨房那批闹着辞职的员工代表则松口，说如果重新签订合约，加工资，便可以回来帮忙。戚经理的意思是，想保住菜品质量与酒店口碑，想先答应那批人的要求。你怎么看？"

此时，朱绯彤正吃着干炒牛河，香油在她唇上滑过，有些腻。她拿起纸巾擦拭完，才缓声道："我想，戚经理这么做，肯定有他的考量吧。毕竟，新的厨师团队也不是一时半会儿可以招来，就算是招来了，也需要一定时间的适应期。如果还是保持着这么大的工作量，厨房现在留下来的员工很可能也会因为体力无法承受，而不得不辞职。到时候，情况会更严重。"

朱绯彤可谓是字斟句酌，毕竟厨房是戚经理的地盘，她背着戚经理跟酒店总裁说悄悄话，这就跟背后捅戚经理一刀有什么区别？

蓝青定本是微垂着头，此时，他抬起眼，直直看向朱绯彤。他这样认真看着一个人时，身上那股清冷的气质，会逐渐转换为柔和。

"私底下时，别把我当蓝总，把我当小蓝。"

蓝青定这么聪明，当然看出朱绯彤说的都是官方套话。他的声音清冽动听，而且还隐隐约约透露出一股"我把你当自己人，你却把我当外人"的受伤。

朱绯彤瞬间觉得自己简直不是人，人家蓝青定指不定是想把她当心腹培养的，她却还在这儿装不熟，确实有些不识抬举。

不行，是时候投桃报李了。朱绯彤挺直背脊，开始说出自己的真实看法："其实我了解过，咱们酒店开出的工资已经是同类型酒店中比较高的，并不存在亏待压榨员工的情况。他们这样坐地起价，不过是趁火打劫。这次要是成功了，指不定下一次又会提出其他的过分要求，那我们就完全处于被动挨打状态，永无宁日了。

"再说了，如果答应了他们的要求，厨房那些没有辞职的员工是不是也需要统一加工资？否则就是会哭的孩子有糖吃，欺负老实人了。好，厨房员工工资增加了，那其他部门是不是统一都要增加？这么大笔开支，酒店怎么可能承受得起呢？”

说到这里，朱绯彤口有些干，便下意识地抿嘴，舌尖舔了下双唇。

蓝青定看着，眼睑非常轻微地抖动了下。

朱绯彤继续道：“另外，我是觉得，食物再花哨再美味，本质还是给人吃的。做食物的人，首先要学会做人，如果没有责任感，做出的食物又能好到哪儿去？所以，这些人不要也罢。”

蓝青定安静聆听着，没有说一句话，然而浑身上下却透露着对朱绯彤的肯定。朱绯彤面前的茶杯空了，他端起茶壶为其倒水。茶壶中盛的是大麦茶，茶香浓郁，茶色清澄。随后，放置于她面前。

朱绯彤全神贯注在工作话题上，拿起茶杯一饮而尽，清新麦香，缓解了喉部的干涸。

两人之间这一幕，在外人看来，气氛自然而默契。

也不知是因为那清凉的茶水，或者是因为蓝青定专注聆听的姿势，朱绯彤没有再做过多的修饰，直接将心中所想倾吐而出：“我也知道现在厨房情况艰难，但是办法总比困难多。咱们把这段时间熬过去，寻找到专业的厨师团队，打造一支合格优异的厨师队伍，这样才能保证酒店今后得到良性发展。

“还有就是，这段时间可以推出自助餐套餐活动，让客人减少单独点餐。尽量缩减菜品的种类，统一大量制作，这样就可以减少人力的消耗。

“最重要的是，这段时间还要给予现有厨房人员应有的加班费用，毕竟多劳多得，这样才能更大地调动他们的积极性……”

月色缠绵，时光柔软。落地窗外，是美食街上熙来攘往的人群。落地窗内，则是安静交谈的两人。

“厨房这边，大致按照你提的方向走吧。”蓝青定做了决定，“明天我会跟李经理和戚经理商议这件事。”

“商议可以，但能不能不提我的名字？”朱绯彤忙道。

“为什么？”蓝青定微挑眉宇。

“我是新人，要是太抢风头，怎么死的都不知道。”朱绯彤解释。

朱绯彤的计划就是这段时间跟着团队大佬们刷经验，这些小功劳，没必要去争。

说完后，她又怕蓝青定过度解读，误会了戚果林，以为戚果林要给她小鞋穿，忙解释道：“那个，我是把你当自己人才这么说大实话的……”

朱绯彤回味了下，觉得这话不对。她一个总经理助理，何德何能可以与总裁成自己人了？不行，得赶紧申明下自己还是懂得主仆有别这个道理的。

想到这里，朱绯彤又连忙纠正：“不是，我的意思是，我是把你当主人才这么说大实话的……”

朱绯彤是越着急越说不好话，当即有些慌神，不免抓耳挠腮。这边厢正慌张着呢，忽然听见对面传来低低的笑声。

朱绯彤循声望去，发现蓝青定微垂首，抿唇而笑，那双总是半垂的眼眸抬起，专注而柔和地望着她。他笑时，清冷的气质立即破碎开来，碎成了星，密密地落在眼里。他的眼里，有笑意，还有世上所有的星。

朱绯彤捂住胸口，暗呼顶不住。而更让她顶不住的还在后头，只见那红润的唇翕动，吐出两个字：“主、人？”

这两个字在他嘴里，仿佛是含抚着，辗转着，咀嚼着。看那表情，蓝青定绝对知道这个词的深层含义。年纪轻轻不学好，朱绯彤对这一届的总裁素质感到痛心疾首。

可毕竟是老板，确实不好批评，朱绯彤只能拿起汤勺，再次给他舀了碗海鲜粥，劝道：“来来来，喝酒，不，喝粥。”

别说，这招还挺有效，蓝青定看着那碗粥，停止了玩笑，微蹙了下眉。

正当朱绯彤想询问时，他拿起白色的仿瓷勺，小口喝了起来。朱绯彤是第一次见有人能把海鲜粥喝出毒药般的气质。

“你怎么会懂这些？”蓝青定忽然想起，询问道，“之前你好像并没有酒店管理的经验。”

“小时候，我经常在我爸旗下的酒店……”朱绯彤说到这里，忽然停下。

海鲜粥是黑色砂锅装着的，此时锅里还剩下少量，朱绯彤用汤勺舀起，盛入自己碗里。汤勺与砂锅内部相触，发出稍显刺耳的声响。那声音让她顿了下，她放轻了动作，将那些黏稠的米都刮入了自己碗里。

她结束了全部的粥，也想结束这个话题。

“我的意思是，家里人有做酒店行业的，小时候了解过一些。”她改口道。

蓝青定望向对面的朱绯彤，她垂着眼，喝着粥，眼睑将黑白分明的眸子全部遮住，像是遮住了她的世界。

蓝青定没有再询问，只是将手放在脖颈处，不着痕迹地挠了下。

因为太过疲倦，当晚回公寓后，朱绯彤洗漱完毕，躺在床上，连身都没翻就睡着了。进入梦乡前，朱绯彤只有一个念头——破床没有被她折腾，没发出吱呀吱呀的声响，楼下的大兄弟有福了。

谁知睡前想了番大兄弟，梦里竟梦见了大兄弟。也许是蓝青定切黄瓜的形象太深入人心，朱绯彤梦里的蓝青定照旧是站在切配区，勤勤恳恳地切着黄瓜片。梦境里厨房还是那番忙碌景象，似乎是在准备着某场宴会。梦里的戚果林忽然跑进厨房，哭唧唧地大叫道："要黄瓜块！客人要的是黄瓜块！"

朱绯彤忙跑到切配区，却发现蓝青定手里拿着最后一根黄瓜，正准备切片。她忙伸出"尔康手"大叫："放开那根黄瓜！"

这个荒诞的梦在此刻打住，朱绯彤被闹钟叫醒，努力睁眼，发现已经是清晨五点半。

朱绯彤忙起身，抓紧时间快速洗漱完毕，随后踮着脚继续拿着睡完不负责的渣男剧本悄悄下楼，谁知在公寓楼下居然看见了早已洗漱完毕穿戴整齐，在等待着她的蓝青定。

朱绯彤原本以为蓝青定昨晚吃宵夜时口中的"我们"只是随便说说，没料到人家真的起得比她还早。比流氓有文化还令人害怕的事，就是老板比你勤劳了。

朱绯彤正想着是不是要拍个马屁清清神时，忽然察觉到不对。此时天色还是晦暗不明，晨光朦胧间，朱绯彤忽然发现蓝青定脖颈上似乎有红痕，恰好就在喉结旁。

他皮肤白，红痕印在白皙脖颈上便格外明显。虽然朱绯彤这个小司机只考过理论，没摸过方向盘没上过路，可网络上的理论知识告诉她，但凡印在这个位置，就是传说中的吻痕，俗称草莓印。

朱绯彤立即捋了下时间线，昨晚她和蓝青定吃完宵夜回来都已经接近十二点了，中间就这么几个小时的时间，他不可能出酒店，要"种草莓"也只能在这公寓里种。她昨天喝的是粥不是酒，醉不了，所以凶手不可能是她。

正在浮想联翩时，只见黄助功从公寓楼里走了出来。酒店出了这么大的事，作为常务副总经理，黄助功决定这几天都在公寓住下。毕竟二太子爷就住在自己楼上，他必须要表现表现。

朱绯彤经过缜密思考，发现黄助功是公寓里除了自己之外的活人，且完全满足了时间地点等必要条件……

虽然朱绯彤不敢相信蓝青定改了人生跑道，可毕竟江湖有传言——有钱人都很会玩的。

此时，黄助功看见了蓝青定脖颈上的红痕，顿时也想歪了。也难怪，二楼三楼都是俊男美女，又住一起，难免不发生些什么，只是两人才住一起一天，就开始啃脖子，这进度未免也太快了吧，下个月是不是该生孩子了？

朱绯彤看着蓝青定脖颈上的草莓印，再看向黄助功。

黄助功看着蓝青定脖颈上的红痕，再看向朱绯彤。

两人眼里都映出了同样鄙夷的一句话——朋友，你太粗暴了。

黄助功毕竟是事业场上混过的，收起鄙夷之心后，立即开始抢先拍起了马屁："蓝总您这么早就醒了？实在是辛苦。看蓝总您好像也没休息好，是不是也被早上的尖叫给吵醒了？"

朱绯彤好奇："尖叫？什么尖叫？"

黄助功眉头皱得差点能挤出一碗苦水来："今早不知道是从哪里传来的一道鬼哭狼嚎，喊着什么'放开那根黄瓜'，那声音又尖又高，直接把我叫醒了。"

闻言，朱绯彤身子僵住。

黄助功发出了灵魂质疑："也不知道谁这么禽兽，连黄瓜都不放过。"

闻言，蓝青定身子僵住。

黄助功凭借一人之力便将天聊得死透透的，事到如今，唯有告辞了。

蓝青定和朱绯彤抛下他，直奔厨房。

早上，蓝青定亲自去和李子露与戚果林商议了下，几人都同意按照朱绯彤的方案进行。

之后，戚果林在厨房内宣布酒店方将给予现有厨房工作人员丰厚的加班费用，并且许诺等新的厨师团队到来后，会让现有人员带薪休假，勉励众人坚持，厨房员工顿时士气大增。

戚果林之后与主厨进行了紧急商议，调整了菜单与活动，决定近期以大批量以及少种类为前提制作菜肴，尽量减少人工浪费。新的厨师团队也在密切接触中，情况总算是逐渐顺稳下来。

朱绯彤与蓝青定今天继续在切配间帮忙。

切配间灯光明亮，映照得蓝青定脖颈上的红印更加明显，朱绯彤实在忍不住，时不时就要偷偷瞄上一眼。

她面上尽量保持平静，心头则是惊涛骇浪不断，正在浮想联翩时，忽然听见蓝青定问道：“你在想什么？”

朱绯彤正想到关键时刻，被他一问，当即脱口而出：“黄助功。”说完后才意识到祸从口出，恨不得扇自己两巴掌。这破嘴，太快了。

蓝青定侧头，觑着她，那眼神有些凉凉的。

“你觉得他怎么样？”他声音似乎更低了两分。

啥意思？朱绯彤感觉此时此刻，就像是闺密在询问她对自己新交男朋友的看法。

朱绯彤决定表达自己的善意：“挺不错的，长得也好，身高也够，还挺会来事。”

“哦？”蓝青定声音似乎更冷了些。

是拍马屁表衷心的时候了。朱绯彤放下菜刀，望向蓝青定，眼神认真且诚恳：“我很开明的。”

闻言，蓝青定的眉梢不着痕迹地跳动了下。

此时，小高也走入了切配间，同样看见了蓝青定脖颈上的红痕。小高是个没谈过恋爱的主儿，憨且懵懂，指着那红痕直接问出了口：“小伙子，你脖子上是被蚊子咬的，还是被人咬的？咋这么红？”

蓝青定下意识地摸了摸自己脖颈上的红痕，昨晚好不容易止住的痒意在他指尖下又开始泛滥。

蓝青定望向朱绯彤，再回忆起她刚刚的一系列操作，顿时将她的心思猜了个透。明明是回答着小高的问题，可蓝青定却始终看着朱绯彤，红润的唇缓慢吐出两个字：“过敏。”

短短两个字，就让朱绯彤瞬间感觉到了自己的龌龊。

她在想啥呢？这下可好，马屁没拍成，倒惹怒了领导。朱绯彤表示想静静，赶紧走出了切配间。

戚果林刚上任，大事小事不断，忙得不可开交，便让朱绯彤帮他注意下厨房。

朱绯彤来到中餐厨房的热厨区，此时正是中午最忙碌的时候，鼓风灶台边站着多名厨师，正不停地在翻炒着铁锅中的菜肴。灶台上火光灼人，油烟笼罩，热气弥漫。

吸油烟机的鼓动声，菜蔬放入锅中的爆炒声，厨师对帮手的嘱咐声，形成嘈杂的庞大声响，弥漫出紧张的氛围。

朱绯彤巡视完后，担心站在此处影响他们工作，便打算离开。然而在她转身的瞬间，忽然听见身后传来几道恐惧的惊呼声。

“不好，着火了！”

朱绯彤立即转头，发现离自己最近的那个灶台不知为何竟燃起了大火。火势凶猛且迅疾，眨眼的工夫，火舌便从铁锅灶台上蹿到了吸油烟机上，而且还在朝着周边快速蔓延。

而灶台前的两位厨师似乎受了伤，发出痛苦的哀叫，周边的人忙将两人扶着走开。

只听主厨惊恐大叫：“关气闸！快！”

如果大火造成天然气爆炸，那整个厨房里的人就全完了。众人反应过来，忙慌乱跑去关了气闸。

火光之中，众人四处逃窜，不断有人碰撞跌倒，食材与餐具被带倒，跌落在地，整个厨房简直像是世界末日般。

此时，只有朱绯彤离着火的灶台最近。

朱绯彤心跳如鼓，大脑空白，感觉血液都停止了流动。她忽然看见身旁的墙面上悬挂着灭火毯盒。没有多想，她直接冲去，双手拉住黑色拉带，将灭火毯取出，接着跑回火焰猛烈的灶台前，用力将灭火毯朝着起火的锅铺盖去。

火焰温度太高，她似乎嗅到自己头发被烧焦的气息，脸颊和手臂裸露的皮肤都感觉到了灼烫。此时此刻，朱绯彤心头只有一个想法——厨房不能有事，酒店不能有事。

火焰被灭火毯盖住，瞬间矮了不少。朱绯彤心头大喜，忙又去抽了一张灭火毯，再度返回灶台处。这次，因为火势看似小了不少，她便靠得近了些，想要将灭火毯完全盖住铁锅。

可没料到的是，刚才那张灭火毯并没有完全盖住铁锅，就在朱绯彤跑近灶台的同时，刚有所消减的火舌又再度蹿了起来。她压根就没有躲避的时间，眼看着那火就要扑上她，她顿时感觉浑身冰冷。

就在这危急关头，忽然从旁冲出一个高挺人影，将她用力推开。

朱绯彤被推得踉跄了几步，好不容易站稳，发现自己已远离了火焰的威胁。而与此同时，她抬眼望去，才看见将自己推离危险的人，正是蓝青定。

推开她的瞬间，火舌也席卷而上，蓝青定虽然快速躲开，并用手臂遮住脸颊，但因为距离太近，手臂被火苗灼伤，爆发出火辣辣的痛感。

此时，终于有人找到了灭火器，赶紧拿来，却因为害怕紧张而哆哆嗦嗦没打开。蓝青定忍住疼痛，忙接过灭火器，很快压制住了火势。

众人见火势稍小，此时也纷纷回过神来，齐心合力，终于将火扑灭。

总算是有惊无险。

戚果林得知消息，吓得连滚带爬赶来，一边指挥众人收拾整理厨房，一边又赶紧查看二太子爷的伤势。

戚果林觉得自己实在是流年不利，这才接手没几天，不仅烧了厨房，还烧着了二太子爷。

这要是小蓝总出了什么事，他就算是有九条命也不够赔的。

想到这里，戚果林忙让朱绯彤放下手里的全部事务，赶紧陪着蓝青定去医院治疗。

海城第一人民医院就在兰特度假酒店附近，朱绯彤忙拦了辆出租车，带着蓝青定去急诊科就诊。

蓝青定的右手臂被火灼到，出现巴掌大的红肿，还起了水疱，因为他皮肤白皙，更显得伤口狰狞吓人，只得临时用毛巾冷敷。

出租车上，朱绯彤陪蓝青定坐在后排。她始终半垂着头，目不转睛盯着他的伤处，两手放置于腿上，不断紧握，又放松，一副想碰又不敢碰的模样。她眉毛长得极好，天生的自然眉，此时蹙成一团，让人看着就生出想要伸手抚平的念头。

“疼吗？”她终于还是忍不住发问了，边说，嘴里边“嘶”着冷气，仿佛疼的是自己。

蓝青定只摇头。

说的倒不算是假话，皮肤刚被烧伤，还没开始愈合，然而被她的目光看着，却仿佛有新肉在野蛮生长，有了隐隐的痒意。

医院里，人来人往熙熙攘攘，到处都是嘈杂的说话声，朱绯彤带着蓝青定直往急诊室赶。

而在庞大而杂乱的声音里，忽然出现了道孩童的哭喊声。

“我不打针！妈妈，我不要打针！打针疼！”

随即，再度传来孩童妈妈的安慰声。

“没事，妈妈在呢，你疼的话就抱住妈妈好吧。”

此时，朱绯彤终于找到了急诊室，正要赶着进去找医生，蓝青定忽然叫住她。

“朱绯彤。”

朱绯彤停住脚步，转过身来，看向蓝青定。医院里人流如潮，环境显得纷乱而混浊，可他站在人群中，整个人白得耀目，明净利落。

“其实，我挺怕疼的。”

明亮灯光下，他掀起了眼帘，望着她。

“等会儿要是实在太疼了，我能握住你的手吗？”

朱绯彤觉得，如果自己说不能，就简直不是人。人家是为了她受伤，别说是握着她的手，就是咬她一口，那也是情有可原的。而且也不应该有男女性别歧视，男人一样可以怕疼。

于是，朱绯彤握住了蓝青定没受伤的左手。更确切地说，是他握住了她的手。

蓝青定的手很大，将她的手全包裹住。他掌心干燥，却有灼人的温度。他并没有用力，但白净手背的血管与骨节都是紧绷的姿态。像是时刻在提防着掌心物的离去，毫不松懈。

经过诊断，蓝青定的伤口是浅二度烧伤。急诊科医生是位年轻男人，眼眸细长，睫毛浓密，整个人气质冷漠不羁。年轻医生为其进行伤口清创，棉签碰触伤口时，蓝青定嘴里“嘶”了声，将朱绯彤的手握得更紧。

那名医生则冷漠地抬眼，用略带不屑的目光看了眼蓝青定。讲真，有必要演成这样？

那棕褐色的碘酒，涂抹在伤口上，像是出了血般，让人看着便觉得疼。朱绯彤感同身受，任由蓝青定握着。

也许是太过疼痛，他的大拇指在她掌心中，摩挲了下。手掌心分布着众多神经，格外敏感，他摩挲的这下让她生出了无限的痒意，顺着掌心，游走到手臂，蹿入了她的心脏。

朱绯彤下意识地想要抽出手，但此时蓝青定忽然再次“嘶”了声，将她的手握得更紧，仿佛更疼了。

年轻医生正为其涂抹清凉烫伤膏的手停顿了下，下颌线绷紧，并伴随着忍耐的倒吸冷气声。冷静，他不能再打病人了，今年的额度已经用完了。

救命恩人疼成这样，朱绯彤也没空再想痒不痒的，当即也将蓝青定的手握紧——挺住，大兄弟。

之后，年轻医生将蓝青定的伤口用纱布进行包扎，又给他开了消炎口服药。

“那医生，平时有什么需要注意的？”朱绯彤仔细询问。

“多喝水，多吃蔬菜，忌食辛辣肥腻。还有就是……”年轻医生看向蓝青定仍旧握着朱绯彤的手，悠悠道，“现在应该不疼了吧？”

朱绯彤这才醒悟过来，忙从蓝青定掌心里将手抽出。她动作很快，导致他掌心中出现瞬间的虚空，带来怅然若失之感。蓝青定掩去眉间的那抹冷色，抬起双眸，望着年轻医生，声音平静无波：“我对痛觉比较敏感。”

朱绯彤没注意到两人之间的暗涌，只拿出手机备忘录开始记录医生的嘱咐。

此时，朱绯彤发现高中同学群忽然有了动静，有人在艾特自己。

高中同学群里都备注了真名，朱绯彤一眼就看见叫自己的是徐小科，头像是一只被蒸熟的红彤彤的波士顿大龙虾。

徐小科：【@朱绯彤，姐姐你终于出现了！】

徐小科：【我想死你了！你怎么毕业后就跟人间蒸发似的？】

徐小科：【咦，是小蓝拉你进来的？果然还是我蓝哥霸气，连你这种失踪人口都能找到。】

朱绯彤忙着记录年轻医生的话，只是看了眼群消息，便退出，打算忙完再回复徐小科。

说完年轻医生就表示他们没事就可以走人了。朱绯彤连声道谢，跟着蓝青定走出急诊室，边走，边依稀听见年轻医生在他们身后自言自语，近乎呢喃：

“一个个的，都是演技帝……这样虐一只女朋友跟人跑了的狗，道德吗？”

走出急诊室后，朱绯彤让蓝青定在医院的等候座椅上先休息，自己则跑去缴费，取药。

医院常年人满为患，朱绯彤耐心地待在排着长队的人群中等候。忽然微信里又传来了添加好友申请，话痨徐小科只会迟到，不会缺席。朱绯彤点击了同意，徐小科立即连续发来好几条信息。

徐小科：【彤姐，我前段时间开新店，忙成狗，没看群！】

徐小科：【你总算是出现了，有空来我店里吃饭呀，我请客！】

徐小科随即发来自己店铺在点评网站上的店址与信息。

朱绯彤点开，发现徐小科开的店名叫“徐家海鲜大排档”，看底下评论，还算小有名气，在海城已经开了两家分店。到此时，朱绯彤才逮着机会说话。

朱绯彤：【好的呀，刚在忙呢。徐老板恭喜发财，生意兴隆。】

刚打出这句话的同时，那边徐小科打出一句话。

徐小科：【食药局来例行检查了，我先忙，等会儿聊！】

朱绯彤只得放下手机，抬头，视线恰好对上了等候座椅上的蓝青定。他拿着手机，不知和谁在通话，也不知是谈到了什么问题，眉头微蹙着，半垂着双眸，红润的唇抿得有些紧。

分不清到底是因为他的冷白皮肤色，或者是他的清冷气质，他整个人就如同一个发光体。他坐在那儿，周围的人就像是被虚化，自动成了背景板。或许是刚被话痨徐小科洗礼过，朱绯彤忽然觉得眼前的蓝青定更真实了些。

高中的同学，一个个都不再是回忆里的人物，开始出现在生活中，就仿佛中间隔着的这八年时光也虚化了。

正感叹着，忽然蓝青定不经意抬起双眸，准确地攫住朱绯彤。那双眼半明半暗，似乎没有什么强烈显著的情绪，可就是让她感觉到专注。就像是，整个世界里，只余她一个人。

朱绯彤被那眼神烫到般，赶紧回过神来，挤出僵硬的笑容。偷看被人发现可还行？真是一天一个尴尬。朱绯彤连忙转身，继续排队缴费。

取完药后，朱绯彤送蓝青定回了酒店公寓。途中两人在酒店旁的生活超市前停下，朱绯彤进去购买食材，准备晚上在公寓里做饭。毕竟蓝青定是病号，怎么着也不能给人家吃外卖。

朱绯彤各种菜随意都买了点，见超市里还有卖鱼虾的，便要了两斤基围虾。

“网上说烧伤后需要多补充高蛋白，可以吃虾。”朱绯彤用手机搜索着网页上的知识，感觉自己瞬间成了营养大师。

闻言，身边的蓝青定身形忽然有些僵。但最终，他什么也没说。

提着菜蔬，两人回到蓝青定二楼的公寓房间。公寓是统一装修，二楼的格局和她房间差不多。

朱绯彤开始在厨房忙碌起来，蓝青定提出帮忙，她当然是不让，只将他赶到客厅看电视。

她做惯了厨房的事，手脚利落，一切井然有序地进行着。看饭煮得差不多了，朱绯彤便拿着铁锅盛了水，将水烧开，把基围虾放入。

虾进入沸水里，逐渐变红。非常应景地，她微信里那个已经红了的波士顿大龙虾头像又来了信息。

徐小科：【我来了，唉，开个店事真是多。】

徐小科：【对了，彤姐一定要来啊。只可惜，那两人没福气消受我的海鲜，否则咱们四人组一起聚个餐多好。】

所谓的四人组，就是蓝青定、徐小科、朱绯彤还有朱绯彤的同桌丁敏。

朱绯彤将手用毛巾擦干，开始回复信息。

朱绯彤：【丁敏和蓝青定？什么意思？怎么没福气消受了？】

徐小科：【丁敏都吃素两年了，打死不碰肉腥。】

朱绯彤：【那蓝青定呢？】

徐小科：【小蓝哥对海鲜过敏啊，完全不能碰，你不知道吗？】

✦

第三章

小蓝气场两米八

朱绯彤确实不知道。

她呆站在原地，看着沸水中逐渐红透的基围虾，觉得此时此刻，她不该在这里，应该在锅里。锅中的水不断沸腾着，她没开抽油烟机，水汽四处散开。厚重的白色热气扑在她眼前，沾湿了她的睫毛。

一时之间，她双目忽然有些模糊，神志霎时回到了高中时。

从高一入学起，朱绯彤就注意到了蓝青定。毕竟以他那样的外貌和家世，很容易便成为学校里的话题人物。但高一时，她坐第三排，他坐最后排，他们之间毫无交集。

唯一印象深刻的一次，是某天中午朱绯彤无意间回头，看见蓝青定坐在靠窗的位置上。

那时他刚睡醒，眼眸半垂，微侧首，望着窗外。正午的阳光，炽烈而明亮，斜射而入，覆盖在那毫无瑕疵的面颊上，让他整个人看上去，清冷又柔和。

当时，朱绯彤心里只有一个念头——她如果也能长这么白就好了，羡慕。

高二时，文理科分班，他们都进入了理科三班。分班后，班主任调整了座位，她坐在蓝青定前面。也就是这时，朱绯彤就体会到有个校草坐后排的烦恼了。每天课间，总有不少女生组团来到他们班门口，指着沉睡中的蓝青定，轻声花痴尖叫。

朱绯彤的座位刚好在她们指指点点的射程中，不可避免会被打扰到，导致她的解题思路被打断，完美阻碍了她努力求学的步伐。

午夜梦回，朱绯彤总在想，让她和清华大学失之交臂的那 1 分，肯定是她们造成的人祸。当然，让她和清华大学失之交臂的另外那120分，应该算天灾。

而分发作业和卷子时，朱绯彤也不能像其他人那样，往后一递就完事。毕竟自己身后的蓝青定永远都在埋头睡觉，她就算是举到天荒地老也没人接。她只能跟长臂猿般，努力伸长手，越过蓝青定的后脑勺，将卷子递给后面的同学。在她眼里，蓝青定就是个好看的后脑勺。

高中时，朱绯彤住在姨妈家。姨妈是护士长，那时候总上夜班，很忙碌。她便自己学会了做饭，并且也会给孔情做一份。那段时间，孔情减肥不吃饭，可又怕被姨妈骂，便将便当硬塞给朱绯彤，让她帮忙解决，这便当就成为那段时间朱绯彤苦恼的来源。

而那天，无意中醒来的蓝青定帮她解决了便当。

在朱绯彤心中，蓝青定不再是一个好看的后脑勺。

他升级成了一个好看的饭桶。

可惜好看的饭桶家里有矿，那次之后，仍旧每天中午回家里酒店吃主厨做的大餐。

朱绯彤正惋惜着，没想到这天下午，学校组织了一场篮球赛。蓝青定虽然不爱运动，但运动神经发达，算是篮球高手，被班主任强行征用，要求中午吃饭后就跟班里同学统一去熟悉场地。也就是说，蓝青定没时间出校门。

啊，好看的饭桶今天有福了。朱绯彤忙拿出了孔情的便当，递给了蓝青定。

一回生二回熟，蓝青定也不好拒绝。打开那少女心的便当饭盒，发现这天的菜是肉圆子、炒豆芽、宫保鸡丁。蓝青定边吃，徐小科边在旁嘱咐：“小蓝，你记得这次一定要发挥好，千万别给我丢面子，直接打哭二班那群小王八蛋！”

下午和他们班对战的，就是二班。理科三班和二班向来气场不合，从班主任到学生，都有嫌隙，这次二班公开发话说要在篮球赛上把他们三班按在地上摩擦。

这种挑衅，谁能忍得了？三班全体同学都将希望寄托在了蓝青定身上。

此刻，寄托了全班希望的蓝青定却抬起头来，看向朱绯彤，问了个非常突兀的问题：“这肉圆子，是什么肉？”

便当盒里的肉圆子一共有五颗，此时蓝青定已经吃下了一颗，另一颗在嘴里咀嚼着。

“猪肉加虾肉。”朱绯彤诚实地回答。因为家里还有些虾，朱绯彤不想浪费，便和猪肉一起揉成了圆子。

朱绯彤看着蓝青定神色稍显僵硬，顿时眉心一跳："是有腥味吗？不好吃的话，你就吐了吧。"

那颗肉圆子塞在蓝青定嘴里，他看着朱绯彤，双眸内仍旧是慵懒平静的。只是那个瞬间，朱绯彤似乎是听见了若有似无的叹气声。随后，他喉结微动，做了个吞咽动作，将肉圆子吞入腹中。

"没有。"他说，"没有腥味。"

徐小科继续在蓝青定耳边聒噪："小蓝，蓝哥，这次你一定要好好打，千万别手下留情，只要赢了这场，我以后给你做牛做马……"

"徐小科，帮我个忙。"蓝青定忽然止住了他的话。

"蓝哥你说，什么事？上刀山下火海，我在所不辞。"徐小科把胸口拍得哐哐作响。

"帮我请个假，"蓝青定轻声道，"下午我有事，不能参加篮球赛了。"

"……"

朱绯彤记得，那天下午蓝青定真的没去参加篮球赛，也没来学校。班主任以及同学都认为他是在耍大少爷脾气，那段时间对他颇有微词。

不过对蓝青定来说，没什么影响。

随着这件尘封往事一同被朱绯彤想起来的，还有昨晚自己跟劝酒般劝蓝青定喝海鲜粥的场景。

原来，蓝青定说的"过敏"，是被她强灌了海鲜粥后的过敏。

啊，她简直不是人。

朱绯彤冲出厨房，想找蓝青定询问个究竟，却发现客厅里，电视开着，但蓝青定人却不在。朱绯彤想叫"蓝总"，可话到嘴边，想起那天蓝青定的话，还是硬着头皮换了个称呼。

"小蓝？"

卧室房间里传来了蓝青定的回应："怎么了？"

朱绯彤此刻只想要找他问个清楚，其余的也没多想，直接拿着手机推开卧室门，冲口而出："你对海鲜……"

"过敏吗"三个字被朱绯彤给憋在喉咙眼里，上下不得。不能怪她不冷静，主要是眼前的场景让人无法冷静。

她推开门时，蓝青定正在换衣服。他受伤的右手垂在身侧，T 恤套过头，松松笼在肩部，左手正要去扯。

他的肩部之下，腰线之上，是完全展露的状态。

和朱绯彤那天预想的一样，蓝青定是穿衣显瘦脱衣有肉型。肌肉紧实，线条清晰，一看就是常年坚持健身的人。

纯黑的布料，将他的皮肤映得更为白皙，却丝毫不显女气，只是让人觉得干净。每一寸光滑的肌肤下，都包裹着紧实的肌肉，线条感十足。他浑身上下散发着一股洁净而浓烈的男性荷尔蒙气息。

更重要的是，此刻的蓝青定，黑色布料堆积于肩部，半遮半掩间，堪称最完美的诱惑。

朱绯彤虽然看惯了七个爱豆老公的肌肉照，可首次看见这样的实物呈现，仍旧是顶不住。

而蓝青定也停住，左手虽然握着T恤的衣角，却始终没有扯下遮挡住自己。他看着她，内双的眼睑仍旧是半垂着，然而瞳眸却漆黑如墨，浓郁到周围的空气都化为固态，将她钉在原地，无法动弹。

时间仿佛在此刻停滞。

就在朱绯彤于时间的荒野里苦苦挣扎时，叮一声响，掌心里的手机传来了新闻推送提示声。

她下意识垂首，看见了推送新闻的标题——

“变态男偷女邻居内裤，并用手机偷拍其换衣，被抓获后称很后悔。”

朱绯彤再回首观望了番自己。

蓝姓邻居换衣服时，她举着手机闯入。此情此景，感觉她离变态，也就差一条内裤的距离了。

朱绯彤告诫自己，遇到大事绝不能慌张，必须要冷静。于是，她回过神来，从容说道：“饭快好了，等会儿就可以吃。”

镇定得仿佛站在自己面前的不是一具完美身体，只是一只白斩鸡。

蓝青定点头：“好。”

同样镇定得仿佛脱了衣服的自己就是一只白斩鸡。

朱绯彤走出了卧室，关上了门。

嗯，很好，双方情绪都非常稳定。

水煮基围虾是不能吃了，朱绯彤赶紧加了其他的菜。

最后上桌的是三个菜：肉末豆腐蒸蛋、糖醋里脊、蒜蓉秋葵，虽然都是极简单的家常快手菜肴，蓝青定却吃得津津有味。

电视里播放着高收视率的综艺节目，几名主持人在台上和嘉宾互动做着游戏，制造出欢乐愉悦的气氛。公寓的客厅并不大，只放置着电视柜、原木小茶几，以及一张双人沙发。

蓝青定坐在沙发右侧，朱绯彤坐在左侧，两人身体虽然没有直接接触，但陡然缩小的空间感却让她心头蔓延出些许紧张。

朱绯彤总感觉自己那靠着蓝青定的右半边身子有种绵软的麻意。

蓝青定右手受伤，只能左手拿着勺进食，朱绯彤便负责用公筷帮他夹菜。他进食时，总是先低头，随后左手屈臂，将装有饭菜的勺放置于自己嘴里。屈臂时，他的左手肘会不自觉延展，侵入她的空间。

每次都是差那么一点儿，就会碰到她的右手臂，而在两人皮肤即将接触到时，停下。朱绯彤的右手臂上，产生了若有似无的，热意与痒意交融之感。

不知为何，朱绯彤的脑子里，开始不断闪现刚才蓝青定的裸身画面。而每闪现一次，她就觉得自己禽兽不如一次。

不行，她得做个人。

朱绯彤暗暗思考着自己是不是应该往沙发扶手那侧靠一靠，与蓝青定保持下距离，但偷眼看了下蓝青定，发现人家只是专注看着电视节目，没有任何异样。她忽然起身或者移动，意图也太过明显了。

海城临海，几乎人人都会水，海滩与泳池边，到处都是只穿泳裤的当地人与游客。那些男人身材还不及蓝青定的十分之一，也是非常自信地挺着那如怀胎七月的肚子四处晃悠，周围人也习以为常。

这么一想，似乎也没什么大不了的。不就是看见蓝青定脱了个衣服嘛，又不是看见他脱了裤子，何必这么惊慌？是她自己想太多了。朱绯彤决定将这事略过不提。

此时，朱绯彤想起心里的疑惑，斟酌了下语句，犹豫开口：“徐小科说，你对海鲜过敏？”

蓝青定仍旧双目盯着电视。

今天的综艺节目内容是某偶像剧剧组前来宣传，男女主角正炒着 CP，举止言语暧昧，主持人也配合着打趣。

“嗯。”蓝青定颔首。

“那我点海鲜粥的时候，你怎么不说？还吃了两碗？”朱绯彤蹙眉。

此时，电视里，主持人要求男女主角进行“壁咚”。在道具墙上，女主角笑着躲避，男主角伸出手，将其困在自己双臂中，也没有进一步的动作，只是深情注视着女主角。现场观众开始欢呼尖叫，气氛陡然热烈起来。

蓝青定没有回话，只是继续看着电视，仿佛注意力全被电视节目夺走，压根没有听见她的话似的。

朱绯彤也不好再问，便闷声低头吃饭。今天的糖醋里脊火候控制得恰恰好，鲜红酱汁浸入了肉内，一口下去，只觉外焦内香，酸甜可口。她正吃着，忽然听见耳边传来蓝青定的声音。

“我只是，想再试一次。”

朱绯彤循声侧首望去，蓝青定仍旧注视着电视屏幕。他侧面轮廓线条流畅，鼻梁高挺秀致，喉结精致而突出。

“也许，这次可以呢。”

电视屏幕上的光淡淡映照在他面颊上，他的姿势明明是专注的，可是那些喧嚣和斑斓却没有映入他的眼里。他应该是在回答她的问题，可是听着仿佛又像是在说另外的事。

朱绯彤刚做饭时，在手机上查询过，网上有些人说，自己吃海鲜偶尔过敏，偶尔不过敏。

难道说，蓝青定也是想试试这次吃海鲜是否过敏？这位大兄弟，确实是艺高人胆大，拿着自己身体做实验。

趁着今天黄道吉日，朱绯彤干脆将疑问都抛出让他解答：“以前高二，就是篮球比赛那次，你是因为吃了我做的虾肉圆子，海鲜过敏，才没参加篮球赛吗？”

此时，综艺节目中的男女主角已经完成了壁咚环节。炒 CP 的宗旨，就是欲拒还迎，欲语还休，欲盖弥彰。男女主角一边制造着粉红暧昧气氛，一边解释着两人之间只是朋友。

主持人开着玩笑：“好的，我们都懂的，只是朋友是吧，来，让我们给这对朋友时间和空间。”

底下观众又开始发出欢呼，电视声喧嚣而吵闹。

蓝青定用勺子舀起了糖醋里脊，那是朱绯彤为他夹的。他咬了口，外面裹着浓厚酱汁，格外滑嫩，仿佛稍用力，就会蹿出口中。他细细咀嚼着，随后将其咽下，这才开口，声音缓慢而绵长。

“有这事吗？”他说，“我不太记得了。”

多年前的事，感觉就是一个轮回了，不记得也正常，朱绯彤放弃了这个问题。

那不久前的事总应该记得吧？

朱绯彤用公筷夹起了鲜嫩的秋葵，放入他碗里，继续问道：“你之前给我点过赞？我看那个赞又消失了，一直在想到底是你手滑，还是我精神出了问题。”

蓝青定顿了顿，选择了前一个解释：“手滑。”

朱绯彤蹙眉，自言自语道：“那条朋友圈要翻很久吧，你们手速快的人就是不一样。”

仔细想想，蓝青定以前上学时是喜欢打游戏的人，大佬的手速肯定不一般，估计几分钟就把她朋友圈翻完了。指不定中途还看了下海川的宣传资料，了解了下他们海川员工的精神面貌。还好她没写海川的坏话，否则要是这个项目黄了，指不定她就要被海川杀之以祭天。

估计是今天的秋葵切得有些大，蓝青定被哽住，忍不住咳嗽起来，他的脸颊很快透出了一丝红润。朱绯彤忙起身冲到厨房，给蓝青定倒了水，看着他喝下，逐渐止住了咳嗽。

朱绯彤心头不免后怕，要么差点被火烧死，要么差点被秋葵噎死，这蓝青定还真是个倒霉孩子。

事情总是成堆而来，这边厢蓝青定才刚从秋葵的死亡威胁里挣脱，戚果林就打来了电话，报告了个坏消息——今天厨房的大火，是有人故意放的。

朱绯彤与蓝青定赶到厨房热厨区时，戚果林以及李子露已在那儿等候。看见朱绯彤与蓝青定一同出现，李子露眼中闪过探究的神情，但很快，她便将注意力放回了如今最重要的厨房火灾问题上。

“你们是怎么发现的？”蓝青定眉头微蹙，声音里有种稍显冷漠的质感。

闻声，朱绯彤双眉微挑，抬眼看向蓝青定。这才发现，在面对其他人时，他身上多了种威严感。明明刚才在公寓里那人也是蓝青定，可是那种亲切与熟悉却荡然无存。这时，她才重新意识到，蓝青定的身份不仅是楼下的大兄弟，也是整个酒店的最高决策者。

八年前的那个少年，终究还是长大了。果然，随着时间流逝，人和感情都是会改变的。

朱绯彤也只是一瞬的失神与惘然，很快便回过神来，重新关注厨房失火事件。

戚果林将事情始末全部道出：“我们了解到，当时在失火灶台上进行操作的是王耀容师傅。在起火时，他面部被火灼烧。幸好当时他身边的陈友邻师傅及时将他拉开，这才没有造成更严重的身体伤害。陈友邻也被火灼到，但伤势较轻，已经出院回家休养。

“我们原本以为，是王耀容自己在操作时，没有进行规范操作，油温过高，造成油锅起火。但去医院询问王耀容时，他却一口咬定说自己记得很清楚，当时那个灶才开火没多久，锅里的油压根就没热。事发时，他正背转身去拿菜，忽然就听见砰的一声，像是什么爆裂似的，再转回头来时，那大火就燃起来了。”

李子露接着补充，声音严肃低沉：“我们其实对王耀容的话也是半信半疑，便回来事发地点进行仔细查看，果然发现灶台内壁上有固体酒精燃烧后留下的蜡。这种劣质固体酒精，在没有拆封的状态下，遇见明火，是会出现爆燃的情况。

“我们怀疑，有人提前将固体酒精放置于灶台内，等灶台明火烧起后不久，便出现爆燃现象，导致灶台燃起大火。”

蓝青定面沉如水，眸色渐深：“也就是说，那个制造火灾的人，就藏在厨房现有员工中。”

闻言，朱绯彤背脊无端升起了阵阵凉意，忍不住打了个寒噤。是的，整个厨房只有相关人员可以进入，那个人当时必定就站在厨房里。

李子露眉头紧锁：“刚才我们去查看了监控，发现在我们接管酒店前不久，对准出事灶台的那个监控摄像头，被人为移动过，形成了监控死角，所以无法得知到底是谁做的。想必这件事也是莱斯集团的人早就计划好的，他们既然能鼓动员工辞职，必定也留了后招，埋伏了内奸在现有员工里。酒店后厨餐饮部向来是最容易出问题的地点，莱斯集团是计划好从后厨下手，想让酒店出现混乱局面。”

戚果林的脸皱得跟苦瓜似的：“现在我们该怎么办啊？本来人手就不够，没想到还有个内奸在厨房员工里面躲着，总不能把所有有嫌疑的员工都开除了吧？

“还有就是，两天后，飞康旅行社的吴社长母亲八十大寿，要在我们酒店举办寿宴。飞康旅行社和我们酒店是长期合作的关系，要是那个内奸在寿宴菜里做什么手脚，得罪了老顾客，那不就惨了？”

厨房虽然经过了几遍清洁，可着火的灶台处仍旧留有被火烧过的黑色痕迹，与周围的光明洁净形成鲜明对比，让人看着，便觉思绪更为纷繁杂乱。

就在这混乱时刻，蓝青定开口："莱斯集团清楚，出了这么大的事，我们肯定会调查监控，那么他们在厨房内部留有内奸这事也会暴露。至少这几天他们不会再敢轻举妄动，以免露马脚。所以我们需要先镇定下来，别自乱阵脚。

"监控室的保安脱不了嫌疑，有可能已经被莱斯收买，就算没有被收买，厨房监控被移动却没被发现，说明出现了重大工作失误，不适合留在原岗位，立即全部更换。

"至于那个内奸，不管他怎么隐藏，总会有线索留下。这几天我们先按兵不动，暗中调查监督，以免打草惊蛇。"

蓝青定的声音清冽，如同清凉的水在烈日下滑过耳膜，有种镇定人心之感。众人本来浮躁的心，逐渐安稳下来，落回了原处。

正在这时，李子露忽然接到了餐厅打来的电话，听了两句后，脸上顿时出现了沉郁之色。挂了电话后，李子露看向蓝青定，重重呼出口气："蓝先生，James 来了，我过去看看。"

James 便是莱斯集团酒店管理公司之前派来接管兰特度假酒店的总经理，这次随着酒店换牌，跟着莱斯酒店管理集团一同离开。据说走的时候，和兰特酒店闹得非常不愉快，他这时出现，肯定也是来者不善。

蓝青定沉吟片刻，道："一起吧。"

这种场合，连戚果林都不方便去，自己似乎更没有跟去的资格，朱绯彤正想着继续留在厨房帮忙，蓝青定却叫上了她："朱绯彤，你也跟着。"

闻言，李子露侧眸望向朱绯彤，眼里探究意味更浓，这次似乎还增添了丝凉意。

"我？"朱绯彤深觉这场会面很"高贵"，她有点不配。

"身为总经理助理，总得学会为总经理分忧。"蓝青定将话说得毫无破绽。

朱绯彤不好再辩，听话地跟着两人去到 James 就餐的海边西餐厅。

海边西餐厅分为室内、室外两部分，露天沙滩座位旁撑着白色户外硬木伞，颇有热带度假风情。此时暮色四合，海风熏然，餐厅有乐队正在演唱，女歌手的烟嗓在夜色中沉浮不定。

James 坐在室外露天座位上，面前摆放着一份威灵顿牛排，然而却只是切开，基本没有食用。李子露来到James面前，露出沉稳的微笑，用流畅英语道："看来James先生今天胃口不太好。"

James四十多岁，高鼻蓝眼，典型的白种人，身上自带一股高傲的优越感。James也用英语回复，语气和表情都透露出了骄矜自得："我胃口很好，只是这份牛排味道实在太糟糕，果然西餐主厨一走，酒店就乱套了，连份牛排都做不好。"

李子露脸上仍旧保持着微笑，只是话里也含了刺："西餐主厨离职，也得多谢您的功劳。"

James拿着白色餐巾布慢悠悠地擦拭着嘴角，笑得意味深长："谢谢我？好的，那我就接受。只是要谢的事，后面还有很多呢。"

意思就是，后面他们还有招，这算是赤裸裸的威胁了。

软刀子出了，该出硬拳了。李子露当即正色道："我们兰特与海川，绝不会坐以待毙。"

闻言，James哧一声笑出来，碧蓝的眼睛犹如冰晶，盯得李子露心头一冷："兰特度假酒店也就算了，你们海川算什么东西，就凭一个中国本土的酒店管理公司？还妄想跟我们作对？而且李小姐，据我所知，你并没有在一线城市的国际五星级酒店担任总经理的经验吧。这次登上我的座位，你以为自己可以坐多久？"

James的话刺中了李子露的痛处。她虽然工作能力强，但奈何五星级酒店基本由国外酒店管理公司接管，总经理职位也都被外籍人士把控。当初她也是因为国籍问题受过不少委屈，在夹缝中艰难求存，回想起来，实在百感交集。

见李子露被自己的话给压了下风，James更是忍不住扬扬自得："我今天来，只是想来看看我曾经管理过的酒店。结果被你们接手没几天，餐饮部就糟糕成这样，实在令人痛心。对了，顺便说下，我不久就会去莱斯酒店管理集团旗下的莱斯文华酒店担任总经理。另外，我已经邀请了Raymond Passard来担任莱斯文华酒店的西餐主厨。我很庆幸，我们莱斯文华的客人不至于吃到像今天这样糟糕的食物。"

Raymond Passard是米其林三星大厨，曾荣获多项国际大奖，在业内知名度极高。有他作为主厨，酒店的知名度必定会得到极大提升。不过他向来脾气古怪，这次James费了九牛二虎之力才能说服其加入莱斯文华酒店。有了王牌在手，James忍不住拿出来炫耀。

James 始终对兰特酒店换牌一事耿耿于怀，他在这家酒店辛苦工作多年，可兰特酒店却选择换牌，完全是过河拆桥，而海川则是坐享其成。这口气，他如何能忍下。

因此，这段时间在莱斯高层的指示下，他在兰特酒店内部做了系列小动作，将他们厨房搅得一团糟，并且还埋下了一枚定时炸弹。

今天从眼线处得知兰特酒店在自己的计谋下发生火灾，James 忍不住暗喜，故意来酒店对他们进行一番奚落，好出了自己心头的恶气。James 在此处吹过多年的海风，但从没感觉到如此惬意过。

正当他畅意到极致时，忽然听见一道清冽声音响起："我也很庆幸，我们酒店不再有你这样糟糕的总经理。"

是英语，口音纯正，流利。

James 看向发声的男人，虽然是东方人，但他很高，几乎与自己同样高。外形秀致，周身却有种不容侵犯的威严感。James 没有见过蓝青定本人，但看过资料，知道他是兰特集团的董事长蓝鸿飞的二儿子。

James 只见面前这个清俊的年轻东方男人，双眸清冷，望着自己，再度开口，只是那声音转为中文："我知道 James 先生中文流畅，既然这里是我们兰特度假酒店，客随主便，麻烦还是用中文交流吧。"

James 确实懂中文，只是平时向来高傲，不屑用中文对话，此时被蓝青定一激，当即顺溜的中文脱口而出："什么叫糟糕的总经理？是我把这家酒店管理好的！这间酒店能走到今天，是我的功劳！"

相较 James 的激动，蓝青定那平缓的语气就更显得从容："在其位谋其政，任其职尽其责。我们酒店每年给了你们莱斯集团丰厚的管理费，你们帮忙管理好酒店是理所应当。顺便提醒一句，包括 James 先生你的年薪，也都是我们酒店支付的。"

James 被堵得无话可说，恼羞成怒，面皮成了猪肝色，顿时将桌子一拍，暴喝道："你们就是忘恩负义！"

蓝青定却丝毫没有被 James 激动的情绪影响，他双眸仍旧是慵懒半垂，缓慢抬起瞳眸，里面一寸寸渗出摄人冷光："什么恩？恩赐吗？怎么，你到现在还认为自己是一等公民，高高在上是吗？"

James 被他周身散发的冰冷震住，一时竟哑口无言。

蓝青定的声音和表情没有任何改变，却无端给人一种步步紧逼之感："你和你的团队有根深蒂固的种族歧视观念，对酒店的中国员工向来不予尊重，暗地打压，言语侮辱。不仅如此，你们甚至连对待中国客人与外国客人的态度也大相径庭。所以，即使你们管理能力再优秀，我们兰特度假酒店也不需要一个不尊重中国人的管理团队。”

蓝青定锁住 James 的双目，一字一句地说：“你要记得，这里，是中国人的酒店。这里，是中国人的地界。”

他的声音并不高亢，他的情绪并不激动，他的表情并没有变化。可是有些力量，并不需要任何表象的显现，自然便是强大如山，深邃如海。James 几乎是被逼得落荒而逃，他紧绷着下颌，起身快步离去。

朱绯彤怔怔地看着面前的蓝青定。

今天的小蓝，气场直逼二米八。

长空苍茫，远海深邃，朱绯彤与蓝青定一同走在海滩上。公寓在酒店东面角落，他们需要越过兰特的私人海滩，才能返回。

虽然兰特度假酒店在自家的私人海滩上设置了多盏照明灯，灯光明亮如昼，却无法与大自然的黑暗抗衡，整个海滩靠海区域不可避免陷入幽暗中。此时，仍有少量游客在海滩上游玩嬉戏，褪去了鞋子，光着脚丫在沙滩上跑跳。

“明天我们去医院看看王耀容师傅吧，我想亲自跟他聊聊事故发生时的情况，看能不能找到些线索。”蓝青定道。

“哦……”

朱绯彤走在他身后，应得有些心不在焉，也不知在想什么。

蓝青定停下脚步，转过身来，长身伫立，看向朱绯彤。

“怎么从刚刚起你就不说话？”他挑眉疑惑。

“我觉得，你刚刚好厉害，太崇拜你了。”朱绯彤看着蓝青定，笑得憨厚又呆滞。

基本看爱豆的目光是什么样，她现在的目光就是什么样。

那慵懒双眸里，逐渐浮现起了笑意。

“我上一个这么崇拜的人，还是我三爷爷。”朱绯彤继续道。

那慵懒双眸里的笑意，有些滞住。

“他参加过抗美援朝……”朱绯彤开始回忆。

那慵懒双眸里的笑意，噼里啪啦碎了一地。

眼瞅着朱绯彤看自己的眼神，逐渐朝着像看三爷爷的方向发展，蓝青定瞬间觉得刚才的秋葵似乎还哽在胸口里。

三爷爷，我谢谢您。

两人继续在海滩上走着，兰特度假酒店当年选址时，挑的是海城最好的一片海滩。此处水清沙细，地势平坦。

朱绯彤穿着高跟鞋，走在绵软沙滩上，细长鞋跟总是陷落其中，她不得不边走，边垂首盯着脚下。

“蓝总，我是今天才知道，原来兰特换牌还有这么深层次的原因啊。”

朱绯彤觉得服气了，以前感觉兰特就是一财大气粗的资本家，现在感觉兰特是个有良心的资本家。

这话说出后，却没听见回复，低着头的朱绯彤只看见自己视野中多出了一双脚。

蓝青定站在了她面前。

朱绯彤抬起头来，夜风骤起，凉爽静谧，蓝青定额前的碎发被吹乱，发丝与睫毛交接，仿佛要落入双眸里。

“你叫我什么？”蓝青定问。

声音低沉，就像是此刻的海。

朱绯彤回过神来，才记起两人之前才谈好的称呼问题。也不知道为什么，大兄弟对称呼竟如此敏感。

“不是，那个……主要是刚才你发挥得太好，感觉和小蓝不太一样，我情不自禁就叫了蓝总。”朱绯彤实话实说。

在众人面前的蓝青定与单独跟她相处的蓝青定，似乎是两个人。

“哪里不一样？”蓝青定似乎是要问个究竟。

“说不出来，反正就是觉得和以前不一样了。”朱绯彤自嘲地笑笑，“不过肯定会不一样，人都会变的，我不也变了。”

海风不放过每个人，朱绯彤的刘海也被吹得四散纷乱，扑在她的眼前，刺激得她双目不由得闭合。顿时，天地静黑，悠悠茫茫中，她只听见了蓝青定清润的声音载着海风而来。

“只要重要的东西没变，那就行了。”

朱绯彤捂住额前作乱的发，再睁开眼，看向面前的蓝青定。他的白净面颊，一侧被深邃海洋的黑暗覆盖，一侧则是被刺目的照明灯映亮，半明半暗，交融汇合间，似乎有某种不知名的情绪在蔓延。

朱绯彤正想说什么，忽然前方传来了小孩银铃般的嬉笑声。放眼望去，发现是一对夫妻带着八九岁的女儿在海边玩水，估计是内陆的游客，天生对海有着向往。小女孩左右手分别被父母拉着，每次海浪涌来时，她便借力跳起，不让白色浪花碰到自己双脚，仿佛在跟海浪做着游戏，笑得无忧无虑。

朱绯彤回忆起了什么，眼里忽然升起了艳羡之色。

“我像她那么大时，也经常玩这个游戏。”朱绯彤忽然有了倾诉的欲望，“我爸妈站在两边，扶着我，等海浪涌上海滩时，我就用力一跃，跳起来，不让冲上岸的海浪碰到自己的脚。”

夜色寂寂，海浪声在天地间回荡，朱绯彤的声音被压制住，显得很低，几乎低到听不见。

“后来，他们分开了，我就再没有玩过这个游戏。”

周围好几个有小孩的家庭似乎也被小女孩的情绪所感染，也纷纷开始进行游戏。不仅是小孩，连大人们也开始互相牵着，一起跳跃。

白天的海滩阳光过于炽烈，稍不留意便会晒伤肌肤，也只有晚间日落时，游人才敢如此这般不戴遮阳帽遮阳伞放肆嬉戏。海浪来势汹汹，众人都是成群结队，三三两两互相牵着才敢跳，否则就怕势单力薄，被海浪冲倒。

朱绯彤正观望着，忽然发现身边的蓝青定开始脱鞋袜，并卷起了裤腿。

“走吧。”他说，“我们也去跳。”

朱绯彤有些奇怪，没想到蓝青定居然也会升起玩心。不过仔细想想，今天确实是事件频发，一会儿是失火，一会儿又是跟 James 舌战，确实需要好好发泄下。蓝大佬也不例外。

朱绯彤也没多想，褪下了高跟鞋，和蓝青定的鞋子放在一起，也跟着走到海滩近海处。从后望去，蓝青定的腿，又直又白，好看且干净，朱绯彤表示非常羡慕。

刚走到靠海区域，忽然一个大浪涌来，冲击力强悍，直直撞在朱绯彤小腿上。她正迈步走着，一个不防，眼看就要跌倒。

幸好蓝青定眼明手快，伸出未受伤的左手，握住了她的右手臂，将她稳稳扶住。

她此时穿着长袖，隔着布料，清晰地感受得到他左手上强大的力量。是男性的力量，却没有丝毫的压迫与侵略，只有浓烈的安全感。

朱绯彤没能来得及细细感受，又一个浪花袭上了海滩。只听蓝青定在她耳边低声道：“一二三，跳。”

她的身体先于神志，跟着他的指令，与他一同跳了起来。这么一跳，两人的脚悬空，避开了浪花，随后一同降落，坠入浅浅的海水里。海浪很快退去，两人白皙洁净的脚重新显露在海滩上。

海浪继续涌上海滩，游戏也在继续着，蓝青定给出的指令时间非常恰当，每次都能让他们在白色海浪接近脚的最后一刻跃起，紧张又愉悦。

他们脚底是软绵细净的沙，头顶是长空与星辰。那种旷达辽阔，让心境格外舒畅，所有的烦恼都在这一刻被击溃。

朱绯彤始终垂首，视野里是他们的白净双脚，不断跳跃，悬空，避开白色的浪花泡沫，随即踩在湿润沙粒上，又被退潮的海水覆盖。

本来是他抓握住她的右小手臂，到最后，她也抓握住了他的左小手臂。大家都穿着长袖，动作没有任何男女之间的越矩。天地之间，他们互相扶持着。

周围游客的欢笑声此起彼伏，朱绯彤也被感染，忍不住笑起来。她笑时眉眼弯弯，脸颊上仿佛有光。

她抬头，发现蓝青定也在看着她微笑。他笑的时候，从不露齿，只是唇线上扬，有笑的弧度。所有的笑意，都盛在他眼里。他的双眸，深黑如墨，却同样有光。就如同，越是深邃的长空，星辰越是闪亮。

那一瞬，朱绯彤忽然生出了一个非常浅淡的愿望。

她似乎有点想要——

时间，停在这一刻。

第四章

她忽然有个大胆的想法

隔天清早，两人一同去海城第一人民医院看望王耀容师傅。

来到医院门口时，朱绯彤看见对面有水果店，门口摆放着橘子等水果。她这才忆起，他们去看病人，至少还是得买点水果什么的。

医院门口是公交车站，不断有公交车停靠，人流密集。朱绯彤担心蓝青定的伤处被人撞到，决定自己单独去买，便转过身，对蓝青定道：“我去买几个橘子，你就在这里，不要走动。”

说完后，发现蓝青定脸有点僵，那好看的眉头还隐约跳了两下。

朱绯彤正奇怪，忽然福至心灵。等等，站台，橘子，不要动。朱自清的《背影》？

翻译过来就是，蓝青定，我是你爸爸，我去给你买橘子。

这便宜占大了。

朱绯彤想要补救，但嘴张了半晌，却说不出话，最终只得放弃。算了，赶紧当爸爸，不，赶紧买橘子去。

朱绯彤不敢再看自家的“蓝儿子”，快步穿过马路，来到对面的水果店。朱绯彤准备挑选个果篮以及送一束花，正在挑选时，忽然听见有个熟悉的声音。

“老板，这果篮是别人送的，我们家人少，确实吃不下，麻烦您帮忙退下。”说话声里有着明显的卑微与讨好。

朱绯彤循声望去，发现说话的人是个高高瘦瘦的中年男人，五官端正，只是面容稍显憔悴，整个人背脊略有些弯。

朱绯彤认识，这是厨房的陈友邻厨师，当时也是他出手，将王耀容师傅救下的。

上门不买东西，反倒要退货，老板皱眉，有些不耐烦："师傅，我们这店的宗旨是一经售出，绝不退货。客人要都像你这样收了来退，那我吃什么？"

被怼后，陈友邻也不敢动气，只是更为低声下气："我知道，我知道……这样，老板，能不能少退些？"

估计是见陈友邻缠得时间实在长，老板也怕耽误生意，便没好气地道："好吧，但只能按照原价的四折退，你愿意就退，不愿意就拉倒！"

闻言，陈友邻的背脊仿佛被某种无形的力量压得更弯了些，最终只能软声妥协："好的，四折就四折，麻烦老板了。"

求着老板退了果篮后，陈友邻拿着钱，转过身准备离开。

人人都有落魄时，朱绯彤不想让陈友邻难堪，便装作刚进店，对刚才的事一无所知的模样，主动打了招呼。

"哎，陈师傅？好巧，您是来看王师傅的？"

朱绯彤是小圆脸，漂亮又亲和，厨房的师傅们都喜欢她。只是陈友邻比较内向，平时两人交流不多。陈友邻当即愣了下，含糊回应："哦，哦，是的。"

"听说您明天就要回去上班？怎么不多休息两天？"朱绯彤笑起来眉眼弯弯，特别有亲和力。

陈友邻露出疲倦的笑容："我也没受什么伤，厨房这段时间本来就人手不够，而且吴老太太的寿宴也马上要举行，她点名说要吃我们酒店的佛跳墙，我早点回去帮忙，同事也轻松些。"

"这次多亏您，不然厨房就出大事了。"

朱绯彤的这番夸赞也算真心实意，现如今厨房里都将陈友邻看成救了他们命的英雄。陈友邻面颊上忽然出现一丝不自然的神色，顿了顿，他才扬声道："没事，应该的……小朱，我还有事，先走了。"

说完，陈友邻转身快步离开。

朱绯彤来到收银台，正准备询问老板价格。此时，忽然看见老板从收银台旁的小桌上拿起一个乳白色塑料袋，不耐烦地嘀咕道："那人真是，自己的东西也不记得拿走，这都是什么啊？"

老板边说边打开，朱绯彤侧眸望去，里面装的似乎是些病历、彩超化验单等。看见那些资料的同时，朱绯彤面容忽然变得凝滞。那瞬间，她清亮的双眸里，仿佛落了些记忆的尘埃，灰扑暗沉。

就在这时，陈友邻师傅也察觉到东西的遗失，忙赶回来寻找。

“老板，我东西好像掉这里了！”他焦急地询问。

朱绯彤回过神来，指着塑料袋里的资料问道：“陈师傅，是这个吗？”

陈友邻长呼口气：“对对，就是它。”

“是您家里人生病了？”朱绯彤问。

“哦，是的，小毛病，没事。”陈友邻似乎并不想和朱绯彤多说，取了资料后，便赶紧快步走出了水果店。

朱绯彤看着他的背影，若有所思。但很快，她便清醒过来。

惨了，有人还在等着呢，得赶紧买了橘子回去！

朱绯彤亲自挑选了水果，让老板做成精致果篮，又挑了束清新兰花，左右手抱着，快步跑回了公交车站。

朱绯彤赶回车站时，发现蓝青定竟站在他们分开时的原地，直面烈阳，没有移动分毫。

他的皮肤本来就白，被烈阳照着，就像是在发光，更为耀眼。他长身伫立在街上，冷淡柔和，清贵干净。隔着人群，他看见了她，表情并没有任何变化，双眸却霎时幽深，多了专注。身上那种清淡感一寸寸逐渐散开，变为柔和。

海城地处低纬度，向来阳光毒辣，紫外线强，稍在烈阳下站得久些，便觉头顶着火，皮肤火辣辣地疼。

朱绯彤回过神来，忙快步冲过去，站在蓝青定面前。

“你怎么一直站在这里？都不去旁边树荫下躲躲？”她埋怨。

她有一双黑白分明的杏眼，清澈水润，瞳眸里倒映着他的身影。

“怕你回来找不到我。”蓝青定淡声道。

因为怕蓝青定等，朱绯彤跑得有些快，脸颊被热意熏红，挺翘精致的鼻头上有细密的汗珠。看着，只想帮她拭去。

朱绯彤看见蓝青定抬起左手，缓慢朝着自己伸来。她下意识地认为他是看自己左右手不得闲，想要帮自己拿东西，于是忙将那束兰花塞入他的左手：“你帮我拿花吧。”

塞完后，朱绯彤用欣赏的目光看了眼拿兰花的蓝青定。别说，素净清绝的兰花和他的气质格外相称，颇有点鲜花配美人之感。只是，蓝青定的表情有些失落，仿佛他伸出左手，并不是要抱花。

烈日高悬，明亮到刺目的阳光洒向四面八方，似乎所有的藏匿都无所遁形。

朱绯彤看向蓝青定，眼神忽然变得认真，且含着坚定的拒绝。

“你不可能的。”

闻言，蓝青定淡薄的眼睑微跳了下。

朱绯彤眉头紧蹙，继续道：“你想要抱果篮是不可能的，想什么呢？你手还没好呢，果篮这么重，怎么可能让你提？”

看看时间已经不早，朱绯彤提着果篮，迈步往医院走去。身后，传来一道微不可闻的叹息。

朱绯彤就纳闷了，难道提果篮就这么重要？还是说，身边的女人提重物就有损他的男子形象吗？

男人该死的自尊心哦。唉，大兄弟果然是个钢铁直男。

王耀容师傅住在双人间病房里，面部和手部都被火烧伤，属于深二度烧伤，幸好烧伤面积不大，不需要植皮，大概一个月可以痊愈。见酒店总裁亲自来看望自己，王耀容紧张得手脚都不知往哪儿放。

蓝青定告知了他所有医疗费用酒店方都会全权负责，希望他安心养伤。王耀容听了忙连声道谢。朱绯彤挑明来意，问起了最重要的问题：“王师傅，火灾前后，您有没有发现什么异样呢？”

王耀容满脸为难：“我能回忆起的，都告诉李经理和戚经理了。当时确实和往常没有什么不同，我都是按照规范操作的。唉，这次算我命大，还好当时有陈友邻师傅在。”

朱绯彤忽然想到什么，问道：“陈师傅刚来看过您是吧？”

王耀容一脸茫然：“没有啊，他不是在家休息吗？”

闻言，朱绯彤微怔。

提起陈友邻，王耀容立即止不住夸赞：“不过这次，还真的多亏了陈友邻师傅。幸好他反应快，把我拉开，要不然再慢一步，指不定我现在就得躺重症室去了。当时就数他机灵，把我拉开后，又赶紧跑去关了气阀门，这才没有酿成大祸。”

王耀容话匣子一开，似乎就停不下来：“这陈友邻师傅，不是我帮他邀功，确实难得。他是厨房里的老师傅，手艺好，特别是他做的佛跳墙，尝一口简直鲜到让人连舌头都想吞下。他人又老实，从没跟同事红过脸，而且也孝顺，他爸走得早，听说他妈身体也不太好，都是他在贴身照顾，难得的孝子。我们厨房的人提起他来，没一个不竖大拇指的……”

从病房出来后，朱绯彤心思缥缈，似乎一直在想着什么。

“怎么了？”蓝青定观察到她的神色不对。

朱绯彤想说什么，但还有些地方没想通，最后只能犹豫着摇摇头。

“没事，我再想想。”她皱着眉思考时，总喜欢咬着唇。

她只涂了润唇膏，唇色自然柔和，洁白的牙齿按压着。蓝青定的眸色，霎时深了几许。

病房外的走廊上，坐着一个小女孩，六七岁的模样，穿着连衣裙，扎着两条辫子，睁着圆溜溜的大眼睛，正垂头乖巧地用闪光粉画着手工公主画。旁边的座位上摆放着好几种闪光粉，她用画笔蘸了，认真地涂抹在画上。

涂抹公主的头发时，小女孩用的是银色的闪光粉，一不留神蘸取多了，小女孩便将画笔放在面颊前，嘟嘴，用力一吹。

吹的刹那，朱绯彤恰好从她面前走过。那些银白色的闪光粉，扑簌簌落了朱绯彤一头一脸。

朱绯彤正在思考着问题，忽然被撒了堆闪光粉，一时没反应过来，顿时呆住。每次她遇到这种突如其来的冲击时，总是这样的表情——杏眼大睁着，水润清亮，嘴唇微张，显得娇憨呆滞。

蓝青定忽然想起了他第一次看见她这种表情的时候。

应该是高二上学期的某节自习课上。

将课堂当作自己睡觉根据地的蓝青定之所以知道那是节自习课，是因为讲台上没有老师的讲课声。

没有老师催眠的睡眠是没有灵魂的，蓝青定逐渐清醒过来，刚睡醒，神志还是迷迷糊糊，他继续保持原姿势，双手趴在课桌上，额头枕在手臂上，双目半睁开，看着自己的脚与校裤发愣。

那天是周一，学校早上都会举行升旗仪式，规定全体学生需要穿校服。十三中的校服是深蓝色，搭配白色竖纹，远远看去，人人都一个样。

睡久了，头有点晕，他便想打下游戏。当时流行的是 PSV 掌上游戏机，他每天带来学校，但基本都是同桌徐小科借去玩。

从蓝青定趴着的视线里看去，可以看见游戏机正放在徐小科的抽屉里。他懒得抬头，右手继续趴课桌上，额头放置于右小臂上，瘫着。

然后，他伸出左手，想拿出游戏机。然而“徐小科”的身体却抵着课桌，阻挡了他的手。蓝青定用手背推着“徐小科”的腹部，示意“徐小科”退后些。此时，蓝青定感觉有些奇怪，“徐小科”作为篮球队长，明明一副肌肉发达的模样，可是手背上传来的小腹触感，却是平坦和柔软的。

蓝青定诧异地抬头，看清了旁边的人。那不是他的同桌徐小科，而是他的前排朱绯彤。

那一刻的朱绯彤，像是遭遇了重大的冲击，盯着他，杏眼大睁着，水润清亮，嘴唇微张，显得娇憨呆滞。

“呀，对不起！对不起！婷婷，你看你把姐姐弄成这样，快给姐姐道歉！”一道惊呼声传来，将蓝青定的思绪拉回了现实中。

小女孩的妈妈看见孩子惹祸，忙冲过来，给朱绯彤递出纸巾，不住地道歉，又忙训斥孩子。

“姐姐对不起，我不是故意的。”小女孩也被吓到，低声道歉。

“没事没事，我去洗洗就是了，没关系的。”朱绯彤反过来安慰小女孩。

旁边便是女洗手间，朱绯彤跟蓝青定说了声，赶紧进去，在洗手台前用纸巾擦拭清理。

闪光粉贴染在皮肤上，很难洗净，她蘸湿了纸巾，一点点抹着，费了九牛二虎之力，好不容易将脸上的闪光粉弄完。而头顶的那些闪光粉，朱绯彤选择放弃，决定回家直接洗头。

朱绯彤边清洗，边透过镜子看门口的蓝青定。他那副长相，伫立在女洗手间门口，差点没被来往女人的眼神生吞活剥。这时，不远处出现两位年轻女孩，望着蓝青定捂嘴偷笑，窃窃私语。终于，其中一位长发女孩走过去，拿出手机，跟蓝青定说着什么。看样子，似乎是想加微信好友。

蓝青定却没有拿出手机，只是跟女孩说了句话，随后抬眼望向朱绯彤的方向。那女孩也随着他的眼眸望来，三人的目光在镜中相遇。长发女孩似乎红了脸，表情显得有些尴尬，随即赶紧拉着同伴离开。

朱绯彤疑惑地蹙眉，转身边擦着手，边走出洗手间，站到蓝青定面前。

“刚才你跟那个女孩说了什么？”她好奇。

蓝青定却没有回复，只是专注地看向她。他的双眸是内双，双眼皮偏窄，褶皱在眼尾显现，略显狭长，不经意透出抹清淡。而当他专注看一个人时，茶棕色的瞳眸里，露出的则是柔和，就如同此时此刻。

他忽然伸出左手食指，在她挺翘鼻梁上抹了下。

朱绯彤因他的动作怔住。

“闪光粉没擦干净。”蓝青定解释。

他的表情声音姿态都非常自然流畅，朱绯彤陷入这种自然流畅气氛里，也没察觉到什么异样。

她只是觉得奇怪，刚自己照镜子时，明明是确定擦拭干净了才走出来的，难道是她眼神越来越不好了？

蓝青定将左手放回身后，食指握在了掌心间，就像是要保留住什么。

这时，身旁一位穿白大褂的医生走过，虽然戴着口罩，然而那双仿佛自带眼线的丹凤眼却光彩夺目，正是之前那位急诊科医生。只见急诊科医生瞄了他们一眼，倒抽口冷气，脚步不停，重复念叨着什么，快步继续前进。

空中，隐隐约约模模糊糊飘来他的念叨——

“不要嫉妒，不要嫉妒……”

闻声，蓝青定停下脚步，睨向医生的背影，漂亮的下颌线紧了紧。朱绯彤没听见医生的话，只低着头往前走。

从病房出来后，她心里那个谜团逐渐胀大，占据了所有的心思。此时，朱绯彤走到电梯口前，叮一声，电梯门应声而开。她垂眼思索，也没在意，直接想要跨步前进。

谁知电梯里两名医护人员推着一张躺着病人的医疗床，正从电梯里出来。朱绯彤满腹心事，压根没注意到前方，仍在迈步前进。此时，医护人员觉察到不对，忙叫出声来：“小心！”

朱绯彤这才醒悟过来，可是已经来不及避让，眼看自己就要被笨重的医疗床撞到。

就在这千钧一发之际，忽然斜刺里伸出只手，用力将她拉开。朱绯彤双脚险险擦过医疗床的护栏，被来人抵在了电梯旁的墙面上。

惊魂未定的朱绯彤抬眼，看见了近在咫尺的蓝青定的脸。朱绯彤始终觉得，蓝青定脸上长得最好看的，其实不是眼睛，而是鼻梁。高挺精致，线条优美，让整张脸拥有高级的立体感，却并不是偏西方的异域风格，而是东方的内敛秀致。

这么多年过去，蓝青定的眼眸其实是有变化的，不是外形，而是里面的神情。总感觉像大海，拥有无限变化的可能，但他的五官却没有任何的变化。

这就是她所喜欢的，永远不会改变的东西。

朱绯彤忽然想起，很多年前，也有似曾相识的场景。

她被他抵在墙上，而她抬头，看着他。

那是高二的时候。

朱绯彤记得很清楚。

那次自习课上课前，徐小科哀求朱绯彤跟自己换一节课的座位。

“彤姐，求你了，我长这么大还没有一张素描画呢，丁敏好不容易才答应自习课时帮我画一张，你不能破坏我的人生梦想啊。”徐小科蹲在朱绯彤座位旁边，就差没跪下了。

丁敏从小便学习绘画，画技一流，徐小科做牛做马好不容易才求得她大发慈悲答应为他画张铅笔素描。自习课虽然管理不严，但仍旧有老师偶尔巡视，丁敏不方便转头，只能让徐小科与朱绯彤换座位，当自己一节课的同桌。

朱绯彤本来不愿意调换，但徐小科实在吵闹且话痨，要是不换她这一节课肯定不得清净。再看看后排那个好看的后脑勺加饭桶，都睡了一上午了，纹丝不动，估计这节课也不会动。这么一想，朱绯彤也放心了，便拿了文具盒与作业，坐在了徐小科的位置上。

上课铃打响后，前面的徐小科做出沉思者的模样，而丁敏则开始拿铅笔在画纸上进行素描。身边的蓝青定埋头睡觉，发出均匀的呼吸声。一切都很平静，朱绯彤安心沉浸在作业的海洋中，奋力狗刨。

作业最后一道，是物理大题，难度很高，朱绯彤正聚精会神想着，忽然感觉到一只手袭上了她的腹部。

她诧异地转头，看见了不知何时清醒过来的蓝青定。朱绯彤感觉此刻的自己，神志仿佛被抽离了身体。

“我拿下游戏机。”蓝青定的声音像是从遥远之地而来。

“哦。”她的声音也并不像是从自己喉咙里发出。她僵硬地退后，任他拿走了抽屉里的游戏机。

蓝青定将耳机接头插入游戏机的耳机孔，随即戴上耳机，靠着椅背，开始打起了游戏。他垂着头，全身心沉浸在游戏里，仿佛刚才什么也没发生过。

接下来，朱绯彤没能在知识的海洋里遨游，她已经溺毙。

她虽然保持着做题的姿势，但一个字也看不进，一个字也写不出。而身边的蓝青定则平静地打着游戏，毫无半分异样。

朱绯彤开始怀疑，刚才是不是错觉，他其实并没有碰到自己？

朱绯彤就这么目瞪口呆地思索了几十分钟，直到下课时，徐小科与她换回座位。

朱绯彤坐在自己座位上，仍旧保持着“我是谁，我在哪儿”的呆滞状态，直到家族遗传的小容量膀胱感到尿急，这才起身，走出教室，去往洗手间。

在走出教室的刹那，她依稀听见了徐小科的声音。

“小蓝哥，今天怎么打得这么菜，死了这么多次？咦，你耳朵怎么红成这样？”

那次接触后，朱绯彤下意识觉得自己应该跟蓝青定保持距离。当然这是件很容易的事，毕竟蓝青定基本每天都在睡觉。他们之间除了一个后脑勺，毫无交集。

朱绯彤原本以为这种两人间毫无交集的局面会持续到毕业，没想到在几周后便被打破。

她记得那天丁敏生病请假，她独自坐在座位上，显得形单影只。更让她感到雪上加霜的是，在第三节课时，她发现自己“大姨妈”来了。

朱绯彤的“大姨妈”向来不准，她书包里都会常备一片“姨妈巾”。然而也不知是不是因为头天吃了冰激凌，“大姨妈”来势汹汹，她感觉“姨妈巾”有点承受不住。

好不容易撑到中午下课，同学们如放飞的鸟般冲出教室，朱绯彤也赶紧起身，准备跑去小卖部买包“姨妈巾”替换。也许是起身时太过慌张，她的椅子不小心碰到了蓝青定的课桌。

咚的一声，他被惊醒，迷茫抬眼，双眸慵懒，望向朱绯彤。而不知为何，他看见她后背时，眼里似乎闪过一抹异样。

朱绯彤没来得及理会他的神情，只低声说了句抱歉，忙奔出了教室。可不知怎的，她总觉得身后目光灼灼。

他们理科三班在走廊尽头，旁边就是理科二班，朱绯彤需要越过理科二班下楼梯。

理科二班后门关闭着，她快速走过，正当她要走过理科二班开着的前门时，却忽然听见身后传来一阵脚步声。随后，从她身后伸出一只手，扳过她的肩膀，将她抵在了理科二班前门旁的墙壁上。

惊魂未定的朱绯彤抬眼，看见了近在咫尺的，蓝青定的脸。他的双眸，深黑如墨，却清澈朗润，尚显青涩的脸上满是少年气，干净又疏离。

她顿时呆住。

此时，理科二班的人从里面走出，是几个男生，看着吊儿郎当，似乎是不良少年那类，看见蓝青定与朱绯彤的亲密姿势，顿时吹了几声暧昧的口哨，哄笑起来。

朱绯彤瞬间清醒，忙要挣扎，蓝青定却用力将她的背按在墙壁上，而自己则半侧着身子，挡住了二班的人看朱绯彤的视线。

他侧着身子，胸膛与她的肩膀相触，她清晰地感受到了他的心跳。他那时候就已经很高，秀挺身姿的阴影覆盖着她，周身那股沐浴露的香气，清新洁净，若有似无地袭上她的鼻端。

朱绯彤只觉心跳如鼓，脑海里乱成一锅粥，咕噜咕噜不断冒着小泡。

直到那些人的声音渐行渐远，蓝青定才将她放开。这时，他向来静然的眼里，竟难得出现了抹淡淡的窘态。

他蹙眉，又松开，似乎在斟酌着语句。终于，他放弃了话语，几不可闻地叹口气，随即脱下自己的格子衬衣。以两只长袖为系带，围在她的纤腰上。她个子娇小，他只得弯着腰进行这番操作。

他向来喜欢的穿搭便是长 T 恤加衬衣，此时他只着纯白色 T 恤，整个人看着更为洁净。

系完后，他直起身子，也没再看她，转身离开。

如果到这时朱绯彤还不懂，那她就是个棒槌了。原来，她“大姨妈”露馅了。

蓝青定刚才被撞醒时，应该是看见了她身后的血迹，所以才会追出来，将她抵住，背靠着墙。

因为她再往前走一步，窘态就会被二班的那些人看见。而依照他们的秉性，肯定会在一天内就能把这事宣扬得全校皆知。

在十六七岁的年纪，这种事对女生而言，仿佛比考了全校倒数第一还丢脸。换言之，蓝青定救了她一条小命。

蓝青定何时走的，朱绯彤不知道。她只知道，自己的脸，红得像煮熟的虾。

时空切换，朱绯彤回过神来，看向面前的蓝青定。多年之后，那青涩已经褪去，茶棕色的瞳眸内更多了份淡静沉稳。

不知是因为他的双眸，或者是因为背脊的撞击，朱绯彤胸中的那个疑团逐渐胀大，忽然之间，脑中灵光乍现。

她猛然抓住了蓝青定的手臂。

她，忽然有了个大胆的想法。

这天，飞康旅行社社长吴冬生母亲吴老太太的八十寿宴在兰特酒店宴会厅隆重举行。

吴老太太虽然年事已高，但精神矍铄，身体康健。众人都想来沾沾喜气，前来祝寿的宾客络绎不绝。整个酒店的宴会厅全布置成了大红色，复古且喜庆。

宴会厅内宾客云集，热闹喧嚣。而宴会厅厨房里，则是兵荒马乱，众人忙得脚不沾地。

在混乱忙碌之中，戚果林于厨房内四处监督，那眼睛就跟钢铁侠似的发着光，看谁都像内奸。自从知道有内奸藏匿在厨房后，这段时间，他打起了十二万分的精神监督厨房各个员工。可毕竟厨房人员多，加上工作量大，想要每分每秒监督每个人的每个动作，根本是不可能完成的任务。

但是也不能让厨房停工，影响酒店的正常经营，戚果林深刻感觉到了人生艰难。

寿宴的重头戏是佛跳墙，而兰特度假酒店中餐厅的佛跳墙堪称海城一绝。不仅材料昂贵，烹饪过程也是极其复杂烦琐，每一种食材都需要不同方式进行处理，前前后后共两天时间才能制作完成。最后成品，鲜美至极，乃世间极致美味的集合。

这两天，这道菜一直是陈友邻师傅带着帮厨操作，到宴会开始前，总算出锅。那香味，神仙闻了都站不住。

为了这场寿宴，戚果林凌晨就起来忙碌，早饭也没来得及吃，就在宴会厅和厨房来回奔波，累得精疲力竭，腹中也早已空空。

这时，他看见还有多余的一盅佛跳墙，悄悄打开一嗅，那香味，直钻人心。这谁能忍得住？

戚果林趁着厨房员工在忙，自己拿了勺子，咕噜咕噜喝了起来。汤汁浓郁，鲜美滑顺，戚果林简直感动到落泪。

此时，对讲机那边传来呼唤，要他去宴会厅处理下小问题。

戚果林放下碗后，立马又赶去了宴会厅。

幸好也不是什么大事，就是主持人想跟酒店方沟通，调换下程序流程。商议完毕后，戚果林正准备返回宴会厅厨房，却忽然感觉腹部一阵绞痛，肚子开始咕噜咕噜响个不停，内部翻江倒海，来势汹汹。

戚果林暗叫不好，忙冲去了洗手间里，随后，拉了个昏天黑地，日月无光。每次他刚以为结束了，可是又面临开始。到最后，他额上汗珠如黄豆般巨大，整个人已然虚脱。

此时，对讲机里，李子露严肃的声音传来："戚经理？你在哪里？怎么没有值守工作岗位？"

戚果林用虚弱的声音回道："总经理，我好像吃坏肚子了。不，不，不，感觉比吃坏还严重……"

"你早上吃什么了？"李子露声音严肃冷淡，显然对戚果林在如此繁忙的时间段脱岗，非常不满。

戚果林忽然回忆起，自己今天一整天就只喝了一碗汤。

想起那碗佛跳墙，戚果林脸色顿时变得惨白。

"糟了！那道佛跳墙有问题！"他惊呼出声。

宴会厅靠近兰特酒店南门，一辆黑色豪华轿车停靠在对面。

此时正值午间，烈阳灼人，那刺目的阳光落在豪车玻璃上，却形成了冷幽的光泽。James 坐在驾驶座上，紧盯着南门，那双蓝色的眼，颜色过深，显得有些混浊。

这时，南门忽然走出十来个人，看穿着打扮似乎是寿宴的客人以及酒店工作人员。其中好几位客人捂住小腹，面色痛苦，而酒店工作人员则扶着病者，开始拦出租车，似乎要将他们送去医院。

虽然隔着车窗，听不清声音，可光是看南门外的混乱场面，便可以想象此刻的宴会厅内必定是人仰马翻，一片狼藉。

James 嘴角露出了扬扬自得的笑容。吴冬生人脉广，来的宾客也都是业内知名人士，可兰特却在寿宴上出了这么大的食品安全事故，今天之后，酒店的声誉和形象必定是一落千丈，再无翻身之日。

James 回忆起了那天晚上，海边餐厅里，蓝青定对自己的奚落，不禁握紧了手，他实在是忍不住想看到蓝青定现在落败的表情了。

此时，右侧副驾驶车窗玻璃上传来手指骨节敲击的声音，轻微又怯懦。James 转头，看见车外站着位高瘦的中年男人，背脊微弯，憔悴疲倦，正是陈友邻。

James 打开车门，让来人上车，他毫不掩饰目光里的鄙夷，冷冷问道："事情都办好了？"

陈友邻手里拿着黑色的环保纸袋，里面装着好多病历。他于副驾驶位坐下，黑色的环保纸袋不慎碰到了 James 的腿。

James 不耐烦地推开纸袋，陈友邻忙将纸袋放置于自己腿上，并将身子尽量缩着。明明他是很高大的身形，却总因为怯懦而显得低微渺小。

"是的，按照先生您的吩咐，这两天，我把强力泻药放在了佛跳墙的食材里。因为是分批次放的，厨房的人并没有发觉。刚才，寿宴上的客人，凡是吃了佛跳墙这道菜的，都出现了严重的腹泻情况。现在，整个宴会厅乱成一团。吴社长非常生气，说是要报警，还打电话要叫市场监督管理局的人来，并且还要找律师告兰特酒店。现在，兰特和海川所有人都是焦头烂额的状态。"

闻言，James 更是按捺不住那股自鸣得意，笑出了声。

不够，这还远远不够。稍后，他会将这件事在网络上传播，让所有人都知晓。他要让兰特和海川彻底跌入谷底，永无翻身之地。

James 的笑声滑腻冰冷，像是毒蛇般触过陈友邻的耳膜，他忍不住打了个寒噤，强力压抑住内心的不适，小心翼翼地说："James 先生，我之前按照您的吩咐，在灶台内放入了固体酒精，造成兰特酒店厨房失火。刚才又在寿宴的菜里放置了强力泻药，引起宾客腹泻。您之前答应过我，只要我做好这些事，就可以帮我解决我妈的医疗费问题。现在我妈已经要开始下一个疗程的手术和治疗，您答应给我的钱什么时候能到账呢？"

James 满不在乎，回应得格外敷衍："你也知道，治疗癌症那笔钱不是小数目，至少几十万元人民币。而且还不能直接转到你账户里，以免留下证据，引起兰特怀疑，所以肯定需要时间。"

陈友邻顿时焦急起来，语速也加快了："可是 James 先生，我妈的情况已经不能再拖了，医院已催了几遍要求我们马上缴费。如果再拖下去，是会延误病情的。当初是您信誓旦旦地答应过，只要我待在兰特酒店厨房里给您做内应，按照您的指示，在兰特厨房内捣乱，你们莱斯集团就会负责支付我妈的全部治疗费。可事到如今，我什么都做了，你们却只拿了十万给我，这远远不够啊！今天那道佛跳墙是我做的，出了问题，就算没留下证据，兰特酒店肯定也不会再留用我。我现在工作也丢了，你们却不负责，是想要逼死我吗？”

James 眼里的不耐烦越发明显：“这么急干吗？我没说不给，过两天我筹点钱给你就是了。”

James 其实心头另有打算，当初他答应负责陈友邻母亲的医疗费用，也不过是想利诱陈友邻为自己所用，一举击垮兰特度假酒店。现在目的已经达到，陈友邻也再没什么利用价值。他打算用拖延的方式，拖死陈友邻母亲，到时候只需要给陈友邻一笔封口费，这事就完结了。

听着 James 这番像是在打发叫花子般的话，陈友邻攥紧了手掌，因为气愤嘴唇不住颤抖：“你们就不怕我告发吗？”

听见这番威胁，James 脸上并没有任何慌张，那双蓝色的眼眸，颜色加深，更为混浊冰冷。

“你是在威胁我吗？奉劝一句，按照你们中国人的话来说，我们现在就是一根绳子上的蚂蚱。你要知道，纵火以及危害食品安全，可都是重罪。你要是说出来，自己也会坐牢的。到时候，你那患了癌症的妈妈可是孤苦无依了。”

说完后，James 冷笑着望向陈友邻。他清楚陈友邻的为人，老实胆小软弱，就算是给他十个胆子，也不敢去自首。

然而这次，James 却没有从陈友邻脸上看见熟悉的怯懦。陈友邻的脸上，逐渐露出一种破釜沉舟的决绝。

“她不会孤苦无依的。”陈友邻开口，声音坚定。

不知为何，看见他那神情，James 心头忽然生出了不安的忐忑。他还没来得及反应，忽然听见左侧驾驶座车窗上，响起了敲击声。匀速，沉稳，掌控全局的自信。

James 转头，看见来人，顿时心头猛跳。

是蓝青定。

不仅是蓝青定，还有朱绯彤、李子露以及几名身强力壮的保安。此刻，他们将 James 的车团团围住，令他无路可逃。

James 彻底醒悟过来，转向陈友邻，怒不可遏：“你……你出卖我？！”

“是你先出尔反尔。”

陈友邻没有再跟James废话，他直接下车，走到蓝青定面前，从那黑色环保纸袋中掏出一台微型摄像机。要仔细看才能发现，黑色环保纸袋上有一个小孔，恰好就够摄像头拍摄。

“蓝总，刚才我和James的对话，都已经录下来了。他已经亲口承认，是他用金钱收买，让我在厨房放火以及在汤中下药的。”

“你……你居然！居然……”James冲下了车，指着陈友邻，浑身冰凉，如坠冰窟。因为太过震惊，他一时竟说不出完整的语句。

他向来警醒，平时行事时都会注意不轻易留下证据，但认识陈友邻多年，知道陈友邻向来怯懦胆小，心头也放松了警惕，有些麻痹大意。再加上刚亲眼目睹宾客被下药送入医院的混乱场面，难免自得，掉以轻心。最重要的是，他无论如何也不敢相信，陈友邻竟会不怕坐牢？

等下，如果说陈友邻早已背叛了自己，那刚才的混乱？

James望着蓝青定，恨得目眦欲裂：“刚才那些人，都是装的？”

蓝青定却没有回答，只是淡然看向James，眼神疏离冷漠，仿佛这个手下败将，已经不值得自己再多费口舌。

“没错，刚才南门那些假装腹痛的客人，都是我们员工假扮的。毕竟，还是要做场全戏给您看，免得您怀疑啊。寿宴现在正常举行着，毫无疏漏，宾客尽欢。”李子露面色冷凝，语气讽刺，“我们已经报警，稍后警方就会赶来，James先生，您是自己上警车，还是需要我们保安陪着呢？”

此时，James的身子一阵冷一阵热，那张向来倨傲的脸，竟逐渐变得灰败起来。

他当然知道，自己这次是真的栽了。人证物证俱在，他压根无法狡辩。

想到这里，James的双手不可抑制地颤抖起来，是一种穷途末路的颤抖。

他抬起头来，用阴毒目光望着陈友邻，一字一句仿佛从牙缝里挤出，含着诅咒：“陈友邻，你这个蠢货，是不是以为出卖了我，投靠兰特就可以平安无事？我告诉你，就算兰特不追究你的责任，根据法律，你一样要坐牢的！”

这次，陈友邻没有如往常般软弱地回避他的目光，而是选择了直视。

“我知道自己会坐牢，”陈友邻那向来弯曲的背脊，此刻挺直，他整个人看上去竟高了不少，“做错了事，就必然要受到惩罚。”

陈友邻感觉到，那个始终压迫在背脊上的东西，已经消失了。他侧眸，看着身边的蓝青定与朱绯彤，回忆起了刚才厨房里发生的事。

这两天，陈友邻带着小高一起制作佛跳墙这道菜。过程繁复，两人从早站到晚，就为了处理好每道食材。

虽然身边时不时有戚果林经过，但无法做到每时每刻监督陈友邻。陈友邻将药粉放入衣袋里，每次用手抹了，乘人不备放置于食材中，计划毫无破绽。

寿宴即将开始前，佛跳墙出锅时，为了保证万无一失，陈友邻再度用手偷偷在衣袋里抹了药粉，准备撒在每一盅汤内。周围厨师都各司其职，忙得不可开交，而戚果林也被叫去了寿宴现场，根本不会有人注意到他的举动。

可陈友邻怎么也想不到，此时，忽然从后伸出一只手，大力抓握住了他的手腕，顺势一翻，他手掌上的药粉暴露在灯光之下。

人赃并获，再抵赖不得。

陈友邻浑身如遭雷劈，转头，他发现抓住自己的人，竟是蓝青定。蓝青定的身旁，还站着朱绯彤、李子露。其余的厨师虽然都忙碌地继续进行着手上的操作，却也依稀知道发生了什么。

陈友邻看见，一道道目光朝着自己刺来。那里面，有鄙夷，有谴责，还有，他最难承受的，失望。

陈友邻被带到小隔间里，他整个人都是软绵绵的，连站立的力气都没有，只能瘫坐在木椅上。

李子露站在他面前，居高临下地看着他。

“我们早已查到你是莱斯集团的内奸，而刚才你下药的全过程，还有药粉证据我们都已经收集好了。主厨这两天亲自在另外的厨房加班制作佛跳墙，已经替换了你下药的那些。也就是说，你和莱斯集团的算盘已经落空，我劝你不要再做无谓的挣扎，跟我们合作。”

听到这里，陈友邻呼出口气，甚至有些如释重负。相处多年，他其实对兰特酒店有很深的感情，之前大火烧伤了同事，还差点烧了整个厨房，他也是日日良心不安。事情被揭穿，他从最开始的惊恐万状到如今的仿如枯木死灰。

这样也好，他已经承受太多了。

李子露继续道：“现在，我们需要你将功折罪，跟 James 虚与委蛇，帮我们录下证据，让他承认是莱斯指使你做内应行事。”

陈友邻却沉默了，沉默的姿态含着犹豫不决。虽然他并不能确定莱斯集团和 James 是否会在自己入狱后照顾好他母亲，可事到如今，他们是他唯一能抓住的浮木，他不敢放手。

像是能看穿他心事般，蓝青定开口，声音清冷却明晰："你母亲的全部医疗费用，我们会帮你解决的。"

陈友邻猛然抬起眼，望向蓝青定。此刻的他，心脏剧烈跳动着，跳动的声音里，有狂喜，也有怀疑。

"我做了那么多的错事，你们怎么会……"

怎么还会帮他？

"我们兰特度假酒店会承担你母亲的全部医疗费用。但是，正如你所说的，你做了很多错事。"蓝青定此时面容如冰雪，双眸清冷，有种摄人之感，"做错了事，就必然要受到惩罚。你会被移交给警方，接受法律的制裁。"

此刻的陈友邻陷入天人交战之中，脑内乱成一团。他并不在乎自己，坐牢也好，失去自由也好，他都可以接受。他只想知道，兰特说能帮忙解决他母亲的全部医疗费用，是真的吗？他可以相信他们吗？

他紧攥住双手，陷入浓重的犹疑中。

李子露低头看了下手表，向来冷静的面颊上也难免升起了焦灼之情，再拖延下去，等中午寿宴成功举行，James 必定会知晓自己的计划失败。他那般老奸巨猾，之后兰特再想要收集证据，便是难上加难了。

然而这件事也必须要陈友邻心甘情愿，毕竟他稍有异样，肯定会被 James 看出，那就功亏一篑了。

时间无声流逝着，然而每一分，每一秒都像是划在在场人心上，磨出了煎熬焦急的红痕。

眼见着寿宴已经开始进行，李子露心急如焚，却又无可奈何。正当她准备无奈地放弃这个计划时，忽然听见身旁传来朱绯彤的声音，轻柔舒缓，足以抚慰人心。

"陈师傅，我去医院了解过，伯母现在是乳腺癌早期，配合治疗是有很大概率痊愈的。兰特度假酒店会直接把钱提前打入伯母在医院的账户里，用于后续的全部治疗。我还了解到，你有个远房表姐，是做保姆工作，我们之后会聘请她为护工，专门照顾你母亲的起居。"

陈友邻呆滞的面目，似乎有所松动。朱绯彤走到陈友邻面前，蹲下。此刻，他们的姿势令两人眼神可以平视彼此。没有高高在上与低声下气，这一刻，他们是平等的。

“我妈和伯母一样，也是患上了乳腺癌，只是发现时已经是晚期，回天乏术。所以，我很理解你想要拼尽全力挽救伯母的心情。就像是当初我也祈祷着，可以付出一切，来换回我妈。”

时间流逝，朱绯彤面容上不再有哀思，只是覆盖着宁和平静，但那份宁和平静却有更能让人信服的力量。

陈友邻呼吸急促，喉间哽咽。当他母亲患病后，周围亲朋好友都说可以理解他。但实际上，他却是孤独的。世界上哪来什么感同身受，只有亲身经历过的人，才能切实体会那份切肤之痛。

而面前的这个年轻女孩，她感受过这份痛，她与他的情感是共通的。

这是朱绯彤首次透露自己的家庭情况。闻言，李子露挑眉，有些微诧。

而她身旁的蓝青定，面色如常，只是那双眼眸，却如大海般深邃，底部似乎有暗流翻涌。

“我上午以你同事的名义，去看过伯母，陪她聊了会儿天。伯母其实是个很豁达乐观的人，她似乎对自己的病情并不在意。她说，她从小就教育你，要好好做人，好好做事。而你做得很好，所以她没有任何遗憾。”

朱绯彤看向陈友邻，目光柔和，话语却掷地有声：“陈师傅，还不晚的，还可以补救，不要让伯母失望。”

闻言，陈友邻浑身一震，双目瞬间涌出泪水。他用粗糙的手指用力擦拭去，胸臆中迸发出的是强烈的不知名的情绪。

这一刻，他只有一个念头。

他，不能让母亲失望。

警方很快赶来，兰特度假酒店提交了所有的证据，James 和陈友邻被带走。寿宴也顺利进行，吴社长与吴老太太都非常满意，对兰特度假酒店大加褒赞。

蓝青定处理好所有事务后，从办公室出来，却没在厨房里见到朱绯彤。

他拿出手机，找到朱绯彤的微信。

她的微信头像，是一只白色飞鸟，于夕阳半空中翱翔，似乎没有停歇之所。他通过微信询问她所在位置，那边却迟迟没有回应。

蓝青定此时正走到酒店花园处，他始终垂首看着手机，屏幕停留在与飞鸟的对话框上。一抹金色阳光在飞鸟图片上滑过，蓝青定不经意抬眼，看见了前方站在沙滩通道上的朱绯彤。

她背对着他，正出神地望着前方碧蓝宁静的大海。

朱绯彤因为上午去医院看望陈母执行任务，只穿着便装，是一条法式白色蕾丝连衣裙。海风猎猎，将她的裙摆吹起，白色衣裙鼓动，她整个人仿若飞鸟。

朱绯彤正看得出神，忽然听见身旁传来蓝青定的声音："怎么在这儿发呆？"

朱绯彤忙收回神志，解释道："刚刚厨房没什么事，我就出来休息下，正想回去。"

惨还是她惨，好不容易偷个懒，结果被老板抓包，不会扣她工资吧？

不过运气还好，老板没批评她，反而对她进行了表扬。

"这次多亏你的提醒，不然我们也没这么快能发现陈友邻就是莱斯的内应。"

确实是朱绯彤先怀疑陈友邻的。

放火是重罪，如果被抓，前程与自由便都毁了。而莱斯的内应还愿意这么做，很可能是急需用钱，才会在重金之下铤而走险。

朱绯彤母亲之前患的便是乳腺癌，她熟悉病历和专用名词，所以当时在水果店里看了眼袋中的资料，便知道陈友邻的家人患上了癌症。而且，看陈友邻退果篮的模样，似乎是急需用钱。

如果她是 James，很可能也会从陈友邻身上下手。

最令人怀疑的是，火灾发生时，众人都是慌乱状态，陈友邻却反应极其迅速，不仅拉开了王耀容，还能第一时间关闭气阀。和他平时的温暾懦弱形象，并不符合。

朱绯彤将这些怀疑告知了蓝青定，蓝青定派人进行了调查，果然发现了陈友邻与 James 之间联系的端倪。

朱绯彤不敢邀功，忙反手拍一个马屁："我只是提出怀疑，之后能让莱斯他们显形，还是靠你规划周全。"

当然，也不完全是马屁。蓝青定确实心思缜密，谋无遗策。他确定陈友邻是内应后，不动声色，运筹帷幄，指挥若定，直到请君入瓮，将 James 一举抓获。

今天唯一的损失只有戚果林，当然，他也算是偷吃遭天谴的典型。

蓝青定似乎并不需要朱绯彤的马屁，他仔细查看着她的神色，缓声问道："你今天心情不好？"

蓝青定是今天才得知朱绯彤的母亲是因为癌症过世，否则，他也不会派她去见陈母。她难受，是因为触景伤情吗？

朱绯彤怔了怔，忽然哑声笑了出来："没有啊。"

她还是那副眉眼弯弯脾气很好的模样，那副什么也没发生过的模样，那副把人隔绝在外的模样。

蓝青定侧眸，望向前方，视野里，碧海蓝天，色彩浓郁，如同油画。海面上，有不少玩乐项目，暖热咸湿的海风中，隐隐传来了年轻男女的欢呼声。

"这次你立了功，应该得到奖励。"蓝青定道。

朱绯彤立即抬眼，捂住激动的小心脏。来了，来了，是要用金钱砸死她吗？

蓝青定没有打算用金钱砸朱绯彤，他想用海水砸她。蓝青定将朱绯彤带到了海边，租了摩托艇，决定带她在海上乘风破浪。

实话实说，朱绯彤非常失落。所有不加工资的奖励，都是耍流氓啊！

可是眼看着"流氓"老板蓝青定似乎非常热衷于这项运动，她也只能硬着头皮答应。算了，就当给大兄弟面子了。

蓝青定先跨上摩托艇，朱绯彤在他后座坐定，心里有点紧张。倒也不是紧张乘风破浪这事，主要是紧张不知道自己的手该往哪儿放。

朱绯彤先是用双手搂着蓝青定的脖子，发现行不通，感觉有谋杀老板的倾向。想来想去，只能双手搭在他双肩上，感觉跟幼儿园小朋友排队走去领小饼干一模一样。

"你抱住我的腰吧，不然很容易摔下去。"蓝青定建议。

"没事，不会，我能抓紧。"朱绯彤不怕死地立下了 flag。

在朱绯彤心里，男人的腰似乎是正牌女朋友才能搂。换言之，这腰太"高贵"，她不配。

当听见她的拒绝后，蓝青定整个人沉默了。良久，他缓声道出个字："好。"

海上风大，虽然两人隔得近，可吹入她耳里时，这个字却似乎吸附了些其他的意味。

朱绯彤也来不及仔细分辨，只见蓝青定按下油门，摩托艇快速向前冲去。朱绯彤只觉整个人被惯性颠得七零八落，重心不稳，像是下一秒就要跌入海中，忍不住惊呼出声。

蓝青定却像是早有所准备，单手朝后，用力在她腰上一推，让她整个人牢牢贴在他背脊上。

朱绯彤也不管什么高不高贵了，这时候，别说是腰，就算是肾，也得搂。她双手搂住蓝青定的腰，将脸埋在他肩上，等待那股眩晕感过去。

在搂住蓝青定的刹那，她似乎听见一声笑从他胸腔内传出。

低低的，有点得逞的畅意。

海面本来便是浪涛滚滚，再加上摩托艇的强大动力，朱绯彤感觉自己就像是在坐云霄飞车，连灵魂都被颠碎。湛蓝海面上，他们不断被抛上浪峰，又随即跌落。虽然充满了惊险刺激，但蓝青定的驾驶技术却非常高超，摩托艇在海面飞速驰骋，却平稳安全。

他背影沉稳可靠，她紧贴着他的背脊，感受到安心感如同涓涓溪流般覆盖满自己全身。

朱绯彤正坐到兴头上时，蓝青定忽然减速返回岸边。她有些失望，却想了想，蓝青定估计也忙，能带她出来溜达一圈就不错了。

朱绯彤已经做好离开的准备，谁知蓝青定却把她牵到前方的驾驶座上："你来开吧。"

"啊，我不会的！不行不行！"

朱绯彤表示拒绝，正准备要下摩托艇，可蓝青定没有给她拒绝的机会，他直接坐在了摩托艇后座上，并且非常自然地搂住了她的腰。

"没事，我在后面教你。"他说。

朱绯彤低头看着放置于自己腰间的那双骨节分明的手，整个人僵得跟缺少零件的机器人似的。

蓝青定本来就比朱绯彤高不少，此刻他的胸膛贴近她后背，那种矿物质与浮木香混合的气息再度涌来，覆盖了她的全部感官。海盐与浪花混合出的清新感，压制住了体内的所有拒绝与反抗。

没错，刚刚大兄弟的腰被她搂了，现在搂搂她的腰，也算是扯平，没什么大不了。

这么一想，朱绯彤便放下心来。在蓝青定的指挥下，将钥匙插入点火装置，随即按动把手上的触发装置，控制起了油门。摩托艇开始启动，在海面上行驶。

开始时，她只敢缓慢前行，蓝青定耐心地在她耳畔指引着。逐渐地，她加快了速度。

自己开和坐后排是两回事，朱绯彤握着摩托艇把手，在海面上破浪前行，感觉像是控制了整个世界。海面一望无垠，没有尽头，波澜壮阔，天高海远，拥有无限的可能。蔚蓝到纯净的长空里，海鸥翱翔，发出自由的呼喊。

如此旷达辽阔的景色中，朱绯彤在海面上风驰电掣，海风刮着她的面颊，引发一丝丝的痛感，却释放出体内的全部野性。

她在海面上恣意徜徉，像是要让那海风吹走所有的郁结与阴影。今天早上走入癌症病人病房时，她又一次感受到了蚀骨的孤寂。消毒水的味道，药物的刺鼻味道，癌症病人身上散发的味道，都是生命逐渐逝去的气息。如同只余白骨的鬼爪，环绕上她的脖颈，令她无法呼吸。

她似乎又变回了当年那个十五岁的小女孩，在失去母亲的深夜，于走廊上无助痛哭，孤苦无依。本应永远陪伴她的两个人，都抛弃了她。

然而这一刻，海风吹散了那只鬼爪，让她终于能自由呼吸。没有目的地，她要驶入海的边界，世界尽头。

朱绯彤丝毫不感到孤独，因为那双腰上的手，因为背后紧贴着的那个人。那个人，始终陪着她。隔着那么厚的两件救生衣，她却像是仍旧能感受到他的心跳与热度。

在宽阔无垠的幽蓝海面上，朱绯彤忽然生出了奢侈的愿望。

她想要时间，永远停止在这一刻。

终于，朱绯彤将所有的不快都抛在海上，整个人只剩疲倦与畅意。此时已是傍晚，夕阳逐渐落入海平面，晚霞秾丽，辉煌旖旎。游人纷纷靠岸，准备去吃晚餐。他们也减速回到了岸边，蓝青定先上岸，伸出手，拉住朱绯彤的手腕。

这时，一位年轻母亲带着一个可爱小女孩从前方不远处路过。小女孩好奇地询问："妈妈，刚那个叔叔说，这里是蜜月胜地，什么叫度蜜月？"

小女孩的妈妈解释道："度蜜月就是指，那些刚结婚很恩爱的哥哥姐姐，一起来这里旅游度假。"

小女孩点点头，指着朱绯彤与蓝青定，恍然大悟道："我知道了，那个哥哥和姐姐这么恩爱，他们肯定也是在度蜜月吧。"

年轻母亲颔首："我看，应该是的哦。"

听见母女的对话，朱绯彤脚下一滑，整个人差点就要跌入海里。

不是，她好端端的，怎么就结婚了呢？！

幸好蓝青定眼明手快，伸手将朱绯彤一捞，她因为惯性撞入了蓝青定怀里。

朱绯彤下意识抬头，刚好对上了蓝青定的脸。只见他眼眸微动，净白面颊被晚霞映照，显出了从未有过的柔和。

很好，这下不是蜜月胜似蜜月了。朱绯彤连忙从蓝青定怀中挣扎出来，为了缓解尴尬，她赶紧转移话题，问道："对了，你今晚想吃什么，我请你吧。"

蓝青定看向朱绯彤迅速涨红的耳朵，嘴角噙起了一抹轻笑："不用你请，徐小科刚说他失恋了，请我们喝酒。我们去他的海鲜烧烤店吧，我可以吃素菜。"

说走就走，蓝青定直接开车带着朱绯彤去了徐小科开的新店。

蓝青定的车是奔驰 G500，纯黑低调，线条平直锐利。朱绯彤始终觉得蓝青定是位很奇怪的同学，明明看上去就是一副清淡冷漠的白面书生模样，却什么运动都擅长，就连驾座也是这种简洁刚毅的越野车。

小蓝果然是个闷骚 boy。朱绯彤边腹诽着老板，边坐上了车。

此时前方道路上，夕阳半落入地平线，放射出最后的余晖，霞光刺目。蓝青定戴上了黑色墨镜，显得面庞更为白皙俊雅。他衬衣袖口半卷起至手肘处，转动方向盘时，漂亮的肌肉线条显现。他右手臂上的烧伤，已不用包扎，只是在白皙手臂上留下了红痕。仿佛白玉有瑕，有缺憾，也有种真实感。

朱绯彤视线向上，望向蓝青定的侧颜，只感叹造物主给了他最完美的线条。鼻梁的线条，下颌的线条，还有喉结的线条。他的喉结很明显，却并不突兀，有种干净的禁欲感。

朱绯彤看得入了神，直到察觉到蓝青定侧头瞥向她。车内开着空调，温度有些低，但那视线却是有温度的，高到让朱绯彤脸颊微烫。

偷看又被抓包了？她还能不能有点出息？朱绯彤忙转回脖子，低头开始看手机，可一颗心却是七上八下，不肯安分躺着。

朱绯彤开始给自己做着心理建设——刚才并不是欣赏，只是求生欲。毕竟蓝青定握着方向盘，命都在他手上，能说他不帅吗？

没多久，他们便到达了目的地。

徐家海鲜大排档在海城西边的老城区，一条街全是海鲜大排档，全搭着宝蓝色的户外遮阳棚，底下摆着简陋的桌椅，桌上放着啤酒烧烤，桌边则是饮食男女。这里海鲜烧烤味道正宗，是海城本地老饕食客聚餐之地，外地游客很少知晓。

夜已渐深，此处却灯火通明，热闹非凡。不同于海边那些五星级酒店的高级冰冷感，这里有江湖气，也有人情味。

另外，还有土豪味。来的食客都是本地老饕，全是有钱人，开的车也都是宾利、保时捷、玛莎拉蒂。

没有停车场，大家就跟停共享单车般随意乱停着。朱绯彤甚至还看见停了辆劳斯莱斯幻影，不禁感叹车主没有人性，不小心撞到岂不是要把命赔给他？

朱绯彤正观察着豪车，忽然手机里跳出了一则新闻。

“米其林三星大厨 Raymond Passard 确定加入兰特度假酒店，担任西餐行政总厨一职。”

朱绯彤顿时抬眸，惊喜交加：“Raymond Passard 要成为我们的西餐总厨了？”

此时蓝青定找到了徐家大排档的位置，径直向前开去。

他面容平静，淡声道：“Raymond Passard 还会带来一支优秀的厨师团队，厨房这边的事基本已经解决了。”

朱绯彤仔细观察着他的神色，当即脑中电光石火一闪，忍不住问道：“是你说服他的？ Raymond Passard 不是确定好要去莱斯文华酒店吗？你是怎么做到的？”

“我们有共同的朋友，那位朋友帮我联系上了他。经过视频会谈，我了解到他看重的并不是高薪，而是酒店的经营理念，希望酒店能给予他充分自由创作菜品的空间。我答应了他的要求，并明确写入协议，他最终选择跟兰特签约。”蓝青定回答得平静淡然。

朱绯彤却按捺不住欣喜。

James 其实之前已经在网络上进行了造势，到处宣扬 Raymond Passard 会去莱斯文华酒店。可如今这条消息一出，莱斯的脸瞬间被打得啪啪作响。

蓝青定不愧是酒店总裁，闷不作声就发大招。

徐家大排档旁有条小径，刚好还有一个车位可供停靠。蓝青定侧身后望，右手搭在副驾驶座的靠背上，左手握着方向盘进行倒车，手腕上的墨蓝手表在灯光下绽出道亮色。

他聚精会神地看着后方，侧面轮廓更为分明。也许是后方光线晦暗，他需要更多的视野，整个身子朝朱绯彤的方向越发靠近，如同下一秒就要倾轧而来。两人之间陡然缩小的距离感，给朱绯彤带来一种说不出的紧张。

她虽然始终垂头，装作认真看手机的模样，却仍旧感受得到他均匀的呼吸，隔得那样近，像是落在了她脖颈裸露的皮肤上。靠近他的左半边身子，仿佛有小针在轻柔地扎着，一时尖利，一时酥软。

在逼仄的空间里，他的气息，像是无形的网铺天盖地将她覆住。明明没有任何的接触，她却感受到了那股力量，充满了男性的荷尔蒙。

她实在难以忍耐，忙急中生智，找出话来缓解尴尬："感觉你想要做的每件事都能做到，太厉害了。"

比如，切黄瓜。

"没有。"他忽然道。

"嗯？"朱绯彤见蓝青定搭话，下意识地抬眸，却发现他正望着自己。

"并不是每件事都做到了。"他缓声道。

车内并没有开灯，所有的黑色，都像是凝入了他的双眸里。沉淀，深邃。

朱绯彤一时怔住。

就在这时，车尾忽然传来沉闷的砰一下撞击声。完蛋，剐蹭了！

朱绯彤瞬间清醒过来，要真是擦挂到那辆"壕"无人性的劳斯莱斯幻影，就要把命给车主了。

朱绯彤忙冲下车去，仔细查看后，忙拍拍胸口安抚自己，还好还好，剐蹭的只是辆保时捷。

拍完后，朱绯彤瞬间觉得自己膨胀了。

剐蹭了百来万的车，她居然用"还好"两字。朱绯彤你最近有点飘啊，是不是太久没挨刀了。

这时，店里走出一个年轻男人，高高壮壮，肌肉发达，五官端正，脸其实是好看的，只是被身上那股憨傻的气质掩盖。照旧是穿着篮球服，就跟记忆中那个徐小科一模一样。

果然是徐小科，只见他满脸笼罩着失恋的阴影，先是看看蓝青定的车，再看看自己那辆被撞的保时捷，大手一挥，豪气万丈："没事，兄弟，随便撞，老子心都碎了，还怕车灯碎吗？"

过往的时间仿佛瞬间涌回，朱绯彤忍不住唤出声来："徐小科？"

徐小科转眼看向朱绯彤，用力揉着眼睛，顿时兴奋大叫："呀！这不彤姐嘛！多少年没见了，还是这么漂亮啊，不愧是咱们班班花！快，来拥抱一个！想死你了！"

徐小科边说边张开双臂冲上来，朱绯彤没来得及拒绝，眼看着一个高大似狗熊的身影即将要扑向自己。

就在这时，朱绯彤右手腕被人握住，随即轻轻一拖，她被拉到了蓝青定身后。蓝青定隔在徐小科与朱绯彤两人之间，淡声询问：“我们坐哪儿？”

蓝青定将朱绯彤拉到身后便放开了手，朱绯彤看着他高挺的背影，不知为何，始终觉得右手腕上仍残留着一股热度，弥久不散。

她忍不住用另一只手摩挲手腕。

徐小科热情地将他们引到了靠角落的一张小桌上就餐，小桌在遮阳棚角落，四周被蓝色塑料薄膜围着，形成了封闭空间，不易被人打扰。

“别看咱们这环境不怎么样，但是味道我敢打包票，只要吃过一次，绝对成回头客。”徐小科见到朱绯彤，又是欣喜又是埋怨，“彤姐，你说你这些年到底去哪儿了？我们高中毕业后，组织了好几次同学会，还叫你加同学群，可是你都不回复，太伤我们心了。”

“我高中后不是去宁城上大学嘛，课程多，又要忙着打工，周末都没休息时间，确实太忙了。”朱绯彤赶紧解释。

“你们女生就是这么无情残酷，丁敏也是，我说我失恋了想让她来陪我喝酒，结果她叫我往东直走，直接跳海别回头。”徐小科叹气，“说好的同学情呢？”

徐小科叫店员搬来一箱啤酒，又拿了一瓶梅子酒，给朱绯彤倒上：“来，来，来，彤姐，今天你得陪我喝酒，不醉不归，我好久没和老同学喝酒了。小蓝，你这种不能喝酒的人就自己倒茶哈，我不管你了。”

梅子酒是古色古香的棕色酒瓶装着，打开便是一股柔甜的果香气息。徐小科与朱绯彤碰杯，将一大杯啤酒一饮而尽。朱绯彤不好来虚的，也将杯中的梅子酒尽数喝入腹中。梅子酒特有的青梅果香糅杂着蒸馏酒的浓烈，让胃部顿时一阵暖热。

“你不能喝酒？”朱绯彤好奇地询问蓝青定。

蓝青定此时正在往自己杯中倒茶，大排档用的是苦荞茶，汤色淡黄，麦香浓郁。

不等他答话，话痨徐小科立即抢答：“小蓝喝两杯就倒，倒了还会做些奇奇怪怪的事，隔天醒来完全不记得发生过什么。你看看，简直是渣男的技能，借酒对姑娘耍个流氓什么的，隔天还能光明正大不认账。”

朱绯彤抬眼望向蓝青定。

喝醉了醒来不记得？不知道灌醉了可以问出银行卡密码吗？

蓝青定此时正将茶杯放置于唇边，他的唇刚挨着茶水，听见最后一句时，他动作稍有停顿。随后，平静的茶面忽然泛起了一圈涟漪，仿佛是唇上升起了抹微笑的弧度。

徐小科打个酒嗝，道："我先给不能吃海鲜的蓝大爷点些素菜吧。其实我们店吧，素菜中韭菜卖得最好，男的都爱吃，可惜小蓝单身，吃了也是浪费。"

男人间喜欢开些无伤大雅的颜色玩笑，朱绯彤只装听不懂，低头看菜单。

正看着呢，忽然听见那边传来蓝青定的声音："谁说我单身？"

闻言，朱绯彤心头一紧。蓝青定不是单身？这事她咋不知道？

震惊的不只是朱绯彤，还有徐小科："怎么，你有情况了？"

"我是不是单身，不该由你管。"蓝青定声音依旧淡然。

"那该谁管？"徐小科好奇。

蓝青定却迟迟没有回话。

大排档的菜单都是单独的一张彩页，有塑封膜，白色灯光在上面流曳而过，朱绯彤感觉菜单上的字似乎都看不清了。

"问你话呢，你总看着朱绯彤干什么？"

徐小科的声音似乎有重量，直接朝着朱绯彤砸来。

朱绯彤下意识地抬起眼，看向蓝青定。灯光下，蓝青定的视线始终笼罩着朱绯彤，他略垂首，淡薄眼睑抬起，眼底泛着柔意："朱绯彤。"

他又唤了她的名字。

朱绯彤开了一下午的摩托艇，腹中早已空无一物，梅子酒下了空腹，酒精吸收快，此时竟有些微醺，整个人像是泡在温泉水里，热意融融，神志有些涣散。

听见蓝青定的话，她本来浸在热流中的心脏忽然停止了跳动。

啥意思？是说要她来管？

徐小科也愣住，话痨技能被瞬间封印。

明明大排档声音嘈杂，可他们这桌却显得格外安静，就像是有无形的屏障如玻璃罩般罩住了他们。

就在朱绯彤以为这份安静将会无休止延长时，蓝青定再度开口："你点好了吗？朱绯彤。"

玻璃罩瞬间消失，隔壁桌的划拳声和劝酒声再度袭来，将他们唤醒。

"蓝大爷你说话别大喘气好吗？"徐小科拍拍胸口。

"总之，不该由你这种经常失恋的人来管。"蓝青定道，"毕竟，不吉利。"

仿佛这时，他才开始回答之前的问题。

徐小科捂住胸口：“你杀人诛心！”

朱绯彤松口气，边继续看菜单，边用纸巾擦拭了额头。

明明海城夜晚凉爽多风，可不知怎的，她却出了一额头的汗。

徐小科热情好客，明明就三个人，却叫了一桌的菜。

边喝酒，徐小科边跟朱绯彤讲述着自己的失恋经历：“彤姐，虽然我和她是相亲认识的，虽然我们总共也才约了三次会。但是，她就这么不声不响甩了我，还骂我钢铁直男。我做错什么了？不就是她‘大姨妈’来时让她多喝热水吗？难道让她喝冰水？不就是她说她高烧 39℃时，我为了缓和气氛夸了句好牛吗？难道我要骂她没出息？真的，我做错什么了？”

朱绯彤不忍心告诉徐小科，他没被打死也算是命大。

到最后，两人你一杯我一杯，都喝得有些蒙了。梅子酒后劲特别足，朱绯彤逐渐感觉到头晕乎乎的。徐小科也醉得有些迷糊，伸手夹扇贝时，辣椒油滴到了朱绯彤手上。

“彤姐，我的错……我来……我来给你擦手。”徐小科舌头都有点伸不直了。

朱绯彤此时也是晕乎乎的状态，就没拒绝。徐小科右手抽出纸巾，左手作势要去握朱绯彤那只沾到辣椒油的手。

此时，朱绯彤左侧的蓝青定起身，像是要去夹徐小科面前摆着的毛豆。但不知怎么的，却将徐小科面前的那杯茶碰倒了。茶水顺着桌沿滴下，淅淅沥沥淋了徐小科一裤腿。

徐小科忙“哎呀”惨叫一声，收回手，站起身来。大排档二楼有空房间，徐小科有时也在店里睡，有干净衣物在，便起身摇摇晃晃上楼去换。

酒意上涌，朱绯彤此时已经醉得感到整个世界都在旋转。她只依稀察觉到身旁的徐小科起身离开，但没多久，又有人在那个位置坐下，握住她的手，用湿纸巾为她擦拭辣椒油。

湿纸巾有芦荟的香气，凉凉的，让她勉强寻回点神志。她睁开眼，看见蓝青定坐在了徐小科的位置上，正垂首为她擦着手。

他动作轻缓，面色柔和，灯光下，那张脸好看得一塌糊涂。

“小蓝？”她唤他，“我头晕。”

他的声音也像是浸染了温泉水，淌入她的耳膜。

“好，我们不喝了。”他说。

她喜欢“我们”两个字，因为像是在把她当小孩，哄着她。

朱绯彤左手放在桌上，额头枕在左小手臂上，面朝着蓝青定。她闭着眼，皱着眉，似乎很难受的模样。

“小蓝。”她又叫他的名字，“我胃不舒服。”

“好，我们等会儿就回家。”他说，声音柔得没了边。

“小蓝。”她又叫他。

“我在。”他应着。

这次她却什么也没说，只是又唤了他的名字。

“小蓝。”

他也不问什么，只是耐心应着。

“我在。”

似乎听见这句话，她就安心了，那股难受也因为他的回应而逐渐消逝。她闭着眼，缓慢睡去。

她额前的碎发，有一绺滑下，落在面颊上，引发痒意，她眉头微皱了下。有只手帮她捋起了那绺发，别在她耳畔，之后那手没有离去，而是在她发间流连。

是蓝青定。

朱绯彤醉了，看不见蓝青定此刻的表情。

但是换完裤子下楼来的徐小科却看见了。

徐小科看见，白色灯光下，蓝青定坐在朱绯彤身旁，垂首抚摸着她的黑发，目光柔软若水，看得人心头一动。徐小科顿时酒醒了大半，快步冲到桌边，吓得说话时牙齿都磕磕碰碰的。

“兄弟，你……你怎么能……”徐小科痛心疾首，“你怎么能刚回国，就对老同学起这种心思呢？”

简直是道德的沦丧，人性的扭曲。

“不是。”蓝青定否认。

徐小科缓口气，还好，道德还在，人性尚存。

但那口气还没缓上喉，忽然听见蓝青定继续道：

“不是刚回国，是很早，就对她起了心思。”

第五章

可不可以喜欢我

很早。

早到高二。

那天中午，蓝青定将自己的衬衣套在了朱绯彤的腰间，之后没再跟她说一句话，就快步离开。

他下意识地觉得，那一刻朱绯彤应该是窘迫的状态，下午见到她时，就装作什么都没发生过就好了。

可是蓝青定下午没能再见到朱绯彤，朱绯彤当天下午请了假。

他是课间中途睡醒时发现这事的，视野里没有那熟悉的马尾辫，忽然觉得心头有些空落。

蓝青定知道，有些女生生理期时可能会腹痛，朱绯彤应该是因为腹痛所以请假的吧。

他不再多想，继续趴下睡觉。

平时他基本都能一觉睡到下午放学，可是这天不知怎么搞的，总是迷迷糊糊，无法入眠。

他再抬头看向前排课桌，淡蓝色的金属书夹间，整齐地摆放着各种参考书。而抽屉里，却是空空如也。

朱绯彤向来是个好学生，之前从没缺过课，那说明这次请假不会是因为生理痛，难道她是因为被自己当面指出裤子被弄脏，所以觉得丢脸了？不敢来学校了？

不至于吧。

到晚自习的时候，朱绯彤仍旧没有出现。

蓝青定趴在桌上，保持着睡觉的姿势，却始终无法入眠。他戴着耳机，里面连续播放着英文歌曲，都是他一首首挑选好下载的。可这一刻，他却忽然觉得这些歌曲十分嘈杂。

他想，朱绯彤性格那么好，从没见她跟人红过脸，总是笑嘻嘻的模样。但这种好脾气的人，一旦生气起来，就特别吓人，九头牛都拉不回。

她不会就这么不来上课了吧？难道会转学？

想到这里，蓝青定将头抬起，望向前排课桌抽屉。其实学生的抽屉空间挺小，最多放个书包。但那一刻，他却觉得里面有些过分空荡了。

蓝青定今天一天都有些坐立不安，连徐小科也觉察到了他的异样。

徐小科凑过去，语含深意，斜睨着眼道：“被我逮住了吧。”

“什么？”蓝青定眼眸跳动。

徐小科压低声音，用一种同病相怜的语气道：“其实，我也有痔疮。我给你介绍种药吧，效果特别好……”

“……”

那一刻，蓝青定觉得，该转学的人，应该是徐小科。

晚上，蓝青定放学回家，开始在房间里打游戏。但不知怎么的，总是输。难道是技术越来越菜了？

他忽然觉得口渴，便去楼下厨房倒水。水有些烫，在玻璃杯上氤出了细密的小水滴。他边吹拂，边缓慢喝着，双眸则看着那些小水滴，也不知道自己在想什么，总觉得惘惘的。

这时，客厅门口忽然传来开门声。

爸妈去外地参加商会，阿姨也请假回了老家，那开门的是谁？

蓝青定来到客厅查看，发现是大哥蓝海天回来了。蓝海天西装革履，面目与他有五分相似，气质则更为成熟硬朗。

在蓝青定心目中，蓝海天从小优秀到大，是同辈人中的佼佼者，而且高度自律，极度理性。

蓝青定总觉得，蓝海天出生时，估计连含奶瓶都比同医院的孩子含得规范，连尿布上的印迹都比别人尿得圆。

这天晚上，蓝海天有些醉意，回来后便躺在了沙发上。他将电视打开，声音调小，也不看，只为了让那些不断闪现的画面投放出斑斓色彩，让偌大的客厅变得不这么空寂。

他留学回国，刚进入兰特集团，因为年纪轻，不免被那些老奸巨猾的董事联手使绊子。虽然他见招拆招，可夜深人静时，也不免深感心力交瘁。

蓝海天正闭目掐着眉心，忽然听见一道轻微的玻璃碰触声。蓝海天睁眼，看见茶几上有一杯暖热的水，清浅的淡黄色，嗅着有枣花蜜的清甜。

旁边则站着弟弟蓝青定。

两兄弟相差六岁，本来就有代沟，加上蓝海天过去四年都在国外，很少回来，所以平时两人也不怎么聊天，气氛一时有些尴尬。

“谢谢。”蓝海天拿起水杯，喝了起来。

暖热的蜂蜜水滑入胃部，驱散了些许酒意引发的不适。

蓝青定正想离开，忽然发现电视里正播放着娱乐新闻，说是当红女歌星梁欣雪与兰特集团长子近期传出绯闻。

节目中没有敢用蓝海天的照片，是做的剪影，却爆出了蓝海天的全名。

蓝青定看了，只有一个问题：“你和梁欣雪会结婚？”

徐小科好像是梁欣雪的粉丝，要真结婚了，估计徐小科又要哭天抹地，闹得他睡不着觉了。

“不会。”蓝海天仍旧掐着眉心，连电视都懒得瞄，“我会找个能在事业上帮助我的女人结婚。”

蓝青定有些愣住：“那，我也需要？”

蓝海天放下手，掐得久了，他眉间有些红，但面部表情却逐渐舒缓：“你不用，找个自己喜欢的人就好。”

顿了顿，蓝海天想到什么，问道：“怎么忽然问这个问题？你有喜欢的人了？”

“没。”

蓝青定本来还想加一句，说自己还小，要安心学习。

但是回忆了下他上课睡觉的场景，最终选择将这句话咽下喉咙。算了，做人得要脸。

“学生时期的感情，挺单纯的。”蓝海天将头靠在沙发上，身体和神志逐渐放松，“喜欢上哪个女孩，其他什么念头都没有，就是想每天看她一眼。看不见，心里就空荡荡的；看见了她，才觉得这一天算是完整了。”

这个话题就此结束，气氛似乎又陷入了沉默。

蓝青定看了眼茶几上的玻璃杯，问道："哥，蜂蜜水还要吗？"

蓝海天摇头。

蓝青定起身："那我去睡觉了。"

隔天，蓝青定从后门进入教室时，发现朱绯彤已经坐在了座位上，正和丁敏说说笑笑，看着和平时毫无异样。

蓝青定正要将自己的书包放入抽屉里，忽然发现里面有个礼品袋。打开，发现装的是他昨天系在朱绯彤腰上的衬衣。

衬衣似乎是重新洗过，烫过，叠放得整整齐齐，散发出清爽的洗衣粉味道。礼品袋里还有一张小卡片，上面写着"谢谢"两个字，娟秀工整。另外，还有一盒瑞士软糖。

打开盒子，发现里面是被不同颜色的糖纸包裹住的糖果。他拆开淡绿色的糖纸，将方方正正的糖果放入嘴里。好像是青苹果味，酸甜有嚼劲。

挺好。

也许是朱绯彤的身体挡住了抽屉，蓝青定不再觉得空荡。他戴上耳机，又开始睡觉。这一次，似乎睡得特别踏实，一觉就睡到了最后一节课。

他睁开眼，看见了朱绯彤。她正垂首做着习题，马尾辫辫尾落在白皙后颈上。细软的发尾，白皙的肌肤，似乎衬得周围的空气也变得柔软。

看着朱绯彤的背影，不知怎么的，蓝青定觉得挺安心，他嘴角不由自主有了个向上的弧度。

看看时间，还可以继续睡，蓝青定在课桌上趴下，闭眼。

就在眼睑闭上，视野变为黑暗时，昨晚的对话，忽然涌入他脑海里。

"喜欢上哪个女孩，其他什么念头都没有，就是想每天看她一眼。看不见，心里就空荡荡的；看见了她，才觉得这一天算是完整了。"

蓝青定猛然抬头，再次看向前排的朱绯彤。

那一刻，他的心跳霎时静止了。

蓝青定忽然意识到，自己好像，喜欢上了一个女孩。

徐小科觉得自己不仅是手掌心凉，就连脑门心也凉了。

他做生意几年，向来都是以仗义著称，自家店里但凡有小姑娘喝醉，他是绝对负责到底，绝不让那些小伙子有可乘之机。

但是今天，徐小科亲自灌醉了一个姑娘，还让对姑娘有意思的小伙子送她回家，徐小科瞬间觉得自己罪孽深重。

跟把一只小羊羔亲自送到大灰狼嘴里一模一样。

可是他能怎么办？他也打不过蓝青定。

徐小科嘴唇哆哆嗦嗦半天，只憋出了一句话："兄弟，别乱来啊。"

请珍惜这段同学情。

蓝青定没有看徐小科，他眼神如纱，落在朱绯彤脸上，软柔，无支撑地覆盖，再也去不了别处。

"我不敢。"他说。

闻言，徐小科正要松口气。可是忽然想到，蓝青定是个喜欢大喘气的主儿。所以这次，他学聪明了，这口气先憋着。

徐小科正等着蓝青定发大招，却听见蓝青定缓声道："否则，她会逃到……我再也找不到的地方。"

在徐小科心里，蓝青定向来是个清淡性子，似乎对什么都不在乎。可是此时此刻，他却从蓝青定身上感觉到一种浓烈的孤单。

就像是，在苍茫辽阔的沙漠中寻找多时，终于看见了绿洲。想要奔去，却举步踯躅，只怕那是海市蜃楼。

蓝青定扶起了朱绯彤。

此时的朱绯彤醉意上涌，只觉得眼前整个世界都在不停旋转，明明身在一个嘈杂的人间烟火地里，但那些喧闹却时断时续。

她只感觉到一只手扶住了自己的腰，那手没有任何趁机冒犯的意味，只有干燥的暖热不断从腰肢传来，让她感到安心。

朱绯彤听见有人在自己耳畔轻语："我们回去，好不好？"

是蓝青定的声音。

明明他的音质是冷冽的，此时却又柔又缓，像是在哄着小孩。这一刻，她愿意成为他所哄着的小孩。

朱绯彤站起身，但骨头缝里全灌满了酒，软得没了边，她只能顺势靠在蓝青定身上。

她右半边面颊靠着蓝青定的胸膛，听着那规律的沉稳心跳，就像是海浪在均匀拍打着礁石。酒意令她浑身发热，不得不用力呼吸。他身上特有的海水的矿物气息，夹杂着清新水汽，朝她覆盖而来。

他整个人，就是一片海。朱绯彤被海水拥抱着，起身，一脚深一脚浅地来到车上。

她闭着眼，感觉到安全带柔缓地系在自己身上。随后，是车发动的声音。车辆行驶得格外平稳，毫无颠簸。

路灯在车前窗上流曳而过，白色灯柱透过她微闭的眼睑落入瞳眸，更让她分不清这是梦境还是现实。

半梦半醒间，她侧眸望去，看见了驾驶座上的蓝青定。他位于暗处，但被窗外的灯映过，整个人却是流光溢彩，熠熠生辉。

车停在酒店东边的露天停车场里，蓝青定将车停好，随后打开副驾驶车门，却发现朱绯彤似乎已经熟睡。

她双眸紧闭，脸颊因为酒意而绯红，嘴唇也是红得潋滟，美得恰如其分，让人情不自禁想要靠近。

停车场的灯光是莹白的，有三三两两的飞虫围绕着。海风吹动酒店的狐尾椰与糖棕树，热带树木，枝叶繁茂，沙沙作响。

静谧的空气里，他伸出了手，想要抚摸她的脸颊，但那手最终在距离她皮肤半寸的位置停下。按捺住内心的向往，在离她半寸的距离上，轻柔细心地描绘着她精致温婉的眉目。

仿佛空气也感染了他指尖的温度，明明隔着半寸的距离，她却像是感受到了般，嘤咛了声，悠悠想要睁眼。

他不舍地收回了手，放置于身侧，握紧。

朱绯彤听见蓝青定的声音，就在自己耳畔。

“还能走吗？”

朱绯彤摇头，酒意越发渗透，她感觉整个身子都瘫软无力，压根起不了身。

“我背你。”那声音失去了距离感，仿佛又隔得很远，如在云端。

迷糊之中，朱绯彤感觉到自己的安全带被解开，随后，她趴在了一个宽阔背脊上。

照旧没有任何的唐突行径，他手肘握着她的膝弯，将她背起，妥善安稳地走在回公寓的路上。

她努力睁眼，但很快又闭上，眼前的景色像是电影片段，一帧一帧，断断续续。

灰白的水泥地上，淡黑色的摇晃的树影。漆黑的天幕上，璀璨的闪烁的繁星。温柔的时光里，侧颜美好的蓝青定。

“蓝青定。”她忽然叫了他的名字，连名带姓，“你不要这么好。”

她话语里是醉意的含糊。

“我很好吗？”他问。

“嗯。”朱绯彤双手环抱着蓝青定的脖颈，头靠在他右肩上，重重地点了下头。

两人的黑发相触，像是纠缠着。

蓝青定停下了脚步。

习习海风夹杂着清淡的湿气，有种哀哀的柔软。

“如果我这么好，那你，”他的声音，像是低入尘埃，“可不可以喜欢下我？”

蓝青定很好。

朱绯彤从他为自己系上衬衣那刻起就知道。

虽然裤子被“大姨妈”染脏，确实蛮尴尬，但看见的人只有蓝青定。朱绯彤清楚，蓝青定是个没有恶意的人。他虽然看似清冷，实际上却并没有高高在上的倨傲。她见过他最多的表情，就是睡醒后半睁眼的迷茫慵懒。有点像小表妹家养的那几只刚出生半个月的小奶狗，努力想要睁开眼的样子。

一旦对方没有恶意，尴尬也是浅淡的。

朱绯彤那天下午之所以没去上学，是因为血光之灾。

不是她，而是孔情。

孔情最近迷上了滑板，觉得踏上滑板飞驰在风中的自己，简直可以用英姿飒爽来形容。

她凡是迷上什么，就会沉溺其中，所以这天中午时便约了几个同学偷偷在学校的小操场里练习。

她确实飞驰在风中了，最终也跌在地面上。滑板少女孔情摔断了右小腿。

那天姨妈在参加一台手术没接到电话，孔情便打给了朱绯彤。朱绯彤当时正在家里换裤子，得知消息后赶紧跑去医院。

她之前因为照顾母亲，经常出入医院，所以一个人便将孔情的住院手续全部办理好，陪着孔情做了治疗，又细心照料，忙得不可开交。

晚上姨妈下了手术台，给孔情请了护工，便催朱绯彤回家睡觉，以免耽误

第二天上课。

朱绯彤回到姨妈家，这天晚上，家里空无一人。生理期期间本来就疲倦，她又在医院前后奔忙了大半天，洗完澡后便想埋头大睡，然而走到自己房间，却看见了床上铺着的那件格子衬衣。

衬衣上并没有沾染血迹，但朱绯彤还是决定将其清洗一遍。从衣领到袖口，她用洗衣粉一点点，用手仔细搓着。

在她心目中，蓝青定长得那样干净，那他的衣服也必须是最干净的。

隔天早上，她定了闹钟，提前一小时起床，将晾了一晚的衬衣熨烫好。

朱绯彤对着阳光展开干净如新的衬衣，暖热的晨曦落在她的脸庞上，洁净又温暖。就像是那天蓝青定将她抵在墙上时，整个人所散发的温度。

最后，用礼品袋装好。

当面道谢好像不太方便，毕竟她也摸不准蓝青定何时会醒，她决定写卡片表达谢意。

谢谢你，蓝同学——感觉像是学生会长上台演讲的稿子，太客套。

救命大恩，没齿难忘——又太夸张了，不真诚。

以后有什么需要我的，尽管开口——好像很社会，仿佛左手拿菜刀右手拿着板砖。

她绞尽脑汁想到最后，仅仅写出了“谢谢”两个字。

短小，却真心。

礼品袋，卡片，是不是还差份礼物？这就难倒朱绯彤了，毕竟在她的意识里，蓝青定可是什么也不缺。

朱绯彤最后看见了书桌上的那盒瑞士软糖，是亲戚出国公干时给家里每个小孩带回来的礼物。

仔细想想，睡觉也算是项运动，蓝青定一睡就是一上午，说不定就低血糖了呢？关键时刻，含一颗可以救一命。

朱绯彤跟装仙丹般将瑞士糖装入袋子里，挤公交车跑去学校，趁着教室里还没几个同学，跟做贼似的将礼品袋塞入蓝青定的抽屉里。

她其实心里还是不免有些紧张，害怕这么做显得唐突，于是始终凝神听着身后的动静。

快上课时，蓝青定终于来了。

朱绯彤虽然和丁敏聊着天，可耳朵却全神贯注听着身后的动静，心头跟有只手捏着似的，紧绷绷的。终于，她听见了剥开糖纸时特有的窸窣声。

他吃了糖。

那应该就是，他接受她谢意的意思。

朱绯彤心中的那只手霎时消失，心脏瞬间放松下来。

那款瑞士软糖很香，剥开后，酸甜的味道弥漫在空气里。

瑞士糖的香味周围的人都能闻到。

瑞士糖的秘密却只有他们两个人知道。

让朱绯彤没想到的是，孔情住院后，她的债都转到了自己身上。

每天朱绯彤晚自习放学后，都会从学校侧门的停车场小径穿过，去乘坐418路公交车回家。

就在孔情住院的隔天晚上，朱绯彤在这条小径上被一组小太妹拦住。小太妹组共四个人，头发全染的不同颜色，站一起跟色谱对照表似的。朱绯彤依稀认得，她们是附近十中的学生。

十三中高升学率，十中则是臭名昭著。

为首的绿毛大姐头心仪的男生看上了孔情，所以大姐头对孔情恨之入骨，组了几次团想灭孔情，但都被孔情反制。这次听说孔情不在学校，便想着拿朱绯彤开刀，灭灭孔情的威风。

“你是孔情的妹妹？知道我们为什么找你不？”绿毛大姐头抬起眉毛，看上去更不好惹了。

朱绯彤看这阵势就知道不妙，直接进行灵魂发问：“你们不会是想打我吧？等等，为什么不找孔情？”

朱绯彤没按照小白兔的摇头憋泪的常理出牌，导致绿毛大姐头排好的台词有点变动。最后不得不真实地飙出了一句成为不良少女以来，说过的最丢脸的一句话——“这不是……打不过吗？”

毕竟，那个孔情，就是一个长得很好看的，疯子。

这话一出，绿毛大姐头感觉自己的形象瞬间矬了半头，顿时恼羞成怒，三两步冲上来，作势就要扇朱绯彤。

“话这么多？不打你打谁？”

朱绯彤抬眼往她身后一瞅，高声叫道：“孔情！”

孔情骨头虽断，但余威未断，绿毛大姐头立马紧张地转过头去。朱绯彤趁着她们失神的机会，赶紧撒腿就往后跑去。

学校侧门是停车场，此时被夜色笼罩，寂静无声。朱绯彤独自在车辆间狂奔，感觉自己跑得就跟一只被野狗追杀的哈士奇似的。

那几个小太妹体力了得，四处围堵，最终朱绯彤被她们逼到了停车场角落。身后就是两人高的围墙，朱绯彤这只倒霉的哈士奇爬也爬不过去。

小太妹也是刚下晚自习，都背着书包。那绿毛大姐头追得上气不接下气，怒不可遏，直接将书包用力朝着朱绯彤的脚掷去。

也不知道那书包里装了什么，格外重，朱绯彤膝盖被砸中，顿时双膝一软，跌倒在地。

她的水蓝色书包也从肩上脱落，在泥地上滚了几圈，沾染了灰泥。摔倒时，她右膝直接跪在水泥地上，钻心的疼痛令她一时无法站起。

绿毛大姐头本性暴躁，直接冲着朱绯彤大吼："跑啊！刚才不是跑得那么快吗？怎么现在不跑了？"

情绪一激动，她头上的毛似乎更油绿了。

朱绯彤觉得这大姐头说的简直就是废话，自己不是被她砸了所以跑不了吗，大姐头是失忆还是眼瞎？不过这话朱绯彤不敢说，事到如今还是不要逞口舌之快。

绿毛大姐头没有因为朱绯彤的识时务而放过她，低声骂了句脏话，拿起旁边紫毛太妹的书包，直接朝着朱绯彤的脑袋砸去。

那书包也算是重型武器，看着就不轻，朱绯彤站不起身，只能闭眼捂头准备承受这一击，只求别把她砸成傻子。

停车场亮着白炽灯，灯光是刺目的白，白得阴惨。

朱绯彤闭上眼，视野里有白色的光感。忽然，光感被一道黑影遮蔽。随即，她听见了重物砸在肉体上的声音，以及一道几不可闻的闷哼声。

却不是她发出的。

朱绯彤缓慢睁眼，看见自己面前站着一个高挺身影。而那朝她砸来的书包，则落在那人的脚边，滚了几圈，沾染了泥土和灰尘。

书包的脏，越发显出了面前这个少年的干净。

是蓝青定，他就连背影都是干净的。

蓝青定的长相显然让几名小太妹也看得发了呆，最终还是绿毛大姐头回过神来，紧皱眉头，呵斥道："你谁啊？别多管闲事！闪开！不然连你一起砸！"

她作势拿起了另一个黄毛太妹的书包，准备掷向朱绯彤。

蓝青定没有让开，也没有说话。

朱绯彤在蓝青定身后，看不清他的表情，只是觉得，此刻他那颀长清秀的身影，似乎凝上了一层夜寒。

那位绿毛大姐头正要掷出书包时，眼神不经意与蓝青定的眼神对视，不知为何，仿佛感受到了什么，浑身不由自主地颤抖了下。

就像是，野生动物不用进行厮杀，第一时间就察觉到了对手的危险性。

她咽下口唾沫，缓解喉部因为突如其来的紧张引发的干涸。她指着朱绯彤，声音里有种虚张声势引发的高亢。

“今天算你运气好，先放过你，别得意，我就不信堵不住你！”

绿毛大姐头撂下这句狠话，带着手下，捡起各自的书包，扬长而去。

此时，停车场内只剩下蓝青定与朱绯彤两人，浓郁的夜色将他们严严实实罩住。

蓝青定转过头来，逆着灯光，朱绯彤看不清他的神色，只是觉得有些忐忑——可以吓得那群小太妹落荒而逃，此刻的蓝青定，到底是什么样的表情？

她心脏开始加快跳动，怔怔地看着蓝青定走到旁边，捡起了她的水蓝色书包。她书包上扣着个毛绒小熊装饰，小熊脸上沾了灰，他用手掸去污迹，动作轻缓。

随后，他走到朱绯彤面前站定，蹲下。

那瞬间，朱绯彤与他对视，白炽灯灯光如水般流曳在他的面颊上。他的双眸慵懒地半垂着，仍旧是那副清淡又柔和的少年模样。

朱绯彤从刚才起就始终提着的心终于放了下来。

她看着他，真心实意，发自肺腑，情真意切地说了句话——

“蓝青定，你真是个好人。”

“蓝青定，你真是个好人。”

朱绯彤醒来时，仿佛被车子碾过的脑子里只记得多年前自己说过的这句话。

就连朱绯彤自己也觉得奇怪，喝断了片的她现实中的事都不太记得了，却清楚地回忆起了多年前高中时的事。

难道是看见徐小科这些老同学后，就情不自禁开始回忆往昔？

“社畜”是没有资格宿醉的，想到早上还有每日例会需要参加，朱绯彤忙起身下床准备梳洗。

可脚踏在地上，却感觉像是踩在棉花上，软绵绵的，整个人也仍旧处于眩晕状态，只能扶着墙，跌跌撞撞走出房间。

朱绯彤眯着眼，脚步踉跄，蹒跚着穿过客厅，越过厨房，来到洗手间里，正准备挤牙膏，忽然觉得有哪里不对。

等等？厨房怎么好像有人？朱绯彤脑子一炸，忙冲到厨房门口，扑面而来的，是一股清粥特有的甜香热气。

小厨房连通着生活小阳台，此时晨光熹微，毫无遮掩地倾泻入屋，笼罩在正在熬粥的蓝青定身上。

他背对着她，那个背影，和记忆中停车场里那个少年的背影重叠，朱绯彤一时有种不知今夕是何年的恍神感。

蓝青定侧眸，面容被粥的热气熏着，更加柔白。

“粥马上好，你洗漱完就出来吃吧。”

朱绯彤“哦”了声，听话地转身，重返洗手间。站在洗漱台前，她挤上牙膏，塞入嘴里，开始刷牙。牙膏是薄荷味的，清爽醒脑。

可惜她的脑子一时半会儿还醒不了。

朱绯彤看着镜子里的自己，嘴里的泡沫越发多，就跟她的疑惑一样多。

她昨晚有没有做什么不该做的事？说不该说的话？蓝青定今天怎么会在自己宿舍里？是一大早来的，还是压根就没走？

洗漱完后，朱绯彤忐忑地回到客厅，发现蓝青定已在客厅茶几上将早餐摆好。

乳白色的润泽清粥，蓬松暄软的小笼包，还有开胃爽口的泡菜。简简单单，却足以安抚她饱经沧桑的胃。

蓝青定在沙发上坐下，并给朱绯彤留了位置。但朱绯彤头昏脑涨，估摸着要是坐蓝青定身边状况会更糟，便自己搬了个小凳子坐蓝青定对面。

她手脚发软，小凳子放置在地板上时动静过大，发出“咚”的声响，像敲击在脑门心上。

蓝青定悠悠地朝她递出一眼，最终没说什么。

朱绯彤喝了口粥，黏稠暖热，滑入食道，胃部立即产生舒适熨帖感，感觉整个人重新活过来了。

她静心看去，沙发上有薄被单，看来蓝青定昨晚是在沙发上睡的。

“你昨晚睡的沙发？”朱绯彤还是忍不住发问了。

“你醉得有点厉害，我不太放心，干脆就在沙发上睡下了。”蓝青定回答得轻描淡写。

朱绯彤细细打量了番，发现这沙发最多也就一米五的长度，蓝青定身长腿长，肯定得缩着睡，多难受。

想到这里，朱绯彤将头缩得像只大王八，自觉罪孽深重。

“我昨晚，没发酒疯吧？”朱绯彤忐忑问道。

“你不记得昨晚的事了？”蓝青定抬起眼帘。

“我做什么了？”朱绯彤心中一凛，忙进行自爆，“我有时候喝断片，确实会做些令人匪夷所思的事，但绝对没恶意。”

朱绯彤平时酒量其实还行，只是昨天是空腹饮酒，再加上没料到梅子酒后劲这么大，这才中招。

“你之前喝醉，都做过些什么？”蓝青定抓住话头，开始询问。

朱绯彤本来宿醉，脑子也不清醒，蓝青定问什么她就答什么。

“有一次喝醉是跟小区里的泰迪狗吵架。”

还吵输了。

“还有一次喝醉是跑去庙里哭着问师父为什么自己会被客户虐？”

师父冷静地告诉她吐门口八百块，吐庙里一千块。

昨晚是朱绯彤人生中第三次喝断片，她实在想象不到自己又做了什么不堪回首的事。

“我这次做什么了？”朱绯彤心头发怵。

“跟之前比起来，昨晚你挺安静的。”蓝青定安慰，“也没吐，也没跟狗吵架，就说了几句酒话。”

朱绯彤提得高高的心，这才放下来。

“我说什么了？”朱绯彤再度喝了口粥，感觉生命力逐渐开始恢复。

按照以前的秉性，她喝醉了，最多也就是吐槽老板和客户。她刚来兰特酒店，没被怎么折磨过，所以应该不会吐槽得太狠。最多也就是吐槽下工资和奖金，财大气粗的蓝总裁应该不会在乎。

她正喝着，忽然听见蓝青定淡声道：“你说，你有那么一点儿喜欢我。”

粥熬够了时间，黏稠滑糯，表面光滑晶亮，她的面孔映在上面，影影绰绰。

朱绯彤用力将嘴里的粥都吞下腹中，然后抬起头，看着蓝青定，目光平静："忘了告诉你，我喝醉后，还喜欢逮着人告白。下次我要再这么做，你直接把我打醒吧。"

蓝青定也望着她，内双眸子仍旧半垂，只是瞳眸格外深邃，像是黑洞，要将她吸入。

忽然之间，空气变得稀薄，仿佛只剩下一根线。

就在朱绯彤感觉呼吸都要被拉断时，蓝青定忽然笑了。他的笑很清淡，不露齿，没有过多的面部表情，却很浓郁，就像是笑意装满了四肢百骸。

"我开玩笑的。"他说。

"哦，挺好笑的。"朱绯彤重新低下头，继续喝粥。

凭借着一颗宿醉的脑袋，朱绯彤怎么也弄不懂蓝青定这话的真假，想到最后，纠结得脑袋都乱成一锅粥，还是没把这事弄明白。

玩笑，是薛定谔的玩笑。

喜欢，也是薛定谔的喜欢。

不过"社畜"没有时间再纠结，吃完饭后，朱绯彤顶着一颗晕晕乎乎的脑袋跑去小会议室参加例会。

朱绯彤作为总经理助理，负责会议内容的记录整理。

虽然是宿醉状态，但朱绯彤在开会前灌下了能唤醒一头大象的黑咖啡量，保证自己能清醒地完成工作。

最后，李子露对近期的工作进行了总结："经过各位的努力，我们成功度过了接管过渡期，现在各部门新聘员工已经到岗，危机解除，这段时间大家辛苦了。"

戚果林忙道："只要能看着莱斯管理集团吃瘪，就不算辛苦。这次莱斯集团可真是偷鸡不成蚀把米，想要陷害我们，结果被我们蓝总裁出了个计中计逮住，而且还抢走了他们预定好的主厨，实在是大快人心！哈哈哈！"

作为强力泻药事件的唯一受害者，戚果林当天拉到虚脱，从此对莱斯集团恨之入骨，天天画圈诅咒。

姚雨倩则不以为然："虽然说陈友邻和 James 已经被批准逮捕，但莱斯集团最后把 James 推出来挡枪，James 肯定也有把柄在莱斯集团手里，只乖乖俯首认罪。莱斯集团就这么撇清了关系，真让人气出血来。"

沈华宏沉吟："不过业内大家都是明眼人，也清楚这方面的门道。虽然说商场里没人手是干净的，但这未免也太下作了。听说莱斯集团旗下接连有两家酒店决定和兰特一样，进行换牌了。”

金荣南拍手叫好：“活该，谁让他们眼高于顶，还看不起咱们国内本土酒店，按我说，他们哭的日子还在后头呢！”

李子露轻咳一声，示意大家结束话题，开始布置下一个重要工作任务：“大家也都知道，CX 马上就会来我们酒店举办早春度假系列彩妆新品发布会，届时会有各大明星、名模、业内人士、社交名媛等入驻我们酒店看秀。这次活动意义重大，各大媒体也会蜂拥而至，所以我们酒店方不能有任何的疏漏，必须打起十二万分的精神准备，确保活动圆满进行。”

CX 是国际顶级奢侈品牌，向来走高端路线，深受各位明星名媛喜爱。

李子露语气严肃且认真：“这次与 CX 之所以能合作，也是因为蓝青定先生从中沟通斡旋；所以我们必须要把握好这个机会，让酒店的知名度能得到大幅度提升。”

戚果林立马开始溜须吹马：“CX 向来高冷，之前每一届发布会都是在金城举办，这次居然会长途跋涉来我们海城酒店举行，看来还是蓝总裁面子大。不是我说，蓝总裁虽然年纪轻，可心思缜密，深有谋略，前途不可限量啊。”

李子露低声警告：“不得私下议论业主。”

戚果林叫屈：“总经理，我这哪是议论啊，是衷心歌颂好嘛。”

姚雨倩好奇：“兰特酒店向来不太跟时尚界合作，怎么忽然就想到会搭上 CX 这趟车呢？难道我们是要转型了？”

沈华宏悠悠道：“谁知道呢，反正跟着老板的意思走就是了。”

不知为何，朱绯彤忽然想起了第一次搬入宿舍时，她在顶楼花园跟蓝青定说的那些话。

那天晚上，她提出的建议中，有一项便是加强与各类时尚品牌方的沟通合作。

兰特度假酒店虽然是海城老五星级酒店，但近年来海城新兴了不少豪华酒店，竞争越发激烈，必须要尽快加强宣传力度，否则很容易走向没落。

朱绯彤在孔倩的耳濡目染下，对流量的影响力深以为然，所以建议蓝青定给予品牌方各项优惠，让他们在酒店举办发布会，借助他们的流量进行自我宣传。

蓝青定是真的把她的话听进去了？

朱绯彤正在发愣，忽然感觉一道冷幽目光飘来，回神一望，发现竟是李子露。

走神被逮住，朱绯彤连声暗叫糟糕，忙抛弃乱七八糟的杂乱念头，重新将注意力集中到会议上。

李子露最后进行总结：“好了，这次 CX 新品发布会，各部门大致工作安排就是这样。下去后，各自抓紧时间安排布置，必须保证万无一失。”

众人不敢怠慢，齐齐应了声“是”。

会议结束后，众人鱼贯而出，朱绯彤留下，将会议记录给李子露检查确认。

李子露边查看边给朱绯彤安排工作：“新的厨师团队已经到岗，厨房那边基本已经稳定下来，你不用再去了。这次发布会会来不少贵宾，难免有诸多要求，姚雨倩估计要忙得不可开交，你这段时间负责帮她忙吧。”

朱绯彤忙答应下来。

李子露在文件上面进行了签字，在写完最后一笔时，忽然停住，抬头盯着朱绯彤，沉声道：“我一直想奉劝一句，女人，要靠自己才可以走得更远。”

随后，李子露将会议记录文件夹合上，啪一声，黑色塑料板面划动空气，那气流似乎扇在了办公桌旁的朱绯彤脸上。

朱绯彤回味了下，很快醒悟过来李子露是不是误会了什么。她张张嘴想要辩解，但话到嘴边，最后又咽下。

说一百句话，不如做一件实事。

也难怪，她毕竟是个空降军，肯定会惹人非议。

逞口舌之快也没用，反倒惹领导不快，朱绯彤决定闭嘴。

“谢谢总经理提醒，我会努力完成好工作的。”朱绯彤微笑。

其实仔细想想，朱绯彤也觉出了奇怪。海川怎么会让营销部的自己，空降到了管理团队呢？而且李子露的意思分明是怀疑她跟蓝青定有什么特殊关系。该不会，李子露认为她之所以能来兰特酒店，是因为蓝青定要求的？

怎么可能呢？

但是，也许可能呢？

一整天，朱绯彤努力想要思考这个问题，可是宿醉后的脑子还沉浸在酒精里，压根无法运转。

下班回到公寓，不过三层楼，她却跟老太太似的爬了半天。

她脑子里翻来覆去只重复着酒鬼们惯用的口头禅——“再也不喝了，打死也不喝了。”

朱绯彤打开门，此时已是傍晚，屋子里幽幽暗暗的。她没开灯，直接跌跌撞撞来到厨房，想灌口冰水清醒下。

宿舍厨房是长而窄的户型，冰箱在最角落，打开冰箱门，门刚好就抵着墙面，只能半开成直角。冰箱里东西比较多，朱绯彤头昏脑涨，一时翻不到冰水在哪里。

“咦？冰水呢？”朱绯彤喃喃自问。

身后忽然传来蓝青定的声音：“在最上格。”

清冽低沉的声音里有些微的鼻音，似乎是刚睡醒的模样，模糊又无害。

但再无害，朱绯彤也吓得浑身一颤，忙转过身来，她再怎么也想不到屋子里居然有人。

此时天色晦暗，黑色如薄雾般笼罩在屋内。冰箱门开着，里面的莹白灯光似乎带着冷潮气，映照着她身后蓝青定的脸颊。

他确实是刚睡醒的模样，额前的发有些乱，双眸也是半垂着，少年气更重。有那么一瞬间，朱绯彤感觉像是又回到了高中的课堂里。

只是高中的朱绯彤不会像现在这样处境艰难。

此刻的她是进退两难，左边的路被冰箱门挡死，右边的路被蓝青定给封住，背后抵着嗖嗖冒着冷气的冰箱，身前则是站着突突冒着热气的蓝青定。

简直是冰火两重天，离九重天不远了。

这边厢她正在越想越歪，蓝青定却直接朝着她靠近，半倾着身子伸手去翻找着冰箱最上格。他这么略一倾斜，朱绯彤便被困在了他的身体与冰箱之间，整个人如同在冷冻层被冻了一晚上似的，梆梆硬。

也许是冰箱东西太多，蓝青定始终在翻找着，朱绯彤只听见窸窸窣窣的声响从身后传来。

她平视着前方，刚好对上蓝青定的颈部。他穿着白色T恤，外面套着休闲衬衣，T恤的领口处，透出了锁骨，白皙秀气，还有颗米粒大的小黑痣。再往上，便是喉结，明显的凸起，干净的男性气息。

在冰箱的柔白灯光映照下，他皮肤更加白皙，刺得朱绯彤的脑袋更不清醒。

宿醉之后，整个人就是呆滞状态，她站在原地，近距离盯着蓝青定的锁骨喉结。他的颈部肌肤骨骼，随着翻找的动作而牵动，勾勒出秀致的线条。

也许蓝青定也口渴了，朱绯彤看见他喉结上下滚动了番。

是想吞咽的动作。

也许是那瓶水藏匿过深，蓝青定不停翻找着，朱绯彤脑子成了一团糨糊，那糨糊外溢，粘住了她的呼吸。

蓝青定翻找了许久，久到朱绯彤即将窒息时，他终于退后一步，让她恢复自主呼吸。

"找到了。"他说。

声音里那种慵懒的鼻音已经消失。

他将矿泉水瓶盖拧开，递到她手里。朱绯彤怔怔接过，矿泉水瓶在冰箱里放置许久，吸聚了冰冷，冻得她掌心微痛，蔓延出水汽。

啪一声，厨房的灯被蓝青定打开，黑暗如同受惊的黑鸟，霎时被驱散，连同刚才所有不对劲的情绪与气氛，一同驱散。

"懒得出去吃，晚上我煮方便面可以吗？"蓝青定开始烧水。

燃气灶里，幽蓝的火苗开始点起，热度和声音都带来真实感。

"好。"朱绯彤道。

方便面很快煮好，金黄诱人的面条，浸着香辣汤汁，铺着火腿肠与鸡蛋，堪称豪华升级版。

越是罪恶的食物，越是诱惑。

因为宿醉胃里难受，朱绯彤中饭也没吃，此时嗅着方便面勾人的香气，反倒有了食欲。

方便面全煮在小锅里，两人各自拿了碗筷自己盛。朱绯彤宿舍里的碗是日式彩陶碗，有各种颜色，看上去令人心情愉悦。

蓝青定似乎饿了，盛了一大碗，低头吃着。但他向来吃相极好，细细咀嚼，很文雅的模样。

朱绯彤也吃了起来，面条入了胃，碳水大神让她重新清醒，想起了问题："你怎么在我房间里？"

朱绯彤记得上午她赶着去开例会，蓝青定便让她先走，说自己洗碗后会关门下楼。

"我洗碗后，觉得有点困，就想在沙发上躺下，结果不小心睡着了。"蓝青定解释。

朱绯彤表示羡慕，总裁就是总裁，躺着就可以挣钱。

这个问题是解决了，但还有另一个重要的问题。

“小蓝，我会被选来酒店，是不是因为你？”朱绯彤忽然发问。

听见这个问题时，蓝青定正挑起了一筷子方便面。

客厅灯是北欧风，投射下的灯光明亮而温馨。蓝青定的睫毛长而密，那光便在他眼底笼下阴影。朱绯彤看不见蓝青定的眼神，只看见他继续将面条放入嘴里，咀嚼着，不徐不疾。

他的不慌不忙，越挑起了她心头的急躁。

终于，他咽下食物，喉结再次滚动，锁骨上的小黑痣也仿佛跃动了下。

“我当时只是跟海川高层随口提了句，说营销部的人口才蛮好。毕竟是老同学，想顺水推舟，帮你立个功。”他说。

“那可能是我们领导误会了。”朱绯彤算是理清了事情始末。

有时候甲方大人随口的一句话，他们便会诚惶诚恐，分析出一整个 PPT。高层估计是误会了蓝青定的话，想投其所好，把她投过来了。

对海川那群领导而言，她也就是个小虾米，毫无重要性可言，放哪儿都行。

是她太敏感了。

刚才厨房的事也是一样，蓝青定不过是好心帮她拿了水。

是她自己想太多。

冰火九重天都能想出来，还有什么是她不敢想的呢？

蓝青定忽然放下碗筷，望着她：“是有人在说什么吗？”

“没有，没有。”朱绯彤怕节外生枝，忙摇头。

蓝青定仔细观察着她的神色，嘱咐道：“如果有事，记得告诉我。”

“真没事……再说了，别人不清楚，我们俩自己还不清楚吗？”朱绯彤顺着他的话道，“咱们都这么多年的老同学了，清者自清，是吧。”

闻言，蓝青定似乎是顿了顿，深吸了口气。他再度开口时，口气有点冷：“对，清者自清。”

随着 CX 发布会的临近，众多贵宾开始入驻兰特度假酒店，整个酒店呈现出纸醉金迷的奢华气氛。

兰特作为五星级酒店，平时的客人都是具有一定消费能力的。但这次接待的贵客都是各大明星、时尚界名媛，要么家世显赫，要么身家不菲，吃穿住行都浮夸奢侈到令人咋舌。

兰特度假酒店也按照贵客的要求，从世界各地找来了他们需要的各式食品和物品。

有客人只食用上万美元一盒的顶级伊朗 Almas 白鲟鱼子酱，有客人只喝苏门答腊岛的野生麝香猫咖啡，有客人只睡 160 支的埃及长绒棉被单，有客人只踩伊朗的手工地毯……

朱绯彤跟着客房部，全程伺候贵客，本以为自己已经练就一身铜墙铁壁，看够穷奢极侈，足够膨胀时，姚雨倩通过对讲机让她去到总统套房。

这是朱绯彤第一次进入兰特的豪华总统套房，差点没在里面迷路，客厅、餐厅、书房、更衣室、茶水间应有尽有，推开大厅门便是私人恒温泳池，可谓顶级奢华享受。

姚雨倩将她叫到浴室，只见门口放着上百瓶价值不菲的粉红香槟。而姚雨倩则一瓶瓶开了，直接往宽大的按摩浴缸内倒入。

见到朱绯彤，姚雨倩忙挥手让其过来帮忙："快点，稍后客人用完餐就要泡香槟浴了。真是，说什么香槟泡澡可以护肤，果然钱多烧得慌。"

朱绯彤忙冲过去，用白色毛巾抵着软木塞，一手旋转酒瓶，一手握紧软木塞。那道砰的沉闷声响，仿佛是金钱哗啦啦流逝的味道。

淡粉的香槟在德国原装钢瓷釉浴缸里显出了浓郁的甜美，空气里有香槟特有的蜜桃与香草混合的气息。

"是哪个客人这么奢侈？"朱绯彤好奇。

只听说玛丽莲·梦露曾经用三百五十瓶香槟泡过香槟浴，难道是梦露姐姐转世了？

姚雨倩忙得头也来不及抬："万晟集团千金，袁瑾，据说是蓝先生的准未婚妻。"

咚一声，朱绯彤手中的酒瓶掉落在浴缸里，溅洒起了不少粉红酒液。

"小心！摔碎了我们一个月工资都不够赔的。"姚雨倩叫出了声。

那酒液落在皮肤上，似乎过于甜腻，有些紧缩的触感。

朱绯彤从浴缸里捡起酒瓶，低垂着头，继续看着满缸的粉红色："蓝青定？"

"不是，是我们大大老板蓝海天。"姚雨倩边飞快倒着香槟，边说着八卦，"他们俩要是结婚，万晟集团和兰特集团就能合作更多项目，强强结合。有钱人的婚姻，都是这样，各取所需。"

两人奋力合作，终于很快将整个浴缸倒满。

看还剩下半瓶香槟，姚雨倩没倒进浴缸，而是偷偷拿出私藏的杯子，给朱绯彤和自己各自倒了杯，悄声道：“反正她也不知道，就算是给我们的小费了。”

两人干杯，将粉色香槟一饮而尽。朱绯彤只觉酒味清爽，有樱桃香、花香、杏仁混合的香味。别问，问就是金钱的味道。

姚雨倩坐在浴缸边，正闭目想象着有钱人的快乐，忽然听见朱绯彤发出灵魂质问：“姚姐，你有没有意识到，我们是在喝别人的洗澡水？”

想象瞬间垮塌，姚雨倩开始后悔让朱绯彤来帮自己。

这时，门口忽然传来响动，似乎是有人进来，两人忙起身将东西都整理好，随后走出浴室。

只见一位人间富贵花走了进来，身后跟着两位生活助理与行李生，推着如小山般的行李箱。其实不过只是住几天，但给人一种像是在搬家的阵势。

人家富贵花长相标致，身材姣好，只是整体五官偏锐利，眼中有掩饰不住的高傲。

“袁小姐，您吩咐的香槟浴已经准备好了。”姚雨倩忙道。

“嗯。”袁瑾看也没看她们，只应了声。

姚雨倩知道这是麻溜让她们离开的意思，忙带着朱绯彤走出总统套房。

下楼后，姚雨倩见左右无人，便悄悄吐槽：“感觉她的面部表情就像在说，你们这群凡人，连帮我提鞋的资格都不配。唉，不过谁让人家有钱呢，而且还可能是我们未来的大大老板娘，所以啊，必须要好好伺候……你愣着在想什么呢？”

朱绯彤诚实作答：“我在想，那洗澡水真好喝，不知道她明天还泡吗？”

姚雨倩被朱绯彤毫不掩饰的没出息给击垮。

两人走到酒店 B 区，前方便是兰特酒店著名的无边际恒温泳池。泳池正前方是湛蓝大海，趴在玻璃泳池边，可远眺高山远海。而泳池内，水清澄净，碧波荡漾，美不胜收。很多客人都喜欢来无边泳池打卡，拍出来的照片格外有美感。

此时，泳池里面有好几位泳装美女，另外还有摄影师在拍照，单反快门声咔嚓咔嚓直响。而就在这快门声里，朱绯彤忽然听见孔情的声音：“绯彤？你怎么在这儿？”

朱绯彤定睛一看，发现无边泳池岸边的白色藤编沙滩椅上，躺着一个身着黑色性感连体泳衣的女人。五官深邃，眉眼清晰，属于大气惊艳型美女。

正是孔情。

刚好客房部也没什么事，姚雨倩便让朱绯彤自由活动。朱绯彤忙小跑到孔情身边，问道：“你怎么来了？”

孔情一天到晚国内国外到处飞，踪迹不定，而朱绯彤这段时间又忙着处理莱斯集团的事，因此两人都没怎么联系，没想到会在这里撞见。

孔情将身子翻转个面，边把防晒霜递给朱绯彤，示意她帮忙擦背，边解释道：“我是上午才从宁城飞回来参加 CX 家的秀，本来是想先回家，但想着反正主办方安排住五星级酒店，不住白不住，就直接过来了。对了，你怎么在这儿？你上次说跟着管理集团入驻的酒店原来就是兰特？”

朱绯彤边帮她抹着防晒霜，边含糊点头：“对啊。”

孔情闭着眼，享受着阳光，声音懒懒地说：“你是住兰特这边的宿舍吗？住哪儿啊？我有空去看看，免得你姨妈每天都在我耳边念叨，怕你在外面住不好。”

“不……不用啦，又不是小孩，我挺好的，过两天忙完我就回去看姨妈。”朱绯彤忙拒绝。

孔情将墨镜往高挺鼻梁下一推，抬眸望向她，眼神充满探究：“你这么紧张干吗？”

“我是怕同事觉得不方便。”朱绯彤忙扯出个理由。

孔情没再说什么，重新单手将墨镜推上鼻梁，垂首继续让朱绯彤帮自己抹着防晒霜。孔情是牛奶肌肤，感觉背部在阳光下亮得可以当反光板，朱绯彤视线被阳光射得有些模糊。

正在恍神之际，忽然听见孔情的问话：“对了，这酒店是不是兰特集团的？”

朱绯彤顿了顿，方才应道：“嗯。”

孔情又像是睡着了般，也没个言语，半晌，才喃喃念出两个字：“蓝家。”

也不知道为什么，朱绯彤感觉喉咙有些紧。

终于，朱绯彤将孔情的背部全部抹遍，孔情又下达了新任务：“口渴死了，去给我倒杯果汁。”

朱绯彤习惯了孔情的懒惰和指使，便去到吧台处为她端来杯果汁。

孔情翻身坐起，接过喝了起来。她是天生的纤腰细腿大胸，立即吸引了众人的目光。

伺候完大小姐，朱绯彤正准备离开，忽然身旁的藤编沙滩椅上又有人坐下，并叫住了她：“你，给我拿瓶纯净水来，对了，我只喝 fay 这个牌子。”

那声音和表情，颇有点盛气凌人之感。

朱绯彤定睛看去，发现那人是近期某部小火网剧的女一号向璇子。向璇子长相属于清纯型，一头披肩黑直长发，也是穿着黑色连体泳衣，式样与孔情身上那件挺相似。

仔细看，发现果然是同一款泳衣。只是孔情天生的好身材，越发显出向璇子的平坦。

泳装撞衫，谁平谁尴尬。

刚才几个视频网站记者来采访，结果那些记者居然都不约而同给了孔情更多的镜头，向璇子因此气不顺。刚在旁边偷听着对话，知道朱绯彤和孔情似乎是亲戚关系，便想着指使朱绯彤，让孔情也气不顺。

朱绯彤礼貌地回应："抱歉女士，我们酒店暂时没有这个牌子的矿泉水，给您换其他品牌的可以吗？"

向璇子冷哼，腔调也阴阳怪气起来："一瓶水都搞不定？我看你们酒店的工作人员能力也太差了。算我倒霉，快去拿呀，还杵在这儿干吗？眼瞎了还是腿瘸了，没看见我正口渴吗？"

朱绯彤还没来得及说话，只见孔情将墨镜摘下，那双戴着灰色美瞳的眸子冷冷望着向璇子："吧台就在那儿，要喝自己滚去拿。另外，这不是她负责的工作，那边有专门的服务员，自己爬过去叫。"

向璇子想着孔情只不过是个旅游博主，也不算娱乐圈里的人，也不怕得罪她，便直接杠上了："怎么，你喊得，我就喊不得？"

孔情冷笑："废话，我自己的妹妹，我当然能喊。你又算是什么东西，你也配喊她？"

向璇子也是个不服输的，当即指着朱绯彤命令道："你今天要是不去，我马上向酒店投诉你！"

这种五星级酒店工作人员向来是最怕被投诉，向璇子是料定了朱绯彤会妥协。可没想到的是，她没能从朱绯彤眼里看见恐惧，反而看见了一种……对她的悲悯。

啥意思？

向璇子脑子还没转过来，只看见孔情冲到她身后，双手握住了她所躺着的藤编沙滩椅后背，随后忽然发出啊的一声暴喝，跟倒拔垂杨柳的鲁智深附体似的，直接将她正躺着的藤编沙滩椅抬起，与地面成了 45 度角。

向璇子就跟滑滑梯一般，直接滑入了泳池里。在入水的瞬间，向璇子终于明白了朱绯彤眼神中那悲悯的含义。

向璇子陡然落水，呛了好几口池水，不住咳嗽，跟一只被老鹰叼到水里的小鸡崽似的，不断扑腾。

“泳池里水多，不喝够不准上来！”孔情站在岸边命令。

向璇子头脸浸了水，发型毁了，妆面也花了，又气又急，不禁叫道：“贱人，你敢推我？我要把这件事捅到网上，我要让你混不下去！”

向璇子抹去满面的水，视线刚恢复，忽然又看见了岸边朱绯彤眼里重新升起的悲悯之光。

她顿时心头咯噔一声——怎么的？狠话也不能放了？

向璇子还没反应过来，只见孔情直接跳下泳池，一把拽住她的头发，继续往水里按。

孔情面无表情，动作熟练流畅，仿佛一个没有感情的打架机器。无边泳池里还有好几位客人，纷纷拿起手机进行拍摄。无边泳池上空，盘旋着向璇子尖厉的哀叫声。

朱绯彤看着无边泳池里的水花四溅场面，感觉脑壳很痛。

最后还是几个工作人员合力将孔情给拉开，好不容易才救下了向璇子。

向璇子这次学聪明了，再不敢说话，被救下后立马逃离泳池。

朱绯彤背着孔情的衣服，跟着回了她的房间，不免担忧：“那个向璇子会不会在网上抹黑你啊？”

孔情则自顾自对着镜子吹着头发，轮廓在浴室灯光下显得更为深邃：“反正我也不是娱乐圈的，没有公司也没有经纪人，也不怕她。”

朱绯彤忽然发现孔情拿着吹风机的右手指甲缝里似乎有红色，忙问道：“那是血吗？刚打架时受伤了？”

孔情看了眼自己的手指甲缝，习以为常，漫不经心道：“没事，她的。”

她用毛巾擦拭下指甲缝，继续吹着头发，跟电影里杀完人抹去手枪指纹的冷面杀手一模一样。

朱绯彤忍不住打个寒噤。

吹完头，孔情在脸上抹着乳液，道：“晚上一起吃饭吧。这间酒店什么好吃，你推荐下呗。”

朱绯彤正准备答应，忽然手机振动了两下，屏幕上显示着红蓝撞色头像发来的微信信息。

蓝青定：【什么时候回来？】

蓝青定：【不是说需要修电脑吗？】

这几天蓝青定家里有点事，便回家去了，没在宿舍住。

朱绯彤昨晚用电脑时，忽然发现开不了机，始终显示蓝屏状态。

没办法，只得配上图，并发了条朋友圈进行求助——

【万能的朋友圈，请告诉我这个局面怎么破？】

朱绯彤人缘还算好，下面很快有人回复，但基本都是说让她送修的。她也知道需要送修，可是隔天要上班，确实没时间去维修部。

正焦急着，蓝青定发来信息。

蓝青定：【我后天回来。】

蓝青定：【回来给你修吧。】

朱绯彤正要回复谢谢，结果此时微信里的小高又发来信息。

小高：【小朱，这题我会，你明天把电脑带来，我下班给你修吧。】

朱绯彤对比了下时间，决定选择小高，赶紧回复了蓝青定。

朱绯彤：【没事，没事，我找到大神明天帮我修了，不用急，你忙你的。】

说完之后，她发现蓝青定的对话框上方显示着“正在输入”状态。她以为蓝青定要回复说“好”，却发现“正在输入”状态始终持续着。

这是要发 800 字小作文的节奏？朱绯彤惊了。

最终，那边发来的只有一句话。

蓝青定：【我明天回来，你放着吧，明天给你修。】

朱绯彤：【啊？你刚才不是说后天才回来吗？】

那边停顿了半分钟，又回复了一句话。

蓝青定：【之前打错字，是明天回来。】

既然蓝青定都这么说了，朱绯彤也就应了。毕竟小高平时工作也忙，下班还耽误人家休息不太好。

而且蓝青定就跟自己住一栋楼，也可以看着他修理，问清楚电脑到底怎么回事，下次再坏就可以自己动手，不用麻烦别人。

今天一天朱绯彤都在处理工作，下午又忙着处理孔情的事，一下便将修电脑的事忘在脑后。

朱绯彤连忙回复。

朱绯彤：【我还在忙，大概一个小时回来。】

蓝青定：【好。】

朱绯彤准备花一个小时陪孔情吃完饭，忙催着孔情换衣服化妆，拉着她去兰特酒店的自助餐餐厅吃饭。

自助餐厅的菜品很丰富，琳琅满目，应有尽有。只是朱绯彤却感觉味同嚼蜡，食不下咽。此刻的她深切感受到了脚踏两条船的渣男的不易。

席间，孔情不停给她讲着自己出国时的趣闻，但总结起来，基本就是——看别人打架的过程，以及自己和人打架的过程，或者是帮别人打架的过程。

朱绯彤不断给孔情夹菜，让她多吃，快吃，麻溜吃。

孔情蹙眉："你怎么像赶着回去似的？约了人？"

朱绯彤忙摇头："没有啊。"

被孔情盯得一头汗也就算了，蓝青定也不时发来信息，凑热闹。

蓝青定：【我在屋顶花园，你回来了上来找我。对了，吃饭了吗？】

朱绯彤：【好，我正在吃。】

蓝青定：【吃的什么？】

朱绯彤：【自助餐。】

蓝青定：【哦，和谁吃的？】

朱绯彤就惊了，这一个个的，都是福尔摩斯转世是吧？

✦

第六章

令人窒息的修罗场

朱绯彤决定打死也不能告诉蓝青定自己在陪大表姐，所以她缓缓打出了两个字——【朋友。】

那边停顿了片刻，两人的交流有瞬间的停滞，但很快，再度接上。

蓝青定：【是那位大神？】

朱绯彤看了眼对面的大表姐，一个打遍天下无敌手的女人，绝对可以抵成千上万个拿菜刀的大神小高，所以朱绯彤不觉得自己算是撒谎。

朱绯彤：【嗯。】

那边没有再回复。

朱绯彤以为蓝青定去忙了，也没在意。恰好孔情让她去帮自己夹沙拉，朱绯彤便端着盘子去了。

正夹到圣女果时，手机再度振动了下，朱绯彤拿出来一瞅。

蓝青定就回了一个字——【哦。】

也不知道为什么，朱绯彤总觉得这个“哦”字有点余音绕梁意味深长的感觉，不过也许只是自己这个“渣男”做贼心虚罢了。

蓝青定那边没哄好，孔情这边也哄得糟心。

朱绯彤自认已经拿出了浑身的演技，但孔情那双眼睛，仍旧是盯着她上下打量，灰色瞳眸跟古希腊神话里的美杜莎似的，看一眼就让人石化。

“我怎么总感觉你有事瞒着我？”孔情先是蹙眉，忽地又松开，“难不成，是交男朋友了？”

“怎么可能？”朱绯彤失笑。

孔情认真看着朱绯彤，像是要看穿她心里：“有也是好事，有些东西你不试试，总不知道结果。”

见朱绯彤不作声，孔情用叉子挑起自己平时敬而远之的香菜，决定来一场爱的教育。

“比如说，我最害怕香菜的味道，但今天我还是决定尝试，说不定会喜欢呢。”孔情刚将香菜放入嘴里，面部立马扭曲成团，忙不迭吐出来，“这味道太恶心，我不行了！呕……”

朱绯彤边给孔情倒水，边平静接受其他桌客人的谴责目光。

在一场失败的爱的教育后，朱绯彤终于将孔情送回了房间，随即，又以百米冲刺的速度跑回了宿舍。先奔到三楼拿到电脑，随即又赶紧奔到天台上，累得气喘吁吁大汗淋漓。

天台门是虚掩着的，朱绯彤轻轻推开，看见蓝青定正站在天台围栏边，双手肘撑着黑色金属围栏，骨节分明的十指随意微垂着。

他侧对着朱绯彤，下颌线弧度完美，棱角分明利落。

今天的蓝青定似乎是刚从商谈场合归来，穿着白色衬衣，高挺鼻梁上戴着副金属细框眼镜。也许是有些疲倦，那眼镜架在山根之下，显得淡然贵气。

听见响动，他转过身来，映着身后天际的霞光万丈，斑斓余晖，整个人仿佛是油画中的少年。

不知是不是因为蓝青定戴了眼镜的关系，朱绯彤总觉得今天的他似乎过于清冷了些。

气氛好像有点僵，朱绯彤赶紧找话来暖场子：“怎么……今天戴眼镜了？”

“200 度，就看电脑和书的时候戴下。”

蓝青定收回落在朱绯彤身上的目光，走到长条柚木桌边坐下，唇绷得有些紧，感觉情绪不高。

朱绯彤自认善解人意，试探问道：“你是不是有点累？要不我们改天再修吧？”

蓝青定伸出白皙食指，将金属细框眼镜往上一托，淡声道：“不累。”顿了顿，那淡薄眼睑掀起，目光轻飘飘落在她身上，话语有点意味深长，“你累了？”

免费修电脑的师傅都不累，她怎么好意思叫累？朱绯彤忙摇头，并将电脑递过去。

柚木桌桌脚是黑色铁艺的，桌面色泽低调内敛，和蓝青定整个人气质相得益彰。他打开电脑，手指在键盘上熟练操作，蓝色的荧光在他镜片上滑过。只是那光，有点冷。

朱绯彤现在正式确定，蓝青定今天心情确实是不太好。难道家里出了什么事？朱绯彤暗暗告诫自己必须谨慎说话，千万不要触龙鳞。

她小心翼翼地走去，柚木桌配的是同色系的两张扶手椅，蓝青定坐了其中一张，朱绯彤便在他旁边坐下。

“我也不知道怎么回事，前天都能正常使用，可昨天忽然就开不了机，变蓝屏了。”朱绯彤指着电脑解释，她真的没有乱动它。

“应该是相关软件不兼容引起的。”蓝青定淡淡解释。

虽然听不太懂，但朱绯彤还是装出了很懂的样子，点点头，看着蓝青定继续在电脑上进行操作。

蓝青定心情仍旧没有恢复，唇线还是紧抿着。朱绯彤看着那些代码在自己面前闪动，感觉光是看着头发都能掉一大把了，程序员真不容易。

正感叹着呢，蓝青定忽然开口：“自助餐是在我们酒店吃的？”

他说话时，双眸仍旧专注地看着电脑屏幕，霞光混合之下，屏幕的蓝光投在他那薄薄的镜片上，颜色有了少许变化。变得，蓝绿蓝绿的。

“对，就是我们酒店的池畔自助餐厅，环境不错，挺高雅浪漫的。”朱绯彤道。

不仅菜品丰富，还有钢琴师以及驻唱歌手。

似乎是修理过程中遇到了什么技术难题，蓝青定敲键盘的声音忽然大了些。

余晖逐渐弱下，他镜片上滑过的流光似乎更绿了。

蓝青定再开口，声音有些沉：“哦。”

这已经是蓝青定今天发出的第二个“哦”了。

这个“哦”字，质地有些硬。

朱绯彤一心回忆着自助餐的事，没在意这些微小细节：“就是贵了点。”

这顿是她请客，虽然有员工折扣，可还是疼得她小心肝滴血。

实话实说后，朱绯彤忽然醒悟，面前这位帮自己修电脑的大兄弟正是池畔自助餐厅的老板。她当着人家老板的面吐槽，是真不怕被打死，胆子也太肥了。

朱绯彤连忙补救：“其实也不是贵，毕竟菜品质量高，品种也多。主要是我们两个女生吃得少，觉得没吃回来。”

对，不是菜贵，只是她穷。

闻言，蓝青定的手指停止了敲击。

也许是想到了技术上的解决办法，他情绪有所上涨，嘴角线条也松弛了，镜片上的流光也不绿了。

停顿只有瞬间，长而干净的十指继续在键盘上跃动。

“大神是女生？”他问。

“嗯，对啊。”朱绯彤怕蓝青定继续追问，连忙转移话题，指着电脑道，“大概还有多久能修好？会不会很麻烦？”

“没事，马上就好。”

蓝青定果然是找到了技术解决方法，整个人情绪也上来了，那种清冷疏离的气质也逐渐消散。

终于，电脑重新启动后，进入了正常开机模式，朱绯彤真心想给楼下这位兼职程序员鼓掌。

“你来试试吧。”蓝青定道。

他边说边起身，将椅子让给了朱绯彤。朱绯彤没多想，很自然地坐了上去。她拿着鼠标，开始点击平时用的软件，查看电脑运行状态。

“电脑还有其他的问题吗？”蓝青定问。

天色开始半明半暗，他打开了旁边的太阳能庭院灯。柔白灯光若水，他的声音也在水里浮动，温柔润泽。

“其他都还好，就是感觉运行速度越来越慢了，我也经常杀毒和进行电脑清理的。”朱绯彤拿起鼠标开始点击几个平时常用的软件，“你看，要是我连续开这几个软件，就会卡住，有时还会出现死机情况。”

果然，当她点开几个软件后，电脑开始出现明显的卡顿情况。

“我看看。”

蓝青定起身后，便始终站在朱绯彤的右侧。此时，他半俯下身子，右手握着鼠标，左手扶在朱绯彤所坐柚木椅的靠背上。

这个姿势让他们的头脸挨得很近，朱绯彤似乎都可以感觉到蓝青定那细框眼镜散发的特有冷幽金属气息，同时，还有他呼吸时的清浅热气。

朱绯彤忽然觉得他们俩都有点傻。

电脑是轻薄的笔记本，又不是笨重不可搬动的台式，刚直接移动到她那边不就可以了吗？有必要麻烦人来回移动吗？

只是刚蓝青定直接起身，让她坐，她下意识便也依照他的指示坐了。既然都坐了，现在也不好再移动，只能僵硬坐着。

也许是夏季越发临近，今天傍晚的空气似乎有些窒闷，朱绯彤抹了抹鼻尖，上面有些小汗珠。

这个技术问题可能难于刚才的蓝屏问题，蓝青定始终保持着现有的姿势，专注看着电脑屏幕。他是专注了，朱绯彤却始终处于分心状态，主要是他们俩现在的姿势乍看上去，像是他将她半环着。

朱绯彤感觉身下坐的柚木椅子可能质量不太好，总觉得上面有毛刺，刺得她坐立不安。

为了自己的屁股着想，朱绯彤决定让位。

“是不是挺棘手的？那还是你坐着慢慢弄吧……”

正当朱绯彤起身的同时，蓝青定忽然开口：“电脑自动运行的程序和服务太多了，可以在管理器进程里把不需要的启动项都关闭。你看，就像这样……”

蓝老师开始上课，朱绯彤不好打断，忙重新坐下，开始聚精会神地听讲。

他与她之间保持着一定距离，肢体没有真正碰触，热度却若有似无地交融。

蓝青定的嗓音浸在湿热海风中，似乎越发磁性，灌入她耳内。

朱绯彤集中精力，将蓝青定教的内容都牢记于心，争取下次自己能独自搞定。正在朱绯彤用尽浑身演技扮演好一个纯良好学生时，刚打开的下载软件里，忽然出现提示信息——

“そうまの女 | 性 | 向けボイス，下载完成。”

叮的一声，蓝青定与朱绯彤同时怔住。

海风努力吹拂，却吹不动他们之间已静止凝固的空气。

朱绯彤怀疑，这笔记本电脑就是个小妖精。她最近迷上了这类音频，有各种温柔男声，什么周末男友、醉酒男友、小奶狗男友等等。

她在论坛上遇到不少有相同爱好的女生，本着相互交流的思想，给她传了几个日语的温柔男声男友音频，她前天没下载完就关机，今天修理好电脑后，为了试验运行速度，便打开了下载软件。本来电脑也连接着楼下的网络，便自动将音频下载完成。

其实这个音频内容倒没什么，很正经，只是那日文下载完成的画面，简直太有歧义。

尴尬，太尴尬了。

朱绯彤不肯放弃治疗，决定硬着头皮解释下：“是日语的音频，不是视频。”

说完后，她回味了下，发现自己还不如不解释。

“哦。”蓝青定又回复了今天的第三个“哦”字。

只是这次的“哦”字，既不轻也不重，而是舒展，似乎心情很好的模样。

都已经解释到这里了，朱绯彤没有后退之路，便继续强行解释：“是很正经的，语言学习类音频。”

蓝青定没来得及做出回应，电脑先回应了。

只见右下角的杀毒软件又弹出个提示——“已清除一个敏感网站访问记录”。

朱绯彤正式确定，这笔记本电脑就是个小妖精。

之前电脑弹出个小网页，她不过关闭时不小心点到而已。你清除就默默清除好了，这么大张旗鼓地喊出来做什么？要不要给你买个大喇叭在全世界喊下？

朱绯彤觉得自己这次是跳进海水都洗不清了，为今之计，只有告辞。

“电脑肯定中毒了，还中得不轻，等我拿回去杀下毒。”

朱绯彤准备拿起笔记本电脑往楼下冲，却被蓝青定拦住。

“就在这儿杀毒吧，有问题我还可以帮忙解决。”

蓝青定边说边直起身，站在柚木桌的另一面，并将笔记本电脑移动到自己那边。

朱绯彤惊了。

您老人家现在知道移电脑了，刚干吗去了？

再修下去，还不知道“小妖精”又会发什么疯，朱绯彤赶紧起身去抢。但蓝青定却一手按着电脑，一手握着鼠标进行操作。

感觉就是一脸正经的电脑修理工的模样。

“没事，别麻烦了，我自己来吧！”

“不麻烦。”

“太耽误你时间了，我可以杀毒的！”

“不耽误。”

“真的不用了，你太客气了！”

“不客气。”

抢着抢着，蓝青定忽然不动了，转头看着朱绯彤，镜片后的目光，黑得深邃。朱绯彤这才发现，自己情急之下，不知怎么的，竟将蓝青定的右手臂牢牢抱在了怀里。

此情此景，有点不成体统。

实话实说，朱绯彤真不是故意的。主要是蓝青定抱着电脑不撒手，那她下意识也只能抱着他不撒手了，绝对没有趁机吃他豆腐的龌龊想法。

事后回忆起来，朱绯彤确定自己应该是想立即放手的，但她看见了蓝青定的眸子。

天际落下朦胧夜色，天台花园陷入晦暗里。习习海风吹拂着，他额前碎发纷乱，遮住了双眸。而那冰冷的镜片，也隔住了双眸。

即使如此，她却仍旧清晰感受到了他双眸里的温度以及亮度。她被那双眸子震住，一时忘记了松手。

时间似乎就在此刻停止，她与他都成了油画里的人物。

厚重，色彩浓郁，富有生命力。

同时也是她所喜欢的，静止不动的事物。没有变数，只有永恒与安心。

就在朱绯彤沉溺时，天台门门口传来了脚步声。

时间恢复了流动，那幅静止的油画也被撕碎。她清醒过来，忙甩开了蓝青定的手臂。

那一刻，朱绯彤觉得，今天蓝青定果然是道自己跨不过去的坎。但当她转头时，发现更大的坎还在天台门那边等着自己。

朱绯彤看见，天台门口站着一男一女。女的正是双手环胸，嘴角噙着意味不明笑容的大表姐。男的则是双腿发颤，眼角快要落下恐惧泪水的黄助功。

黄助功觉得自己实在是流年不利，为了不打扰楼上的“颜色二人组”，他是尽量避免在宿舍居住。天地良心，他昨天走到这附近时，忽然尿急，都是冒着尿裤裆里的风险，跑其他地方解决的。

今天他是刚好回宿舍取东西，没想到忽然撞见位超级大美女，说是朱绯彤的姐姐，想来看看朱绯彤。他仔细盘算了下，发现时间已经不早，害怕楼上两位在干情侣间的正经事，姐姐忽然到访，打扰到他们。毕竟上次都开始种草莓印了，这次谁知道可以种出什么。

黄助功也不清楚楼上两间房到底哪一间正有事发生，便想着将美女姐姐带到天台花园，边撩边用手机给蓝青定通个风报个信儿。

谁知一引上来，却看见朱绯彤正抱着蓝青定的手，而蓝青定则抱着电脑。

情况很明显了，就是两人准备相约看个电影。

总裁就是总裁，约个会，都是在楼顶花园看电影。霸道得别出心裁，毫不做作。

只是这么阴错阳差将超级美女姐姐往天台上一带，性质就不一样了，绝对要被总裁大人在小本子上重重记上一笔。

黄助功内心深处仰天长啸，功亏一篑啊！

黄助功在这边厢积极地做着心理建设，而孔情则始终盯着蓝青定，仿佛要在他脸上盯出个洞来。

“蓝青定？”她叫出了他的名字。

蓝青定微垂着眸，目光似乎有黏性，仍旧贴在自己那只刚被朱绯彤抱过的手臂上。

半晌，他才抬起眸子，悠悠望向天台门前的女人。

孔情。

一个，让十七岁的他感受到何为空欢喜的名字。

从上高中开始，蓝青定每天上晚自习时，便会由家里的司机接送。

晚自习九点下课，他基本会睡到九点十五分，等同学都走得差不多了，才会来到学校侧门的停车场，坐上家里的车回家。

而那天，司机陈叔接到他，正准备将车开出停车场时，忽然看见了围墙角落几个女生似乎正在打架，不禁摇头叹息：“现在的学生，不好好学习，就整天鬼混，你可千万别学，撞见了就立马掉头走……”

陈叔话音未落，忽然听见身后的蓝青定喊道：“陈叔，停下！”

少年的嗓音，清朗宁润，却有着不容置喙的坚定。

陈叔下意识地便踩下了刹车，紧接着，他看见蓝青定飞奔下车，直接朝着打架现场奔去。

陈叔开始怀疑，自己刚说的不是掉头走吗？他怎么迎头上了？难道这向来性格温顺的二公子，是到了叛逆期了？

蓝青定奔去时，刚好帮朱绯彤挡住了砸来的书包。书包很重，砸在身上挺痛，但蓝青定却暗暗松了口气——幸好，没砸在她脑袋上。

蓝青定赶走了那群小太妹，帮朱绯彤捡起了书包。她书包上有个棕色的毛绒小熊装饰，小熊脸圆圆的，像是它的主人。小熊的鼻子一圈被沾染了灰，他伸出手，轻轻擦拭着。

他走到她面前，蹲下。停车场的灯光布置得有些乱，他们的影子也是乱的，左右交叠。

“蓝青定，你真是个好人。”朱绯彤向他道谢。

感情特别真挚，真挚得就跟政治书上的马克思看见恩格斯似的。

蓝青定觉得，这话应该不算是好人卡，毕竟他还没对她表达什么心思。

“我送你回去。”蓝青定站起身，将朱绯彤的书包提在自己手上，帮她拿着。

朱绯彤想站起身来，可刚一动弹，右膝上的疼痛又再度升起。她嘶了一声，忍耐地闭上眼，又快速蹲下。

那瞬间，她没看见，蓝青定下意识伸出的手，与她的手臂擦拭而过。差一点，他就可以扶住她。

他犹豫着，想要再次伸出手去，她忽然睁开了眼，咬着牙，努力独自站起。

他将那只手放在了身后。

那一晚，他伸出的手，她没有看见。

只有月亮看见了。

还是痛，朱绯彤一瘸一拐地走在停车场上，蓝青定陪着她，放慢了速度。

他们的影子，在灰色水泥地上，被灯光拉长又缩短，胡乱重叠交杂。

“那些人是谁？你怎么会惹到她们的？”蓝青定觉得朱绯彤不是会惹事的性格，觉得奇怪。

“她们跟孔情有点过节儿，没找到她就来找我了。”朱绯彤回答得轻描淡写。

似乎这种事并不是第一次发生。

蓝青定听徐小科提过，知道孔情是朱绯彤的表姐。

蓝青定回忆起那个染着绿毛头的凶狠女生临走时说的话，提醒道：“她们说，还会来找你麻烦。”

“没事，等孔情出院了，她们就不敢来了。”朱绯彤微笑着，满不在乎的样子。

不知为什么，蓝青定不喜欢她现在的笑，总觉得，这个时候，她可以不笑的，可以任性地表达出其他情绪的。

“这段时间，还是让你父母来接你吧。”蓝青定建议。

朱绯彤还是保持着笑容，只是略微垂了下头，像是在看路的模样。可地上没有其他障碍物，只有他们的影子。

她的声音在月色里显得有些淡："我在姨妈家住，哦，就是孔情家。"

她没有直接回答他的问题。

蓝青定不清楚她家的情况，只确定一点，她的父母不能保护她。

这一刻，似乎没有人能保护她，所以她才会笑着说"没事"。

蓝青定忽然觉得心里有点难受，说不出是什么感觉，就是一种隐藏的，隐约的难受。

此时，陈叔按响了汽车喇叭，是催促的意思。

"上车吧，我送你回家。"蓝青定道。

朱绯彤摇头："没事。你看，前面就是公交车站，我坐五站就到家了。拜拜，明天见。"

朱绯彤说完，接过了蓝青定手里的书包。交接时，他似乎碰触到了她的手，纯白的，柔软的，纤细的。

像是月光。

他一时怔住，站在原地，看着她走向公交站台。走了十多米，她忽然回头，道："蓝青定，谢谢你。"

她笑着，眉眼弯弯，很乖巧温婉，瞳眸像是宝石，映着亮光。很甜，就像是那颗瑞士软糖放在嘴里逐渐融化的感觉。

随后，她转身，深一脚浅一脚地继续往前走。

虽然嘴里说着没事，可朱绯彤清楚，那几个小太妹应该不会这么放过自己。于是隔天，朱绯彤没再走学校侧门的停车场小径，而是绕了十多分钟路，从正门走到公交车站台。

可惜，小太妹组就站在那儿等着她。

如果现在跑，四处黑灯瞎火的，更容易被她们抓到偏僻处暴揍。朱绯彤只能硬着头皮上了公交车，至少在车上她们还不敢下手。晚班车乘客不多，空位随处可见，朱绯彤在靠车门的座位坐下，想着方便逃离。

但那小太妹组对于堵人这件事非常有经验，上车后直接坐在了朱绯彤四周，将她牢牢围住，而且个个脸上都是不怀好意，眼里都是凶神恶煞。

朱绯彤坐在靠窗位置，而那绿毛大姐头坐在了她旁边，脚踩在前面座位的椅背上，将她的退路严严实实挡住。

随着车门关闭的哧一声气压声，朱绯彤感觉自己成了被关在猫笼里的老鼠。

这次是在劫难逃，插翅难飞了。

她低垂着头，握紧了手掌心，指甲在掌心里刻出深深的红痕。

公交车正准备开动，忽然像是有人要上车，车门哧一声再度打开。

陷入危险中的朱绯彤并没有在意这个细节，她只感觉浑身一阵冷一阵热，背脊渗出了大片冷汗。

就在她慌乱不知所措时，忽然听见身旁的绿毛大姐头发出声低咒：“真倒霉！”

闻声，朱绯彤抬头，恍惚之间，她竟看见了蓝青定。

公交车开始行驶，车内光线幽暗，只剩路边的霓虹灯灯光在车厢内流动。蓝青定径直穿过那些流转的光影，走到了绿毛大姐头身边，垂眸看着她，不发一言。当他不说话时，整个人其实是冷漠的，带有危险性。

绿毛大姐头低低骂了句脏话，心不甘情不愿地起身，将座位让开。

蓝青定在朱绯彤身边坐下，坐下的瞬间，他的手臂与她轻碰。

朱绯彤穿着短袖，光裸的手臂碰触到蓝青定衬衣的纯棉面料，柔软舒适，有种厚实的安全感。

小太妹组悄声商议了下，在下一站便骂骂咧咧下了车。

等小太妹组离开，朱绯彤这才松口气，开始询问蓝青定：“你怎么也坐这辆公交车？你不是向来都是家里司机负责接送？”

蓝青定已经跟家里人讲好，这个月，都不用派陈叔来接自己。父母因为安全问题自然是反对，蓝青定又去求了蓝海天。

蓝海天直接问他要一个理由。

蓝青定垂眸，只道出一句话：“帮一个女同学。”

蓝海天就没再多问，很快帮他说服了父母。

但是这些事，蓝青定都不能告诉朱绯彤。

他给出了早准备好的说辞：“家里不准备请司机了。”

“啊？为什么？”朱绯彤睁大眼，瞳眸黑亮。

“最近，家里有些资金周转不灵。”蓝青定不是个擅于撒谎的人，此时感觉自己的嗓音有点飘忽。

不过朱绯彤应该是信了。

因为那瞬间，蓝青定从朱绯彤的眼里读到了她对一个家里破产的同学的同情。

接下来的一段时间，晚自习结束后，蓝青定都跟着朱绯彤一起放学，搭乘同一班公交车。等朱绯彤下车后，蓝青定才在下一站下车，然后搭乘出租车回自己家。

前面几天，那几个小太妹都在学校附近暗中窥探着。也许是确定没有下手的机会，她们也只得放弃，一个星期后，就再没出现过。

可蓝青定还是继续陪着朱绯彤搭乘公交车。

其实每晚同行的五站路里，他们也没怎么交流。车内光线幽暗，蓝青定每次都会戴上耳机听歌，而旁边的朱绯彤则是看着窗外发呆。

蓝青定很享受这样的时光。

自从确定了自己对朱绯彤的心思后，蓝青定没有过多的想法。他要求挺简单，就是每天能看见朱绯彤，能看见朱绯彤开开心心就好。

说起来，反倒是朱绯彤先动的手。

那天晚上，向来都是看窗外风景的朱绯彤始终坐立不安，不时偷看他，双手紧握着。蓝青定甚至一度怀疑朱绯彤是不是要上厕所。

公交车即将到达朱绯彤要下的站点，蓝青定起身让开，待朱绯彤从靠窗位置出来后，才又再度坐下。

他正低着头将书包重新放在双膝上时，眼前忽然出现了一双手，纯白的，柔软的，纤细的。手里还有一封信，粉红的信封，封口处是桃心的贴纸。

上面写着他的名字——蓝青定。

这是……

蓝青定怔怔抬头，看向朱绯彤。

朱绯彤红着脸，在跟他说着什么。但蓝青定听不见，此刻他耳机里正播放着摇滚乐曲，震天响。

而比摇滚乐曲更响的，是他此刻的心跳声，扑通，扑通，扑通，像是要跳出喉咙。

他摘下了耳机，再次看向朱绯彤。

“什么？”他问。他喉咙口堵着一颗心，有些干哑。

朱绯彤知道他没听见，于是鼓起勇气，重复着刚才的话。

“孔情。”她喉咙也是干涸的，像是很口渴的模样。

“是孔情让我给你的。”

蓝青定的心，没再堵住喉咙，而是砸回了心底。

孔情叫了蓝青定的名字。

随后始终盯着他，那眼神，很奇怪，仿佛是专注看着蓝青定，但又仿佛看的并不是他。

朱绯彤觉得此情此景，就跟自己在小旅馆被抓奸一模一样。

几人各怀心思，一时气氛十分尴尬。

黄助功先扛不住了，呵呵干笑两声，道："大家一定口渴了，我下楼去泡茶。"说完，赶紧一溜烟跑走，离开了这个小型修罗场。

这个理由太棒了，朱绯彤忙也抓住："茶杯太重，我也去帮忙拿。"

朱绯彤刚想迈步，却被孔情拦住。

"他拿的是茶杯，又不是茶缸，用得着你帮忙吗？"

朱绯彤只能讪讪站在原地，看着孔情，僵笑着问出了心头疑惑："你怎么找到这儿的？"

"凭我的本事，还有什么打听不到的吗？"孔情冷哼。

哼完之后，孔情想到什么，忽然浮夸地笑了出来："哦，倒也是有的，比如说，我就没打听到，和你一起住的同事会是他。"

朱绯彤当即膝盖一软。

她明明是好心，害怕他们俩再见面会尴尬，可为什么事到如今尴尬的却是自己呢？

就在两人都用眼神瞅着朱绯彤，逼着她要一个答案时，她的手机响起了。

姚雨倩打来电话，声音焦急："小朱，你现在在哪儿？能马上去海景套房806房间吗？那边出了点事，我在外面，还有一会儿才能赶回来。"

朱绯彤如蒙大赦，忙不迭地点头："可以！可以！可以！我马上去！立刻去！"

也许是回答得太过急切，姚雨倩反倒被吓住，深吸口气，放缓声音劝道："小朱，你说实话，你是不是不小心吞了什么药了？那个，如果神志不是太清醒，不来也行。"

姚雨倩长这么大，就没见过清醒的人这么热爱加班。

"酒店的事，就是我的事，我马上来！"朱绯彤说完豪言壮语，立马挂了电话。

"酒店出了点事，我先去一趟，你们慢慢打……不，慢慢谈。"

朱绯彤说完，直接飞奔下楼。难怪人家说，女人一定要份工作。

因为必要时，可以逃离修罗场。

酒店确实出了事，走丢了一个小女孩，酒店工作人员正在四处寻找。

朱绯彤赶到海景套房806房间时，发现房门大开着，里面有一个威严的男人正在发火。

“你们是干什么吃的？连个小孩子都看不住？”

朱绯彤近期熟悉过贵客的资料，知道这间三室二厅的全海景套房住的客人叫龚子维，是大东集团董事长，这次是作为活动赞助商受邀前来参加CX发布会。根据前厅记录，应该是下午两点才到达酒店，与他同行的还有他八岁的女儿龚文娟以及两名保姆。

龚子维身材高大，五官端正，气度不凡，只是眉间有道深深折痕，看上去显得严肃不易亲近。

见到朱绯彤，龚子维眉间的折痕更深，立即将胸内急火全发在她身上：“你们酒店怎么回事？小孩子一个人在酒店跑，都没有工作人员管吗？太不安全了！”

朱绯彤也不是第一天出来做事，明白服务行业必定是以客人为尊，当即也不急辩，只软声劝慰：“龚先生，我们非常理解您此刻焦急的心情，酒店现在已经发动了全部员工，一同寻找贵千金。”

“什么理解！现在是我女儿不见了，你们怎么能理解！”龚子维焦急得面红耳赤，眼内生火，指着朱绯彤道，“要是我女儿出了什么事，我绝对会告你们酒店！告你们所有人！”

龚子维怒火攻心，也不分青红皂白，愤怒情绪劈头盖脸朝着朱绯彤砸去。

朱绯彤深吸口气，不卑不亢，继续回道：“龚先生，当务之急，是集中精力找到贵千金。因为酒店面积大，我们员工更熟悉环境，所以请您暂时在房间耐心等候。我向您保证，我们酒店员工会翻遍酒店每一处，将贵千金找回。”

龚子维也清楚朱绯彤的话在理，只能按捺住焦急情绪，坐在沙发上捂住太阳穴，大口大口地喘气。

朱绯彤安抚好龚子维后，忙走出房间，开始通过对讲机询问监控室调查情况：“怎么样，找到了小女孩最后出现的监控画面了吗？”

监控室保安队长的声音从对讲机内传来：“监控显示，那个小女孩于一个小时前，出现在沙滩通道上，之后便去了沙滩，一直往酒店东面走，再然后就走出了监控区，所以我们也不确定她现在的位置。”

闻言，朱绯彤赶紧跑下楼，通过沙滩通道，来到已空无一人的海滩上。

此时夜色黝黑，海风夹着腥咸气息扑来，海浪声像是巨兽在低吼咆哮。海滩仿佛也变为黑沙陷阱，危机四伏。只剩酒店的照明灯还在独自支撑，孱弱孤单。

朱绯彤按捺住内心升起的恐惧泡沫，一直往东面走。

因为这片海滩海岸线平坦，沙质好，水质清，因此沿线都修筑有高星级酒店。兰特度假酒店东面不远便是另一家五星级酒店，西顿酒店。沙滩在每家酒店后门，沙滩通道都是开放的，游客可以自由进入。

朱绯彤怀疑龚文娟是跑入了西顿酒店里，心内暗叫糟糕。毕竟是别人家酒店，也不能贸贸然跑去让人家调监控。而且酒店都是按照规章行事，需要层层上报，就算最后西顿酒店同意帮忙调查，那也得经过好几个小时，中途小女孩遇到坏人怎么办？

朱绯彤心急如焚，快步跑到西顿酒店沙滩通道查看。此时，她发现西顿酒店的沙滩通道旁有道铁门，上面用卡通牌子写了“西顿宠物园”几个字。

西顿酒店是亲子特色酒店，在沙滩边修筑有宠物园，宠物园另一面还有不少室外儿童游乐项目，深受小朋友喜爱。

宠物园是铁栅栏门，此时被紧锁着，但栅栏缝隙比较大，朱绯彤观察了下，觉得八岁的小女孩侧着身子，应该可以挤进去。

此时，里面只有几盏灯亮着，灯光微弱，照不进密林深处，植被覆盖之地，黝黯潜伏。

朱绯彤只得朝着里面试探喊着：“龚文娟？龚文娟小朋友？你在里面吗？”

话音落后，似乎里面有响动，但很快便又风平浪静。

朱绯彤一时也不能确定，到底是小动物发出的声响，还是龚文娟在躲避。她决定自己进去看下，但大门锁着，肯定也不能麻烦西顿酒店的人来开门，毕竟要是层层上报，又得挨到明天了。

为今之计，只有爬墙。

朱绯彤仔细观察了下围墙，发现墙面并不算光滑，有不少空隙，可供脚踩攀爬。朱绯彤便脱下了高跟鞋，手脚并用，一步步爬了上去。

好不容易，朱绯彤终于爬到了墙头上，正准备翻越下墙时，忽然发现宠物园内的这面墙却格外光滑。别说她了，就连蚊子估计也没地方下脚。

如果硬跳下去，按照这围墙的高度以及她的高度，估计怎么也得崴个脚，还有可能骨折。

朱绯彤叫苦不迭，正考虑着是不是要原路返回，重新爬下去时，抬眼却看见靠海边的围墙处站着一个人。

蓝青定。

此刻，他取下了眼镜，正抬眸望着她。路灯幽光映照下，身着白衬衣的他身姿挺拔，干净贵气。

相比之下，朱绯彤就显得落魄狼狈很多。因为穿着酒店的制服裙装，不方便大劈叉，所以她整个人是趴在墙头上的。

基本王八是什么姿势，她就是什么姿势。这算是，爬墙头被抓个现行。

惨到不能再惨，尴尬到不能再尴尬。

朱绯彤清清嗓子，尽量让声音不那么干哑："那个，听我解释。"

蓝青定没有听她解释，而是来到墙角，双手双脚并用，三两下便爬上了墙头，随即跳下，稳稳落在了宠物园内部。

他动作迅疾利落，姿势娴雅，要不是朱绯彤双手扒着墙头，都忍不住要为他鼓掌。

站定之后，蓝青定来到围墙边，双手朝她伸出。

"我抱你下来。"他说。

清幽月色下，蓝青定仰面望着她，黑色西装裤，纯白衬衣，袖口卷至肘部，露出了藏蓝腕表，表盘上蕴藏着星空月相，诗意优雅。他的手骨节分明，修长干净，却在月光下散发着浓烈的安全感。

朱绯彤撑起身体，改为坐在墙头的姿势，将双腿垂在靠宠物园这边的围墙内。

蓝青定上前，双手环住她的双腿，将她从围墙上抱下。

他本来就高，她被举起时感觉自己仿佛要从高处跌落，下意识便顺势弯身，双手抱住蓝青定的脖颈。

这个姿势，就像是被他抱在怀内。

远处的海浪声逐渐归于平静，冲刷着海滩，发出沙沙的温柔声响。

也许是攀爬太累，她听见了他的呼吸比平时要紧几分。她动了下，想要用双脚碰触地面。他回过神来，将她放下。两人分开时，她的脸颊被他的发丝碰触，那痒，像是刷入了心窝。

朱绯彤用力揉了揉脸颊，那力度产生的痛令她回过神来："你怎么来了？"

"帮你一起找。"蓝青定淡声道。

朱绯彤就没再问蓝青定怎么找到自己这个尴尬的话题了。

毕竟海滩上这个时间段的活物就是墙头上的自己，一眼就能看见。

两人正在对话时，忽然听见远处的草丛里发出了一道低低的打喷嚏声，显然是小女孩的声音。

两人对了对眼神，确定那应该就是失踪的龚文娟。

但宠物园里黑灯瞎火的，如果强行去捉，龚文娟受惊后乱逃，很容易受伤，只能让她自动出来。

两人站的地方不远处便是一个自动售卖动物食物的机器，里面装着胡萝卜、青菜、饲料，游客可通过手机扫码支付购买。

蓝青定走到机器前，买了好几根胡萝卜，随即来到关小兔子的栅栏前，拿着胡萝卜喂它们。

一群小兔子本来是在木屋里，见有食物，立马蹦蹦跳跳冲了出来。

朱绯彤配合着蓝青定，夸张地大声道："哇，好可爱的兔子啊！你看，他们吃得好开心！"

果然，草丛里又开始响起窸窸窣窣的响声。

朱绯彤决定再接再厉，继续引诱："我们这儿还有很多的胡萝卜，我们两个人肯定喂不完，不知道有没有小朋友想来亲自喂下呢？"

闻言，草丛里的响声似乎更大了。

朱绯彤此刻仿佛是演技担当，长叹口气，道："既然没有人喂，那我就自己吃了。唉，小兔子太可怜了，还没吃饱呢。"

这时，草丛里的小人终于忍不住，从里面冲了出来。

"不要！"那童音清脆纯净，在夜色里恍如天籁。

朱绯彤定睛望去，发现跑出来的是一个身着白色连衣裙的女童，长相可爱清秀，十足的美人坯子。

朱绯彤看过酒店提供的龚文娟照片，确定就是她。

"那你来喂吧。"朱绯彤将胡萝卜朝龚文娟的方向递出。

龚文娟想了想，最终还是抵挡不住小白兔的可爱，慢悠悠地走来，接过朱绯彤手里的胡萝卜，隔着栅栏开始喂小白兔。

那群洁白毛茸茸的小白兔全围过来，小口小口地吃着，格外可爱，龚文娟忍不住笑出了声，那笑声也是清脆悦耳的。

朱绯彤见她心情不错，便准备开始收网，笑着道："龚文娟小朋友，你爸爸很担心你哦，跟姐姐回去好不好？"

龚文娟一听见"爸爸"两个字，立马就警惕起来，丢下胡萝卜，躲到了蓝青定身后，拉着他的手，高声道："我不要回去！他整天就知道工作，要不就是回来骂我！我才不要跟他在一起，你们要是抓我回去，我还会跑的！"

朱绯彤心急如焚，想要跟龚文娟讲道理，却被蓝青定用眼神制止。

蓝青定转过身，蹲下，与龚文娟保持直视："你现在跑出来，你爸爸很着急。如果太着急，人是会难受生病的，你想自己的爸爸难受生病吗？"

他嗓音清润温柔，在夜风内浮动，有安稳人心之效。

龚文娟的情绪被蓝青定的话语安抚，逐渐平静下来。她垂下头，嘟着嘴，半天才说道："那我先喂完这些动物，再跟你们回去。"

此时，其他动物见小兔子有人喂，也开始蠢蠢欲动，个个脸上写满"难道我不配吃宵夜吗"的疑惑，还不时发出高亢叫声。

朱绯彤怕惊动西顿酒店的人，把他们当贼捉，忙不迭又跑去买。

不过动物饲料就是贵，胡萝卜都是 25 块一根，朱绯彤买到心脏滴血，感觉自己简直是在帮对家酒店完成 KPI。

围栏比较高，龚文娟年幼个矮够不到动物，蓝青定便将她抱起来，帮着一起喂。明明照顾小孩是件烦琐事，可他脸上却满是耐心。

好不容易，总算是伺候所有动物大爷吃完宵夜，龚文娟也连打了几个哈欠，显见是累了。

"我们回去睡觉好不好？"蓝青定问。

龚文娟犹豫了下，但最终还是挨不住疲倦，妥协地点点头。

龚文娟从铁门栅栏空隙处挤了出去，蓝青定也干脆利落地顺着铁门爬了出去。朱绯彤四下寻了圈，发现靠游乐场那边有木梯，似乎是园丁修剪树木用的，赶紧搬来放在围墙处，顺着木梯爬到了围墙上。

围墙另一面，蓝青定早在那儿等候，照旧是环着她的腿，将她从墙头抱了下来。

龚文娟人小鬼大，看着两人的情状，眨眨眼，问道："姐姐，这个漂亮哥哥是你男朋友吗？"

朱绯彤差点没摔在沙滩上，忙解释："当然不是！"

龚文娟恍然大悟："哦，原来是你老公。"

朱绯彤正在穿高跟鞋，闻言没站稳，真的跌在了沙滩上，摔了个狗吃沙。朱绯彤现在非常后悔，没能留下根胡萝卜，要不就能直接喂给龚文娟吃，堵住她的嘴。

朱绯彤从沙滩上爬起来，正要出声否认，蓝青定却蹲下，将龚文娟抱起，道："睡觉吧，别说话了。"

这么一打断，朱绯彤的解释也就哽在喉头，上下不得，憋得难受。不过仔细想想，也没必要跟小孩子解释这么多，朱绯彤最终将那句"不是"咽下了喉头。

蓝青定抱着龚文娟在沙滩上前行，朱绯彤刻意走在身后，用对讲机赶紧通知了同事，说已经找到了龚文娟，让他们通知龚子维。

处理好工作后，朱绯彤随后追了上去。这才发现，月色下，龚文娟已经趴在蓝青定的肩上，睡着了。

蓝青定今天身着白色衬衣，黑色西装裤，打扮较商务成熟，再加上小心翼翼抱着个粉雕玉琢的女孩，感觉就像是个年轻爸爸。

朱绯彤怕孩子着凉，赶紧脱下了自己的外套，披在了龚文娟后背，边披，边开玩笑道："没想到你这么会照顾小朋友，以后可以多生几个。"

现在网上那么多女生害怕生孩子，就是怕遇到丧偶式育儿。朱绯彤想，要是遇见蓝青定这样负责的，估计好多女生都吵着要帮他生。

龚文娟身量小，外套比较大，朱绯彤便靠近了蓝青定，把外套衣角给龚文娟裹紧。

她垂头专注地掖着衣角，却听见蓝青定的声音在耳畔响起：

"好啊，生几个呢？"

这话，左听右听上听下听，不管怎么听，都有点让人往"他们俩一起要生几个"的方向歪。

朱绯彤始终低垂着头，双眸望着龚文娟。她手上继续掖着衣角，不让海风吹到小女孩，嘴里则一一数着："基因好的人，比如说你，肯定要多生几个，造福社会。性格好的，比如说徐小科，也应该多生几个，开心果谁会嫌多？还有丁敏，才华横溢，也可以多生几个，让世界上多些艺术家。"

她垂着眸，他看不见她的表情，但总觉得她是在笑着。

"那你呢？"他问。

也许是海风刮得紧，他的声音稍稍有点沙。

“有些人天生不适合生小孩，不适合养小孩，比如说我。”朱绯彤抬起眸子，笑道，“我把名额让给你们。”

她果然是笑着的。

就和多年前在停车场时的那个笑容一样。

就是，她明明可以不笑的，可以任性表达出其他情绪的，可是她没有。

蓝青定又感受到了那种，心脏深处，隐约的，隐藏的难受。

月华如水，湿漉漉地淋下来，将他们之间的气氛，淋得潮湿沉闷。他们看着彼此，不发一言。

就在这时，沙滩另一头传来了急促的脚步声，打断了他们之间的对视。

朱绯彤转过头去，发现原来是闻讯赶来的龚子维、他的助理以及保姆，还有酒店工作人员。

龚子维看见龚文娟躺在蓝青定怀中安然无恙，顿时放下心来，长松口气，赶紧小心翼翼将熟睡的龚文娟从蓝青定怀里接过。

龚子维抱住龚文娟，刚想走，视线却扫到了朱绯彤。他张口似乎想说什么，但犹豫片刻，最终还是放弃。

跑了大晚上，爬墙头差点摔断腿，连声谢谢也没得到，朱绯彤不免有些委屈。

不过转念想想，这份工作性质就是如此。酒店服务的客人来自天南地北，性格各异，有好也有坏。朱绯彤早给自己做好了心理建设，遇见礼貌的客人就当是缘分，遇见不讲理的客人就只当是修行。只要这位老父亲不要有事没事就拿告酒店威胁，她就阿弥陀佛了。

一群人闹哄哄地来，又闹哄哄地散去，最终海滩上还是只剩下了朱绯彤与蓝青定，两人开始往宿舍走去。

也许是忙了一晚上，累了，蓝青定一路都没再怎么说话。

朱绯彤其实心头始终惦记着孔情与他之间的事，不管怎么样，自己也算是丢下他们这对冤家就跑，确实做得有点不厚道。

毕竟按照孔情疯的程度，对蓝青定下手也不是不可能。

两人从沙滩走回公寓，路上有条必经小径正在翻修，水泥地被凿破，四处都是碎石，朱绯彤穿着高跟鞋，走在上面没有支撑很容易崴脚。但也不能脱了鞋走，那会死更惨。

正当朱绯彤为难之际，蓝青定很自然地伸出了手臂，掌心握拳朝下，朱绯彤也很自然地握住了他那绅士的手臂。

没有任何语言，他扶着她，穿过这片杂乱水泥地，走向平坦之处。也不知从何时起，两人之间便有了这种默契。

思来想去，朱绯彤决定还是问下自己走之后，蓝青定与孔情两人之间的情况发展。

“那个，你和孔情，应该没事了吧？”朱绯彤问得格外婉转。

“我和她，应该有什么事吗？”蓝青定反问。

蓝青定此刻的语气有点清冷，但朱绯彤也习惯了。在她印象里，蓝青定提起孔情似乎都是这样的态度。

当然，也是孔情自个儿作的。

“没事就好，我就随便问问。”朱绯彤忙缓和气氛。

此时，蓝青定与朱绯彤走过了那条正在翻修的小径，还差一两步，朱绯彤就可以踏在平地上。然而就在这时，蓝青定停下了脚步，缓慢转头，看向朱绯彤。

小径旁种植着狐尾椰，海风吹拂下，状似狐尾的树叶沙沙摇晃。淡黑的婆娑树影遮住了蓝青定的眼睑，朱绯彤看不太清他的神色，只听幽凉夜风中，传来与夜风同样温度的声音：“你好像一直都对我跟孔情之间的事，很热心。”

比如热心帮忙递信。

朱绯彤决定说出实话：“我只是比较担心你。”

海风停歇，树影不再晃动，但蓝青定的眼睑却陡然跳动了下。朱绯彤脚下踩的水泥块有些歪斜，往下陷入，发出瓦砾摩擦的声音。

她的嗓音低得不能再低：“我担心你……又被孔情给打了。”

蓝青定：“……”

从朱绯彤八岁之后，孔情就没有再打过朱绯彤。但朱绯彤还是怕她，毕竟孔情这个人疯起来，估计连自己都打。所以当躺在病床上摔断腿的孔情将一封信递给朱绯彤，要她帮忙转交给蓝青定时，朱绯彤不敢拒绝。

孔情千叮咛万嘱咐：“你一定要告诉蓝青定，就算不接受我也没关系，但是信一定要打开看，记得吗？必须要打开看！”

朱绯彤虽然接受了这个任务，心里却始终惴惴不安。她这辈子第一次递粉色信件，居然是帮人忙，而且对象还是蓝青定。

这天晚上，朱绯彤坐在座位上，屁股下像是布满了图钉，扎得她坐立不安。

也不知为什么，公交车的速度似乎格外慢，而车窗外的霓虹灯也格外刺目。

她的不安连蓝青定也感觉到了，接连看了她好几眼。每一眼，都像是一捧开水，浇在她身上。

朱绯彤紧张得喉咙眼都快冒烟了，仿佛写信的是自己。

终于，她到站了。

朱绯彤起身，蓝青定让开，待她通过，站到过道上后，才又转身，重新坐下。

蓝青定低垂着头，开始整理书包。他似乎刚理过发，后颈的发茬是青黑色，映着白皙的脖颈，干净清爽。

不知为什么，那一刻，朱绯彤忽然不想将孔情的信递给蓝青定了。

但那个没来得及成型的念头，在孔情的无形震慑下，很快烟消云散。不行，她还想活。

朱绯彤不再给自己任何胡思乱想的机会，直接将信递了出去。她看见，蓝青定缓慢抬头，双眸里，有愣怔以及一些别的东西。是一些她看不懂的东西。模糊不清，却明亮灼人。

“是孔情让我给你的。”她的声音很小，小到自己都没听见。

蓝青定摘下了耳机，他似乎也被她的举动吓到，喉咙有些微哑。

“什么？”他问。

似乎已没有回头路了。

朱绯彤感觉双颊像是被针扎似的，密密麻麻地刺痒。她喉咙干得吓人，在即将裂开前，她将那句话重复了一遍。

“孔情，是孔情让我给你的。”

说完这句话的同时，公交车到站了。

哧的开门气压声，在朱绯彤听来仿佛是救赎声。她将信往蓝青定书包上一放，随即赶紧背着书包，连滚带爬跑下了车。

随即，又是哧的一声，公交车关门，向前行驶。

待公交车开走，朱绯彤才发觉自己脚软到不行，她直接瘫坐在了公交车站台的等候座位上，大口呼吸，平复那颗像是随时要蹦出来的心脏。

公交车站台上有大幅的广告灯箱，LED 灯明亮辉煌，毫无遮拦地映照在她身上，但不知为什么，朱绯彤却感觉自己整个人都是暗沉沉，灰扑扑的。

而就在这时，公交车驶出了十多米，忽然再度停下。朱绯彤惊讶地发现，蓝青定从公交车上奔下。他没有跑，只是快步走着，朝着朱绯彤走来。

朱绯彤吓得站起身来，呆呆地望着他走到自己面前。

蓝青定穿着纯黑色的T恤，外面套着浅蓝色的衬衣，他刚理过发，额前的刘海剪短，双眸就这么直直望着朱绯彤，眼里覆盖了清冷的气息。

辉煌明亮的广告LED灯映亮了他少年气息浓厚的干净脸颊，他的唇线紧抿着。

“这个，我不要。”

蓝青定左手握着那封信，右手伸出，想要抓住朱绯彤的手，将信塞回她手里。

朱绯彤被他双眸里的清冷吓到，下意识地将双手放置于身后。

她牙齿磕磕碰碰，嘴唇哆哆嗦嗦，说出口的话也有些语无伦次：“孔情说，她说，就算不接受也没关系，但是一定要打开看……她要你打开看就好，应该是写得很用心。我只是帮她的，我……我也怕她。”

到最后，朱绯彤也不知道自己在说些什么了。

也不知道是哪句话戳中了蓝青定，他忽然平静下来。也许是公交站台的灯光太强，他也和她一样，逐渐变得暗淡了。

蓝青定握着信的手，开始收紧，粉红的信封上，有折痕出现。他重新垂下眼眸，灯光透过睫毛在眼底落下淡黑的阴影

“朱绯彤，你知道自己在做什么吗？”他问。

此时，连续三辆公交车停靠在站台上，顿时，喇叭声、车门开合声、人群说话声，在公交站台上形成短暂的嘈杂。

而在这片嘈杂里，他的声音显得格外干净。

干净到有种空寂感。

朱绯彤张口，想要再解释些什么，但蓝青定没有给她这个机会。

他迅速转身，拦截住一辆出租车，坐上后排，咚地关上门，那声音像是砸在她心上。

他干脆利落地离开，没再看她一眼。同时，也带走了那封信。

朱绯彤怔怔地站在公交站台上，看着那辆出租车扬长而去，直到消失在自己视野里。

这是她第一次看见，蓝青定生气的样子。

“他收了吗？”

隔天中午，朱绯彤用保温桶盛了莲藕排骨汤，送到孔情病房里。保温桶还

没来得及放下，孔情便迫不及待地问了这个问题。

“嗯。”朱绯彤点点头。

“你有没有把我的话原封不动告诉他？要他必须打开那封信？”孔情继续保持着迫不及待。

朱绯彤犹豫了下，仍旧点头。

虽然加了点自己的话，但离原封不动也差不离了。

“那他今天有没有跟你说什么话？比如说，要你转交给我什么东西，或者是带什么话？”

要不是在做牵引，腿被吊着，看孔情那模样估计要跳下床来抓着她逼问。

“他上午一直在睡觉。”朱绯彤回忆。

整个上午，朱绯彤都只看见了蓝青定的后脑勺。

“哦。”听孔情的语气，似乎有些失望。

朱绯彤将保温桶里的莲藕排骨汤倒在碗里，汤汁清澈，清甜扑鼻。

她将碗递给孔情，忍不住好奇问道：“你怎么会喜欢上他的？”

保温桶的保温效果很好，汤还冒着淡白色的热气。热气弥漫中，孔情的眼神似乎逃避了下。

顿了顿，见朱绯彤还在等待着答案，孔情只得含糊应道：“他长得好看。”

孔情将碗放在病床自带的小桌上，她低头看着碗里的汤，汤面映出自己的影子。她盯着影子，眼神有一瞬的涣散。

“成熟稳重，也有安全感。”

成熟稳重？认真的？

朱绯彤蹙眉，仔细回忆了下总爱趴着睡觉的蓝青定。这一刻，她觉得孔情确实对蓝青定是真爱。

都真爱到可以无中生有的地步了。

蓝青定这场气生得有点长。

收到信后第二天，他没有跟朱绯彤说一句话，甚至连个眼神都没交流过。晚自习下课后，朱绯彤收拾书包起身准备离开，蓝青定也没有任何反应。

看来以后，他是不打算跟自己坐一辆公交车了。朱绯彤叹口气，独自背着书包走出学校，来到公交车站，刚好有一辆 418 路公交车，她便坐了上去。

照旧是坐在原来的位置，只是这次身边座位空着，再没有蓝青定。

朱绯彤将头靠在车窗玻璃上，看着外面街道上不断闪烁着的霓虹灯。额角碰着玻璃，凉润的触感，让她感到太阳穴有些疼。

车厢内明明很空，但她心上却有种无形的压抑，盘桓不去。

公交车车门关上，最后一个乘客往公交车投币箱里投了两枚硬币，金属与金属的碰撞，发出清脆的声响。

朱绯彤忽然想起，蓝青定没有办理学生卡，每次上车时，也是这样投两枚硬币。

在这么想的同时，朱绯彤抬眸望向前排，随即眼皮一跳。

她看见，那个最后上车的乘客，正是蓝青定。他戴着白色耳机，单肩背着书包，朝着她走来。

那一刻，朱绯彤的心脏跳动得很快。她甚至下意识地悄悄移动了下书包，尽量腾出身旁的位置。

但是最后，蓝青定却在她前排位置停下，直接坐下。他微垂着头，戴着耳机，没有与她进行任何的眼神交流。

原来，还是在生气。

朱绯彤就纳闷了，难道孔情就这么糟糕？毕竟孔情长得也挺好的啊，是公认的校花。

但之后，朱绯彤撇开外貌，又回忆了下孔情发疯时的场面。她瞬间觉得蓝青定确实是个很有求生欲以及远见的人。

这是朱绯彤第一次坐在蓝青定后排，从她的视角，可以光明正大地看蓝青定的侧脸。

以前蓝青定给朱绯彤的第一印象就是白，白得耀眼，白得发光，白到她羡慕不已。但这一刻，朱绯彤忽然觉得，孔情的话说得挺对。

“他长得好看。”

嗯，蓝青定确实长得挺好看。

接下来的日子，蓝青定还是每晚跟朱绯彤搭乘同一辆公交车，但都坐在朱绯彤前排，没有跟她进行交流。

直到孔情出了院。

毕竟十三中是重点高中，学业任务重，从孔情可以下地，拄拐杖行走后，蔡敏就催着她上学。

朱绯彤每天便负责扶着孔情坐公交车上下学，也许是怕遇见孔情，蓝青定再没有搭乘公交车。

当然也可能是他们家生意渡过难关，每晚又有车开始接他放学。

朱绯彤还挺欣慰，她不希望蓝青定因为家里出事难过。

蓝青定收了信，没有回应，就算拒绝了，而孔情之后也没再问过这事。

朱绯彤原本以为，情书事件就这么过去了。

谁知这天晚自习下课后，朱绯彤收拾好书包正准备去文科一班扶孔情回家，孔情却来到了他们理科三班门口。

孔情站在后门，直接高声叫了蓝青定的名字："蓝青定，你给我出来！"

那声音里，满是怒火，像是要打人似的。

朱绯彤和班里其他围观群众情绪一致，都被吓得怔住。

蓝青定则是情绪稳定，起身，跟着孔情去到教学楼天台上。

理科三班的同学都很想观看八卦，但被孔情震慑，也不敢去天台围观，只纷纷围住朱绯彤询问。

朱绯彤被同学的七嘴八舌给吵得脑子乱成一团麻，压根找不到线头解开。

最后还是徐小科提醒道："彤姐，你还是去看看吧，我感觉怎么像是要打起来？"

朱绯彤这才醒悟过来，忙冲到楼上天台。

结果一推开门，发现果然被徐小科给说中了，孔情不知为什么，情绪格外激动，气得面红耳赤，直接就拿着拐杖向蓝青定挥去。

朱绯彤当即吓得脑子白茫茫的，什么也没想，直接冲过去，挡在了蓝青定面前。

孔情是真生了气，那一拐杖挥得很用力，恰好就砸在朱绯彤左臂上，痛得她差点落下泪来。

在那瞬间，朱绯彤听见身后的蓝青定深吸了口气。

仿佛很痛的样子。

✦

第七章

Honey，就是亲爱的

朱绯彤一时都有些恍惚了，明明孔情的拐杖打在自己身上，但怎么蓝青定也跟着叫疼呢？

孔情这拐杖到底是怎么打的，咋还能一拐双响呢？

当然，比孔情的拐杖更加厉害的，则是她颠倒黑白的能力。孔情见朱绯彤中招，当即将拐杖指向蓝青定，表情十分之镇定：“你居然打我妹妹？”

蓝青定：？

朱绯彤：？

面对两人脸上的问号，孔情保持着“真理在手，天下我有”的从容：“如果不是你，我也不会打到她。四舍五入，就是你打她。”

朱绯彤再次听见身后蓝青定发出的倒吸冷气声，这次仿佛不是因为痛，而是因为在忍耐。

朱绯彤觉得照这情况发展下去，估计两人又要打起来，刚才那记拐杖就白挨了。于是她忙去拉孔情：“孔情，别说了，快跟我回家，姨妈在家等呢！”

孔情此时心里哪里还有老母亲，只有那封信，情绪再次上来，她怒火冲天，用力甩开了朱绯彤。

这么一动，朱绯彤受伤的手被牵扯到，当即捂住伤口，痛得蹙眉。

她侧着身，眼角恍惚看见蓝青定的手，在这瞬间紧握起。

孔情再次指着蓝青定，怒气冲天：“走什么走？我今天一定要让他道歉！你凭什么看也没看，就丢掉我的信！我不是告诉过你，拒绝也没关系，但是一定要打开吗？气死我了！你听不懂‘打开’两个字吗？”

蓝青定挑眉，淡淡觑她一眼：“那你知道‘疯子’两个字怎么写吗？”

这是朱绯彤第一次看见这样的蓝青定，疏离冷淡，贵气孤傲，三言两语就怼得人内伤不断。

眼瞅着孔情被激得咬牙切齿，又要举起拐杖行凶，朱绯彤只能使出撒手锏：“你再这样，会被请家长的！”

蔡敏是唯一能制住孔情的人。

想着自己如果被请家长很可能脚会被再次打断，孔情只得忍辱负重，狠狠剜了蓝青定一眼，随即拄着拐杖一瘸一拐下了天台。

朱绯彤忙追上去：“这么晚了，你去哪儿？”

“我今天有事，你自己回家！我妈今晚值夜班，你不说她不会知道的。”孔情抛下这句话，直接拄着拐杖朝着学校后门走去。

朱绯彤怀疑她又要去找人打架，果真是传说中的“身残志坚”。

此时，朱绯彤想返回天台，但又害怕再次惹蓝青定厌烦。也对，按照孔情刚才的系列表现，蓝青定会喜欢她才怪。自己还把孔情的信硬塞给了他，完全是强人所难。

蓝青定向来是个性格冷清生性懒散的人，肯定会远离麻烦。

而她，从送信那刻起，在他心里就应该被归结于“麻烦”这一类当中吧。他之前就已经不跟她说话了，再经过今晚的事，估计会更远离自己。

朱绯彤背着书包缓慢走到公交车站，书包挺轻，但她的心情却挺沉重。

走到公交车站台上时，她发现 418 路公交车刚走，按照惯例，下一班起码要二十分钟后才到。

朱绯彤便坐在了公交车站台的等候椅上，这时，她忽然感觉到被孔情那拐棍砸的手臂又疼了起来，忙卷起衣袖查看，这才发现，大概有鸡蛋大小的红紫伤痕，估计起码要一周才能消肿。

当即也不知怎么的，朱绯彤心头只冒出一个念头——幸好没砸到蓝青定身上，不然就他那冷白皮，估计伤痕在上面显得更狰狞吓人。

此时，不远处传来急促的脚步声，朱绯彤下意识地抬头，当看见来人时，顿时怔住。也是神了，想什么，来什么。

是蓝青定。

朱绯彤愣怔地看着蓝青定朝着自己走来，在她面前站定。

她忘记起身，只仰头望着他。广告灯箱内的 LED 灯光投射出莹白光芒，将他整个人映亮。

他是跑着来的，呼吸稍显急促，可不管再热的天气，他似乎都不会出汗，有种天生的洁净感。

如芝兰玉树，如朗月入怀。

他手里提着药店的塑料袋，塑料袋是磨砂的，白色半透明状，里面装着不少药品，全是云南白药、红花油等各类活血化瘀以及止痛药物。

蓝青定将塑料袋放在了朱绯彤身边，什么话也没说，转身快步离开。

“对不起。”朱绯彤此时醒悟过来，忽地站起身来，叫住了他。

蓝青定停下脚步，他身子没有动弹，只是脸颊微侧。

朱绯彤再次重复：“蓝青定，对不起。”

她为孔情道歉，也为自己道歉。

蓝青定侧着头，莹白灯光一点点映入他眼里，落入瞳眸深处。他嘴角升起了笑的弧度，很清浅，但那笑容的涟漪却透过气流一圈圈荡开来。荡在她心上，击碎了压在心头多时的沉重。

朱绯彤松了口气。

他终于不生气了。

十七岁时的蓝青定消了气。

可二十六岁的蓝青定似乎又要开始生气。

朱绯彤开始暗暗懊悔自己哪壶不开提哪壶。哪个男人愿意提起自己差点被女人打的事呢?

不过冤冤相报何时了，这么多年的恩怨，还记挂着，得多累啊。朱绯彤只能耐心劝说：“都过去那么多年了，你放下不行吗？”说完后仔细咀嚼下，发现自己这话过于轻飘圣母了。

得查看下天气预报，最近小心雷雨天气，以免被劈。

果然，听见这话后，蓝青定神色凝住。

朱绯彤自觉失言理亏，觉得没脸再让蓝青定扶了，低头看了下路，估算了下，跨两步就能走到平坦地上。算了，自力更生吧。

她松开蓝青定的手臂，继续往前迈步。然而她高估了高跟鞋，低估了破碎的水泥路。

刚迈出一步，高跟鞋鞋跟深陷入碎石内，左脚忽地崴了下。

眼看要直直朝着地面尖锐碎石跌去时，蓝青定握住了她的胳膊，将她稳稳扶住，带着她走到平坦地面上。

高跟鞋落在平整水泥地上，朱绯彤刚蹦起来的心才算是落回心窝。

她的心稳了，人也稳了，但胳膊上的那只手却始终没有放开。

朱绯彤顺着那只白皙的，此时因为用力而显得筋骨突出的手往上看去。

看入了蓝青定的眼里。

“如果放不下，应该怎么办？”他问。

他的双眸，是幽黑的天，无星，也无月。

这一整天，又是给未来老板娘倒香槟浴，又是上演“渣男”戏码脚踏两条船，又是爬墙头帮忙寻找失踪的龚文娟，朱绯彤累得够呛，以至于刚躺在床上，便沉睡过去。

睡得快，但梦也多。

朱绯彤梦见龚子维再度来到自己面前，说龚文娟又失踪了，指着鼻子要她马上把龚文娟找回来。

朱绯彤忙又跑出去寻找，这次，龚文娟没有在海滩宠物园里，而是站在公路上，看着远处。

她的手里，抱着一只小熊玩偶。

朱绯彤只觉得那小熊玩偶格外熟悉，只是梦中的她没有想这么多，此刻她只想赶紧将这位小祖宗带回去。

朱绯彤跑到龚文娟面前，拉住她的手臂，耐心劝道：“龚文娟小朋友，快跟我回去，你爸爸在找你呢！”

龚文娟却纹丝不动，朱绯彤怎么也拖不走她。

忽然，前方有辆黑色的车快速开过，龚文娟忽然叫起来：“爸爸！”

梦中的龚文娟力气格外大，她一把推开朱绯彤，朝着那辆黑色的轿车追去。

朱绯彤忙拔腿去追，紧随其后，她明明离龚文娟非常近，却总是怎么也捉不到龚文娟，心焦如焚。

龚文娟抱着小熊玩偶，声嘶力竭地不断喊着：

“爸爸！”

“爸爸！”

“爸爸！”

四周又忽然出现不少车辆，沿着龚文娟擦身而过，朱绯彤顿时吓得魂飞魄散，用力伸出手，抓住她的双肩，将她扳向自己。

然而，朱绯彤却赫然发现，那根本不是龚文娟，而是八岁的自己。年幼的朱绯彤满面泪水，抱着小熊玩偶，像是害怕旁人厌烦似的，忍耐住哭泣声，低低道："我会听话，我会乖，所以能不能……"她努力挤出笑容，眉眼弯弯，眼角却有大颗泪珠落下，"能不能不要丢下我。"

像是被无形大手握住心脏，朱绯彤只觉疼到喘不过气来，她猛然睁开眼。

屋内，寂静无声。窗外，夜色浓重。

隔天早上，朱绯彤是在员工食堂吃的早餐，一个三明治加三杯美式黑咖啡。

喝完赶紧跑去开每日例会。

去的时间尚早，办公室内只三三两两来了几位负责人。

戚果林打量了番朱绯彤，疑惑道："小朱，你昨晚是打鬼去了？怎么黑眼圈重成这样？"

朱绯彤只得摸着自己的黑眼圈干笑。

昨晚自从做了那个梦之后，便再也睡不着，失眠到凌晨，只得猛灌黑咖啡提神。

其实她很久都没做过那个梦了，昨晚也不知怎么回事。

也许，是因为看见同样年纪的龚文娟吧。

姚雨倩忙帮忙解释："你们厨房的知道什么啊？昨天有小女孩走失，我们客服部、前厅部全部人员出动，把酒店找了个底朝天，忙得人仰马翻，最后多亏小朱给找着了，不然我看那小女孩爸爸的样子，得撕我们一层皮。"

戚果林嘁了一声："她父母自己没起到监护责任，怎么还怪上我们了？我们酒店是幼儿园吗，还要帮他看孩子的？"

姚雨倩叹口气："你又不是不知道这些客人，反正不管出什么事，都是找我们的碴儿，不过谁让我们是服务行业呢？只能憋着。"

说到这里，姚雨倩转向朱绯彤，笑道："不过，小朱你放心啊，我昨晚已经把这件事报告给总经理了。我发誓我没贪功，说的都是你的功劳。你啊，就等着接受总经理的表扬吧。"

正说到这里，李子露走进办公室，众人立即正襟危坐。

李子露表情严肃："昨晚酒店发生了一起儿童走失事件，虽然最后得到妥善解决，但也暴露了我们管理方面的问题。从今天起，希望各部门一定要加强管理，特别是客房部、保安部等部门，如果看见儿童独自出现在酒店中，必须立即上前询问，绝不可以再次出现类似情况。CX 发布会马上就要举行，在这个节骨眼上，绝对不能出任何差错，明白了吗？”

众人不敢怠慢，纷纷应声称是。

接下来，例会照常进行，全程李子露并没有提及朱绯彤的功劳。

会后，姚雨倩与朱绯彤走出办公室。姚雨倩见左右无人，忙解释：“怎么回事？我昨晚明明把这事完整报告上去了的，可怎么都不提及下你的功劳呢？唉，咱们这位总经理也太严格了。”

朱绯彤倒不在意：“我们这份工作，只要没被批评，就是表扬了。”

姚雨倩仔细想想，觉得这话也在理。酒店服务行业，每天的工作就是处理各类突发事件。说实话，她有时晚上睡觉都是提心吊胆，生怕酒店里又出什么幺蛾子。

正说着呢，幺蛾子果然又来了。

对讲机里忽然传来客房部值班人员焦急的声音：“姚经理，有客人投诉，说我们的楼层服务员偷窃了她价值几十万的钻戒，现在正在房间里大闹，说是要报警，还要找媒体曝光，你快来看看吧！”

闻言，姚雨倩与朱绯彤紧张地对视一眼，立马奔去。

出事的客房是 301 室庭院泳池套房，露台有私人泳池，掩映在庭院的林木花草之间，景色优美，隐秘性强。而且搭配有宠物间，可携带宠物入住。

朱绯彤和姚雨倩赶去时，隔着走廊便听见里面传来一个尖厉的熟悉女声：“这房间今早就我和你进来过，不是你拿的，难道是鬼拿的吗？！”

朱绯彤走进去发现，房间沙发上坐着一个长发美女，五官清纯，只是此时双眼里露出不耐烦，让整张脸显出了势利与尖锐。

朱绯彤这时记起，住这间房的人，正是昨天在无边泳池与孔情发生争执的女演员向璇子。

而站在向璇子面前的，则是一个十八九岁的年轻女孩，素面朝天，面容清秀，双眸泛红，一副惊惧害怕的模样，正瑟瑟发抖地解释着：“不是的，我没有拿，真的，我早上确实打扫了整个房间，但是……但是没有看见那枚戒指。”

“哦，你的意思是，我污蔑你了？”向璇子睁大双眼，情绪激动。

姚雨倩忙上前安抚：“向小姐您好，我是客房部经理，请您少安毋躁，我们一定会调查清楚这件事。”

向璇子脸上的不耐烦越发明显，喷涌而出："我今早出去跑步，不方便佩戴戒指，就放在了床头柜上。可是回来后，戒指就不见了，早上进过我房间的，就只有这个清洁工。这么明显的偷窃案件，还有什么好调查的？别以为我不清楚，你们这些人，天天看着我们这些客人珠光宝气出手阔绰的，一天的房费钱就可以抵你们一个月工资，难道心理会平衡吗？看见几十万的钻戒，肯定要偷的。我不管，反正你今天要是不交出来，我马上报警，把你抓去坐牢！"

年轻服务员名叫郑晓晓，是酒店职业技术学校刚毕业的学生，来酒店没多久，平时便胆小内向。此时，听见要抓她坐牢，当即吓得面无人色，腿都在发颤。

朱绯彤蹙眉，向璇子如果报警以及通报了媒体，很容易将事情闹大。马上CX 发布会就要举行，这样闹得鸡飞狗跳，必定影响其余贵客，对酒店声誉产生极坏影响，说不定也会得罪主办方。

眼看向璇子就要闹起来，朱绯彤只得出声提醒："向小姐，您是 CX 品牌方邀请来参加看秀的，CX 对这场发布会很看重，必定不想在发布会前闹出些新闻影响媒体的注意力。"

向璇子此时看见朱绯彤，忽然回忆起她就是昨天在无边泳池观战的那位工作人员，当即冷哼，双眸挑起，越发狭长："是你啊，哦，倒水不是你的工作，调查失窃这事总是你的工作了吧？那我更不能轻易放过了。你别拿主办方威胁我，我就不信了，进了贼窝还不能说？这是什么道理？难道主办方要眼睁睁看着我们这些贵宾的东西都被偷得一干二净吗？"

朱绯彤不徐不疾，笑道："您误会了，我并没有威胁的意思。主要是现在事情还没调查清楚，所以建议您少安毋躁，请给我们两天时间调查。如果现在就闹得满城皆知，之后如果调查出并非这位楼层服务员的责任，很可能会影响到您的声誉。"

这话也算是软中带硬。

向璇子不免也有所顾虑，假如贸然闹大，到时事件如果真的反转，她的声誉也会受影响，说不定品牌方还要责怪她故意炒新闻，以后时尚圈的资源就没了。

想到这里，向璇子暂时按捺住脾气，冷笑道："好，我就给你一天的时间，如果一天之内还没找到我的钻戒，我马上报警，还要把这件事公布给媒体。"

此时，一只泰迪犬从宠物间里冲出来，在房间里乱转，又对着朱绯彤吼了几嗓子。

向璇子将泰迪犬抱起，埋怨道：“什么破酒店，服务态度差，到处都是贼，我的 Honey 住在这儿也不开心。”

泰迪犬狗仗人势，继续烦躁地对着朱绯彤龇牙咧嘴，还作势要扑上来咬她。

社会狗，不敢惹，朱绯彤只得赶紧退出房间。

结果朱绯彤等人刚退出来，刚好看见一位四十岁左右的中年男人急匆匆地从走廊那头走来。

男人看着挺儒雅和善，戴着眼镜，穿着三件套西装，嘴永远保持上扬的弧度。

见到朱绯彤与姚雨倩，他礼貌微笑，随即走入向璇子房间。

向璇子见到他，声音立即娇软下来：“你不在他们就欺负我，那个清洁工偷了你送我的钻戒。我不管，要是真丢了，你要再给我买一枚！”

男人温声安慰：“好好好，等这场秀完了，我带你再去选更好的。”

随即门被关上，两人的对话外面再听不见。

“那是她男朋友？”朱绯彤好奇。

几十万的钻戒说买就买，果然是有钱人。

姚雨倩立即展开八卦模式，低声道：“那个男的，就是 CX 的公关部经理，陈峰。工作上倒挺不错，跟我们酒店合作也愉快，但私事上有点拎不清。他呀，是个有家室的男人，女儿都好几岁了，妻女都在国外。去年就和向璇子缠上了，不然你以为向璇子为什么能被邀请来参加看秀？”

不过现在也不是谈论八卦的时候，向璇子要求一天内调查清楚钻戒下落，朱绯彤与姚雨倩也只得妥协，抓紧时间进行调查。

朱绯彤去仔细查看了监控，发现昨晚向璇子回房间时，手里确实还戴着钻戒，而今早出去跑步时，手上则是空空如也。

在她出门跑步后没多久，郑晓晓便进入房间开始打扫，在正常时间段内完成打扫工作，推着工具车出门离开。

之后，向璇子回到房间。五分钟后，她似乎发现钻戒不见踪迹，便开始大吵大闹叫来工作人员询问。

朱绯彤仔细琢磨了下，觉得向璇子似乎没有理由谎报钻戒失窃，毕竟她也主张报警，应该不会用自己的前途来开玩笑。

此时，对讲机里传来了姚雨倩的声音：“我刚去检查了郑晓晓出了 301 房间后所经过的所有地址以及她的宿舍，都没有发现钻戒的踪迹。”

朱绯彤苦恼："刚才我也调查过监控，发现郑晓晓出房间后的神态表情和往常没什么异样。她向来是个内向胆小的孩子，应该不敢做这种事。"

姚雨倩觉得焦头烂额："那到底是怎么回事？难道钻戒不翼而飞？"

朱绯彤忽然想到什么，问道："对了，会不会是裹在废纸里，被当作垃圾一起丢进垃圾桶了？或者是放在了浴衣、毛巾上，被丢进了洗衣房？"

姚雨倩回忆道："301 室的垃圾没有多少，就一袋，我刚已经查看过了，并没有，只能看是不是被放在了浴衣、浴巾里了。"

朱绯彤知道这个时间段正是客房部忙碌高峰期，便让姚雨倩去处理工作，自己则去洗衣房寻找。

酒店洗衣房在酒店地下室内，刚走入，迎面便是一股灼人高温袭来。洗衣房内四处都是机器的轰鸣声，以及不断蒸腾的热气，洗衣工们不停地忙碌着，到处堆积着各种白色的毛巾、浴巾、被单，像是白色山海。

301 室的被单、浴巾、毛巾等都被放在了上午收来的全部换洗物内，朱绯彤只得跪在地上，一件件仔细寻找着。

洗衣房室内温度大概有 40℃，朱绯彤找得满头大汗，脸颊绯红，此时此刻，只想灌下整瓶冰水。

没想到，刚这么想着，忽然脸颊处出现了冰冷潮湿触感，朱绯彤转头，发现原来脸颊边贴着一瓶冰矿泉水，塑料瓶身上浸出了无数细密的水珠，光是看着，便清爽沁人。

顺着那只拿着冰矿泉水的白净修长手指往上望去，朱绯彤看见了蓝青定。

"你怎么来了？"她笑笑，只是那笑容似乎被高温给灼烤着，有些干。

"来帮你。"蓝青定道。

他将冰矿泉水递给了朱绯彤，也许是朱绯彤手里拿着毛巾，她没有接。

"不用了，这里好热。"朱绯彤笑着拒绝，"你快回去吧。"

洗衣房室内光线有些暗，那些暗淡有一瞬间扑在了蓝青定脸上。

蓝青定将冰矿泉水瓶放置在地板上，瓶身的水珠很快便在灰色地板上洇出一圈水迹。朱绯彤蹲跪在地上，身后便是白色的布山，在白色的海洋里，她显得更加娇小。

不知为什么，蓝青定忽然想起自己很早以前养过的仓鼠。很小的一只，圆圆的黑眼，鼓鼓的腮帮，很可爱却很怕人。

他每次伸手过去想碰碰它的头，它便会警觉地缩回木盒里，就像是朱绯彤。

每次他想靠近，她便会退缩。他靠得有多近，她便会相应退后多远。

昨晚，蓝青定问她："如果放不下，应该怎么办？"

如果这么多年，仍旧没有放下你，应该怎么办？

他说的不是与孔情之间的事。

他不知道朱绯彤是听懂了，还是没听懂。月光下，他只看见她垂下了头。

"哦，这样啊。"她低声道。

然后，她继续垂着头，缓慢地朝着宿舍走去，像是在用力思考着，又像是什么都没想。

再然后，他们一路寂静无言。

洗衣房的温度似乎越发升高了，矿泉水瓶身的水珠越积越多，水迹的阴影越发深沉。

蓝青定忽然笑了。他每次笑起来的时候，眼里都有荧荧的光，映照入她心上。

"我昨晚想过了，你说得对，都这么多年了，我和孔情之间的事，是应该放下了。"他说。

他说的明明不是和孔情之间的事。

但是，他说的必须是和孔情之间的事。

旁边洗衣机器声音嘈杂，朱绯彤松了口气，很轻微地松了口气。

她拿起旁边的冰矿泉水，喝了下去，也许是喉咙不干了，她的笑容也是水润的。

那只仓鼠，见没有危险，又伸出了头。

两人在蒸炉般的洗衣房内四处翻找，将上午收集来的整个酒店所有房间换洗被单、毛巾、浴巾都仔仔细细检查了个遍，但还是没找到钻戒的踪迹。

朱绯彤抹去满额的汗，只觉得自己离中暑不远了："奇怪，这钻戒还能长翅膀飞走了？"

蓝青定眉宇微锁："301 房间里都找遍了吗？"

"客房部的人，连泳池里都翻了一遍，连钻戒的影子都没有看见。"朱绯彤感到头大如斗。

"除了她们俩，还有谁是可以进出房间的？"蓝青定问。

“虽然说CX的公关部经理陈峰因为跟向璇子的特殊关系，也可以自由进出301房间。但钻戒失窃的时间段里，301房间只有向璇子以及郑晓晓两人出现过，而且看样子她们也都没有拿钻戒。”

朱绯彤太阳穴突突地胀痛，难道还真如向璇子说的，是鬼拿走了？

她迅速回忆着今天去301房间询问钻戒失窃情况时的场景，忽然，脑海里电光石火一闪——

等等，好像是有鬼！

“什么，你说是Honey吞了我的钻戒？”向璇子满脸不可思议，“简直胡说八道，我看你们是害怕我报警以及通知媒体，故意这么说的吧？！我家Honey很乖的，怎么可能胡乱吃东西！”

向璇子抱住泰迪犬，泰迪犬却不安地在她怀里动来动去，并不停地朝着朱绯彤龇牙吼叫。

朱绯彤耐心解释：“向小姐，请您仔细回忆下，Honey从今早开始，是不是就很烦躁？跟平时不太一样？”

向璇子仍旧嘴硬不肯承认：“跟之前比，它今天确实是挺烦躁的。但也可能是因为钻戒失窃后，你们酒店不断来陌生人进屋子调查，它是害怕才这样的。”

见向璇子始终不肯承认，朱绯彤只得使出撒手锏：“向小姐，其实只需要将Honey带去宠物医院照个X光照片就可以知道它是否吞了钻戒。如果是真吞了钻戒，不及时取出，Honey很可能也有危险的。”

这话戳中了向璇子的软肋，但她眼里仍旧满是不耐烦：“好吧，检查就检查，但是我今天预约了记者采访啊，根本走不开。”

朱绯彤忙道：“我负责带Honey去。”

向璇子只得妥协，仍旧不忘威胁：“你得记住，一定要小心，要是Honey出什么事，我可不会善罢甘休！”

朱绯彤忙应声答应，好的，知道狗命比她重要。

好不容易把狗祖宗给装在粉红色的宠物箱里，朱绯彤赶紧出了酒店大门，蓝青定早已开车在那儿等候。朱绯彤举着宠物箱上了车，两人直奔宠物医院。

一路上，也许是换了新环境，泰迪犬不安地在宠物箱里面转着圈，还不断狂叫着，声音又尖又厉，活脱脱跟它主人一个样。

朱绯彤怕吵到蓝青定开车，忙制止：“Honey！别叫了！听话！”

耳边忽然传来蓝青定的询问：“它叫什么？”

“Honey.”朱绯彤解释。

“嗯？”蓝青定似乎是没听清。

“Honey.”朱绯彤只得再重复一遍。

“什么？”蓝青定声音淡淡的，似乎有笑意。

“就是亲爱的。”朱绯彤被泰迪犬的叫声吵得头昏脑涨，开始进行同声翻译。

“嗯。”蓝青定声音里的笑意似乎更浓了，有满足的意味。

泰迪犬也许是叫累了，开始蹲下喘气，进行中场休息。

没了狗叫声的侵袭，朱绯彤脑子逐渐清明过来，此时回忆起刚才的同声翻译过程，觉察出了些不对劲。

朱绯彤侧眸望着蓝青定，轻声问道：“你是在……逗我吗？”

国外留学这么多年？难道听不懂一句“Honey”？

这是在……占她便宜？

蓝青定双手放置于方向盘上，此时，冷白的手与纯黑的方向盘形成鲜明对比。

色彩对比得明明白白，而他的回应也是明明白白。

“嗯。”他说。

朱绯彤偏转过头，看向蓝青定，双唇逐渐抿紧——大兄弟，你是不是有点过了？

正当气氛逐渐僵硬时，蓝青定忽然开口：“应该是 Honey。”

他开始纠正她的发音。

哦，原来是好为人师。朱绯彤松口气，看来小蓝也不是完全无瑕疵的啊。

“来，跟我一起重新念下，Honey。”蓝青定继续开车，平视前方，一缕阳光跃在他脸上，在他那线条优美的面部上笼罩了层金色光晕。

“Honey.”朱绯彤乖乖重复。

老板让念，能不念吗，毕竟是五星级酒店，发音准确是必需掌握的技能。

“第一个音需要再发重些，来，Honey。”

“Honey.”朱绯彤耐着性子继续重复。

“比之前有进步了，再来一次，Honey。”

“Honey.”朱绯彤觉得牙齿有点酸。

自己确实已经念得挺标准了啊，可蓝青定要求还贼高，也不知能不能算入年底考核中加加奖金啊。

正当她烦躁时，泰迪犬见两人这么热情召唤它的名字，便提前结束了中场休息，又开始拼命叫起来，打断了英语教学。

朱绯彤感激得想给泰迪犬跪下。

不过感激完后，那尖厉叫声让朱绯彤觉得脑子像是被七八个锤子不停打，烦躁得不行。

朱绯彤担心司机同志有路怒症，忙觑蓝青定一眼，不过还好，情绪稳定，嘴角似乎还有上扬的弧度。

虽然好为人师，但没有路怒症，蓝青定仍旧是个好人。

朱绯彤事先在网上查询过，发现海城的萌宠宠物医院评价特别高，便直接将 Honey 送到了这家宠物医院里。

宠物医生姓任，戴着黑框眼镜，很温和淡然的好脾气模样。

好脾气到就像宠物在他手上拉了一泡尿，他都会笑着问宠物要不要纸的程度。

听完朱绯彤对 Honey 病情的叙述，他建议先照个 X 光片，查看钻戒是否在 Honey 肚子里。

宠物照 X 光片，需要将宠物的四肢固定在机器上。

但 Honey 从小被娇宠惯了，自认是整条街最不羁的狗，怎么都不肯乖乖被绑，一直不停地挣扎，还作势要咬人，并且不断尖声大叫着。

那叫声的功效简直就是魔音穿脑，像是有人拿着尖锐的铁钉从她耳朵里穿入，不停地戳她脑子。

朱绯彤昨晚本来就失眠，今天还在洗衣房里蒸了半天的桑拿，还被向璇子怼了一番。

饶是朱绯彤脾气再好，此时也爆发了，她直接拿起旁边的手术刀，朝着 Honey 咬牙道："你要是再动一下，我马上把你阉了！"

锋利的刀刃在灯光下折射出锐利无情的光泽，那瞬间，朱绯彤听见了三道倒吸冷气声。

一道是 Honey 的，另外两道是任医生以及蓝青定的。

震慑是有效果的，一狗两男人都暗暗夹紧了腿。

Honey 果然是一只识时务的狗，接下来开始乖乖地接受了捆绑，拍 X 光照片。

X 光照片出来后，任医生仔细查看，果然在 Honey 肚子里发现了钻戒的踪迹。

到这时，朱绯彤总算放下心来，终于找到了。

任医生建议先给 Honey 喂泻药，看是否能通过自然排泄方式将钻戒排出，如果还是不行，就只能通过手术方式取出。

泻药服用后需要等待一段时间才能有效果，朱绯彤与蓝青定只得在宠物医院里耐心等候。

宠物医院比较大，收治的宠物也是各式各样，有吸猫薄荷过量的喵星人，有嘴被蜜蜂蜇成馒头的汪星人，还有一只脚断了的小仓鼠。

蓝青定站在小仓鼠笼子前，看向它，目光如水。

那是只银狐仓鼠，通体毛发银白，只在背部有三条黑线。仓鼠不知怎么受了伤，正恹恹地蹲在笼子角落。黑色的圆眼，鼓鼓的腮帮，小巧可爱。

就像是从它身上看见了什么，蓝青定的目光霎时变得模糊而柔软。他缓慢伸手，抚上了仓鼠的头。

朱绯彤没看宠物，而是看着进门的锦旗墙。

有一面写着“汪汪汪”，有一面写着“喵喵喵”，还有一面写着“妙手仁心，救我狗命”。

朱绯彤正专注看着，忽然听见旁边传来蓝青定“嘶”的倒吸冷气声。

她定睛一看，发现蓝青定似乎是被仓鼠咬了，右手食指上有个小口，正流出殷红的血。

他手指冷白，血流出时，显得更加吓人。

朱绯彤脑子一热，当即冲过去握着他的手边查看，边高声叫着：“医生！快来啊！出人命了！”

任医生吓得赶紧从楼上冲下来，差点没摔断脖子，结果定睛一看，发现不过是个小伤口。

但毕竟仓鼠是啮齿类动物，有携带狂犬病病毒的风险。任医生先将蓝青定伤口的血挤出来，然后让他去水龙头下用流动的水冲洗，之后再去打狂犬疫苗。

朱绯彤拉着蓝青定走到水龙头前，大开着水，握着蓝青定的手，监督他认真冲刷。

边冲，朱绯彤边埋怨：“你怎么会想到去摸仓鼠的？”

朱绯彤低垂着头，注意力全放在蓝青定的手上。蓝青定则垂眸望着朱绯彤，哗哗的水流声里，他的声音轻缓温柔：“因为……太可爱了。”

“你这么大人了，就不能控制下吗？我看你下次还敢不敢！”朱绯彤觉得脑壳痛。

这一个个的，全都不让她省心。

蓝青定看着她的后颈，白皙，有柔软绒毛。

他在心头回答着。

敢。

永远，都敢。

即使再疼，他也会靠近的。

任医生下楼来，检查冲洗情况，远远看见水池边站着的那对男女。女生眼里是浓厚的焦急关怀，而男生眼里，则是柔得化不开的坚持。

此时此刻，任医生心中只有一个念头——单身狗死的时候，没有一对情侣是无辜的。

朱绯彤握着蓝青定的手指足足在水龙头下冲洗了二十分钟，接着又赶紧拉着他去附近的医院打了狂犬疫苗。

打完之后，因为怕有过敏或者不良反应，医生要求蓝青定坐在等候椅子上观察半小时再离开。

狂犬病疫苗一共有五针，朱绯彤将打针的日期全部记录在手机里，边设置提醒，边对蓝青定道：“我到时候提前一天通知你，陪你一起来，你千万别嫌麻烦，要是错过了时间，又要重新打的。”

医院门诊部是天井建筑设计，阳光从天井洒下，落在蓝青定手上。

他右手食指伤处被创可贴贴合着，浅棕色的胶布，裹着冷白的手指，被一缕柔淡的阳光照拂着，温暖又柔和的感觉在伤口处蔓延，蔓延入他心里。

蓝青定回忆着朱绯彤刚才在医院里奔来跑去为他忙碌挂号排队的样子，嘴角不自觉噙上了淡雅的笑容。

朱绯彤正在仔细查看打疫苗后的注意事项，不经意抬眼，发现了蓝青定的笑容，好奇地问：“你笑什么？”

“你为什么要在宠物医院喊‘出人命’了？”蓝青定问道。

要出也应该是狗命啊。

朱绯彤回忆起自己当时那大惊小怪的举动，脸不自觉也有点红，但此时此刻，必须站在道德制高点，不能往下跳。

朱绯彤正色道："那还不是怕你出事嘛，毕竟被老鼠咬也很危险的。"

"那是仓鼠。而且……"蓝青定淡淡纠正，眼里笑意一点点溢出，"你还训我。"

这下，朱绯彤不得不赶紧从道德高地跳下来，直接跪地。

"不是，我那个……我当时……"

朱绯彤也后悔，当时她也是一时情急，哪里能想到，自己就一会儿没看着，二太子就以身饲鼠去了呢？

现在回忆起来，自己当时的口气完全是以下犯上了，就跟幼儿园阿姨训小朋友似的。

朱绯彤一旦紧张时，脸颊就会透出绯红。她皮肤很好，满满胶原蛋白，如白玉，毫无瑕疵。那红色是从白肤内部透出的，再细腻的腮红都抵不上的自然。

蓝青定的视线笼着那绯红，缠绵不去。

"开玩笑的。"见朱绯彤不自在，他不着痕迹地岔开话题，"对了，打完疫苗后有什么注意事项吗？"

朱绯彤如蒙大赦，忙低头查手机。

"禁止抽烟喝酒以及饮用浓茶咖啡。"

"嗯。"

"禁止吃辛辣油腻的食物。"

"好。"

"还有，避免剧烈运动，避免过度疲劳。"

此时，医院门口推入一个需要急救的病人，医生与护士高声招呼众人散开，朱绯彤的注意力全被这一突发情况吸引去。

她没有看见蓝青定的喉结微微滚动了下，也没有听见他低到近乎沙哑的声音："……我倒是想。"

过了半小时观察期，蓝青定没有任何不适，两人便重新返回了宠物医院。好消息是，Honey 终于拉出了钻戒，朱绯彤他们可以带着这枚有味道的钻戒打道回府了。

在Honey眼里，朱绯彤是一个会随时阉了自己的王者，于是接下来，它全程保持着温顺姿态，夹着尾巴走入粉色的宠物箱，还自动用小爪子关上了门。

朱绯彤提着宠物箱跟蓝青定下了楼，在路过那只仓鼠笼子前，她停下，仔细皱眉观察着，半晌才道："哪可爱了？这么凶。"

仓鼠笼子旁边就是落地玻璃窗，朱绯彤的身影倒映在洁净玻璃上，浅淡的，毛绒的，模糊的。

蓝青定看着那个影子，轻缓道："哪里都可爱。"

朱绯彤仔细地看着那只仓鼠，开始深深怀疑自家老板有受虐倾向。

朱绯彤带着已被改变狗生的Honey以及那枚有味道的钻戒回到301房间将两者交给了向璇子，同行的还有钻戒失窃事件的当事人郑晓晓。

怕向璇子不信，朱绯彤还特意拿来了X光片以及任医生的诊断说明书。

在确凿证据下，向璇子终于承认钻戒丢失与兰特酒店工作人员无关。但她也只是拿起咖啡杯，自顾自喝了口，轻描淡写道："好吧，既然钻戒找回来了，那这件事就算过了，我也不报警，也不找媒体了。"

语气里满满都是"我放过你们了"的高高在上施舍感。

朱绯彤保持着露出八颗牙的标准微笑，指着郑晓晓道："好的，请您向我们这位楼层服务员道歉，这事就彻底过去了。"

闻言，向璇子将咖啡杯重重往葡萄牙大理石雕琢的茶几上一放，砰的一声脆响，郑晓晓吓得浑身哆嗦了下，但朱绯彤仍旧保持着标准笑容，连眼睛也没眨动下。

Honey看了看朱绯彤这个隐形王者，再看了看自己的主人妈妈，觉得两个都不好惹，于是夹着尾巴躲入了宠物间。

向璇子怒目圆睁："什么？我道歉？你是什么东西，凭什么让我道歉？"

朱绯彤不卑不亢，继续微笑："我、她，以及您，都是人，平等的人。您是客人，我们尊重您，会给您最好的服务。但如果您的做法超越了界限，我们也有得到道歉的权利。"

向璇子怒极反笑，尖声道："我偏偏就是不道歉，你能把我怎么样！"

朱绯彤语笑嫣然："您是客人，我作为酒店服务人员肯定会全力保护您的隐私。只是您也认识我姐姐孔情，她的嘴不是太牢，很可能从其他地方知道这件事。到时候，如果她在网络上公布，怕是会对您的声誉产生一些不好的影响。"

想到孔情，向璇子便想起泳池边那次不愉快的经历，顿时脸色一白：“你威胁我？你信不信我投诉你！”

朱绯彤似乎早料到她有这招，当即不徐不疾道：“投诉是您的权利和自由，我们无从干涉。只是呢，我姐姐不仅嘴不牢，人也有点疯，而且还特别护短。希望您在投诉我或者是酒店前，先仔细斟酌下。”

向璇子紧握双拳，气得嘴唇直哆嗦，差点没背过气去。

但向璇子确实无可奈何。

孔情本来就从不按常理出牌，指不定就真的在大号上爆出这件事。孔情向来是走直爽真性情路线，路人缘很好。向璇子虽然号称有上千万粉丝，但有大半都是买的，比不得孔情那实打实的几百万粉丝，真撕起来不一定谁赢。

向璇子现在正处于事业上升期，走的是清纯路线，要是因为钻戒的事，被人扒出跟陈峰的关系，那就死无葬身之地了。

于是，向来天不怕地不怕的向璇子也萎了，只得敷衍着，用蚊子般的声音道：“对不起咯。”

朱绯彤仿佛是没听见，继续保持着笑容。意思很明显，就是她不着急，今天向璇子不诚心道歉，这事就结束不了。

大家都是聪明人，知道糊弄不过关，向璇子只能硬着头皮，拿出了诚意：“好了，是我对不起你们，我下次会尊重你们的。”

Honey 扒开门，悄悄看向客厅。这一局，隐形王者胜利了。

得到道歉后，朱绯彤与郑晓晓走出 301 房间。

郑晓晓似乎还没从这番操作中回过神来，尚在云里雾里：“绯彤姐，这样做符合规定吗？”

“不符合，不过……”朱绯彤眨眨眼，笑道，“有时候，如果客人做得太过分，我们可以在不损害酒店利益的前提下，进行一些无伤大雅的小反抗。不过，这件事不能说出去，只能我们俩知道，明白吗？”

“我明白，我肯定不会说的！”郑晓晓看着朱绯彤的双眼里冒星星，“绯彤姐，你太厉害了！”

朱绯彤摸摸她的头，道：“收起彩虹屁，快去工作吧。记住，她那种人只是小部分，绝大多数客人还是很可爱的。好了，我忙去了，拜拜。”

郑晓晓用力点头，双眸忍不住泛红。

经过钻戒的事，她原本对酒店行业和人性失去了希望，觉得自己尊严被人践踏，却没人在乎。但刚才，朱绯彤却带着她，向那个客人要回了属于自己的道歉。

郑晓晓看着朱绯彤的背影，抹去了泪水。她原本都已经写好了辞职报告，但这一刻，她决定撕毁。

因为这个酒店里，还是有美好的东西存在的。

处理好向璇子的事，朱绯彤今天的工作顺利完成。她来到酒店花园里，蓝青定早已等候在那儿。

远处是蓝天碧海，天顶是明媚阳光，他立于密林之下，和煦柔光在他冷白面容上投下斑斑树影。他身上那股矜贵干净的少年气，似乎永远不变。

看见朱绯彤，他笑了，嘴角是浅淡的弧度，但清冷的气质一旦破开，便如冰雪初融，只觉无比温煦和暖。

他朝着朱绯彤走来：“可以下班了？”

“嗯，今天工作完成了，姚经理让我提早下班。我们去超市吧，你这段时间需要尽量避免吃外卖的。”

朱绯彤开始计划该买些什么菜。要清淡的，尽量避免油腻、辛辣。

两人从花园小路走向酒店侧门，准备去超市。朱绯彤低着头，正在计划着菜单，忽然听见李子露的声音。她抬头，这才发现李子露正领着 CX 品牌方的公关部经理陈峰以及 CX 的御用化妆大师 Lucien 在查看酒店配电房。

只听李子露介绍道：“两位先生请看，这是我们酒店的配电房，随时都有值班人员在，确保发布会宴会厅现场能持续供电。”

陈峰专心致志地听着，脸上一如既往是儒雅笑容。而 Lucien 似乎对这些毫无兴趣，只象征性看了两眼。

此时，李子露发现了蓝青定，立即迎了上来。

朱绯彤头皮发麻，又被总经理看见自己跟蓝青定走一块，这下是跳进大海也洗不清了。

但李子露倒没空理会她，只对蓝青定介绍道：“蓝先生，发布会举办在即，陈峰先生以及 Lucien 先生想看下酒店的各项硬件设施，确保发布会圆满进行，我正在给两位介绍我们酒店的配电房。”

蓝青定与两人握手寒暄。

Lucien是法国人，看见蓝青定，双眸顿时一亮，用流利的中文道："蓝先生，我们CX这一届彩妆主题是'infinite possibility'，无限可能性。发布会的压轴戏是让一位知名男士上台，由我进行眼妆描绘，突破性格界限。我们本来是想邀请吴替盛作为神秘嘉宾出席，但今天看见您，我觉得您更适合这一压轴项目。因为您的眼睛，太具有东方美，正是我们所需要的。"

"抱歉，我不太习惯在公众场合露面。"蓝青定礼貌地拒绝。

Lucien摇头叹息，看上去颇为失落。

陈峰忙缓和气氛："那太遗憾了，吴替盛虽然是现今正红的男星，不过说实话，和您的气质比，确实相差甚远。"

寒暄完后，蓝青定迈步往侧门走，却发现朱绯彤颇为激动，捂住心脏笑得花痴。

"吴替盛原来是发布会的神秘嘉宾？他也要来我们酒店？"

"你喜欢他？"蓝青定问。

"当然！我是他的正宗女友粉！"朱绯彤忙不住点头，吴替盛是温柔白皙型小鲜肉，也是朱绯彤的七个"老公"之一。

不过她追星比较理智，离狂热还差很远。

"哦。"蓝青定淡淡应了声。

也许是走到了密林处，阳光大多被遮挡，他的声音有些凉。

朱绯彤没有在意，建议道："对了，其实你可以答应Lucien的。因为这场发布会关注度很高，到时候你绝对可以成为我们酒店的活体招牌，可以给酒店带来大波流量。"

"我只能算素人，怎么好跟吴替盛比呢。"蓝青定道。

也许是越发走入密林深处，蓝青定的声音温度也逐渐幽凉。

"不会，你气质比他好。毕竟他是娱乐圈的人，还是油一些，你更清新。"朱绯彤由衷地夸赞。

虽然吴替盛是"老公"，但朱绯彤还是不得不承认，蓝青定的气质更胜一筹。

"是吗？"面对这波彩虹屁，蓝青定只淡淡做了两个字的回应。

此时，两人走出了密林，阳光笼罩下，他声音的温度似乎也回暖了。

两人走到酒店草坪上，只见满目碧草如茵，柔软浓密。

忽然，不远处传来一道悦耳如天籁的童音："你们不要跟着我！讨厌！"

朱绯彤循声望去，发现原来是龚文娟。龚文娟今天穿着淡粉色的连衣裙，打扮得像位小公主，身后跟着负责照顾她的两位保姆。

保姆为难地皱眉，耐心安慰道："文娟，你爸爸让我们一定要寸步不离跟着你，他也是关心你，怕你再跑。"

"他才不关心我！他整天就知道工作，而且还不让我唱歌，他就是个坏爸爸！"龚文娟气鼓鼓地跺脚。

即使是生气时，她的嗓音仍旧是纯净空灵。

朱绯彤忙走过去帮忙安抚："龚文娟小朋友，怎么了？"

龚文娟看见两人，立即冲过去抱住了朱绯彤的手，道："姐姐，你们再带我去那个动物园玩好不好？"

"现在这个时间，人家那边已经关门了，我答应你改天再带你去。"朱绯彤蹲下，摸摸她的头，"你怎么又跟你爸爸生气了？"

闻言，龚文娟嘴又开始嘟起："我想唱歌，我想和妈妈一样当歌星，但我爸爸不准。我一唱歌，他就发火！可我就喜欢唱歌，他为什么不让我唱？他根本就不爱我！"

这两天，朱绯彤也从八卦王者姚雨倩那儿得知了些消息。知道龚文娟的母亲是小有名气的女歌手，跟龚子维结婚后便退出歌坛。可生下龚文娟后不久，两人就因为感情不和离婚。

估计龚子维不想自己女儿唱歌，也是因为前妻。

朱绯彤见龚文娟情绪激动，怕她又想着离家出走，忙安慰："你爸爸怎么会不爱你呢？你知道你上次不见了，你爸爸有多着急吗？都快急哭了。"

"那他为什么不让我做自己喜欢的事呢？"龚文娟不解。

"因为有时候，大人也有自己的烦恼和苦衷，你慢慢跟爸爸说，总有一天他会理解的。"朱绯彤劝道。

龚文娟似懂非懂地点点头，接着又问："那姐姐，你爸爸呢？你爸爸也会不让你做自己喜欢的事吗？"

朱绯彤顿了顿，正准备回答，忽然身旁传来孔情的声音，冷冷的，带着隐约的愤怒。

"她没有爸爸，她爸早死了。"

此时，蓝青定站在朱绯彤身后，他清晰地看见，她的背脊，忽然颤抖了下，是种很孱弱的颤抖。

龚文娟并不知道这话中的含义，当即用同情目光看向朱绯彤，反过来安慰道："对不起，姐姐，我不知道。"

秾丽阳光下，朱绯彤很快恢复了正常神色，笑道："没事……马上是晚饭时间了，快回去吃饭吧。"

龚文娟点点头，跟他们道别，乖乖跟着两位保姆往餐厅走去。

送走了龚文娟，朱绯彤想到身后的孔情和蓝青定，感觉脑袋又开始痛起来。

但再难的场面，也只能面对。

朱绯彤转过头来，看向孔情，僵硬地笑："姐，你怎么在这儿？真巧，晚上我们三个要不要一起约个饭？"

闻言，蓝青定脸上写满了"我不要，我不想，我不能"的拒接三连。而孔情脸上则是写着"你就不怕我控制不住又要打他"的疑惑。

朱绯彤再次感觉到了人世艰难。

孔情拿出化妆镜检视了下自己的妆容，闲闲道："我是要出去，刚好下楼来就撞见你们了。约饭就算了，我今天约了人。"

"约了谁啊？"

其实朱绯彤也只是下意识地问了句，就跟见面时问句"吃饭了吗"是一样毫无意义的。

但不知怎么的，孔情美眸里又出现了那种逃避的眼神。

当初朱绯彤询问孔情为何会喜欢蓝青定时，她露出的也是同样的逃避眼神。

朱绯彤微微蹙眉。

孔情没有给朱绯彤继续疑惑的机会，直接从包内掏出墨镜，往高挺鼻梁上一戴，含糊回应："你不认识……我赶时间，先走了。"

说完，孔情踩着她那九厘米的高跟鞋健步如飞。

不过也是巧了，孔情恰好也是走的侧门。朱绯彤跟蓝青定出侧门时，刚好看见孔情上了一辆黑色劳斯莱斯库里南的副驾驶座。随即，那厚重而有威严感的顶级 SUV 一踩油门，扬长而去。

蓝青定眼波微动，他发现那车，似乎是自己大哥，蓝海天的。

"晚上我们吃鸡丝凉面好不好？"朱绯彤问。

超市内，朱绯彤负责选购，蓝青定负责推购物车。

"好。"蓝青定颔首。

“你不能吃辣椒，那我多放点醋和糖提味。”朱绯彤继续道。

她站在冷冻食品区，全神贯注地在挑着菜，每一样都会查看生产日期，看上去似乎没什么异样。但蓝青定却发现，她一直在不停地絮絮说着话。

像是想要用话来忘记刚才那孱弱的颤抖。

她是精致的小圆脸，满满的胶原蛋白，可实际上，她却很瘦。她非常轻，轻到他背她抱她时，心里都有种涩滞感。

蓝青定总在想，她为什么会这么瘦，是不是在他看不见的时候，吃过很多苦。

但是她从不肯说，她愿意给人看见的，只有微笑。是善意的微笑，也是善意的拒绝，拒绝人靠近。

蓝青定呼吸着那股冰柜里散出的凉幽冷气，将购物车向前推了一步，车轮转轴稍有些不灵敏，在地板上发出吱呀声响。

他最终还是决定，向前走一步。他们中，总需要有人做这件事。

“你爸爸……”

朱绯彤忽然打断他的话，很自然地笑着：“你吃腰果吗？我买点坚果，你饿的时候可以吃。”

她说完，径直向着干货区走去。她走得很快，像是在逃离什么。

蓝青定决定不再询问，她不想做的事，他不会让她做。

朱绯彤拿了巴旦木和腰果，忽然想起家里的沐浴露用完了，便又去生活用品区选购。

刚好有某沐浴露品牌的促销活动，价格是挺合适，但有三种味道，玫瑰椰香、薰衣草、小苍兰。

作为选择困难症患者，朱绯彤开始犹豫。

蓝青定走过来，直接帮她做了选择：“小苍兰吧，挺清新的，适合你。”

朱绯彤懒得再挑，便听了老板的话，拿了小苍兰味的。

导购小姐是专业的，忙推销道：“两件同样味道的可以打八八折哦。”

朱绯彤又犹豫了，这是家庭装，一瓶都可以洗蛮长时间的，两瓶会用到厌倦吧。

正在犹豫时，蓝青定再拿了一瓶放入购物车内：“我跟你一起买吧，一人一瓶。”

“这是女生适用的吧？”朱绯彤惊了。

“没事，挺好闻的。”蓝青定淡定回应。

生活用品区旁边就是玩具区，蓝青定走过时，忽然拿了盒海贼王 1000 片路飞笑脸拼图，放入了购物车里。

“以前高中时，我们四个好像都挺迷《海贼王》的。”蓝青定道。

“啊。”朱绯彤敷衍地应了声。

有这事？她怎么记得自己对《海贼王》没什么兴趣。

不过蓝青定居然喜欢玩这种起码耗费几天才能完成的拼图，果然是躺着就可以挣钱的总裁，朱绯彤表示嫉妒。

朱绯彤动作麻利，回宿舍后，很快便将鸡丝凉面做好。

她给自己与蓝青定分别盛了一碗，端到了茶几上，随后拿着遥控器打开电视，刚好在播放着吴替盛的独家首发新 MV。

吴替盛是白皙纤细型花美男，出道时被形容成漫画中走出的少年，五官精致俊美。

朱绯彤虽然表面看着情绪稳定，但此刻那双眼恨不得钻到电视里去。

新 MV 改变了风格，主打白衬衣湿身诱惑，只见水流中，白色衬衣变为透明，紧贴身体，露出八块诱人腹肌。

朱丹绯看得心潮澎湃，要不是顾忌着围观群众蓝青定在场，估计又要抱着电视机发出花痴叫了。

谁知她正激动着，蓝青定忽然悠悠开口：“有水吗，我有点口渴？”

“有，我去给你倒。”

朱绯彤一步三回头，恋恋不舍地进入厨房，赶紧倒了杯水出来，想继续观看 MV。

谁知电视屏幕上却显示黑屏，上面有“正在自动搜台”字样。

朱绯彤望向拿着遥控器的蓝青定，眼里写满了疑惑。啊，她的“老公”呢？她那么大一个“老公”呢？！

蓝青定淡定解释：“刚我也不知道按到了什么，就出现了这个画面。”

他一脸无辜，无辜得就差没写上“都是遥控器先动的手”几个大字。

这电视机一旦进入了自动搜台程序就只能耐心等待搜索完 108 个频道，朱绯彤只能含泪乖乖吃面。

好不容易，面吃到大半，频道搜索完，再转到刚才那个频道时，连吴替盛的影子都没了。

朱绯彤只想仰天长叹自个儿眼睛没福气。

也许是今天在洗衣房里有些中暑，朱绯彤胃口不太好，总觉得胸口闷闷的。碗里的鸡丝凉面还剩小半碗，但她怎么也吃不下。

从十五岁那年，母亲逝世后住进姨妈家起，朱绯彤就从没浪费过食物，只要是盛入自己碗里的，她再撑也会努力吃完。

其实蔡敏和孔情对她很好，即使浪费，她们也绝不会说什么。

可朱绯彤心里始终有个声音在告诉自己，你没有浪费的资格。这个声音一直跟随着她，直到如今。

朱绯彤看着碗里的鸡丝凉面，双眸里有为难的神色，忍不住呼出口气。

“吃不下了吗？”蓝青定问。

“有一点儿饱。”

实在噎得难受，朱绯彤放下筷子，拿起水杯喝了口水。

那水还没咽下喉管，朱绯彤忽然发现蓝青定竟拿过了她的碗，将里面剩下的小半碗鸡丝凉面全挑入了他碗里。

朱绯彤睁大眼：“那个……”

大兄弟，你不嫌脏吗？

蓝青定看着她，很自然地问：“我没吃饱，可以给我吗？”

话都说到这份儿上了，如果朱绯彤说不能，那她简直就不是个人。

朱绯彤怔怔地喝着水，怔怔地看着蓝青定面不改色地吃着她剩下的面。

她心中只有一个念头——好看的垃圾桶，自动升级了。

蓝青定手上有伤，朱绯彤坚决不让他洗碗，收了碗便自己去厨房洗。

按照惯例，基本蓝青定吃完晚饭后，朱绯彤会帮他削个水果，他默默啃完就会下楼。

就跟幼儿园阿姨哄小朋友的程序是一样的。

但今天当朱绯彤从厨房出来时，发现事情有点不对。

蓝青定将茶几移到了角落，原本摆放茶几的位置，洒满了1000片拼图单片。

那瞬间，朱绯彤感觉到了窒息。

“这个要拼很久吧？”朱绯彤努力斟酌着语句。

“今晚可以拼完的。”蓝青定道。

1000块拼图单片，就算是大神也需要不眠不休一整天才能拼好。

朱绯彤实事求是，脱口而出："你肯定不行的。"

说完后，朱绯彤醒悟过来，想要扇自己两巴掌。

啊，她为什么要惹他？！她为什么要说他不行！

果然，蓝青定默不作声，盘腿坐下，开始全神贯注地拼起了拼图。

今晚拼完前，他是不会走了。

于是，朱绯彤只得认命地拿着自己新买的沐浴露去洗手间洗澡。

今夜，注定是个漫长的夜。

因为觉得蓝青定在，不太方便，朱绯彤没穿睡裙，刻意挑的短袖长裤两件套睡衣，浅蓝色，印着卡通图案。她刚洗完头，随意扎了个丸子头，整个人看上去清新又减龄。

从洗手间出来后，朱绯彤发现蓝青定仍旧专心致志地坐地上进行拼图。

有客人在，作为主人不好去卧室，否则太像赶客了。

于是，朱绯彤便坐在沙发上，打开电视，调到最小声。自己拿了本书，一会儿看看电视，一会儿看看书。

刚开始时，朱绯彤还是正襟危坐着，跟小学生上课似的，背部挺直，头正肩平。后来见蓝青定跟老僧入定似的专注拼着拼图，压根没看自己一眼，便也放松了，开始整个人斜躺在沙发上，怎么舒服怎么来。

中途觉得有些渴了，朱绯彤便去厨房削了水果，每块用水果签插着，放在蓝青定身旁。

两人没有说一句话，蓝青定盘腿坐于地，专注拼着拼图，时不时吃上一块水果。朱绯彤则抱膝坐在沙发上，也拿着水果安静地一小口一小口吃着。

水果签是复古暗金色，尾端做成了三齿树叶造型，灯光折射下，周围的空气仿佛也映出了鎏金色泽，时光也刹那柔软。

客厅没有拉窗帘，窗外夜色如同黑色丝绸，包裹住整个空间。

他们被困在夜色之中，因为有彼此，也不孤单，只觉天地都是轻软寂静。

朱绯彤头枕在沙发扶手上，看着书，逐渐地，书上的字像是被浸了水，开始流动跳跃，不知怎的，她就睡了过去。

这场假寐，短暂而不踏实，黑暗之中，不知是谁，又要离去，她伸手去抓，只抓住了衣角。

凉滑布料在手掌中滑落，她只觉心脏一阵刺痛，猛然睁开眼。

再度醒来时，电视里仍旧播放着睡前的那部偶像剧，沙发前，蓝青定仍旧在专注地垂眸拼着拼图。

时光仍旧柔软而寂静，那瞬间，朱绯彤忽然很感激这个夜晚有这 1000 块拼图。很感激，这个夜晚，有蓝青定陪着。

在这样的静谧安宁里，朱绯彤忽然开口："蓝青定，我有爸爸。"

她的声音很低微，覆盖着今天下午在草坪上那阵孱弱的颤抖。

"我爸爸没死。"

朱绯彤其实也不清楚自己怎么就没头没脑地说出了这些话，也许只是一种冲动。但在此时此刻此地，她很想告诉蓝青定这件事。

可说出口之后，她忽然又感觉到尴尬以及害怕。她害怕蓝青定做出任何反应，不管是同情还是疑惑。

空气似乎又凝滞住，朱绯彤感觉到呼吸困难，她略动了下身子，沙发靠枕上的那本书被推动，落在了地板上，发出轻微的沉闷声响。

朱绯彤借着捡书的姿势，抬眼偷望了下蓝青定。

只见白色灯光下，他左脚盘在地上，右脚支在身前，右手搭在右脚膝盖上，手里拿着一张拼图单片，冷白的手指在拼图单片上轻柔摩挲着。

他淡薄的眼睑低垂着，遮住了瞳眸，朱绯彤看不清他的神色，觉得他只是在专注地完成着拼图，是不会给人增添任何压力的专注。

凝滞的空气又开始流动，朱绯彤将书捡起放在膝盖上。书是新买的，有油墨气息，在那浮动的书卷香气里，她听见了蓝青定那低缓的声音。

"你说，我听着。"

他的双眸看着拼图，身体却是安静聆听的姿势，一个完美的聆听者的姿势。

朱绯彤垂眸，望着书，她盯着书页上的字，缓慢地说出了自己的故事。

第八章

在看什么？看我老公

基本每个小孩子都会被问到一个问题。

“你喜欢爸爸还是妈妈？”

而八岁以前的朱绯彤，被问到这个问题时，都会毫不犹豫地回答：“爸爸。”

她爸爸朱文林的家族经营酒店，家族产业遍布国内。每两个月，他都会被派去别的城市出差。而不管再累，他出差回来后的第一件事，便是去接女儿放学。每次朱绯彤从学校出来，看见那辆熟悉的黑色轿车，就会异常兴奋。

朱绯彤会奔跑过去，抱住那个高大的男人。而朱文林也会大笑着单手将她抱起，单手打开车后备厢——里面满满全是属于她的礼物，有她最爱的芭比娃娃，有她最喜欢吃的糖果，有最新款的玩具。

那个时候，朱绯彤是最受同学羡慕的人。

在朱绯彤的记忆里，朱文林从没打过她，甚至连句重话都没对她说过。

他会带她去游乐园，陪着她玩旋转木马、坐摩天轮、开碰碰车。他会带她去动物园，看呆萌的熊猫、威武的老虎、喂漂亮的长颈鹿。他会让她骑在自己肩上，会教她游泳，会背着妈妈偷偷给她买糖果、巧克力。

在朱绯彤眼里，朱文林是世界上最好的爸爸，因为他会用生命保护她。

朱绯彤五岁时，朱文林给她买了滑冰鞋，然后在小区里教她练习。她学得很快，胆子也大起来，挣脱开朱文林的搀扶，自己开始在小区小路上滑。

也就是在这时，迎面有辆轿车驶来，司机误将刹车踩成了油门，那车径直朝着朱绯彤撞去。朱绯彤吓得呆住，压根无法动弹。

此时，朱文林冲上来，用力将她推开。

然后，朱绯彤看见，朱文林被撞出了很远，接着在地上翻滚几圈。他没有流血，但脸色惨白，双目紧闭，像是没有了呼吸。

家人立即将他们父女俩送入了医院，经过检查，朱绯彤只是轻微皮外伤，但朱文林被送入了手术室急救。

中途，医生出来让家属签署病危通知书，说病人有可能挺不过来。

五岁的朱绯彤吓得大哭，哭得声嘶力竭，浑身颤抖。

因为惊惧，她不敢想象，没有了爸爸的世界会是什么样子，她一定没有办法在那个世界生活的。

朱文林没有离开她，他挺了过来，在医院里住了两个月的院。

朱绯彤天天跟着妈妈蔡颖去医院看朱文林，她争着给他倒水，给他拿报纸，给他递拖鞋。

就连护士都连连夸她懂事乖巧。

帮朱文林做这些事时，朱绯彤很快乐。她想，他们三个再也不会分开了。

但大人的世界，很难懂。

朱绯彤发现，不知为什么，朱文林与蔡颖吵架的频率越来越高，而吵架时，总有个名字经常出现。

叶云静。

朱绯彤不懂发生了什么，但她不喜欢这个名字。

到最后，朱文林与蔡颖甚至开始分房睡。

朱文林对朱绯彤还是一如既往地疼爱，他仍旧给她带满满一后备厢的礼物，带她去动物园，去游乐场，让她骑在他脖子上。

只是偶尔，他会在陪她玩时，接到一个电话。每当这时，他会低声对着电话那头哄着："乖，我过几天就回家。"

回家？朱绯彤觉得很奇怪，这里不就是他的家吗？一个人，怎么会有两个家呢？她想，爸爸一定是糊涂了。

朱绯彤没有想到，朱文林确实还有一个家，也在海城。那个家里的女主人叫叶云静，是他的秘书。

在朱绯彤七岁那年，叶云静怀孕了。朱文林跟蔡颖摊牌，要求离婚，蔡颖坚决不同意。

最后是叶云静来了家里，她挺着显怀的肚子，径直在蔡颖面前跪下。她虽然是跪着，但清秀的脸上没有任何愧疚，非常平静。她平静地对蔡颖道："我没有关系，可以继续等，我从小就生活在泥潭里，再脏的环境我都可以忍。我可以，但是你忍受得了吗？”

蔡颖苍白着脸，浑身颤抖，重重扇了叶云静两巴掌。

蔡颖忍受不了，最终同意了离婚。

开始时，朱文林想要争取朱绯彤的抚养权，但蔡颖坚决不同意，甚至拒绝让朱文林来看朱绯彤。

朱文林只能偷偷去学校看朱绯彤，在课间时，隔着校门口的铁栅栏，给她芭比娃娃，给她糖果巧克力，给她各种玩具。

可是朱绯彤想要的不是这些，她只想要爸爸回家。她求朱文林回家，和她，和妈妈在一起。

她向来要什么，他便会给什么，但这次朱文林没有答应她，他只是给她买了更多的糖果。

朱绯彤很失望，但她还是接受了，因为那是爸爸送的糖果。

至少她还有爸爸。

朱绯彤八岁生日那天，蔡颖在姐姐蔡敏的劝说下，总算是同意朱文林带朱绯彤出去玩一天。

朱绯彤非常兴奋，她一大早就起床，穿好最漂亮的裙子，等待着朱文林。

朱文林如约而至，开车带着她去游乐园，他送她的生日礼物是小熊玩偶。这是他们之间的约定，每一年生日，她要的礼物，都是一只小熊玩偶。而这一年的小熊玩偶，是粉色的。

朱绯彤将小熊玩偶抱在怀里，牢牢抱着，开心地笑着，像是拥有了全世界。

然而车开到中途时，朱文林接到了来自保姆的电话，说叶云静忽然发作，送去了医院，马上就要生产。

朱文林立即掉转车头，将朱绯彤送回了家。他将她放在了小区门口，把粉色小熊塞给她，嘱咐她乖乖上楼回家。

朱绯彤不懂这些，她只知道爸爸要走，在她生日这天离开自己。

她焦急地抱着他的手，求他别走。

一道道催促的电话声里，朱文林急得满额是汗，最终，他狠下心，推开了朱绯彤。

朱文林迅速上车，关闭车门，踩下油门。朱绯彤抱着粉色的小熊玩偶，拼命地追着那辆黑色的车，用力地哭喊着：

“爸爸！”

“爸爸！”

“爸爸！”

她会听话，她会乖，所以，回来好不好？别丢下她，好不好？

忽然，她脚下一滑，整个人摔倒在地，膝盖上发出尖锐的疼。她抬起头，模糊的视线里，那辆总是带给她礼物的黑色轿车转过了拐角，消失不见。

她的膝盖摔破了，她的粉色小熊也在摔倒时从怀中跌出，落在了路旁。

没有人理会它，它是只没有人要的小熊。

她努力站起，一瘸一拐地走过去，捡起了小熊。她拍抚小熊脸颊上的污迹，将它抱在怀里，将脸贴着它的脸，无声地哭着。

朱绯彤与朱文林的关系，是无声无息变得淡薄的。

叶云静的孩子出生后，朱文林似乎变得非常忙碌，来看望朱绯彤的次数逐渐减少。

刚开始时，他每周都会来。再后来，改为每个月一次。而再后来，他们则是间隔了半年才见面。

那是在朱绯彤的爷爷七十大寿那天，她被朱家人接去酒店宴会现场。

那天来了很多人，大家都非常忙碌，没人照顾她。朱绯彤乖乖地坐在椅子上，等待着朱文林。她有很多话想告诉他，她想说她考了年级第一名，她想说她又长高了十厘米，她想说她下次的生日礼物想要白色的小熊。

她等了好久，终于等到了朱文林，他身边站着叶云静。

而他怀里则抱着一个婴孩，粉红的裙子，粉红的发带，像是个粉红的小公主。所有人都围了上去，逗弄着那个孩子。

他们说，那个孩子叫朱唯一，是朱绯彤的妹妹。朱绯彤想，如果那个孩子叫唯一，那她算什么呢？

朱绯彤最终还是走到朱文林面前，轻声叫了他。

爸爸。

朱文林看见了朱绯彤，他似乎想抱抱朱绯彤，便将朱唯一交给叶云静。但怀里熟睡的婴儿也许是感受到了摆动，“哇哇”高声哭叫起来，白皙的脸瞬间哭到通红。

朱文林脸上露出了心疼的神情，他犹豫了下，最终还是将小女儿抱在怀里。

他始终抱着他的唯一，他放弃拥抱朱绯彤。

之后，不断有客人前来和他说话，朱绯彤便乖乖退到了角落。

她在角落里，看着朱文林、朱唯一以及叶云静。他们站在那里，已是名正言顺的一家人。

在那一刻，朱绯彤终于懂了。原来，他已经有了新家了。原来，他再也不会回来了。

晚上，朱绯彤被朱家人送回了家。她回到自己房间，坐在书桌前，啪一声打开台灯。

屋内太黑，台灯的光亮只能照亮一小圈。那只粉红小熊隔得太远，潜在黑暗里。

朱绯彤没有伸手去拿，她只是坐在椅子上，看着它。她隐约记得，那年在手术室外，她因为惊惧而号啕大哭，那时的她以为自己无法在没有爸爸的世界里生活。

原来，没有了爸爸，她也能活的。

朱绯彤没有怨恨朱文林。

她只是忽然明白了一个道理——

再爱你的人，也是会离开你的世界的。

朱绯彤不知道自己是何时睡着的。

她只记得，自己只是躺在沙发上，看着天花板，诉说着自己的故事。天花板是白色的，无边的白，柔软模糊。

她安静地说完了自己的故事。

而蓝青定，始终坐在地板上，安静地完成着拼图，安静地倾听着她的故事。

朱绯彤醒来时，发现自己睡在卧室床上。窗帘被风吹起，晨曦初露，曙色熹微，整个房间内有种时空混沌感。

她忽然有片刻的疑惑，分不清昨晚的事，究竟是现实还是梦境？她入睡前明明是在客厅沙发上，但是醒来后为什么会在卧室里？

她昨夜睡得很好，没有半点缺觉的不适。

脚踩着水蓝色的卡通拖鞋，她走出了卧室。客厅里，茶几已经被搬回了原地，上面摆放着两个保温盒，分别盛放着小笼包以及豆浆。

朱绯彤打开保温盒，食物香气裹挟着热气，扑面而来。而正对面的电视柜上，摆放着已完成的拼图。

原来昨晚发生的事，是真实的。

朱绯彤忽然有个猜测，蓝青定买这个拼图，是为了在昨晚陪着她吗？而他今早没有出现，似乎是想给自己一个私人的空间。

朱绯彤坐在沙发上，安静地吃着早餐，咬一口软嫩鲜香的小笼包，喝一口香浓美味的豆浆，再看一眼对面电视柜上的拼图。

是路飞的治愈笑脸，那样白的牙齿，那样灿烂的笑容，在这样好的时光里。

也许是吃了蓝青定的爱心早餐，朱绯彤感觉一上午都是神清气爽的状态。

人一精神，好运气自然就来。中午时，朱绯彤收到了姚雨倩的信息，让她赶紧去海云间泳池别墅。

朱绯彤以为又出了什么事，忙连滚带爬跑去，结果发现姚雨倩正推着餐车等在别墅大门口，用光滑勺子做镜子，补着口红。

“吴替盛今天入住了，刚好要了餐，这种好事我必须想着你。”姚雨倩继续拿出粉饼补妆，提醒道，“不过一定要专业，不能要签名，不能表现出激动，以免影响客人情绪。”

朱绯彤忙点头，按捺住激动，和姚雨倩一同推着餐车进了别墅。

她们进入别墅客厅时，发现吴替盛正在私人泳池内游泳。他身着黑色泳裤，皮肤白皙，毕竟是吃外貌饭的人，身材一看就是练过，肌肉线条漂亮流畅，比电视上看着还要有料。

两人正看得眼睛发直时，吴替盛的经纪人走来，打开金属食品罩，只见里面装的是法式干煎鳎目鱼。

经纪人是位戴着黑框眼镜的女士，看上去格外严肃，似乎正接着一个工作电话。

“我知道，我们家吴替盛答应做 CX 的压轴嘉宾，塞安那边特别不满，但在商言商，他们塞安也没跟我们签约，我们凭什么就不能和 CX 合作呢？CX 和塞安两位神仙自己打架去，别祸及我们。”

说完，经纪人挂了电话，对着姚雨倩与朱绯彤道：“吴先生对坚果严重过敏，一旦误食就会出现呼吸困难症状，这点我已经告知了主办方，你们也应该知道吧。”

姚雨倩忙道：“您放心，主办方第一时间已经告知了我们酒店，我们已经通知厨房，会格外注意吴先生的饮食，保证里面不会出现任何坚果。”

经纪人满意了，挥挥手：“好了，这里没事了，谢谢。”

见人家礼貌地让她们离开，朱绯彤与姚雨倩也只好恋恋不舍地离开。

走到大门前，八卦王者姚雨倩又开始公布小道消息：“据说塞安和 CX 这两家奢侈品牌公司最近闹得挺不愉快，经常互相挖人。总经理上次还让我们在发布会期间加强警备，不能让外人进入，就是怕塞安在发布会上捣乱……哎，你在干吗？”

只见朱绯彤站在别墅侧面围栏边，透过草坪继续看着里面的吴替盛。

姚雨倩也忍不住过去，恰好看见吴替盛从泳池中起身。

明媚春光下，水流从他肌肉上蜿蜒而下，淌过八块腹肌，继续向下。

朱绯彤与姚雨倩歪着头，同时发出赞叹声：“哇哦。”

“在看什么？”忽然一道声音问道。

朱绯彤正看到入神处，下意识地便回应：“看我‘老公’。”

回应完后，她忽然发现不对劲，转头，看见了声音的来源。

是老板蓝青定，而且，他身后还站着大大老板蓝海天。

朱绯彤安慰自己要镇定，不要慌。法不责众，总不能把她和姚雨倩都开除了吧，这样客房部就没人了。结果转头再看，姚雨倩不知何时已经溜走，影子都看不见了。

等下，说好的同事情呢？！太无情太残酷了！

朱绯彤只能独自面对两位大老板。这个时候，再硬的理由，也得找。

她僵硬地解释：“我是说，在看追星女孩们的‘老公’。毕竟吴先生是贵宾，我们客房部怕服务不周，所以多加观察下。”

虽然观察的地点，有点居心不良。

蓝青定倒没说什么，只轻飘飘回复了个“哦”字。

他们站的地方虽然艳阳普照，但蓝青定的声音还是有点凉悠悠的。

毕竟是老同学，朱绯彤倒不怕蓝青定，她只是有点怕他身后的蓝海天。

蓝海天和蓝青定站在一起，五官有五分相似，只是气质截然不同。蓝海天有上位者的气势，硬朗成熟，不苟言笑，让人看着就不免生出敬畏之心。

朱绯彤硬着头皮喊了声：“蓝先生。”

蓝海天颔首，坚毅的下颌线条男人味十足。

朱绯彤原本以为这动作就代表了回应，没料到蓝海天用略微沙哑的磁性声音喊出了一个称呼：“小同学。”

朱绯彤睫毛抖动了下。

蓝青定望向蓝海天，眼波微动，是探究的神色：“你们见过？”

蓝海天则看着朱绯彤，笑容浮动：“以前一起吃过一顿饭。”

蓝青定微蹙眉宇，望向朱绯彤。

两位大老板的眼神同时落在她身上，简直是不可承受的生命之重。朱绯彤再次感觉到窒息。

幸好此时，对讲机里传来姚雨倩的声音：“朱助理，请马上来宴会厅发布会现场帮忙。”

还好姚雨倩尚有人性存在，知道捞她一把。朱绯彤赶紧跟两位老板道别，随即脚底抹油溜走。

收回黏在朱绯彤背影上的目光，蓝青定望向蓝海天：“你什么时候和她吃的饭？”

正午，阳光炙热，蓝家兄弟都是不易出汗的体质，额角光滑干燥。

蓝海天的双眸更像父亲，大而深邃。他与蓝青定对视，缓声道：“先带我巡视下酒店，再去你宿舍，妈交代的任务，差什么得给你补上。”

姚雨倩在对讲机里呼唤朱绯彤，并不单纯只是捞她，确实发布会彩排现场有太多事要忙。朱绯彤赶到会场后，大事小事杂事不断，整个人跟个陀螺似的转悠，忙得连洗手间都没来得及上。

就在这时，朱绯彤接到了孔情的电话，让她去酒店停车场搬箱子。

“什么箱子？”朱绯彤感觉自己的灵魂都要被劈成两半了。

“就是你在储物室放的那五箱东西，真是倒霉，我们楼上那家人出门旅游，居然忘记关水龙头，结果水漫金山，直接淹到我们家了。我今天一大早就接到我妈的电话，赶回去帮忙。进门一看，发现地板全浸泡了水，必须全部撬了更换，所以咱们俩的东西能搬走的都要搬走。我的东西都暂时放工作室了，你的这五箱我确实没地儿放，想着你宿舍还挺大，就给你搬过来了。”孔情边说边将箱子从车后备厢搬下来。

朱绯彤工作后住的是海川公司提供的宿舍，空间比较小，所以有五大箱杂物没地儿放，全堆在了姨妈家的储物室里。

朱绯彤本来想去拿，但此时，有酒店服务员不小心将橙汁倒在了明天发布会模特要穿的服装上，橘黄色污迹在白色纱裙上洒了大片。

服装总监急到尖叫，跟鸭子般嘎嘎嘎指天指地乱骂，要求朱绯彤他们立即解决。

“现在不行，这边完全走不开。”朱绯彤快哭了。

“算了，反正我今天也没事。你在哪儿，我过去拿钥匙，给你搬到宿舍去。”孔情也被电话那头的声音吵到头晕。

朱绯彤忙给孔情发了地址，孔情很快便过来取钥匙。

朱绯彤赫然发现，孔情那双深邃美眸肿肿的，就跟哭过似的。

“看什么？”孔情恶狠狠道。

朱绯彤怕被打，赶紧将钥匙恭敬地递过去，目送孔情离开。

说实话，朱绯彤长这么大，还从没见孔情哭过。难道打架打输了？

但身后会场服装总监的鸭子叫令朱绯彤来不及多想，她赶紧返回现场处理。

巡视完酒店后，蓝海天来到了蓝青定的宿舍里，左右环顾了番，最后坐在沙发上。不得不说，这对于蓝青定之前的生活环境而言，算简陋。

不过看样子，这个弟弟住得挺习惯，有点甘之如饴的意味。

蓝青定去厨房为蓝海天倒了杯水，玻璃杯放置在茶几上，发出沉闷的声响。

他站在旁边，也没坐，就看着那透明的玻璃杯。

“哥。”蓝青定开口，声音有些窒闷，“你当年去找过朱绯彤？”

蓝海天拿起玻璃杯，喝了口水，再放回茶几上时，玻璃杯中水波平静。

“不是故意的。就是当时你情绪比较不稳定，我刚好有事去你们学校，看见了她，就请她吃了个饭。”

“你跟她说什么了吗？”

“随便聊了两句，问了下你的情况。”

“还问了什么？”

“还问了……你们的关系。”

蓝青定看向蓝海天，面色平静无波，手指却微微攥紧。

“她怎么回答的？”

屋子里光线明亮柔和，映照得蓝海天眼眸深邃，仿佛最黑的夜，没有一颗星星。

“她说……她只当你是普通同学。”

闻言，蓝青定一根根松开了手指，垂下眼眸，低低地笑了声："是吗？"

这句话，仿佛是对着蓝海天说的，又仿佛是对着当年那个朱绯彤说的。

声音里，有些遥远的干涩。

"一起出去吃个饭吧。"蓝海天缓和气氛。

"好，等我洗个澡。"

蓝青定昨晚拼了一夜的拼图，早上又出酒店给朱绯彤购买早餐，只睡了两小时，没来得及洗澡，总觉得身上黏糊糊的。

他拿好了换洗衣服，越过客厅，步入洗手间。在关门前，他像是忽然想到什么，貌似不在乎地朝着沙发上正用手机处理公事的蓝海天道："对了，帮我向孔情问个好。"

随后，蓝青定关上了洗手间门。

蓝海天向来思维缜密，做事果断，但此时，正在屏幕上敲击的手指却凝滞了。

家里这个弟弟，长大了，会反将他一军了。

孔情这个名字，从蓝青定嘴里吐出来，钻入蓝海天脑海里，不停地回荡着。就像是她本人，明艳，张扬，刚硬。

这时，蓝海天忽然听见门外的楼梯间有低低的咒骂声，那声音挺熟悉，直爽明丽。

蓝海天起身，打开门，恰好看见了门口楼梯间正蹲身捡着东西的孔情。

那纸箱浸了水，格外脆弱，抱着走了两步底部便破裂，漏了不少东西在地上。

孔情身高一米七二，上身是低胸露腰的碎花小背心，下身是紧身牛仔裤，脚踩着高跟鞋，身材非常养眼。此刻，她半蹲着，春光大现。

蓝海天蹙眉，下意识地便褪下自己的西装外套，直接披在孔情身上。

孔情抬头，见到是蓝海天，眼内先是惊讶，随即一股怒气上涌。东西也不捡了，她直接抱着箱子就往楼上冲。

蓝海天向来是规行矩步之人，他按照自己的人生规划行走，从未偏离。他甚至有轻微的强迫症，家里的每样东西都必须放得分毫不差。

但自从孔情闯入他生活后，他感觉到自己世界的规矩与整洁岌岌可危。而刚才，她那双明显哭过的眼，像是一双无形的手，彻底压垮了他的完美世界。

他冲上楼去。

好不容易，鸡飞狗跳的彩排告一段落，大家提早下班，好好休息，迎接隔天的正式演出。

朱绯彤赶紧跑回宿舍，准备去收拾孔情带来的五箱杂物。结果刚走到宿舍楼下，发现楼下堆着四个箱子，孔情姑奶奶压根没搬。

她便抬了一箱，哼哧哼哧搬到二楼，却看见二楼楼梯间撒落了不少自己的杂物。

没搬就算了，怎么还乱丢呢？可她能怎么办？也打不过孔情。

朱绯彤敢怒不敢言，只能蹲下，将东西都捡起，放在箱子里。

谁知再次抬起那纸箱时，浸了水的脆弱的纸箱底部破了个大洞，东西稀里哗啦全撒了出来，落了一地。

朱绯彤忍不住发出了哀叹声。

“啊！”

蓝青定洗完澡，正在浴室里用吹风机吹着头发，忽然听见门外依稀有朱绯彤的叫声，忙冲出去。

开门一看，发现朱绯彤正蹲在地上，看着散落满地的物品欲哭无泪。

“你有纸箱吗？”她问。

“有装模型的盒子，不知道能不能装下。”

蓝青定说着便回卧室去拿，朱绯彤也跟着走进他卧室，想看下盒子尺寸。

“你看见我哥了吗？”蓝青定忽然想起蓝海天。

不是说好一起吃饭，怎么他洗个澡出来，人就不见了？

“没有，我刚回来。你看见我姐了吗？”朱绯彤问。

不是说好帮她搬家，怎么她回来，只看见箱子，没看见人呢？

蓝青定也表示自己没有看见。

不过现在也不是找哥哥姐姐的时候，楼梯间还有大堆杂物等着他们捡。蓝青定将模型盒内的模型取出，把盒子给朱绯彤看。

“够大吗？”蓝青定问。

“够，够了！”朱绯彤忙点头。

正准备收拾，忽然，楼上传来一阵吱呀吱呀的声音。

朱绯彤卧室的床，木质受过潮，每次人睡在上面，只要翻个身，就会发出吱呀声响。

刚开始住时，朱绯彤始终担心吵到蓝青定，连翻身都不敢。可后来发现蓝青定从没提过这事，便以为这床的动静楼下听不见，开始实现翻身自由。

可现在看来，她发现自己错了，这床有什么动静，楼下听得一清二楚。

朱绯彤与蓝青定两人重逢后，经历过很多次的尴尬。

但没有哪一次，能超越现在。

他们两人尴尬的双脚合起来，可以抠出个浩瀚宇宙。

那吱呀的声响仍旧在继续，还是蓝青定先回过神来，貌似无意地说道：“我记得附近那家家具城在搞活动。”

朱绯彤也貌似非常自然地接话：“巧了，我正想买张新床。”

很好，双方情绪非常稳定。

情绪貌似非常稳定的双方，从卧室快步走出，关上门，越过楼梯间的满地杂物，冲出了酒店，直奔家具城。

脑子被炸过是什么感觉，朱绯彤总算是明白了，不断有画面想要侵袭入脑，朱绯彤用尽全力与邪恶画面对抗，以至于差点就在家具城里撞上了柱子。幸好蓝青定及时拉住她手臂，将她拖到自己身侧，才让她免于血光之灾。

接下来，朱绯彤继续保持着脑子被炸过的状态，被蓝青定握着手臂，牵着走。

“这张怎么样？”蓝青定指着一张北欧风铁艺床问道。

“可以。”朱绯彤眼神呆滞。

“软硬度呢？”蓝青定按了下床垫。

“可以。”朱绯彤目光呆板。

“那……躺下试试。”蓝青定缓慢眨了下眼。

“可以。”朱绯彤表情木讷。

当朱绯彤回过神来时，才发现自己已经躺在了床上，而蓝青定则躺在她身边。

等下，这个，她一个人睡，好像也没必要买双人的。

而且，大兄弟你没事躺她旁边干吗？

朱绯彤正准备动弹，忽然听见身边的蓝青定问道：“我哥当年和你说了什么？”

他声音挺软的，就像是现在他们躺的床垫一样软。

朱绯彤平躺着，家具城顶部的灯光很亮，有些刺目，双眼看久了，有眩晕的感觉。

朱绯彤道：“好像是问你的成绩……你放心，我没有说你上课睡觉的事。”

蓝青定的呼吸轻轻浅浅的："是吗？"

此刻，他们躺一起。虽然是大庭广众之下的光明正大地一起躺着，但朱绯彤总觉得背脊痒痒的，便决定起身。

但她刚一动弹，蓝青定却翻了个身，直接冲她压过去。准确地说，他并没有碰到她。

蓝青定本来躺在朱绯彤的右边，在朱绯彤正准备起身的刹那，他快速地支起上半身，双手撑在她头两侧。

朱绯彤顿时像是被点穴般，浑身血液凝固，只能安静平躺回枕头上。

蓝青定覆在她身上，望向她。逆着光，他的轮廓半明半暗，双眸深深浅浅。那样清冷贵气的外表，却盛着最为浓烈的情感。

他们两人的身体没有任何的接触，但他的气息，却铺天盖地而来。

明明是那么温柔的一个人，此刻的气息却格外有存在感，将她牢牢定住。

他就这样，半个身子悬在她上空。而她的气也是悬着的，已无法呼吸，所有的空气都憋在了胸腔内，脸颊和耳畔都在发热发烫。

就在她的神志与呼吸即将绷断时，蓝青定眼里露出了隐约的笑意。

他将撑在她头边的右手抬起，伸出，取过她左侧床头柜上的价格标签，随后身子离开她，平躺回了她的右侧床边。

这一切，都太过自然，仿佛他不过只是为了越过朱绯彤，取放置于她左侧床头柜上的价格标签。

"3888 元，数字挺吉利的。"蓝青定道。

朱绯彤盯着天花板上的灯，干干地笑着："嗯，是挺吉利的。"

身边的床垫有波浪般的动静，蓝青定起身，站了起来。

"你喜欢铁艺床吗？"他问。

"以前不喜欢，但现在觉得还行，估计是年纪到了。"朱绯彤也跟着起身。

刚才她的双眼始终看着头顶的灯，起身后，视野里还残留着光斑，一时有些晕，朱绯彤脚步踉跄了下，眼看又要坐回到床垫上。忽然，一只手握住她的手腕，稳稳扶住了她。

那手掌干燥温暖，掌心纹路与她的动脉相触。纠缠的掌纹曲线，覆盖住跳跃的血脉流动。

眼中的光斑始终在闪现，朱绯彤用力闭上眼，想等那眩晕过去。黑暗之中，耳畔传来了蓝青定的声音。

“以前不喜欢也没关系，以后可以慢慢喜欢。”他声音里含着笑意，低低的，有些哑。

说完，他放开了朱绯彤，起身去找售货员开票付款。

“你好，我们想购买那张床。是的，选择加急，今天就要。”

朱绯彤睁开眼，闭得久了，光斑终于消失，视野里只有蓝青定的背影。

如果是平时，朱绯彤可能第一时间就躲开了。

但是今天她脑子刚被炸过，很不正常。

所以朱绯彤想，今天同样被炸过的蓝青定脑子也是不正常的。

就这样吧，别多想了，他们都是弱小无助的受害者。

朱绯彤本来想自己掏腰包付款，但蓝青定以床是酒店员工宿舍物品为由拒绝了。她认真想了想，觉得原先那床被废弃，确实也有他们蓝家的一份功劳，便也同意了。

购买之后，蓝青定加钱请商家尽快送货。

朱绯彤举双手赞同，毕竟，她现在完全无法直视自己屋内那张床了。

售货员联系了送货师傅后，给出了准确时间：“先生，大概一小时后送达，请问可以吗？”

朱绯彤忙建议：“要不要再等等？”

实在不知道那两位神仙打架，会打几个回合。送货师傅送过去，要是打扰了，会不会尴尬？

只见蓝青定举起左手，看了下他那藏蓝色的手表，默默计算了下时间，果断回应道：“不用。”

朱绯彤扶额，大兄弟你就这么看不起自己亲哥？

但毕竟是亲兄弟，蓝青定的判断是正确的。当朱绯彤他们在外吃完饭，返回公寓时，新床已经规规矩矩地搬到了屋子中央，而旧床已不翼而飞。

另外，也许是出于补偿心理，朱绯彤的五箱杂物完好地搬回了她宿舍客厅里。

朱绯彤不禁感慨，大哥就是大哥，体力真好，失敬失敬。

朱绯彤原本以为自己睡在新床上，怎么也得做个美梦。

谁知她这个“社畜”却心系工作，做梦都是酒店的事。

只见梦里的姚雨倩跟火烧屁股似的冲过来，哭着说发布会现场出事了，她大惊，忙问出了什么事。

姚雨倩哭音模糊，只连声喊着：“塌了，塌了！”

她忙追问：“什么塌了？”

姚雨倩憋了半天，哭着憋出句：“床塌了！”

她吓得脚一蹬，惊醒过来，伸手一摸，铁艺床的金属床头触手冰凉。

还好，床还在，没塌。

睁眼，只见窗外，悠悠长夜，万物静谧。

肯定是白天受到工作与两位“神仙”的双重刺激，这才做了个终极噩梦。

半夜醒来，朱绯彤忽然觉得口渴，便开灯起身去厨房喝水。复古蓝马克杯上，繁星图案在此时此刻格外应景。

朱绯彤拿着水杯，准备返回卧室继续睡觉。路过客厅时，忽然眼角瞥见了堆在角落的杂物箱。

今天确实太忙，来不及整理，她的五箱杂物便全堆放在了客厅角落里。

她走过去，打开最上面的箱子，里面有好几只小熊玩偶，有丁敏送她的素描画，还有相册。而最下面，则是一个礼品盒。

朱绯彤怔了怔，犹豫片刻，最终将那礼品盒从箱子底部取出。

礼品盒并不大，外面的包装纸已经拆除了。朱绯彤依稀记得，那包装纸是白色的，上面是棕色的卡通小熊图案。

她打开礼品盒，只见里面装着的是一个发条旋转的八音盒。榉木质的底座，上面是透明水晶球，水晶球内则是洁白的小熊。

拧开底部的发条，八音盒会开始播放音乐，而打开一侧的电源开关，小熊会发光，出现投影效果。

朱绯彤关上客厅的灯，随后蹲在地上，旋转发条，打开电源开关。

已经是八年前的礼物，但因为妥善保存着，音乐仍旧可以播放，旋律悠扬流畅，是《致爱丽丝》。

天花板上，有淡黄色星光投影，随着水晶球的旋转而波动。

朱绯彤抱着膝盖，始终看着水晶球里的小熊，看了很久。

CX 新品发布会将于晚上八点正式举行，一大早，酒店全体工作人员开始紧锣密鼓地筹备着，到处都是紧张忙碌的景象。

朱绯彤跟在李子露身后，负责帮忙跑腿，查漏补缺，也是忙到不可开交。

CX 公关部经理陈峰和 CX 品牌区域总监华敬亲自到场监督。

华敬身材魁梧，声如洪钟，对李子露做出要求：“酒店方一定要重视安全问题，严防死守，进入的每个人都必须检查邀请函。一定不能放闲杂人等进入，特别是塞安公司的人。如果出现任何闪失，我们今后将不会有合作机会。”

CX 三个月前从塞安公司挖走了他们的女装首席设计师，塞安方大为不满，CX 品牌方忌惮塞安会在发布会上捣乱，因此格外注意。

陈峰忙微笑着打圆场缓和气氛：“李经理别介意，我们华总监只是说话直爽些。不过据我看来，咱们兰特度假酒店的各项工作都准备得非常充分，确实辛苦了。”

李子露微笑：“哪里，这是我们应该做的。陈先生，华先生请放心，我们酒店方一定会按照贵品牌的要求，做好现场安全工作，保证发布会圆满进行。”

几人正在说话间，忽然前方传来小孩的尖叫声以及狗吠声，格外嘈杂。李子露给朱绯彤递出个眼神，朱绯彤忙跑去查看。

声音是从户外泳池那发出的，朱绯彤跑去时，发现一只熟悉的狗正在追一个熟悉的小女孩。

熟悉的狗就是 Honey，熟悉的小女孩就是龚文娟。

龚文娟似乎格外怕狗，吓得哭叫着奔躲。见龚文娟害怕，Honey 瞬间觉得自己拥有藏獒的灵魂，更起劲地去追咬。

就在 Honey 要扑上龚文娟的小腿时，忽然一个熟悉的可怕女声响起——

“Honey！不准咬！”

Honey 立即收住脚步，抬头望去，果然那个可怕的女人正急匆匆朝着自己跑来。Honey 立马夹住尾巴，掉头朝着自己主人妈妈跑去——妈妈，她又要阉我啦！

龚文娟见到朱绯彤，仿佛见到救星，立马奔过去，躲在她身后，将她紧紧抱住。

朱绯彤忙搂着龚文娟轻声安慰：“乖，没事了，它不敢来的。”

龚文娟仍旧怕得浑身颤抖，嘴唇发白。

朱绯彤看向不远处的向璇子，只见她将 Honey 抱起，手指上戴着的那枚鸽子蛋钻戒，闪烁着夺目光泽。

不知为什么，朱绯彤忽然觉得空气中隐隐有股味道。

朱绯彤走过去，礼貌地提醒道："向小姐，酒店有规定，虽然宠物可以在有宠物间的房间入住，但出房间后，在酒店行走时，必须要戴狗绳。"

向璇子耸耸肩，道："我家的狗不咬人的，刚才不过是想跟那个小孩玩下。"

朱绯彤顿时有种想要打爆向璇子狗头的冲动，她边默念着我要有职业修养，边露出八颗牙齿的微笑："如果不是我拦着，可能今天小女孩的腿就会被 Honey 的爪子划伤的。"

向璇子仍旧是满不在乎的模样，伸手摸着 Honey 的头，鸽子蛋在阳光下发出刺眼的光，差点要刺瞎朱绯彤的双眼："那不是没划伤吗？没发生的事你在这儿说什么呢？"

朱绯彤继续保持职业微笑："听说您近期正在争取大东集团旗下的沐浴露广告，提醒一句，那位差点被划伤的小女孩，正是大东集团董事长龚子维的千金。"

闻言，向璇子唰地变得面色苍白。

朱绯彤再次嘱咐，虽然是保持着笑容，但声音里有着严厉的提醒："请向小姐记住，今后一定要拴狗绳。否则之后如果龚先生问起今天的事，我们酒店方只能如实回答了。"

向璇子虽然有满肚子脏话，可如今也不敢说，她还没大牌到可以得罪品牌方。

说完之后，朱绯彤准备去查看龚文娟的情况。

转身的瞬间，她似乎听见向璇子低声咒道："你也就剩今天得意了。"

朱绯彤疑惑地转头，却发现向璇子抱着藏獒心泰迪身的 Honey 踩着九厘米高跟鞋，妖妖娆娆地离开。

朱绯彤也没空理会她，赶紧跑回了龚文娟身边，上下仔细查看，确定龚文娟没受伤，这才松口气。

可这气还没松到胸腔里，朱绯彤忽然觉察到不对劲："怎么没看见你的保姆姐姐跟着？你又一个人偷跑出来了？"

龚文娟垂着头，不说话。

这时，龚子维从远处匆匆跑来。见到龚文娟，龚子维脸上浓重的焦急不安这才卸下，但立即又被暴怒给覆满。

"龚文娟，你几岁了！还这么不懂事，我今天必须要教训你！"龚子维扬起手来，作势要打。

龚文娟忙躲在了朱绯彤身后，一双眼瞬间红成了兔子。

朱绯彤不忍，忙道："龚先生，您这样她会更叛逆的。"

龚文娟的声音里带上了哭腔："我不要你管我！为什么什么都要听你的？你不让妈妈唱歌，妈妈就走了！你现在不要我唱歌，我也可以走！"

闻言，龚子维举起的手顿住，他急促地喘息着，脸色变得铁青。

这时，龚子维的手机铃声响起，声声都是催促。他只得按捺下激动情绪，接起了电话："是……好，我马上过去。"

挂了电话后，龚子维又恢复成了高高在上的大东集团董事长，他对朱绯彤道："朱小姐是吧，我现在工作上有急事需要处理，必须过去一趟，今天麻烦你负责帮我照看她。"

龚子维的声音里有不容置喙的威严，说完便大跨步离开。

朱绯彤觉得自己简直苦，得，她又升级为幼儿园阿姨了。

但没办法，谁让人家是贵客呢？

朱绯彤蹲下开始哄不断抽泣的龚文娟，好不容易哄好，龚文娟提出了新要求："我要去找那个漂亮哥哥。"

朱绯彤只得带着"小祖宗"返回宿舍，去敲蓝青定的门。

结果敲了一分钟，蓝青定才开门。

蓝青定穿着家居服，睡眼惺忪，一副刚睡醒的模样，少年气十足，好看得一塌糊涂。

但现在不是花痴的时候，朱绯彤只想将"小祖宗"塞给他。

"江湖救急，帮我带下小孩。"朱绯彤双手合十。

自己选的暗恋对象，还能怎么办？蓝青定只能答应了。

蓝青定表示自己需要进行洗漱，让朱绯彤先带龚文娟上楼。

朱绯彤感激不已，将龚文娟带到自己宿舍里，帮她把电视调到儿童频道，又去厨房给她倒水。

出来时，儿童频道里正播放着外国的儿童歌唱选拔赛，一位小女孩正演唱着 Beyonce 的 *Listen*。

龚文娟指着电视，兴奋地道："姐姐，这是我妈妈最喜欢的歌，我也会唱！"

"是吗？"朱绯彤将水递给她。

龚文娟却没有接，而是直接关闭了电视的声音，开始清唱起来。

"Listen，To the song here in my heart.

“A melody I start but can't complete……”

朱绯彤平时只觉得龚文娟声音好听，没想到唱起歌来，竟如此空灵纯净，宛如天籁，令人沉醉。

一曲完毕，朱绯彤被震撼在当场。

此时，门口传来捧场的掌声。朱绯彤回过神来，转头看去，发现是梳洗完毕的蓝青定。

龚文娟也是个颜控，立即扑过去，拉住蓝青定的手：“哥哥，你会唱歌吗？”

“我不会，只会一点儿钢琴。”蓝青定道。

“我也会钢琴，姐姐你会什么乐器？”龚文娟问。

朱绯彤支支吾吾：“我会的乐器比较冷门。”

“是什么？”蓝青定挑眉。

面对两人期待的目光，朱绯彤憋了半天，憋出句实话：“二胡。”

然后，气氛有点垮掉。

但朱绯彤当年确实跟着孔情一起只学了二胡。

二胡怎么了？也是国粹艺术啊。算了，跟这两个人有代沟。

朱绯彤不想和他们计较，再次去厨房拿零食，准备塞给龚文娟后赶紧跑回酒店继续忙工作。

正在厨房翻找零食时，朱绯彤忽然听见《致爱丽丝》的音乐。她手指微僵，忙跑到客厅，发现八音盒被龚文娟拿在手上把玩。而龚文娟的身侧，蓝青定则始终看着那个八音盒，眼神晦暗不明。

此时的朱绯彤只暗道后悔，昨晚她听完后，将八音盒装回礼品盒里，顺手放在了桌上，刚进屋时忙乱，压根没来得及收拾。没料到小孩子好奇心重，居然就拿出来了。

“姐姐，这个好漂亮啊，是别人送你的礼物吗？”龚文娟问。

与此同时，蓝青定抬眸望向朱绯彤。

朱绯彤被他眼神的温度熏得喉咙有些干：“啊，应该是的，我箱子里装的都是别人送的礼物。”

“为什么你单独放着？是你喜欢的人送你的吗？”龚文娟果然是个好奇宝宝，不停地追问。

闻言，蓝青定的黑眸逐渐加深了颜色，至深，便是浓烈。

浓烈得朱绯彤觉得喉咙更干了，忙否认：“不是。”

那黑眸里，有瞬间的凝滞。

“姐姐，我好喜欢这个，你送我好不好？”龚文娟撒娇，“我可以用我的玩具跟你换。”

朱绯彤攥紧了双手，一时不知怎么回答。

龚文娟看出了朱绯彤的犹豫，忙去拉蓝青定的手：“哥哥，你帮我跟姐姐说，把这个水晶小熊跟我换好不好？”

蓝青定抬眼，望向朱绯彤，眼眸深幽：“你换吗？反正……也不是喜欢的人送的。”

朱绯彤被看得胸口有些窒闷，她深吸口气，松开双手，微笑，仿佛刚才怪异的气氛并不存在：“我的意思是，我有点忘记是谁送的，毕竟这一整个箱子里装的都是别人送的礼物。不过既然礼物是别人送的，就是心意，我不能随便转送。你想要的话，姐姐答应你，给你买个新的，好不好？”

龚文娟也并非那种任性的小孩，见朱绯彤这么说，也就点头答应了。

“乖，你跟哥哥在这里玩，姐姐先去上班了。”朱绯彤嘱咐好龚文娟后，便急匆匆出了门。

直到出门，朱绯彤也没敢再直视蓝青定的目光。

龚文娟并没察觉到两人之间的端倪，只是继续玩着那个八音盒。

天光大亮，天花板上的投影星光变得隐约而模糊不清，就如同蓝青定昨晚听见的音乐声。

朱绯彤说，她忘记这个八音盒是谁送的。

是真的忘记了？那昨晚，她为什么会蹲在客厅听一个小时呢？

宿舍隔音效果并不太好，白天倒没关系，夜晚楼上稍有响动，楼下便能听见。

昨晚蓝青定忙完自己的事，已经是凌晨两点，他正准备入睡，忽然听见楼上卧室里有轻微的脚步声，拖鞋啪嗒啪嗒的声响，朝着厨房走去。

也不知道为什么，蓝青定鬼使神差地也跟着起身，随着那脚步声去到厨房。他猜想着，朱绯彤应该是口渴了，去厨房喝水。

他也跟着倒了杯水，凉润的水，灌入喉咙，让听觉变得更为灵敏。

他又听见她出了厨房，来到客厅，他也跟着。

连他自己也觉得这个行径太诡异，太像个偷窥狂了，但他控制不住。

不知为什么，朱绯彤就停在了客厅里，没再回卧室。半晌，似乎有一个什么东西放在了地板上，随即，传来隐约而模糊不清的音乐声。

听仔细了，似乎是《致爱丽丝》，是八音盒里放出的音乐声。

没多久，《致爱丽丝》的音乐停了，过了会儿，又开始响起，似乎是她拧了发条。

在这寂静的夜里，她像是魔怔了，八音盒一遍遍停息，她一次次拧了发条，音乐一遍遍响起。

而他，也像是魔怔了，站在客厅，努力地听着。

然后，彻夜未眠，直到今天被她敲门吵醒。

“哥哥，你知道这个八音盒在哪里买吗？”龚文娟好奇。

如果是附近，她可以让爸爸派人去买。

“瑞士。”蓝青定轻声回答。

他很清楚。

是因为，这是他送她的。

在八年前，他们读高中时。

当醒悟到朱绯彤送来的是孔情的信时，蓝青定真的动了气。

他性子很淡，一般不容易发火，自己也没想过，会生她的气。

但朱绯彤帮自己表姐递信，是完完全全截断了他们之间的可能性。就像是说，他们之间再没有机会。

蓝青定的生气里，带着点害怕与不甘。他连话都没跟孔情说一句，她凭什么要送来一封这样的信？

但蓝青定最终还是收了，因为朱绯彤说，她怕孔情。

蓝青定不了解朱绯彤与姨妈之间的关系，只是凭本能觉得，不管姨妈对她再好，她也是寄人篱下。

他忘不了停车场的月光下，他喜欢的女孩低着头，笑着说“没事”的样子。

那一刻，他忽然很想瞬间长大，大到可以送她一个家，属于她的家。

蓝青定收下了信，但他没有看，只是随意找了本书，夹在里面。这辈子，他都不想打开。

但就算是再生气，蓝青定也没忘记那些小太妹的威胁。他每天还是照常跟朱绯彤一起坐公交车上下学，只是他没有再跟朱绯彤坐在一排。

他就是明明白白表达出自己的生气。

他要让朱绯彤知道，他和孔情不可能有任何发展。所以，不要截断他们之间的任何可能性。

这样的情况一直持续到孔情出院。

当那天在后门，蓝青定看见返校的孔情拄着拐杖追打那群小太妹时，他便给陈叔发去了消息，让陈叔以后按照往常来学校的时间接自己下晚自习。

蓝青定原本以为，自己不回应孔情，情书这事就算过去了。可他没有料到，孔情会举着那刚打过小太妹的拐杖来找自己。

孔情在天台上急切地询问他信的下落。

无情残酷的戏码要做全套，蓝青定说自己把信丢入了垃圾桶。

孔情气得双眼赤红，拿起拐杖就要打他。他其实可以躲开，但他没有。

他想，自己和孔情闹得越难看，说明他们之间越不可能。那他和朱绯彤之间，应该就越有可能。

只是蓝青定怎么也没想到，朱绯彤会帮自己挨那一拐杖。

那一刻，他心脏再次感受到了停车场月光下的那种疼，隐藏的，隐约的难受。

很多年后，他才知道，那叫心疼。

那个年少的他，在心疼一个喜欢的女孩。

蓝青定冲出校门，去买了各种活血化瘀以及止痛药物，像是要搬空整个药店。他匆匆付了款，跑去了公交车站。

还好，朱绯彤没有走，她坐在公交车站台上，正卷起衣袖查看着手臂上的伤痕。她微侧着头，轮廓柔和，黑白分明的眼被灯光映照，里面似乎有盈盈水光。

他走过去，将药品放下，随后转身离开。

蓝青定有些忐忑，他不知道在经过今晚之后，她会不会因为孔情，而远离自己。如果她再不理会自己，他应该怎么办？

就在这种忐忑达到顶峰时，朱绯彤叫住了他。

她说：“对不起。”

蓝青定笑了，笑意在夜色中浮动。

她没有不理他，他们之间，还有可能性。

朱绯彤的生日是冬天。

海城四季如夏，没有寒冬，也没有雪。

朱绯彤喜欢小熊，她没有说过，但蓝青定很清楚。当你喜欢上一个人时，很容易就会关注她的一举一动。

蓝海天去瑞士时，蓝青定让他帮忙带回一个小熊八音盒。白色的小熊，像是雪堆积而成，播放音乐时，可以在天花板上投出点点星光。

“是要送给之前那个女同学？”将八音盒拿给蓝青定时，蓝海天询问。

蓝青定颔首。

蓝青定跟蓝海天之间虽然并没有太多的交流，但蓝青定对哥哥有信任感。

“是女朋友？”蓝海天挑眉。

蓝青定顿了顿，才回答：“暂时……还不是。”

蓝海天的手指在书桌上轻缓地敲了两下：“你出国的事家里已经准备好了。”

蓝青定从小就知道，高三后自己将去国外留学。对此，他是无所谓的态度，反正在哪里都是读书。

但这个想法是在喜欢上朱绯彤以前。

此时，他犹豫了。

“平时可以视频电话，假期也可以回来，其实只要两个人感情好，也不会有什么影响。”蓝海天说话时，坚毅的下颌有属于成年人的气息。

蓝青定决定暂时不想这些事，他和朱绯彤之间还什么都不是。他是打算等高考结束之后，再跟她挑明。而今天，他只想将生日礼物送给她。

晚自习后，蓝青定跟在朱绯彤身后，准备在公交车站送她生日礼物。他犹豫着，该怎么开口，才能让她不感到突兀。

但忽然，蓝青定发现，今天的朱绯彤并没有如往常般走向侧门的公交车站，而是从正门走出，她过了天桥，去到了对面的比萨店里。

比萨店店铺有巨大的落地玻璃窗，可以清晰地看见里面的状况。

蓝青定发现，朱绯彤跟一个与她长得有几分相似的中年男人坐在一起。他们交谈了很久，确切地说，是那个中年男人一直在说话。

朱绯彤微垂着头，双脚并拢，双手放置于膝盖上，紧紧地握着。是不安，是犹豫，是一双情绪很紧张的手。最后，她回答了句话，中年男人脸上出现了放松的神色。

随后，中年男人起身结账，带着她坐上一辆黑色的车，驾车离去。

蓝青定也拦截了辆出租车，跟着那辆车前行。他并没有任何其他的想法，只是想把礼物交给朱绯彤，在她生日这天。

车最终在朱绯彤姨妈家小区楼下停住，中年男人下了车，打开后备厢，取出了里面的两大袋玩偶。满满当当的，全是小熊玩偶，各种颜色。

那中年男人将玩偶交给朱绯彤，摸了摸她的头，随后开车离去。那车开出了很久，可朱绯彤仍旧站在路灯下，低垂着头，看着那两大袋玩偶，一动未动。

小区前的路灯是莹白的，有飞虫缓慢飞舞，她被那光照着，整个人显得更加小巧。

蓝青定心头忽然生出了不安，他缓步走了上去。

“朱绯彤。”他轻声唤她的名字。

临近深夜，小区前已没有行人，只有三三两两的车辆驶过。

她没有回答。

“朱绯彤。”他再次叫了她的名字。

朱绯彤如梦初醒，抬起头来，仿佛这时才发现蓝青定的存在。

蓝青定忽然觉得喉咙有些缩紧，他在迅速思考着如何解释自己会在这里出现。可朱绯彤却没有要求他解释，她看着他，宝石般的眼里生出了亮光。

“蓝青定，这是我爸爸送我的生日礼物。”她说，声音轻快。

就像是一个小孩在炫耀着，炫耀着她有爸爸。该是有多渴望，才会这么兴奋。

蓝青定忽然说不出话来。

他从没有想过，自己会在她眼里看见那样的光。像是所有事，都重新有了希望。

她的脸颊也被那样的光所照亮，漂亮得不可思议，他一时看得呆住。

此时，朱绯彤看见了他手中的礼品盒。白色的包装纸，点缀着棕色的小熊卡通图案。

“这个是……送我的？”朱绯彤问。

她的眼里仍旧保留着那种光。

蓝青定清楚，平时的朱绯彤不会问出这句话。

平时的她，会安静等待，直到将那礼物塞入她手中，直到送出的人告诉她，这礼物完完全全属于她，她才会笑着说谢谢。就像是从不给自己希望，就不会有失望。

但是这一刻，她眼里的光，却格外繁茂。

“生日快乐。”他被那光给惊艳，只能呆呆地说出这四个字。

“谢谢。”她抬头看着蓝青定。

那一刻，他和光，都盛在她眼里。

八年后的朱绯彤眼里也有光。

发布会活动现场，闪光灯不停闪烁，刺目的白光让朱绯彤感觉到双眼已残。各大明星、名媛、商界名流，众多记者齐聚现场，星光璀璨，阵容强大。

此次 T 台设计也是别出心裁，全是镜面布置，模特行走间，光影被分割，真实与幻象重叠，艺术气息十足。

而舞台角落放置有纯黑色的钢琴，纯黑与银白的混合，显出了高级与空灵感。

还有三十分钟，发布会就会正式开始，各位来宾陆续在 T 台下的看台位置坐定，翘首以盼。

全体酒店人员严阵以待，做着最后的准备工作。

就在这紧张时刻，后台忽然出了事。吴替盛误食了坚果，严重过敏，肿得面目全非。

朱绯彤赶去时，吴替盛的经纪人正冲着李子露发火："你们酒店怎么回事？千叮咛万嘱咐，一定要小心他的饮食！现在弄成这样，严重影响我们的后续工作，你们酒店就等着接我们的律师函吧！"

戚果林不停地抹着汗，辩解道："今天后台全部人员都是统一就餐，饭菜里没有任何坚果成分，我们是特别注意了的。"

李子露见吴替盛症状越发严重，忙正色道："具体情况我们在发布会后会调查，当务之急应该马上把吴先生送入医院。"

也不用李子露招呼，朱绯彤马上帮着经纪人一起，扶着吴替盛去医院。

此刻，吴替盛的嘴都肿成了香肠，为了表示自己的亲和力，还不忘对着朱绯彤微笑。

要是平时能扶着"老公"，朱绯彤肯定会激动得三天三夜不睡觉不洗手。但此时此刻，看着吴替盛肿胀的脸，朱绯彤却默默生出了脱粉的念头。

朱绯彤瞬间觉得自己颜控得简直禽兽不如。

她扶着吴替盛到了大厅，沈华宏接到消息，决定亲自开车送吴替盛去医院。

朱绯彤担心发布会现场，将吴替盛交给沈华宏后，立即往发布会现场赶去。

路上，朱绯彤经过配电房，恍惚看见有人在配电房外站立。那处区域光线幽暗，远远的，她也没看清。

正要走近仔细看时，忽然对讲机里传来了姚雨倩焦急的声音："怎么办啊，CX 那个区域总监，知道压轴嘉宾出事，气得不行，感觉像要撕了我们！"

电光石火间，朱绯彤忽然想起一件事，于是马上掏出了手机，打了个电话。

打完电话，朱绯彤再抬头时，发现配电房前已没有了人影。

难道是自己看花了眼？朱绯彤心系发布会现场，也没多想，赶紧朝着宴会厅跑去。

朱绯彤赶到后台时，便听见了华敬的咆哮。

“我之前就说过，这次发布会非常重要，你们酒店也是保证会万无一失，怎么会出现这种问题的？！现在让我们怎么办？你们酒店必须要负全责！”

酒店管理团队面面相觑，就连李子露也是握紧了手，面露凝色。

情况紧急，朱绯彤也顾不得多想，直接说出了自己的建议：“或许，我们可以让蓝青定先生作为压轴嘉宾？”

刚才电光石火间，朱绯彤想起了上次 Lucien 极力邀请蓝青定做压轴嘉宾的事，便赶紧打电话通知蓝青定前来会场。

现在这个时间段，唯一有分量，并且能让 Lucien 满意的人，也只有蓝青定了。

闻言，华敬稍稍平息下来，暂时放下了撕他们的手。

而 Lucien 则是兴奋不已，甚至还有点庆幸吴替盛过敏的意思。

惨还是吴替盛惨。

发布会举行在即，也没时间再兴师问罪，大家各就各位。李子露将说服蓝青定作为压轴嘉宾这事，全权交给了朱绯彤。

戚果林又开始哭唧唧：“天地良心，我们晚餐真的仔仔细细检查过，确实没有放坚果类产品啊。怎么倒霉的总是我，下辈子我打死都不做餐饮工作了。唉，可惜那个老好人陈峰不在，要不然也可以帮忙劝说下。”

“好了，你个大男人每天哭，烦不烦。”姚雨倩转向朱绯彤，问道，“让蓝先生代替吴替盛做压轴嘉宾，蓝先生肯吗？”

“只能硬请了。”朱绯彤叹口气。

刚打电话时，因为时间关系，朱绯彤也没来得及向蓝青定细说这事。

虽说蓝青定向来脾气好，可轴起来比谁都轴。实话实说，朱绯彤还是有点忐忑。

姚雨倩又开始吹彩虹屁：“别说，蓝先生其实更适合压轴。而且，他也算是气质高配版的吴替盛，两人长得挺像的。”

朱绯彤睁大眼："哪里像？"

姚雨倩一副"你眼睛瞎了吗"的表情："明明很像啊，都是长得白净，斯文俊秀那类。郑晓晓还悄悄跟我说，她怀疑你喜欢蓝先生，毕竟女人喜欢的类型都是一样的。远在电视上的低配版都喜欢，近在身边的高配版难道会不爱？"

也许是后台空气室闷，朱绯彤觉得浑身有些发烫。她正要解释，忽然身后传来一个清脆的童音："姐姐，我们来了！"

朱绯彤僵硬地转头，看见了气质高配版"吴替盛"以及龚文娟。

完了，完了，脑壳又开始痛了。朱绯彤调整呼吸，拼命安慰自己——别慌，小场面，也许蓝青定什么都没听见呢？

朱绯彤决定先说服蓝青定代替吴替盛作为压轴嘉宾。

可刚张口，蓝青定便道："我答应做压轴嘉宾。"

朱绯彤惊喜之余又觉得疑惑："你怎么知道我要说这个？"

蓝青定脸颊带着笑意："刚听见你们说的，不用'硬请'，我答应。"

顿时，朱绯彤感觉脑子又像是被炸过一次。

完了，意思就是，他从头到尾都听全了。什么高配低配爱不爱的，一句都没落下。

大兄弟你上辈子是树根是吧，专门听墙脚？

朱绯彤还没缓过神来，龚文娟又将手中的小熊水晶球八音盒给她看："姐姐，原来这个礼物是哥哥送你的，哥哥说可以借给我玩一天，我晚上再还给你，好不好？"

朱绯彤看着那八音盒，一时有些呆住。

后台人来人往，她站在过道处，有人匆匆而过，碰撞到了她，她一个趔趄。蓝青定伸手，将她稳稳扶住。

朱绯彤抬头望去，过道光线幽暗，他的轮廓却显得更为分明。

双眸里的光，如熠熠星辰，如渺渺萤火。

"我想起来了，这八音盒是我送你的。"他的声音越过后台的嘈杂声，温柔而有穿透力，"你呢？想起来了吗？"

朱绯彤觉得喉咙发紧，呼吸发紧，皮肤发紧。最终，浑身发紧的她挤出个微笑："总经理好像在找我，我去看下。"

说完，她赶紧转身走出后台。

朱绯彤站在宴会厅角落，环视全场。还有五分钟，发布会走秀就要正式开始，所有宾客都已经坐定，满怀期待等待开场。

不远处的孔情在伸手对她示意，虽然坐的位置比较偏，但能在这种奢侈品牌走秀会上拿到入场券，已经很厉害了。

朱绯彤忙对她竖起了大拇指，表姐牛啊，为他们二胡界争光了。

正夸赞着呢，朱绯彤忽然看见一朵人间富贵花走到了孔情身后，朝着她耳语了两句。

正是那位朱绯彤喝过她“洗澡水”的袁瑾。

虽然隔着一段距离，朱绯彤看不清两人具体表情，但她明显感觉到孔情在听见袁瑾的话后，整个人僵硬了。

袁瑾说完之后，便从宴会厅侧门离开。孔情呆坐片刻，像是消化完了那句话，倏然站起，也跟着冲了出去。

朱绯彤蹙眉，外面都在传，那袁瑾号称是蓝海天的准未婚妻，可昨天明明孔情和蓝海天是过了明路，他们三人之间到底是怎么回事？

难道说，蓝海天欺骗了孔情？按照孔情的秉性，如果真被骗了，那蓝海天被打死完全是分分钟的事。

朱绯彤担心出事，便想跟着去查看下。此时，忽然 T 台上几束强光投下，预告着发布会正式开始。

众人的注意力全集中在了 T 台上，准备全身心欣赏这一场艺术时尚盛宴。可就在这时，忽然咔一声响，宴会厅的灯光忽然全部熄灭。

整个现场陷入了浓厚的黑暗中。

朱绯彤的对讲机耳机里传来了金荣南焦急的声音：

“糟糕，有人拉了电闸！”

第九章

我当你是未来女朋友

朱绯彤顿时大惊，额角渗出涔涔冷汗。

来宾以为是舞台效果，便耐心等待着。对讲机耳机里，李子露焦急的声音响起：“金荣南，到底怎么回事？配电房的值班人员呢？”

对讲机耳机里，金荣南那边传来了咚咚咚的撞门声：“我也不知道啊，我们正在配电房门外，明明应该有值班人员的，但是里面没人响应！而且锁眼也被强力胶堵住，根本进不去啊！”

李子露尽量稳定住声线，可仍能听出一丝颤抖：“你告诉我，需要多长时间才能进去？”

金荣南深吸口气，沉声道：“至少十五分钟，为了安全，门是防火门，必须使用工具才能撬开，我已经派人尽快去取了。”

李子露没来得及说话，对讲机耳机里传来后台华敬的怒吼，他气到几乎要昏厥：“十五分钟？你们是要让我们所有的来宾摸黑等十五分钟？！让所有人都看我们的笑话吗？！ CX 和你们酒店是签订了协议的，现在出现这种事故，你们就等着巨额赔款吧！”

这些话，从对讲机耳机里传入朱绯彤耳中，她只觉得身子一阵冷一阵热。

如果这次的发布会真的搞砸，那兰特度假酒店不仅要面临巨额赔偿，名誉也会一落千丈。

最开始，在场的来宾们以为突如其来的黑暗是 T 台效果，还耐心等待。可随着时间一分一秒地过去，来宾们发现发布会仍旧没有进行，便开始不安焦灼起来。

黑暗之中，众人逐渐高涨的低语声，质疑声开始起伏。

朱绯彤只觉得自己如同燃烧的蚊香，被暗火烧成浅灰。就在这黑暗中，忽然有人抚上了她的肩头。

朱绯彤回转过头来，幽暗光线里，是蓝青定隐约的轮廓。那瞬间，她便冷静下来。

蓝青定牵着龚文娟，此时，因为害怕，女孩小声道：“哥哥……”

那纯净的声线，如同清流，洗去了繁杂。

朱绯彤脑内瞬间清明，一个念头浮起。

从 T 台陷入黑暗起，已过去了三分钟。三分钟的黑暗，足以让来宾们的耐心耗尽。

龚子维听见身边不断有人在窃窃私语。

“怎么回事？”

“从没见过这样的，前奏也太长了吧？”

“到底是舞台设计还是真出问题了？”

龚子维也紧蹙眉头，显出了不耐烦。

就在众人情绪一触即发之际，忽然 T 台上出现了一阵悠扬的钢琴声，随即，一道宛如天籁的女童声响起。

“Listen（听）——

“To the sound from deep within（我内心深处的声音），

“It's only beginning to find release（那是我找到解脱之路的开端），

“Oh，the time has come For my dreams to be heard（我的梦想终能被倾听）……”

龚子维浑身一震，是龚文娟的声音。

忽然，T 台上出现一个散发着柔和白光的水晶球八音盒。八音盒没有拧发条，因此没有音乐，只有小熊发着莹白的光，在天花板上映出了星空投影。

那光，映亮了 T 台中央的龚文娟以及正在弹奏钢琴的蓝青定。众人都被龚文娟那空灵的歌声所震慑，整个会场顿时变得鸦雀无声。

龚子维如泥塑木雕般，坐在座位上。他忽然想起，第一次遇见龚文娟的母亲时，她也是唱着这首歌，在舞台上，巧笑倩兮，恣意飞扬。

他就是被她身上的自由洒脱所吸引，由此相恋。后来，他又亲手禁锢了她的自由洒脱，她忍受不了，离开了。

而现在，这首歌由他们的女儿唱出来，恍如隔世。

蓝青定弹奏着钢琴，清冷婉转的音调从指间溢出。

他脑海里却想着刚才的场景。

朱绯彤握着龚文娟的手，快速说服她上台演唱。龚文娟本来便喜欢唱歌，当即就答应了。

“这首歌最多能撑五分钟，还有十分钟的间隙。”蓝青定看着T台上的三棱镜，忽然眸内流光闪过，“手电筒！”

因为两人之间的默契，不需要过多的语言，朱绯彤瞬间就明白了蓝青定的意思。

两人分头行动。

朱绯彤与姚雨倩等人跑到宴会厅旁边的仓库里，用最快速度拿了尽可能多的手电筒，随后跑回了发布会现场，将手电筒分发给工作人员，并让他们尽可能分散站立。

龚文娟的歌声结束，全场被她纯净清澈的声音所蛊惑，好半天才反应过来，热烈鼓掌。

她拿着八音盒下了T台，掌声逐渐停止，现场又陷入了黑暗中。

就在众人的疑惑再度升起时，众多光束同时从会场的四面八方射向T台中央。

T台上的三棱镜折射着光束，整个T台顿时出现了流光溢彩的壮景。

蓝青定演奏的钢琴声换了音调，变得有节奏感，随着音乐，第一组模特从后台走了出来。

手电筒的光束在三棱镜中跳跃浮动，模特的影像在三棱镜中重叠分割，整个舞台仿佛是多重空间，时间空间在变换流转。

所有宾客看得呆住，开始纷纷拍照赞叹。

宴会厅角落里，朱绯彤通过耳机听着对讲机里配电房那边的动静。

手电筒这个桥段最多只能支撑几分钟，毕竟是彩妆发布会，需要充足的灯光才能让观众看清模特妆容。

对讲机耳机里，传来了金荣南的咒骂声：“什么门，怎么还是打不开？”

朱绯彤闭上眼，攥紧了手，胸口急剧起伏着。就在这时，一只稍显凉意的手覆上她的手背，用力地握住她的手。

朱绯彤睁眼，看见了李子露。李子露没有看她，而是看着前方的T台，目光凝重。

她们的手只握了一刹那，很快，李子露便放开。

她在给予朱绯彤力量，同时也在从朱绯彤身上汲取力量。在这一刻，她们不是上下级，而是战友，她们需要彼此扶持。

第一组模特的走秀已经临近尾声，观众对黑暗已经开始出现审美疲劳，拍照声逐渐停止。

第一组模特在整场发布会走秀中是起抛砖引玉的作用，并不需要过多展现彩妆部分。但从第二组模特开始，则是走秀的重点，必须要明亮灯光映照。

如果第二组模特出场前，还是没有来电，那么整场秀也就失败了。

随着第一组最后一名模特的亮相，朱绯彤与李子露的呼吸都同时屏住。

最后一名模特在T台上走了一圈，返回后台，在她身影消失的同时，钢琴声戛然而止，如同无形的绳勒住了朱绯彤的脖颈。

这么努力，还是，失败了吗？

就在她紧张失落难受到即将窒息时，忽然对讲机耳机里传来了砰的一声巨响，随即金荣南惊喜的声音响起。

“开了！门打开了！马上拉电闸！”

十秒钟后，电源开启，舞台灯光如瀑布般倾泻而下，冲刷着在场每个人的感官，有节奏感的走秀音乐从音箱中播放而出，震动着众人的灵魂。

第二组模特随着音乐声走出，明亮灯光映照出他们的完美妆容。宾客席上，拍照声、赞叹声再次响起。

朱绯彤长呼口气，这才感觉整个人重新活了过来。

他们，终于胜利了。

前台走秀顺利进行着，可后台却不能太平。

华敬仍旧愤愤不平，指着李子露和朱绯彤道：“虽然说你们将功补过，最终应付过去了，但还是打乱了我们发布会的原有计划，我们CX品牌方仍旧会进行索赔！”

此时，一个微哑的声音传来：“如果查明是我们酒店方的疏忽导致的失误，我们绝不会推诿。”

朱绯彤转头，只见蓝海天朝着他们走来。

蓝海天其实比华敬要年轻许多，可周身却有上位者的气质，让华敬不由得矮下身去。

蓝海天面容硬朗，气度不凡，继续道：“我刚去配电房和监控室那边了解过情况，在发布会开始前二十分钟，有人撬开了配电房的门，用药物迷倒了值班人员，之后切断宴会厅的电闸，并用强力胶灌入锁眼，阻止我们工作人员进去开闸。那人全程戴着面罩，并且通过监控死角离开，因此我们无法掌握他的情况。”

“看来是塞安的人故意来闹事……”华敬微蹙眉头，可仍旧不愿松口，“就算是他们做的，那也是因为你们安全管理工作没做到位，才会给他们可乘之机。”

此时，陈峰走来，缓和气氛：“好了，大家都少说两句，不管怎么样，发布会总算成功进行了，是不是？”

华敬看样子也不想和酒店工作人员废话，转身离开，继续去查看前台情况。

陈峰也追着跟了上去。

李子露对蓝海天正色道：“蓝先生，我可以保证，本次发布会没有放任何一个闲杂人等进入。”

蓝海天颔首：“今晚先把发布会的事处理好，其他的接下来再做调查。”

朱绯彤在旁，始终未发一言。她心里始终有个念头，但还需要确定。

蓝海天似乎有要事要处理，嘱咐完李子露后便迈步离开。在他走出宴会厅后门时，朱绯彤叫住了他。

蓝海天转过头，看向这个小姑娘。

月光下，朱绯彤犹豫着，缓声道：“蓝先生，我有一个设想，但需要您的力量去查验。”

跟蓝海天说完话后，朱绯彤重新返回T台现场，活动已经进行到最后阶段。

主持人对大家介绍道：“今天非常有幸，能邀请到我们兰特集团的蓝青定先生作为模特。我们CX这一届彩妆主题便是‘infinite possibility’，无限可能性。接下来，我们的Lucien大师将会为蓝先生进行现场化妆，让大家摆脱只有女性才能化妆的固有观念。挣脱性别的束缚，跳出世俗的框架。”

主持人说完后，蓝青定上台。他穿着灰色西装，没系领带，休闲又不失稳重。

他坐在高脚凳上，任由Lucien化着眼妆。内双的眸子，最为内敛，Lucien在他眼尾和下眼睑部分用红色系眼影进行细细的晕染。

蓝青定的脸，投放至大屏幕上，全场都清晰可见。他身上有浓厚的少年气，洁净出尘，眼影晕染下，整个人显得妖而不媚。

在场的女明星、名媛开始纷纷交头接耳，投向他的目光，炙热无比。但他却始终坐在那儿，微垂着眸子，清冷慵懒，一如当年。

朱绯彤安静地看着。

蓝青定身上有冷淡的贵气，所有人的情绪都被压制住，不敢大声喧哗。而在完成的刹那，蓝青定与 Lucien 起身，向在场来宾鞠躬表达谢意，全场来宾这时才如梦初醒，响起了雷鸣般的掌声，无数的闪光灯亮起，在他脸颊上闪烁。

现场观众的激情爆发出来，达到了顶峰。

而在那喧嚣的人海中，蓝青定的目光在无声地寻找着。最终，那目光定格在了朱绯彤身上。

隔着那么多的人，那么远的距离，他却准确地攫住了她。他看着她，红色的眼影仿佛在他眼尾染上了桃花瓣，没有丝毫女气，那干净的荷尔蒙反而有了进攻性。

朱绯彤像是被烫了般，移开了目光。

CX 这一次推出的新品重点是眼影系列，在蓝青定的演绎下，获得了众人的广泛关注。

这次发布会总算是有惊无险，圆满完成。酒店工作人员欢送完宾客后，疲倦地返回宿舍休息。

朱绯彤与蓝青定将早已睡着的龚文娟交给了龚子维，也回到了宿舍。

因为时间紧张，蓝青定的眼妆还没来得及卸，朱绯彤便让他先回房间，她则返回三楼，找出了自己的眼部卸妆水和化妆棉。

拿着卸妆水来到二楼，朱绯彤敲门，门打开，她首先对上了那双仿佛覆着桃花瓣的眼眸。

朱绯彤避开蓝青定的眼神，将卸妆水交给他："那个，你把卸妆水倒在化妆棉上，然后敷在眼睛上二十秒，轻轻擦下，眼影就卸干净了……明天我还要早起开例会，先回去了。"

说完，朱绯彤转身想走，但她刚踏上第一级阶梯，身后传来蓝青定清冽的声音："我没听懂。"

好吧，直男是不懂卸妆的，朱绯彤只能乖乖进屋帮蓝青定卸妆。

蓝青定高她大半个头，站着没办法操作。朱绯彤只能让蓝青定坐在沙发上，她则坐在茶几上。

朱绯彤总觉得，今天的蓝青定有些不一样，身上有种进攻性。

她想，应该是眼妆的问题，只要卸去就好了。

只要卸去，他就又是那个温柔的，不会让她感觉到任何压力的蓝青定。

朱绯彤将卸妆水浸湿了化妆棉，贴在蓝青定的双眸上。二十秒后，她拿着化妆棉，轻柔地横向擦拭着。红色的眼影，全凝结在湿润的化妆棉上。

蓝青定闭着眼，内双的眼睑有很浅淡的双眼皮折痕，眼形细长流畅，温柔内敛，不再给人任何压力与进攻性。

朱绯彤逐渐放下心来。

在最后一丝红色眼影即将拭去时，他忽然开口。

“你还没回答我的问题。”

“什么？”

“那个八音盒，你想起来是我送的吗？”

朱绯彤帮他卸妆的手稍微顿了顿，但很快便恢复了镇定。

“哦，我想起来了，好像是的。”

她声音很淡然，就像是那个八音盒微不足道，就像是送八音盒的他微不足道，就像是他们的过去微不足道。

可明明，不是这么回事的。

蓝青定嘴角扬起了笑容。

“朱绯彤，”他叫了她的名字，“我累了。”

“哦，马上就卸好了。”朱绯彤以为蓝青定是在赶客，抓紧了手上的动作，将最后一丝彩妆卸好。

朱绯彤的手刚离开蓝青定的双眸，他却一把抓住了她的手腕。抓得并不紧，不会让她感到疼痛，却很牢。

朱绯彤心头猛然一跳。

此时，蓝青定睁开了双眸。那双眼，明明已经卸去了眼影，却回不到过去的模样。

“朱绯彤，我装累了。”他说。

他的掌心感受着她的脉搏在剧烈跳动着，和他的心跳一致。

“因为海川的营销团队中有你，我才会出现在会议上。

“因为怕你不记得我，所以才会在会议上质疑你，引起你的注意。

“我手机里的微信群只有一个，是高中群，因为总想着也许有天你会出现在里面。

“要你加入高中群，不过是借口，只是想你加我为好友。

“加完好友后，我翻遍了你的整个朋友圈，点赞的那条，是不小心碰到的。因为那一条，我看了很久。

“微信头像，用了八年，红蓝撞色，是你和我的姓氏。

“你住在这栋楼，是我故意安排的。

“天台花园里，我说‘不着急，我们一步一步来’，说的不是酒店，而是我们的关系。

“去厨房洗碗，只是为了跟你在一起。

“小高问我是不是你男朋友，我打断了你的辩解，因为我不想你否认我们的关系。

“去美食街那晚，我带了手机，也带了钱，可为了跟你在一起，我撒了谎。

“因为看见有人想找你搭讪，所以我站在了你身边。

“排队时，我故意离你很远，引起其他人的不满。因为你总是抗拒我的靠近，我要你亲口说出你不会躲。

“我当年不说自己对海鲜过敏，只是怕同学会因为我没办法参加篮球赛而责怪你。

“我并不怕疼，但是为了握住你的手，我在医院撒谎了。

“‘我只是，想再试一次，也许这次可以呢’，我说的并不是海鲜，而是我想追你这件事。

“海滩上，我说‘只要重要的东西没变，那就行了’，我说的，是喜欢你这件事。

“车上，我说‘并不是每件事都做到了’，我指的是想让你喜欢我这件事。

“徐小科问我是不是单身，我叫了你的名字，是因为这件事，只有你能管。

“修电脑那次，其实我是两天后才能回来，但我不想让别的男人帮你，所以熬夜处理完事情，赶回来了。

“那天在小路上，我问你：‘如果放不下，应该怎么办？’我说的不是和孔情之间的事。我说的是我们之间的事，这么多年，我还是没放下你，应该怎么办？

“去宠物医院的路上，我是故意逗你叫我 Honey。

“我之所以摸仓鼠，是因为它很像你。

“我故意调电视，是因为我不想让你看其他的男人。

“鸡丝凉面是我看你吃不下，便拿过来吃的，我不要你做不喜欢的事。

“拼图是我故意买的，因为那一晚，我想陪着你。

“在家具城试床时，我是故意靠你那么近。

“‘以前不喜欢也没关系，以后可以慢慢喜欢’，我说的，不是床，而是我。

“朱绯彤，我不装了。”

他直直地看着她。

蓝青定的双眸，明明已经卸了妆，却比任何时候都要浓烈。

“我对你，就是蓄谋已久。”

蓝青定不想装了。

他八年来最大的梦魇与恐惧，就是朱绯彤对他的厌恶。

所以他才会那么小心翼翼，一点一点，艰难地向她靠近。

她从最开始叫他蓝总，到现在肯称呼他为小蓝。

她从最开始害怕他的碰触，到现在肯让他握住自己的手臂。

她从最开始只会微笑拒绝，到现在肯对他吐露往事。

他跋山涉水，仆仆风尘，终于靠近了她。

这一路，走得那么难。

终于，在他受伤时她会惊慌失措，在他靠近时她会脸颊绯红。在深夜，她会一遍遍聆听他送的八音盒音乐。

蓝青定不确定朱绯彤是否有那么一点儿喜欢自己，但他至少能确定，她并不厌恶自己。

那就够了，那就足够支撑他继续向她靠近。

此刻的朱绯彤，仿佛沉溺于海水之中，神志缓慢而迟钝。

她像是听懂了，又像是什么都没听懂。她喉咙很干，努力吞咽着，却还是干。

“蓝青定，我也累了。”她喃喃道，“我要回去了。”

朱绯彤本来是坐在茶几上，此刻，她想要站起，但蓝青定抢先一步从沙发上起身，双手撑在她身子两侧。

他陡然倾来，她躲闪不及，两人的唇仿佛就差分毫就要碰触。

朱绯彤浑身紧绷到极致，以至于肌肉在微微颤抖。蓝青定微弯着腰，双眸与她平视。

他们靠得那样近，气息相融，呼吸纠缠。

她被他困在双掌之间，同样没有任何身体碰触，但她身上的每一寸肌肤骨骼，都可以感受到他的存在。

化妆棉擦拭过他的眼角，让冷白的皮肤上氤着淡红。那红像是滴入他的瞳眸里，黑与红，混杂着，是浓烈至深的颜色。

“不要逃。”他说，“不要在我每次看见一点儿希望的时候，又逃走。”

蓝青定曾经是看见过希望的。

在高三的那年。

朱绯彤生日后不久，学校在顶楼的阶梯教室召开高考誓师大会，高三全体学生都要参加。

蓝青定到达阶梯教室时，发现朱绯彤和徐小科他们坐在最后一排。徐小科看见他，忙挥手招呼。徐小科的右手边坐着朱绯彤，他给蓝青定留了左手边靠过道的空位。

蓝青定在那个位置坐下，他将头枕在双臂上，开始睡觉。

他与朱绯彤之间，隔着徐小科。

徐小科是个话痨，不断地找朱绯彤说着话。朱绯彤是好脾气，即使再不感兴趣的话题，她也会时不时给予回应，让徐小科不觉得冷场。她的声音，隐隐约约传来，像是绒毛抚在心上，痒痒的。

蓝青定忽然抬起头，对徐小科道：“跟我换个位置。”

“啊，为什么？”徐小科摸摸头，难道那个位置风水不好？

“靠边太明显，我怕等会儿睡觉被教导主任看见。”蓝青定道。

这个理由非常合理，合理到徐小科无法拒绝。

蓝青定如愿以偿，坐到了朱绯彤旁边，重新趴在桌上开始睡觉。

他并没有想要趁机跟朱绯彤说话的想法，他只是想坐在她身边，只要靠近她就好。

阶梯教室前方，校长开始发言，就在蓝青定迷迷糊糊即将进入梦乡时，忽然朱绯彤的声音在他耳边响起：“蓝青定，你生日是哪天？”

她靠他很近，以至于她的呼吸扑在了他耳朵上，温热，湿痒。

他瞬间清醒，头枕着双臂，朝右偏转，看见了近在咫尺的朱绯彤。

此刻的她双手也趴在桌上，偏头枕着双臂，黑白分明的眼睛清澈湿润。

蓝青定知道，朱绯彤并不是故意的，她是担心被老师发现说话，所以才会靠他这么近。

他明明知道，可开口时，嗓音却还是忍不住有些沙哑：“5 月 2 号。”

“5 月 2 号。”她点点头，重复着，像是要将这个日子刻入脑海，“5 月 2 号。”

她没再说什么，但他却懂了。她是想，在那天，送他礼物。他们之间，有了一个无声的约定。

蓝青定还想要更多的约定，低声问：“朱绯彤，你想考什么学校？”

“中宁大学的旅游管理专业。”朱绯彤回答时，眼里有光。

中宁大学是重点本科大学，既是 985 院校，也是 211 院校。该校的旅游管理专业是国家重点学科，教学与科研力量雄厚。

在宁城，一个会下雪的城市。

蓝青定没有说什么，却将这个学校记在了脑海里。

“你呢？”朱绯彤问。

“也是中宁大学。”蓝青定道，“因为那里有雪。”

还因为，那里会有他喜欢的姑娘。

朱绯彤笑了，她笑的时候，双眼像是月牙，她就是他的月亮。

也许她没能理解他是为她而去，但至少，她听见两人即将要念同一所大学时，是高兴的。

两个约定，就这么达成了。

怕老师发现他们在说话，朱绯彤直起了身子，靠在了椅背上，蓝青定也直起了身子。

阶梯教室的座椅是折叠可翻板式，两个座位间的扶手是公用的。

他右手屈肘，放置于扶手上，手握成拳，懒懒地撑住头。这个姿势，让他们的头靠得很近。

是他倾向她的姿势。

他们没有任何的身体接触，但气氛陡然不同。在靠近的瞬间，他似乎听见了她深深地呼吸了一声。

他姿态看似散漫，但掌心里有汗。是紧张，是忐忑，是惶恐。

他怕她躲开。

在蓝青定心弦被拉紧的同时，他眼角瞥见了朱绯彤的手。也是紧握着，白润如玉的手，同样是紧张，是忐忑，是惶恐。

可她没有避开。

他们就这样，保持靠近的姿势，听完了那场高考誓师大会。

那场会议上，月亮朝着蓝青定洒了一些光辉，从此，他决定追着那光辉而去。

八年后，蓝青定的月亮坐在他面前，想要逃。

可他放不开手，他看着她微微颤抖。

此刻的朱绯彤在颤抖，她的面前是步步紧逼的蓝青定，她只能尽量后仰，用尽全力，肌肉收紧，不由自主地颤抖。

他逼到竭尽全力，她退到了无路可退。到最后，朱绯彤绝望了，她知道自己没有任何退路，只能面对。

她开口，第一个音有点抖："蓝青定，我们不可能的。高中的时候，我还小，没跟你说清楚。我是独身主义者，我这辈子都不会结婚，也不会喜欢上任何人，我不想耽误你。"

"原因。"蓝青定的脸上没有任何波澜起伏，"你是独身主义者的原因是什么？"

"没有原因。"朱绯彤声音干涸。

"原因。"他固执地问着。

"别这样。"她偏转过头。

蓝青定却单手扶住她的后脑勺，让她重新看向自己。他的掌心温柔，却固执。

"原因。"他再次问。

夜色弥漫，空气黏稠得像是要堵住她的所有感官，她感觉自己的理智在蓝青定的视线压迫下即将要溃堤。

就在这时，急促的敲门声响起。那声音裹挟着现实涌入，冲刷去他们之间的混乱。

蓝青定闭上双眼，深吸口气，再睁开时，里面已是忍耐后的清明。他放开了朱绯彤，走去打开了门。

门外是黄助功焦急的脸："蓝先生，总统套房的客人，万晟集团的袁小姐情绪很不稳定，将自己锁在房间，似乎出事了，您快去看下吧。"

袁瑾没有参加发布会，她中途便返回，赶走了两个生活助理，将门反锁，并且放话要求她们必须马上叫来蓝海天与自己见面，否则会让他后悔。

蓝海天在发布会后便赶去了机场去广城出差，现在正在飞机上，根本无法联系到。

毕竟是万晟集团千金，关注度高，也不能大肆宣扬引起别人注意，酒店值班人员不敢妄动。无奈之下，黄助功只能冒着打扰总裁好事的危险，去敲了蓝青定的门。

黄助功对自己的这一举动表示非常后悔，因为在赶去总统套房的路上，他发现朱绯彤与蓝青定之间气氛很不对劲。两个人之间没有说一句话，甚至没对上一个眼神。

难道说，自己的敲门声影响了总裁的发挥？

那他简直是罪该万死，黄助功哭唧唧。

他们赶到时，发现总统套房门口站着袁瑾的两名生活助理、几名酒店值班人员，另外，还有孔情。

趁着蓝青定上前敲门询问时，朱绯彤将孔情拉到一旁，悄声询问：“到底怎么回事？”

“我哪知道？她吵架没吵过我，马上就开始摔东西，然后把我们赶出来，在里面要死要活的。”孔情满脸烦躁。

自己和蓝青定的事还没弄清楚，这边孔情跟蓝海天之间更混乱。

朱绯彤觉得脑袋疼得快要裂开，只能低声道：“外面都说，袁瑾和蓝先生马上要订婚，那你们……”

“他没有。”孔情眼神坚定，“他不是那样的人。”

闻言，朱绯彤也不好再说什么，毕竟她自己的感情也是一团糟。

见袁瑾始终没有回应，预感到事情不妙，蓝青定从值班人员手中拿到了酒店的总卡，将门打开。

众人冲入总统套房内，分散开来，在偌大的套房内四处寻找袁瑾。

因为朱绯彤上次来时，是进的浴室，这次也直接下意识朝着浴室走去。但越靠近，她越能清晰嗅到空气中那股淡淡的腥咸气息。

那味道，带着陈旧的记忆，朝着她袭来。瞬间，她浑身僵直。

每靠近浴室一步，朱绯彤感觉自己的身子都在逐渐缩小。而当她推开浴室门的刹那，她发现自己已经回到了幼年时。

浴室里，有女人躺在放满温水的浴缸内，她闭目，面色惨白。浴缸的水龙头没有关闭，水从浴缸边缘流出，落在地板上。

那水并不纯净，染了红色。

那红，艳得刺目，朱绯彤的双眸里，漫天漫地全是红色。

挣脱不开的红色。

此时，袁瑾的生活助理也跟着来到浴室，在看见浴室内的情况时，她发出了惊惧的尖叫。

所有人闻声赶来，套房内陷入混乱，有人在叫救护车，有人将袁瑾从浴缸内抱起，有人在拿毛巾包裹住袁瑾的手臂。

朱绯彤却站立在原地，如泥塑木雕般，毫无声息。她什么也看不见，什么也听不见，只觉得浓稠的红色，朝着她涌来。

浴室中，孔情用毛巾裹住了袁瑾受伤的手腕，转过头来时，发现了朱绯彤的异样，顿时心头一紧，暗暗低咒一声。

她忙让酒店工作人员按住袁瑾的手腕，随即跑到朱绯彤面前，用力推着朱绯彤："你出去，快出去，别看！"

但此刻的朱绯彤浑身僵硬，脚下如同生了根，孔情根本撼动不了她分毫。

蓝青定意识到不对劲，也赶到她们身边："怎么回事？"

孔情的手上染有袁瑾的血，那血又覆在朱绯彤的眼睑四周。朱绯彤睁着眼，黑而圆的杏眼里没有任何生机，如同魔怔了般。像是某种受伤的幼兽，让人心脏隐约生疼。

饶是孔情，见到朱绯彤的模样也慌了，只得求助蓝青定："这里有我们，你带她出去，她不能再看见这种场面！快啊！"

蓝青定握住朱绯彤的手，想要将她拉出总统套房。可很奇怪，她明明是那样娇小，可此时无论如何，都是纹丝不动。像是变为石像，被永远困在噩梦中。

蓝青定的心里也生出了恐慌，他一手揽过朱绯彤的双肩，一手握住她的膝盖后弯，将她公主抱抱起，大跨步走出了总统套房。他走得那样急，像是要带着她奔出恶龙的巢穴。

朱绯彤的脸，蜷缩在蓝青定的怀里，她闭着眼，眼睑贴着他的心脏。薄薄的眼睑上，传来他有规律的心跳声。每一声，都是暖热与生机。

他们似乎走到了花园里，风吹动着狐尾椰，传来哗哗声响。他身上，有海盐的矿物香气混合着浮木香，是大海的味道。

“朱绯彤，我带你去医院。”蓝青定步履不停。

她伸手，环住了他的脖颈，两只手牢牢地环住他，像是终于找到了依偎之所。

“不，去海边。”她说，“蓝青定，我们去海边。”

她要去海边，她要告诉他答案。

朱绯彤记得，当她参加完爷爷寿宴那晚，她被朱家人送回了家。到了家里敲门无人回应，她便自己掏出脖子上的钥匙开了门。

朱绯彤在书桌前独自坐了很久，直到她听见了隐约的水声。似乎是从浴室那边传来的，难道妈妈在家？

她朝着浴室走去，可是越走，那奇特的腥咸气息越发浓重。她用小手打开了浴室的门，里面没有开灯，只有浓重的漆黑。她伸出右手，在熟悉的位置打开了开关，刺目的白色灯光让浴室的一切都无所遁形。

朱绯彤看见，浴缸里蓄满了温水，水龙头仍大开着，水流不断地从浴缸边缘流出，落在瓷砖上。那水，是红色的。而躺在水里的蔡颖，是苍白的。

当蔡敏接到电话赶到手术室门口时，她看见不满九岁的朱绯彤独自一人坐在等候椅上。她衣服被水沾湿，有斑斑血迹。

听救护人员说，是幼小的朱绯彤拨打了 120 急救电话，并用毛巾裹住了她妈妈的手。

朱绯彤没哭也没闹，只是安安静静地坐在手术室外等待着。那样小小的一个人儿，裹着好心的护士送来的浴巾，看上去更为弱小无助。

蔡敏在朱绯彤对面蹲下，直视着她。

幼小的朱绯彤有圆圆的脸颊，那双葡萄般的黑白分明的眼，湿润润的，里面却没有泪。

她说：“大姨，是不是我去见了爸爸，所以妈妈生气了？”

她说：“大姨，那我以后，都不去见爸爸了。”

她说：“大姨，我乖乖的，妈妈就不会离开我了对不对？”

蔡敏只觉喉间哽咽，抱住她，忍不住痛哭出声。

反倒是朱绯彤拍抚着她的背脊，像是在安慰。

那时的朱绯彤在想，不见爸爸也没有关系。因为这样，她就不会因为爸爸不来看自己而失望了。

因为发现及时，蔡颖最终被抢救过来，但之后家人却发现，她的情绪经常失控。

其实当朱文林离开后，蔡颖的精神状况就已经开始不对。

蔡颖从没有想过朱文林会抛弃自己。

她和朱文林是大学同学，朱文林追了她四年，最终她感动于他的痴情，在毕业后就与他结婚。婚后，她听从朱文林的话，放弃了事业，做了全职太太。

但那样炽烈的感情也在时间中冷却。

全职太太生活圈狭小，两人思想逐渐有了代沟，而朱文林性格中喜新厌旧的缺陷也逐渐暴露，两人感情慢慢变淡，而之后叶云静出现，彻底击垮了他们的婚姻。

蔡颖没有了婚姻，没有了事业，变得一无所有。而朱文林则迅速和叶云静结婚生女，开始了新的生活。蔡颖深受刺激，那天也不知怎么的，忽然绝望到极点，在朱绯彤回来前，便做了傻事。

最终，她被抢救回来，可整个人始终像是失了魂魄，变得恹恹的。再之后，她便患上乳腺癌，开始了漫长的治疗过程。

从那时起，朱绯彤学会了照顾自己，照顾病床上的蔡颖。

蔡颖在医院时，经常会看一幅油画。是朱文林当初追求她时，亲手绘制的画。画的是飞鸟与大海，碧蓝无垠的大海上，雪白的飞鸟展翅高飞。海与鸟的远方，是隐约的高山。

有时候，她可以看上一整天。

蔡颖是在朱绯彤十五岁那年去世的。

人走之前，会有回光返照的时刻。那天下午，蔡颖特意让朱绯彤坐在自己身边，帮她梳着头发。其实蔡颖已经很久没帮朱绯彤绑马尾了，她枯瘦的手，因为不熟练，而拉扯着朱绯彤的发根。

朱绯彤感觉到刺痛，但她没有叫出声，她不愿意打扰这为数不多的母女温馨时光。

梳理完后，蔡颖握住了朱绯彤的手，她用最温柔的语气跟朱绯彤说着话。就像是很久很久以前，蔡颖为朱绯彤讲着睡前故事。故事里说，王子战胜了恶龙，营救了公主，最终他们幸福地生活在一起。

但这次，蔡颖说的却是另一个故事。她说：“绯彤，你是飞鸟，爱就是海。海水会随时变化流动，飞鸟追不上，无处可栖，只会淹死。”

蔡颖的另一只手，抚上了朱绯彤的脸颊，她的手，滚烫又冰冷，如同她的声音：“所以这辈子就一个人活吧，不要去爱人，不要让我在另一个世界担心你。”

当晚，蔡颖去了另一个世界。

朦胧月色下，伴随着远处的海浪声，朱绯彤给蓝青定讲完了自己的故事。

“从那个时候起，我就不喜欢会变化的东西。”她说，“我再也不喜欢大海。”

蓝青定想起了一件事。

他们坐海上摩托艇前，朱绯彤站在沙滩通道上，身着一条法式白色蕾丝连衣裙，海风猎猎，白色衣裙鼓动。

她就是一只飞鸟。

蓝青定还想起了另一件事。

那次朱绯彤醉酒后，他在停车场问她：“如果我那么好，那你，可不可以喜欢下我？”

月光下，躺在他背上的朱绯彤落了一滴泪，泪水从他的右肩头淌下，滑到了他心脏上。

她喃喃道：“可是，你是海。”

她是飞鸟，他是海，飞鸟渡不过海。

原来，她一早就放弃了海。

夜色浓稠，海边凉意渐深，朱绯彤的情绪已经恢复了镇定。

“蓝青定，谢谢你为我做的一切，但我们不可能的。不是针对你，是我跟任何人都不可能。”朱绯彤的声音里透着疲倦。

蓝青定忽然问道：“不喜欢海，那你喜欢什么？”

朱绯彤抬头，海的尽头，有模糊的远山。

她轻声道：“山吧，山没有生命，永远不会变。”

山永远停在那里，飞鸟可栖。

他们俩是坐在海滩上的，朱绯彤说完之后，便站起身来。坐得久了，她双腿有些酸麻，站起来时竟一个趔趄。

蓝青定及时扶住了朱绯彤的双肩，因为平时两人之间已有很深的默契，对这类自然的接触，朱绯彤的身体一时竟没有觉察出不对。

直到，蓝青定比平时更近了一步。

“山是有生命的，也会移动，只是动得很慢。”

他扶着她的双肩，微垂首，在她头顶烙下一个吻。

“朱绯彤，我可以为你，化海成山。”

朱绯彤原本以为，发生了这么多的事，她会彻夜不眠。

可身体的逃避机制却开启，她回到宿舍，挨着枕头，便陷入了黑甜梦乡。

隔天准时起床工作，逼迫着自己将所有的精力都放在工作上，不再去想昨晚发生的事。

不再去想蓝青定。

每日例会上，李子露通报了昨晚总统套房发生的特殊事件。幸好袁瑾经过救治，已无大碍。李子露要求众人保密，绝不能泄露客人隐私。

例会完毕后，八卦王者姚雨倩又开始了八卦活动：“听说那个袁瑾是因为被咱们大大老板始乱终弃，所以一冲动才做傻事。”

戚果林忙赶来“吃瓜”前线凑热闹：“真的假的？咱们大大老板看起来不像是渣男啊。”

姚雨倩摊手：“我听说袁瑾之前就在自己圈子里暗示，说会和咱们大大老板结婚，只是大大老板好像从没回应过这个问题。不过那个袁瑾是万晟集团的独生女，据说很受宠，被娇养惯了，所以受不得挫折吧。”

戚果林咂舌：“万晟集团和兰特集团也算是实力相当，不会因为这个打起来吧？可别殃及咱们这些池鱼。”

这八卦听得朱绯彤心里颇不是滋味，因为孔情，她也不好参与讨论，便去大厅查看工作。

结果在酒店大厅门口，朱绯彤看见了正在办理退房手续的龚子维和龚文娟。

龚文娟看见朱绯彤，马上飞扑过来，眼里有兴奋的光：“姐姐，我爸爸说，要带我去看妈妈！”

“真的吗？”朱绯彤也觉得意外。

龚文娟忙点头：“昨天我半夜醒来，发现爸爸在看妈妈唱歌的视频，唱的就是我在台上唱的那首，他一直看了好多遍，然后今早我醒来，他就说要带我去看妈妈。”

此时，龚子维也办理好了退房手续，朱绯彤送两人到达酒店门口。

离开时，龚文娟拉着朱绯彤的手，依依不舍道：“姐姐，你要记得我，我下次还会来的。”

说完，龚文娟在她脸颊上重重亲了一口。

“好，姐姐等你。”朱绯彤笑着跟小女孩做了约定。

自始至终，龚子维都不发一言。车来了，酒店工作人员上前帮忙开门。龚子维在上车前，忽然停下。

朱绯彤心头一紧，以为霸总又要提出什么批评意见。

谁知，龚子维转过身来，看着朱绯彤，郑重而诚恳地说道：“朱绯彤小姐，谢谢你。”

朱绯彤从没想过，会从向来高冷严肃的龚子维口中得到这样的道谢，一时愣住。

说完后，龚家父女上了车，逐渐远去。

朱绯彤目送着那辆车，心里忽然生出股暖意。原来认同感，就是最大的快乐。

发布会结束，有不少宾客都准备今天离店，客房部整天都处于忙碌状态。

忙完后，朱绯彤从酒店外的酸辣粉店打包了份外卖，准备回宿舍吃。

在经过二楼时，她小心翼翼，生怕惊动了里面的蓝青定。

朱绯彤决定，这段时间都避着蓝青定。

只要她不去想，事情就不会存在。

朱绯彤发誓自己连呼吸都憋着了，可在她刚迈上二楼时，蓝青定却像是有透视眼似的，打开了门。

“回来了？刚好外卖也到了，进来吃吧。”蓝青定道。

他神色非常自然，自然到让朱绯彤怀疑昨夜的告白，昨夜的发顶吻都是自己臆想出来的。

“不用了，我买了……”

朱绯彤拒绝的话还没说完，蓝青定却朝着她走来，非常自然地取走了她手中的酸辣粉打包盒。

“正好，多加个菜。”蓝青定拿着打包盒重新往宿舍走。

当下，朱绯彤只有一个念头。

她想报警，喂，110 吗，她的外卖在楼道被抢了！

关键时刻，朱绯彤决定抛弃酸辣粉，直接上楼。还是那句话，只要她不去想，事情就不存在。

可刚要迈步，蓝青定再次非常自然地道：“是要去你宿舍吃吗？好，我把菜拿上来。”

到这时，朱绯彤意识到，今天要是不吃这顿饭，她是走不成了。

算了，也算散伙饭，正好跟蓝青定把话彻底说清楚。于是，朱绯彤跟着蓝青定走进了他宿舍里。

桌上摆着色泽鲜艳的石锅拌饭，酸辣开胃的泡菜汤，软糯浓郁的芝士年糕，金黄酥脆的无骨炸鸡。

全是朱绯彤喜欢吃的，但今天的她，却觉得胃被顶住，吃不太下。

蓝青定打开了电视，闲闲问道：“今天忙吗？”

“还行。”

“看这个节目吗？”

“可以。”

整个吃饭过程，和过去没什么两样，非常自然。

朱绯彤已经很习惯跟蓝青定一起吃饭，所以身体也是放松的，只是偶尔清醒的神志在提醒自己，这不太对劲。

但此时的她，已经是温水里的青蛙，明明知道底下是火，可气氛很舒适温馨，她只想在温水里多泡一会儿。

所以朱绯彤决定，吃完饭后，再跟蓝青定把话说清楚。

整个吃饭过程里，蓝青定全程就看着电视，时不时低头吃着菜，完全就把朱绯彤当成人形约饭搭档。

朱绯彤脑子开始逐渐浸入了温水，暖和晕乎。她想，也许蓝青定也后悔昨天的告白了吧。也是，谈恋爱哪里能有做朋友舒服呢？

他今天约饭，是想用这种方式，来表达他的后悔吧。只要他们不提，昨晚的事就不存在。

想到这里，朱绯彤打消了跟蓝青定摊牌的念头。他们还是好朋友，有些事就忘记，免得彼此尴尬。

既然是好朋友，那吃完饭就该上楼睡觉。朱绯彤帮着蓝青定把餐桌收拾好，便起身告辞：“我先回去了。”

“好。”蓝青定擦拭着餐桌，眼都没抬。

朱绯彤大松口气，走出了蓝青定的宿舍，但刚走到门口时，蓝青定像想起什么，叫住她：“能帮我丢下垃圾吗？”

“好啊。”朱绯彤转过身。

外卖盒子比较多，蓝青定装了两大袋递给朱绯彤。

朱绯彤接过，左右手各拿一袋。

蓝青定非常客气，对她说：“谢谢。”

随后，非常客气的蓝青定又非常自然地垂首在她额头上吻了下。

然后，他关上了门。

朱绯彤两手分别提着一袋垃圾，站在蓝青定紧闭的宿舍门前，整个人呈现僵硬状态。

昨晚的那个发顶吻，隔着发丝，她感受得并不清晰。但今天的额头吻，毫无遮拦，印刻在她光洁的额头上。他的唇，温热，柔软，干净。

其实那个吻，停留的时间非常短暂，可那触感却始终留在朱绯彤的额头。被吻的地方，越缩越紧，紧到最后，满目绚烂，炸裂开来。

朱绯彤觉得自己的脑子又炸了一番。

原来，他们不说，事情也不会过去。

朱绯彤受不了了，她连垃圾都来不及放，直接举着垃圾袋用力敲门。不行，今天必须跟蓝青定把话说清楚。

门打开，蓝青定站在她面前。他逆着光，眉目俊朗，气质清冷，双眸平静无波。

仿佛刚才什么事都没发生过，仿佛刚才吻她的，是另一个人。

“蓝青定，你刚才……”朱绯彤觉得很难说出口，但还是硬撑着将这话说了出来，“刚才是什么意思？”

“表达谢意的意思。”蓝青定的语气非常自然。

她信他个鬼！

有这么表达谢意的？丢个垃圾就吻，那要是她帮忙打扫屋子，是不是要献身？

朱绯彤虽然内心波涛滚滚，可蓝青定此刻的淡定却压制住了两人间的气氛，让她没办法发作，只能艰难道：“你以后别这样了，这样……不好。”

逆光里，蓝青定那刚吻过她的唇，有一点儿向上的弧度：“是吗？我觉得挺好的。”

他语气柔和，却说着这种近乎耍赖的话，让人就算是想生气，也没有着力点。

朱绯彤只能狠心，决定将话再次挑明：“蓝青定，昨晚我已经把话说得很清楚了，我们不可能的，你不要再在我身上浪费时间了。其实你也不是真的就非我不可，就是人的劣根性，觉得求而不得，所以才会这么执着。其实得到了，便觉得就那么回事，没什么了不起。”

“求而不得？”蓝青定垂下眼眸，咀嚼着这四个字，似乎在认真思索着她的话。

朱绯彤感觉到自己的这番话有效果，正准备松口气。

但蓝青定再次抬眸，眼里洒满温柔的光：“那要不，让我得一得？这样你就知道自己错了，毕竟我得了，也会死赖着不走。”

他保持着那种商议的语气，没有丝毫霸道专制，柔和无害，让人无法动气。

不行，对话越来越偏。

朱绯彤赶紧打住：“蓝青定，我只当你是普通朋友。”

“哦，我当你是未来女朋友。”蓝青定微笑。

“不可以！”朱绯彤急了。

“你是我女朋友吗？”蓝青定问。

“当然不是！”朱绯彤觉得自己脑子都要晕了。

“哦。”蓝青定还是那种温柔得一塌糊涂的语气，“那你怎么能管我的想法呢？”

意思是，她如果不是他女朋友，就不能管他是不是有把她当未来女朋友的想法。如果她要阻止他把自己当未来女朋友的想法，就得先当他女朋友。

朱绯彤发现自己陷入了逻辑死循环里了。

蓝青定伸手，揉了揉朱绯彤的头发：“乖，倒垃圾去。”

然后，他再次关上了门，结束了这场荒谬的辩论。

门外，朱绯彤提着两大袋垃圾，顶着一颗被炸过的脑袋，站了很久，很久。

当晚，朱绯彤的睡眠质量非常糟糕。

她梦见自己变成了青蛙公主，跳进水井里帮王子找金球，谁知刚要上岸时，却发现那井压根就是一口大锅，锅底熊熊烧着火。那水越来越热，一点点把油绿油油的自己给煮得红彤彤的。

隔天醒来时，朱绯彤发现自己眼下有两个深深的黑眼圈，简直惨不忍睹。

“社畜”朱绯彤顶着黑眼圈准备去开每日例会，CX 品牌方却带着律师来兴师问罪了。

李子露和朱绯彤在会议室接待几人，希望他们能看在发布会最终圆满进行的前提下，不至于撕破脸。

可看样子，CX 品牌方并不打算让这事轻易揭过。

华敬想起发布会那晚自己被吓破的胆子，对兰特度假酒店仍旧心怀不满：“虽说你们在发布会上进行了补救措施，可如果不是因为你们的疏忽，导致嘉宾食物过敏，以及管理不严，放入闲杂人等拉下电闸，也不会出现这么危急的情况！”

见 CX 品牌方态度强硬，毕竟有白纸黑字的合约在前，李子露也不禁为难。

朱绯彤赔笑缓声道：“拉电闸的嫌疑人还没找到，现在就谈赔偿，未免为时过早。您看能不能再多给我们酒店几天时间，我们会尽快将嫌疑人找出，到时必定给贵品牌方一个满意的答复。”

此时，刚才始终在一旁不发一言喝着茶水的陈峰忽然笑了出来：“其实我也知道贵酒店已经尽了全力，但毕竟是因为你们的工作疏忽给我们品牌方造成了损失。就算是最后找到了嫌疑人，对这件事也于事无补。所以，大家还是按照白纸黑字走程序吧。毕竟要是真打起了官司，引发舆论，会对贵酒店造成不利的影响。”

陈峰向来都是老好人的姿态，可这次的话却是绵中藏刀。

朱绯彤攥紧了手，抬眸望向他，意味深长地道：“陈经理，如果最后我们查出，是贵品牌方内部人员做的，那应该如何是好呢？”

闻言，陈峰眼波微动，而华敬则蹙紧眉头，立即问道：“什么意思？你们是在说谁？我们 CX 内部出了奸细？”

陈峰深吸口气，再次露出微笑，只是这次，眼里有了厉色：“我提醒朱小姐一句，如果没有证据，胡乱污蔑，那可是诽谤。”

朱绯彤如鲠在喉，陈峰的话戳中了她的软肋，她确实是有所怀疑，却缺少证据。

那天，她在宴会厅外叫住蓝海天，将心中的怀疑告知了他。蓝海天答应立即派人查找收集证据，可饶是他能力再强，也需要时间。

陈峰自然是看出朱绯彤现在并没有证据，当即松懈下来，将背靠在椅子上，语气之中，不免有些阴阳怪气：“当然，我也明白，你们酒店为了推卸责任，自然会胡乱栽赃。只是这饭可以乱吃，但话不能乱说，否则，可是要负法律责任的。”

这番话明显就是威胁，朱绯彤咬住下唇，深觉恼怒，却又无可奈何。

正当她无比憋屈之际，忽然会议室门口传来了一道清冽的声音：“是吗？那陈峰先生你接受塞安方的巨额贿赂，迷晕我们的工作人员，拉下宴会厅电闸，导致发布会中断，又该负什么法律责任呢？”

闻言，众人皆是大惊，抬眸望去，只见蓝青定迈步走人。

今天的蓝青定身着烟灰色西装，敛去了少年气，整个人显得严谨而沉稳。

紧随其后的黄助功将手中的几份资料递给了 CX 品牌方人员。

华敬是个急性子，快速打开阅读，当看清里面的信息后，顿时将桌子重重一拍，指着陈峰道：“好啊，原来真是你！你个吃里爬外的东西，你差点把我们害死！”

而陈峰看见那些资料，更是面色苍白，抖如筛糠。

里面的资料，都是他与塞安方的金钱往来证据。他明明做得那样隐蔽，并且还将妻女和资产都安置在了国外，可没想到，仍旧被他们查了出来。

“我们也收集到了吴替盛的证词，他回忆当时的晚餐，是你递给他的。而我们也查询到，你在发布会前，曾在自动贩卖机上购买过坚果零食。可以确定，是你趁着递出餐盒时，将坚果放入了吴替盛的晚餐里，导致他出现过敏症状。”

蓝青定的声音，清冷、条理清晰，每说出一个字，陈峰的脸就更白一分，到最后，已成灰败。

陈峰明白，自己已经没有退路了。他确实是为了金钱，收取了塞安方的贿赂，同意帮忙搅乱发布会。只是他始终弄不懂，自己明明那样谨慎，究竟是哪里出了纰漏，会惹人怀疑？

他不懂，但朱绯彤懂。凡是做过，必留痕迹。

拉电闸的神秘人能熟练找到配电房，并且避开监控，那人必定非常熟悉酒店。要么，就是酒店的管理人员，要么，就是 CX 品牌方的人。

发布会后台，当华敬对着他们兴师问罪时，朱绯彤脑海里闪过几个片段：

李子露领着陈峰查看酒店配电房，陈峰专心致志地听着。

向璇子撒娇再要几十万的钻戒时，陈峰毫不犹豫一口答应。

经纪人说，吴替盛坚果过敏的事，主办方知晓。

戚果林哭唧唧地说：“唉，可惜那个老好人陈峰不在，要不然也可以帮忙劝说下。”

泳池边，向璇子低声咒道：“你也就剩今天得意了。”

电光石火间，朱绯彤将所有的事联系起来，发现了端倪。

要提供妻女在国外的生活费，又要送向璇子昂贵的礼物，陈峰的年薪似乎并不足以支撑。配电房出事时，陈峰恰好就不在宴会厅现场。向璇子的那番话，很可能是知道些什么内情。

唯一的可能便是，陈峰收了巨额贿赂，成为塞安的内应，亲自动手在吴替盛的饭菜中投放了坚果，又去拉断了宴会厅的电闸。这事，向璇子应该也知晓，所以才会说出那番低咒般的威胁。

朱绯彤将自己的怀疑全部告诉了蓝海天，最终，经过紧急调查，他们获得了证据。

因为涉及商业内部机密，蓝青定最终决定将陈峰交给 CX 品牌方自己处理。

华敬此时已转变了态度，对蓝青定是千恩万谢，并且表示今后与兰特度假酒店将会有更多的合作机会。

朱绯彤一心想避开蓝青定，趁着他和品牌方商谈后续合作时，便悄悄退出了会议室。

刚到楼下，便看见向璇子灰头土脸地抱着 Honey 离开酒店。

八卦王者姚雨倩只会迟到，不会缺席，立马跑来进行实况详解："你听说了吗？CX 知道了向璇子和陈峰的事，当即表示今后任何活动都不会再邀请向璇子参加，并且还可能对她提起诉讼，向璇子这下事业全完了。不过活该，谁让她之前那么嚣张的……对了，吴替盛还要赶通告，已经退房，值班人员已经清洁完别墅了，你负责去检查吧。"

朱绯彤对向璇子的下场不感兴趣，接到任务立马赶去工作。

工作使她快乐。

朱绯彤在海云间泳池别墅里仔细检查着，确保每处都毫无遗漏。

最后，她来到泳池庭院查看。

泳池内的水，倒映着澄碧天空，格外空净。

朱绯彤正站在泳池边认真填写着检查记录，忽然觉得身后似乎有一道视线注视着自己。她下意识地转头，看见了蓝青定。

耀眼阳光下，他一身烟灰色西装，安静站立，清俊雅致，矜贵自持。他就那样站着，不知看了她多久。

朱绯彤一时呆住，恍惚光影中，蓝青定迈步，朝着她走来，于她面前站定。

蓝青定高出朱绯彤不少，此时他微垂首，整个人靠得她很近，那内双淡薄的眼眸，依旧半垂着，眼里的慵懒却像是有了目标，显出了生命力。

他靠得太近，以至于朱绯彤忍不住心慌，忙后退一步，脚踏上了泳池边缘。

蓝青定握住她的手，轻声嘱咐道："小心掉下去。"

朱绯彤平衡能力并不算强，之前相处过程中，蓝青定经常扶住她，朱绯彤的身体已经习惯。

但这一次，蓝青定不是握住她的手腕，而是握住了她的手。

他的五指与她的五指紧扣，是亲密的，情侣间的姿势。朱绯彤只觉得那手像是被烙铁烫上，下意识地便想挣脱，由于用力过猛，整个人因为惯性竟然朝着后方仰去，直直跌入泳池内。

朱绯彤并不会游泳，跌入时没闭住气，免不了呛了水，只觉得口鼻喉咙辣而刺痛。

幸而在关键时刻，一个人环住她的腰，将她抱起。

是蓝青定。

朱绯彤本能地牢牢抓住了他，双手环住他的脖颈。

等窒息的恐慌散去，她睁开眼，这才发现两人贴合得很近。泳池的水被打破了平静，波光粼粼，折射出耀目金光。他冷白的皮肤，覆着水，显得更为洁净。

这天阳光很好，他呼吸很热，眼神很深。

蓝青定的唇，一点点朝着她靠近，近在咫尺，有坚定，也有担忧。

坚定的是他的心意，担忧的是她的逃离。

而就在他靠近的刹那，她偏转了头。

"有点冷。"她说，"上去吧。"

两个落汤鸡爬上了岸，各自去楼上楼下的洗手间换洗。

朱绯彤穿着白色浴衣，站在二楼的主卧洗手间内，看着镜中的自己。

她头发湿漉漉的，往下淌着水，可她似乎没心思去擦拭，任由那水滴在了地板上，碎在她脚背上。

朱绯彤满脑子想的都是刚才泳池内的事，好像就差那么一点，就酿成大错。

以前的蓝青定，是个温柔的绅士；那现在的蓝青定，简直就是个温柔的土匪。

她一时有些拿捏不住。

正失神着，忽然镜子里出现了蓝青定的身影。他也穿着白色浴衣，头发刚吹干，热风之下，发丝柔软，有种毛绒感。

“不怕感冒？”说着，他便拿了条浴巾，放在朱绯彤头上，帮她擦拭着。

朱绯彤下意识又退后一步，面对着蓝青定。白色浴巾从他的手上滑落，披在她的湿发上。

“蓝青定，我以前是什么答案，现在还是什么答案。”朱绯彤觉得再这么躲下去，似乎不是办法，“我不会变的，你不要浪费时间了。”

她的答案就是拒绝，长痛不如短痛，这样对双方都好。

当初那个少年，在听见她的拒绝后，眼里的光芒熄灭，变为暗淡。

而现在的男人，在听见她的拒绝后，眼里没有茂盛光芒，只有渺渺荧光。

并不刺目，却温和，恒久。

他重新握住白色浴巾的两头，浴巾从她的头部，滑落至她的后腰。随即，他猛然将浴巾一收，她顺势被拉向他，两人身体贴合。

朱绯彤抬起眼，她的身体撞入他怀里，她的神志撞入他眸内。

“可是我现在没有问你要答案。”蓝青定缓声道，“你只需要，站在原地，等着我靠近。”

等着山，向你移动。

说完，蓝青定将那浴巾重新披回朱绯彤头上，帮她擦拭着湿润的发。

“徐小科晚上约我们去吃饭，丁敏也会去。”

她垂着头，她的头发很多，他看不清她的面容。

只看见，她微微点了个头。

✦

第十章

朱绯彤永远喜欢蓝青定

第二次来到徐家海鲜大排档，照旧是人间烟火气满溢。

只是朱绯彤心情有些复杂。当然，徐小科心情更复杂。

上次朱绯彤酒醉后，被怀着心思的蓝青定给背了回去。徐小科连着好几天都没睡好觉，总觉得自己仿佛是助纣为虐，罪恶滔天。

这次再聚首，徐小科细细观察两人的脸色，总觉得他们之间有那么一点儿意思，但又差那么一点意思。

徐小科怕说多错多，只能尽量不跟两人唠嗑。可他身边坐着的是丁敏，当年在学校便是出名的高冷学霸，现在长大了，照旧是问十句就哼一句。

纵横海城烧烤界的话痨徐老板，在这一晚，感受到了人生艰难。

这些年，朱绯彤其实是有丁敏微信的。丁敏向来是淡漠的性子，平时工作也忙，但家里亲戚小孩特别多，所以每隔一年半载，会转发个小孩才艺的投票比赛，让朱绯彤帮忙投票。

可丁敏要朱绯彤帮忙投的，都并非自家亲戚小孩的号码。

所以，她家亲戚小孩从没获胜过。

丁敏的原话是："要让他们感受下社会的残酷。"

小圆桌上摆了满满一大桌海鲜，还有另外一些专门为丁敏与蓝青定准备的素菜。

徐小科拿起酒，准备给丁敏倒。丁敏推了下自己的大黑框眼镜，高冷的光在上面一闪而过，如同冰刀。

徐小科被刺得浑身发颤，忙收回酒，给丁姑奶奶倒了一杯茶。

高冷学霸不敢惹，蓝青定也不喝酒，徐小科只能将目光对准好脾气的软柿子朱绯彤，给她倒了满满一玻璃杯啤酒："彤姐，你可不能再抛下我喝茶，咱们四个都多少年没见了，这么好的日子，可不能这么喝一杯茶就过了。"

话都说到这份儿上了，朱绯彤不喝简直不是人，没办法，只能仰着小脖子一饮而尽。

可喝完刚放下杯子，徐老板又立马给满上，还搬出了劝酒金句："还是咱们彤姐爽快，来，感情深，一口闷！"

朱绯彤看着那口感细腻，泡沫丰富的啤酒，觉得胃有点酸。上次自己喝多了，就是蓝青定给背回去的，这次要是再喝多，指不定会出什么事了。而且她和蓝青定现在这种关系，喝酒误事，还是保持清醒好。

可眼瞅着徐小科满脸期待如同蠢萌哈士奇的模样，朱绯彤又不忍拒绝。

正在为难着，面前那杯酒忽然就被一双骨节分明的手给拿走。

"我帮她喝。"是蓝青定的声音。

蓝青定的动作很快，在朱绯彤回过神来时，他便已经开始喝下。

朱绯彤看见，蓝青定仰着头，脖颈线条拉直，突出的喉结轻滚，洁净而强势的男性荷尔蒙气息再度袭来。

蓝青定拿的是朱绯彤的酒杯，她今天涂抹着豆沙色的唇膏，淡薄的唇印，染在酒杯边沿。他的唇，也不知是凑巧或者是有意，就覆盖在她的唇印上。

从某种程度上说，他们算是，间接接吻了。

这意思已非常明显，徐小科看着两人的眼里开始冒起了粉红色小泡。

而丁敏的大黑框镜片上，再次闪过一道意味深长的光。

徐小科虽然心头激动得如万马奔腾，但面上还是要保持镇定，问道："蓝哥，你可悠着点。彤姐，你帮忙看着点他，他也就两杯的酒量，喝多就倒，隔天还失忆。"

这已经是徐小科第二次提起蓝青定醉酒了，可朱绯彤从没见过醉酒的他，此时忍不住好奇地问："你们经常喝醉？"

"哪儿啊，就一次，高中毕业那年。"徐小科拿了个泡椒生蚝，用筷子将白嫩的生蚝肉扒入嘴里，咀嚼了两口，忽然想到什么，"对了，就是咱们四个去华严寺那次，那天晚上回来，我和蓝哥单独去喝的。我记得是五一节，是5月1号还是2号来着。"

杯中的酒已经喝完，只剩下些微白色泡沫，沿着玻璃杯壁缓慢流下。

蓝青定拿着酒杯在手上把玩，转动，最终，放置在桌上，发出轻微的声响。

“是5月3号。”他温声道。

是他生日的后一天。

在高考誓师大会后不久，不知因为什么，朱绯彤逐渐消沉下去。

整个人经常出神，甚至连成绩也出现下滑倾向，老师以为她是压力太大，还找她谈过话，但收效甚微。

不止如此，蓝青定发现，朱绯彤开始躲着自己。

先是不怎么跟他说话，后来，即使在走廊上遇见了，也是刻意避开。

蓝青定开始以为是自己想多了，直到四月的某天晚自习，他一觉醒来，忽然发现坐在自己前排的人，不再是朱绯彤，而是一个眼生的女同学秦秦。

而朱绯彤，则坐在了教室的第二排。

徐小科告诉他，朱绯彤说自己视力下降，跟老师要求换座位，而秦秦听到了立即便主动答应了。

课间，数学课代表发试卷，每一排从前往后依次传，秦秦胆子大，转过头来，将试卷放在蓝青定的桌上，并对他微笑。

“蓝青定，你这次考得挺好的。”

蓝青定却像是置若罔闻，只垂眸望着桌面。

他经常睡觉，朱绯彤不会打扰他，每次发试卷时，她都会站起身，将他的试卷放在桌上，随后伸长手，越过他，将试卷递给后排的同学。

她习惯早上洗头，洗完就披着，那柔顺的发，会随着她跨越的动作，落在他后颈上。

其实只是一瞬，但那痒意和柔软，却盘桓不去，钻入他心里。

可现在，那习惯的痒意与柔软却化为酸涩，侵蚀着他的心。

蓝青定忽然起身，掏出书包，冲出了教室。他动静很大，碰撞得书桌咚咚作响。

蓝青定从来没发过脾气，以至于所有同学都往他的方向投射来目光。

除了朱绯彤，自始至终，她都安静地坐在那里，像是再也不会回头。

蓝青定算是逃了晚自习，电话应该也打去了家里，可他什么也顾不上。

他跑出了教室，但并没跑远，只是站在418路公交站台上，等待着朱绯彤。

也许是要下雨，那晚风挺大，吹得他焦躁的心越发烦乱。

终于，朱绯彤背着浅蓝色的双肩包走来，她低垂着头，睫毛似乎在微颤。

她还是背着之前的书包，只是拉链上的小熊玩偶却不见了踪迹。

在靠近公交车站台时，朱绯彤不经意抬头，看见了蓝青定，脸上出现了种奇怪的表情，有点像哭又有点像笑。

但那表情只一闪而逝，她很快便低下头，再抬起时，已整理好了情绪。

“为什么调座位？”他问。

“看不太清黑板上的字。”她说。

并不是什么好理由，她那双宝石般的眼，明明视力很好。可她就这么轻轻柔柔地说了出来，他却没有任何办法。

他们旁边，是亮如白昼的广告灯牌。蓝青定鼓起全部的勇气，轻声问道：“朱绯彤，5 月 2 号，你有空吗？”

那天是他的生日，那天有他们的约定。他们的远处，是万家灯火，如同失落的星河。

“那天应该要复习。”朱绯彤垂下双眸，“蓝青定，我现在……只想好好考大学。”

她的睫毛遮住了她的瞳眸，他再不能从她脸上看出什么。

自那天后，朱绯彤似乎跟蓝青定没有了交集，她每天就是坐在课桌边，不停地做着习题。

而蓝青定的烦躁不安，随着她的淡漠态度，越发浓重。就连蓝海天也看出了蓝青定的不对劲，问了几次，他只敷衍着随意回应两句。

直到最后蓝海天提起出国的事时，蓝青定终于下定决心拒绝：“哥，我不想出国，我想考中宁大学。”

蓝海天挑眉：“是为了那个女同学？”

蓝青定直视着他的眼，没有否认。

他不清楚这段时间朱绯彤到底发生了什么事，他只记得，他们之间有约定。

就算她忘记了，他也要应约，一起去那个，有雪的城市。

蓝海天看着他，喉结轻滚了两下，却没说什么。

五一节，学校给高三学生放了三天假，让他们最后放松下，迎接接下来一个月的最后冲刺。

5 月 2 号，蓝青定在书桌前摊开了课本，却没有写一个字，他的眼睛始终盯着电脑上登录的QQ。

从凌晨起，不断有同学给他发来生日祝福，其中却没有朱绯彤。

窗前的风景，从晨曦微光，到夜幕低垂。

蓝青定的心，就像是蚊香，一圈圈缓慢燃烧着。每一道提示响声，都是渺茫的希望，被风吹起，成暗红的火，又阴下，落了一地浅灰。

如同朱绯彤的头像，始终是浅灰。她没有上线，没有跟他说一句生日快乐。

半夜十二点零一分，他的生日彻底过去。

蓝青定闭上眼，将手从鼠标上放下，只觉酸痛麻木，像是有无数根针在扎着手臂。

他到这时才发现，刚刚他的手始终在鼠标上放置着。就怕朱绯彤会想起，忽然叫他。

可是她没有。

夜至深，窗外灯火逐渐熄灭，天地晦暗，如同蓝青定的心。

就在这时，忽然QQ提示音响起，蓝青定浑身一抖，热汗在后脊渗出。

但在睁眼的刹那，当看清头像后，他眸内又只余浅色灰烬。

是徐小科。

徐小科约蓝青定明天去华严寺拜佛，传说那边出名的灵验。

徐小科成绩属于吊车尾类型，到最后冲刺阶段，他已经不相信努力出奇迹，只相信神力出奇迹。于是，徐小科天天到处拜神力，从文曲星拜到玉皇大帝，从耶稣拜到牛顿，从孔子拜到叶圣陶，总之哪里有雕像，哪里就有他叩拜的身影。

蓝青定在对话框里敲下“不去”两个字，正要发送，对面的徐小科继续发来一句话。

徐小科：【彤姐和丁敏也去，丁敏她姑姑还是里面的工作人员。】

蓝青定看着屏幕，良久，他敲击了删除键，重新回复了一个字。

蓝青定：【好。】

隔天，当在华严寺门口看见蓝青定时，朱绯彤脸上有惊诧。她似乎并不知道蓝青定会来，毕竟他是从不喜欢凑这种热闹的人。

见蓝青定看了过来，朱绯彤移开了目光。

华严寺位于半山处，四周古木森森，寺内庄严肃穆。寺内供奉有各类神佛，徐小科病急乱投医，每一尊都拜了一遍，送子娘娘庙也没落下。

蓝青定与朱绯彤没有说话。

寺庙清幽，伴随着念经诵佛声，在香烛袅袅中，他跟着她的步子，拜遍了菩萨。

华严寺后门有一处挂木牌许愿的景点，路径两侧全悬挂着红色木牌，上面镌刻的都是游人许下的心愿。几人决定也凑个热闹，将心愿挂上。

这处景点的管理人员，恰好就是丁敏的姑姑。徐小科忙问：“姑姑，我们挂上面，不会被取下来吧？我听说好多景区的木牌挂不下，都是等人走了没几天，就马上取下的。”

跟丁敏的高冷相反，丁姑姑格外亲和，笑着许诺道：“放心，你们几个的，我给挂在最上面，保证不取下来。”

徐小科一听，立马放心了。

他们每人买了一块红色木牌，用专门的雕刻笔，在上面写着心愿。木牌不大，最多可以刻两行小字。

蓝青定侧眸望去，夕阳之下，苍翠的菩提树下，朱绯彤侧影美好，一字一句认真镌刻着自己的愿望。

将木牌交给丁敏姑姑时，蓝青定刻意走在最后面。他看见，朱绯彤手中的木牌上刻着一行字：

【愿朱绯彤考上中宁大学。】

蓝青定是最后将木牌交上去的，他的木牌上也只刻着一行字。

【愿朱绯彤心想事成。】

许愿完，他们正准备离开，徐小科忽然发现侧殿还供奉有几位菩萨，便拉着几人去拜。

里面有专门求签解签的，徐小科便求了一卦，请大师帮忙解释。

朱绯彤和丁敏拜完便出了侧殿，去到侧门。蓝青定本来是陪着徐小科，可看前面还有两位香客在排队等解签，蓝青定没了耐心，便跟着出去了。

侧门是月洞门，青灰色的院墙，竹林掩映。

蓝青定正要跨过去，忽然听见了丁敏与朱绯彤的声音。

声音挺轻，可在静谧的古寺内却格外清晰。

“朱绯彤，你最近和蓝青定怎么回事？干吗忽然调座位？”丁敏的声音一如既往的平直。

很久以后，蓝青定回忆起来，觉得朱绯彤当时并没有停顿太长的时间。可那时的他，却感觉自己如同被蒙上黑布站在悬崖壁上的犯人，因为不知道背后那只手何时会推来，所以觉得时间格外煎熬漫长。

此外，在内心深处，他还保留有那么百分之一的希望。

希望只是一场误会。

希望掀开黑布后，面前是宝藏。

然后，他听见了朱绯彤的声音。

“我怕他误会了什么，所以保持点距离比较好。他努力靠近的样子……挺让人厌烦的。”

侧殿的青石板，明明那样平坦，可蓝青定觉得自己在坠往深渊。

他听见了自己体内，静默的，粉身碎骨的声音。

当人遭遇到重击时，反而会非常平静。

那天，接下来的时间里，蓝青定都非常安静。

他返回了徐小科身边，安静地等待大师帮徐小科解签。随后，他和徐小科一起，安静地出了月洞门，门外却只有丁敏。

丁敏说，朱绯彤去了洗手间。他们又等了十来分钟，朱绯彤才返回，跑得比较急，脸颊红红的。

徐小科好奇：“洗手间前面不是有吗？怎么你从后门跑来？”

顿了顿，朱绯彤才道：“这边人比较多。”

他们似乎还说了什么，但蓝青定都没听见。他脑子里只回想着朱绯彤在月洞门外的那句话。

“他努力靠近的样子……挺让人厌烦的。”

他们四个坐公交车回家，丁敏和徐小科坐一排，蓝青定和朱绯彤坐一排。

蓝青定坐在靠窗的位置，朱绯彤坐在过道的位置，他们没再说一句话。

他看着车窗玻璃，上面有朱绯彤的倒影，浅薄的，模糊的，暗淡的。

车进入了隧道，黑暗降临，什么也看不见了，包括她的影子。

丁敏和朱绯彤家离得近，两人在一个站下了车。等两人离开后，徐小科坐在蓝青定身边。

蓝青定忽然道：“我们去烧烤店吧。”

两人去的，是学校附近不远处的一家烧烤店，虽然店面小而简朴，但味道很好，物美价廉，平时生意火爆，座无虚席。这天学生放假，反倒人少，有了空位。

他们坐下，徐小科跑去看老板烤串。徐小科嘴甜话多，很快和老板混熟，老板还特意让他学着烤了两串。

徐小科返回小桌时，发现蓝青定不知何时去拿了瓶啤酒，倒了两杯。两人都已满了十八岁，喝一杯啤酒也没什么大碍。

徐小科跟蓝青定碰了杯，感叹道："还有一个月，咱们四人就要各奔东西了。"

蓝青定将杯中的酒一饮而尽，徐小科又给他满上。

徐小科想起刚才的事，颇有些兴奋："刚才老板夸我烤串有天赋，让我考虑长大后可以干这个。今天我解签时，大师也说，车到山前必有路。看来，菩萨还是保佑我的。"

店铺外，车水马龙，华灯初上，城市灯光太强，昏暗的月光已不见踪迹。店铺内，第二杯酒，蓝青定也再次一饮而尽，只是刚喝完，他便趴在了桌上。

"啊？蓝哥，你只喝了两杯就醉了？"徐小科惊呼。

蓝青定没有醉，他只是忽然觉得双目酸胀。

菩萨保佑了徐小科。

菩萨没有保佑他。

他的月光，没有了。

"蓝哥记得太清楚了。"徐小科吹捧，"别说，那庙还挺灵验的，咱们哪天去还愿吧，再去看看那木牌还在不在。"

丁敏将大黑框眼镜往瓜子脸上方推了下，冷冷道："我姑姑说了会保存好，就会保存好。你们的许愿木牌，都在。"

姑奶奶发话了，作为食物链底端的徐小科不敢抬杠，忙附和。

丁敏抬眼，看向朱绯彤，忽然道："朱绯彤你的两块，也在。"

丁敏说这话时，朱绯彤正在给自己倒茶水。听见这话时，朱绯彤像是被针扎了似的，手一抖，茶杯倾倒，澄净的茶水洒在桌面上，将她的长裙沾湿。

朱绯彤忙站起身来，也许是茶水有些烫，她脸红得吓人。蓝青定给朱绯彤拿来纸巾，帮她擦拭洒落在膝盖上的茶水。

朱绯彤穿着白色的连衣裙，蓝青定坐在凳子上，垂首帮她揩着。他黑色的发与她白色的裙布形成鲜明对比。

旁边的客人又开始划拳，江湖气的嘈杂声里，他轻声问道："你什么时候放的两块木牌？”

纸巾按在膝盖上，力道有些重，像是压在她喉管处，她的声音哑了些许：“后来我又回去了，帮家人许了个愿。”

他没再问什么。

小插曲而已，很快过去。朱绯彤重新坐下，却发现蓝青定又给他自己倒上了一杯酒，并作势去拿酒杯要喝。

朱绯彤忙拉住他右手的衣袖：“第二杯了，别喝了。”

醉了她可抬不动。

朱绯彤拉他衣袖的力气其实并不大，蓝青定却顺着她拖的姿势，将手滑到了桌下，随后一个翻转，握住了她的手。

五指紧扣，再不让她挣脱。

当着丁敏和徐小科握手，朱绯彤只觉心惊肉跳，生怕对面两人看出了端倪。她暗中拼命想要挣脱，但蓝青定却始终不放。

徐小科向来粗枝大叶，没注意到两人此刻的异样，只顾着吐槽自己老母亲：“我明天又要去相亲，这个月都相了五次了，我妈让我今年必须娶媳妇，跟完成 KPI 似的。”

“有喜欢的吗？”蓝青定问。

他的声音很正经，可他握着朱绯彤的手却一点儿也不正经，指腹摩挲着她的手指，染上层层痒意。

朱绯彤窘得头都快嵌入桌子里了，只能用另一只手端来茶杯，假装喝茶化解尴尬。

“有姑娘喜欢我就不错了。”徐小科咧开嘴，露出大白牙齿，笑笑，“还要啥自行车？”

此时，丁敏冷冷地问：“只要是喜欢你的姑娘，你就愿意跟人家谈恋爱？”

“当然了。”徐小科点头。

丁敏放下筷子，擦擦嘴：“我喜欢你，那你跟我谈吧。”

徐小科先是愣住，随后僵硬地笑：“姐姐，别开玩笑。”

丁敏伸出左手，取下了大黑框眼镜。她是冷漠娟秀型，瓜子脸，单眼皮，薄唇。而她的右手，则握住了徐小科的衣领，将他扯向自己。

“没开玩笑，我就想当老板娘。”她说。

说完，丁敏直接吻上了徐小科。只是轻吻，却带着蛮横的力量。

吻完后，丁敏将他放开，继续吃菜。

“告诉你妈，以后不用给你介绍相亲对象了。”

丁敏非常冷静。

其余三个却无法冷静。

徐小科后退一步，整个人连人带凳子摔倒在地。朱绯彤正在喝茶，茶水忍不住从口鼻中喷出。而蓝青定，则将刚倒满的啤酒，一饮而尽。

“这一杯，很值得喝。”他说。

徐小科是个㞞货，被亲后，捂住脸，跟小媳妇似的，咚咚咚跑上楼去躲着。

丁敏则戴上大黑框眼镜，继续做她的冷面学霸，边吃菜，边在楼下等徐小科。

而蓝青定充分表现出了他言而有信的优良品质，说两杯倒，那就两杯倒，喝完后直接就趴在桌上睡着了。

简直是鸡飞狗跳，人仰马翻。

朱绯彤没法子，只能跟丁敏道别，扶着蓝青定上了出租车。

蓝青定喝多了不会像其他醉鬼那样胡乱说话，只是上车后，他身子立即软了半截，直接就侧躺着，睡在了朱绯彤膝盖上。

他将头半埋在她膝盖上，明明是隔着长裙布料，可他的呼吸却若有似无，喷洒着她的肌肤。热度与湿度，顺着她的膝盖蔓延。

一时之间，朱绯彤觉得自己双手双脚都不知该往哪儿放。

出租车逐渐驶出老街，迎向灯火通明的新城区，辉煌的霓虹灯在蓝青定面颊上淌过，他整个人更显得明净俊逸。

好不容易到达酒店门口，朱绯彤让蓝青定单手搂着自己的肩膀，将他扶着回了宿舍。

毕竟蓝青定是个大高个儿，朱绯彤从酒店门口，将他扶到床上，这一段路，耗尽全部力气，累得够呛。

朱绯彤原本打算将蓝青定放好后，去帮他倒水，谁知在他倒下的同时，他手却握着她的肩头，连带着她一起给拉到了床上。

身下的床垫有些软，如同坐在舟上，碧波微荡，她的神志出现了轻微的恍惚。

朱绯彤努力将眼闭合了下，恢复清醒，正要起身，忽然一个身影覆盖而上。

是蓝青定。

屋内没来得及开灯，微光从窗帘处透入，他的轮廓线条在黑暗中显得流畅而温柔。

朱绯彤的双手放置于头部两侧，被他握住，十指交握，缱绻缠绵。寂静的房间内，她的心跳清晰可闻。他的呼吸浅浅喷在她脸颊上，淡淡的酒精气息，熏染了两人的神志。

蓝青定垂下头，朝着她水润的唇而去。

朱绯彤似乎是受了惊，她没有抵抗，甚至没有躲避，只是呆呆地躺在原地，任由他的靠近。

就在两人的唇，即将碰触的瞬间，蓝青定停下。那沉默中，有意志力的刀光剑影。

最终，他喉间发出了几不可闻的讪笑，随即，他偏转了方向，将头埋入了她颈窝里。

不可以。

他有自己的骄傲和原则，他不肯靠着醉酒，来进行他们的第一次亲吻。

八年都等了，还有什么是不能等的？蓝青定闻着朱绯彤发间的馨香，装作熟睡的模样，呼吸逐渐平缓。

他感觉到自己被朱绯彤轻轻推开，重新躺在了床上。床垫柔软，他跟随着晃动了下。他的眼睑虽然闭合着，但仍有光感，是来自窗帘外的微光，依稀让他想起了当年的月光。

回忆并未开始延续，那光感便被遮挡住，蓝青定还没反应过来，唇上忽然有了温热的触感。

是朱绯彤的唇。当年的月光，来到了他的唇上。

刹那之间，蓝青定内心震动，浑身的血液如狂流奔滔。他用尽了全身的意志力，才能按捺住自己不跳起。

她的唇，在他的唇上，浅尝辄止。就像是一个小孩，在偷尝着，她珍藏许久的糖果。只敢舔那么一口，不敢多尝。

只怕会化了，只怕再没了。

她的手，在他的脸颊上，缓慢而轻柔地描绘着他的轮廓。从眉骨到眼睑，从鼻梁，到嘴唇。

一遍遍地描绘着。

就像是那一晚，她蹲在地板上，听着八音盒的音乐。

一遍遍地拧着发条。

这一晚，蓝青定只睡了两个小时。

他整个脑子如同沸腾的汤锅，不断有东西在翻滚着，可徒手，怎么也不敢碰，怎么也握不住。

他仔细回忆着八年前和朱绯彤做的每件事，说的每句话，却怎么也理不出一个头绪。

蓝青定是被敲门声叫醒的，起床时，缺觉的脑袋疼得像是要裂开。

他揉着太阳穴，打开门，看见门外是提着豆浆和油条的朱绯彤。这次，换朱绯彤来照顾他。

朱绯彤将温热香浓的豆浆盛入小碗里，又洗净手，把金黄蓬松的油条替蓝青定撕开，浸在豆浆内，再将筷子递到他手里。

蓝青定简直怀疑自己在朱绯彤眼里不是宿醉，而是半身不遂。

他接过筷子，夹起了浸满豆浆的油条，入口，只觉软绵浓郁。

“昨晚，我没做什么吧？”他问。

“没有啊，你回来就睡觉了，挺正常的。”朱绯彤面色如常。

蓝青定再次夹了根油条，重重咬了口，仿佛咬的不是油条，而是朱绯彤。

他眼角瞥见遥控器在朱绯彤身侧，便放开碗筷，伸手从她后背越过去拿。

朱绯彤下意识身子往前倾，想要让他，可蓝青定的另一只手却环住了她的腰，不让她动弹。

如此一来，相当于蓝青定双手将她纤腰环住，揽在怀里。

朱绯彤清晰感受着他的心跳，匀速沉稳。她将嘴里的油条咽下喉咙，轻声问道：“你是在，吃我豆腐？”

蓝青定回答得温柔且理直气壮：“是，所以，你要吃回来吗？”

他说话时，气息吹在她后颈上，激发了阵阵难耐的热意。

朱绯彤仔细想了想，道：“哦……倒也不必。”

蓝青定虽然很想当面质问朱绯彤那个吻的含义，但如此一来，就暴露他是装醉，心机深沉，不利于今后的情感发展。

可是不问，他心里又憋得慌。面对朱绯彤这种高难度，只能使大招了。

被嫌弃了豆腐的蓝青定放开了朱绯彤，将遥控器拿到手中，坐直了身子，开始调节目。

“一大早就看电视？”朱绯彤好奇。

“嗯，有喜欢的情节。”蓝青定淡淡应道。

平时电视上到处都是接吻镜头，可今天也许是时间尚早，每个台都纯洁得一塌糊涂，全是新闻或者少儿节目。好不容易，终于看到一个地方台正在播一男一女亲吻。

“真好，随时随地都可以接吻。”蓝青定意味深长地道，边说，边抬眼观察着朱绯彤的表情。

可电视里那一男一女刚吻没多久，忽然女主角推开了男主角，一脸纠结地道：“不行，我肚子里已经有别人的孩子了！”

男主角转过她的肩膀，一脸深情地道：“我不在乎！我可以把他当亲骨肉！”

剧情有毒，豆浆有渣，蓝青定猛地咳嗽起来。

朱绯彤转过头来，看向他，表情复杂。

居然喜欢这种情节，总裁就是总裁，口味就是不一般。

早餐时间太短，也没问出个所以然来。

等朱绯彤去上班后，蓝青定在厨房里洗碗。水哗哗地流淌在不锈钢盆中，就像是那年，哗哗地砸在了学校的瓷砖上。

蓝青定的脑海里，始终有个模糊的念头，如白色的雾。是太过奢侈的雾，他不敢去驱散。

因为失神，手中的碗掉落在地，清脆声响后，四分五裂开来。

蓝青定双手撑在不锈钢洗碗盆边沿，垂首望着那碎裂开的瓷片，忽然低低地笑了。

不都粉身碎骨过了，他还有什么不敢想的？

蓝青定关上水，拿起车钥匙，直奔出门。

开完例会后，朱绯彤正在巡视房间，忽然听见姚雨倩在对讲机里叫她去六楼的园林套房，说是有客人想见她。

“找我？是有什么情况要解决吗？”朱绯彤疑惑。

“不像，是个老先生，挺和善的，感觉像认识你。”姚雨倩回复。

朱绯彤满腹疑惑，但也只得赶紧来到603园林套房，整理好衣服，礼貌敲门。

她敲了三声，轻声通报：“您好，我是酒店总经理助理朱绯彤。”

里面传来脚步声，蹒跚，缓慢，虚弱。

随即，门打开，朱绯彤看见面前出现了一张和自己五官有几分相似的脸。

朱绯彤记得，八年前分别时，面前的这个人，仍旧高大英挺，气度不凡。

可现在，面前的这个人，却像是陡然老了几十岁，佝偻着背，面色有种不正常的灰黄。

看见朱绯彤，他混浊的眼里，出现了一丝光明。他颤抖着唇，喊出了那个名字："彤彤？"

就像是走在街上，忽然冲出一人，打了朱绯彤一巴掌。她满面麻木并不觉得痛，只觉得漫天漫地的惶然。随后，她脸上的血色一点点褪去，直至苍白。

朱绯彤像是看见了梦魇般，快速转身，用尽全力奔逃。

蓝青定只有丁敏的微信，但不论是留言还是语音，都无人接听。蓝青定又拨打徐小科的电话和微信，照旧没有回音。

无奈之下，他只能直奔徐小科家。

徐小科住在徐家大排档附近的一所小公寓里，十六楼。赶去时，恰好电梯坏了。蓝青定等不了，直接爬楼梯。饶是他体能再好，十六楼爬上来，也是气喘吁吁。

他用力敲着徐小科家的门，想要揪他出来问清楚丁敏家的住址。但门打开后，他觉得自己不用多此一举了。

因为开门的正是丁敏，穿着徐小科衬衣的丁敏。

而丁敏的身后，则是裹着被单，一脸惊恐的徐小科。徐小科见到蓝青定，抽泣了两声，捂住脸再次呜呜呜地躲回了房间。

连徐小科都赶在他前头，蓝青定人生第一次生出了骂脏话的冲动。

但有求于人，情绪还是要保持镇定。

两人在沙发上坐下，蓝青定手里握着车钥匙，金属的冰凉，从指腹传来。

他正斟酌着话题从何而起，丁敏将黑框眼镜取下，用纸巾擦拭着。

"你是想问高中毕业那年，朱绯彤到底发生了什么是吗？"丁敏开门见山问道。

蓝青定喉结轻微滚动，颔首。

丁敏将黑框眼镜重新戴上，眼镜遮住了大半张脸。

"她从没跟我说过家里的事，但我猜想，她当时的异常和她爸有关。"

那年，朱绯彤生日的隔天，丁敏发现她书包扣链上有新的小熊玩偶。

蓝色的。

“是我爸送的。”朱绯彤笑着解释。

笑得像个小孩。

很容易满足的小孩。

那段时间，丁敏发现朱绯彤开朗了不少。

之前的朱绯彤是公认的好脾气，可丁敏觉得，那种好脾气里有压抑的成分。而现在，她像是准许自己有了某种期待。

她的眼里有了光。

而朱绯彤与蓝青定之间，似乎也更亲近了。

其实两人之间并没有更多的动作或者话语，可是他们之间的气氛，就是不同了，像是有了期待和未来。实在，让人羡慕。

丁敏再看了眼自己后排那个在苹果上插了三支铅笔正在许愿的蠢货徐小科，只觉自己眼瞎。

可四月的某天，朱绯彤来了学校，书包上的小熊玩偶却没有了。

“你的小熊玩偶呢？”丁敏问。

“不小心弄丢了。”朱绯彤似乎是感冒了，声音有些沙哑。

“我记得你不是还有其他的吗？怎么不戴？”

丁敏记得，朱绯彤她爸送了她很多颜色的小熊玩偶扣，朱绯彤很喜欢，跟宝贝似的每隔几天就换一个。

“不戴了，免得再丢。”朱绯彤忽然笑了，“只有好好放在箱子底，才不会弄丢。”

丁敏刚才没注意她的神色，此时抬头，忽然发现了一件事。

朱绯彤还是照常微笑着，一如既往。只是，她眼里的光，好像没有了。

那之后没多久，朱绯彤便跟老师要求换了座位，远离了自己，远离了蓝青定。

再后来，5 月 3 号那天，他们四人去了华严寺。

朱绯彤跟蓝青定一路上没有说一句话。

在徐小科去求解签文时，丁敏和朱绯彤站在月洞门的这头。

丁敏向来性情冷漠，不喜欢多管闲事，可是这时，她听见了月洞门那头的脚步声，非常轻微，但熟悉。毕竟是相处三年的同学，她知道，是蓝青定。

就算是帮两个老同学的忙吧。

丁敏开口，替月洞门那边的蓝青定问出了疑惑："朱绯彤，你最近和蓝青定怎么回事？干吗忽然调座位？"

朱绯彤没有看她，而是看着月洞门的那头。

原来那脚步声，不只是丁敏听见了，朱绯彤也听见了。

月洞门的石墙，是灰白色的，映得朱绯彤的身影，更为淡薄："我怕他误会了什么，所以保持点距离比较好。他努力靠近的样子……挺让人厌烦的。"

随后，丁敏听见，月洞门另一头，那轻微的脚步声逐渐远去。

丁敏问："你真的这么想？"

朱绯彤点头。

远处，僧人在敲钟，那声音苍凉低回。

在钟声中，丁敏轻声问道："那你为什么哭了？"

蓝青定紧攥着方向盘，手掌里有汗。他脑海里，不断地回响着丁敏刚才的话。

"那天在寺庙里，朱绯彤说是去洗手间，却是跑去了我姑姑那儿，说是想再写块木牌。我姑姑说，一人只能有一块木牌，不能贪心。她让我姑姑把她之前的木牌取下来，重新换了木牌，写了愿望，挂了上去。我并不知道她写了什么，但我猜，和你有关。"

今天丁敏的话，还有昨晚朱绯彤的吻，像是烟花在蓝青定的黑夜里盛放。

是璀璨的光，可他害怕，光之后，又是黑暗。

蓝青定仍旧待在徐小科公寓楼下的停车场里，久久不敢发动车。

再次蒙着黑布站在悬崖上，越是临近真相，他越是害怕。

直到黄助功的电话打来，声音里是犹豫和担心："蓝先生，朱助理今天在酒店见了位客人，之后便神色恍惚，请假回了宿舍，在屋子里没出来。我查到那个客人叫朱文林，好像是她爸爸。"

蓝青定没有再犹豫，直接发动汽车，驶向酒店。

朱绯彤坐在沙发上，自己也不知道，究竟坐了多久。她只觉得自己仿佛是身处密林中，枝叶遮天蔽日，不论如何努力，都无法跑出。

她有段时间拼命看心理书籍，想要释怀。她记得，家庭治疗大师萨提亚所说："一个人和他的原生家庭，有着千丝万缕的联系，而这种联系甚至会影响一个人的一生。”

此时，她忽然想起了这句话。

朱绯彤觉得绝望，不管怎么逃，她也逃不出原生的密林。

此时，有人敲门，声音急促。朱绯彤捂住耳朵，她不想见任何人。

可那敲门声却持续着，似乎永不放弃。朱绯彤只能下了沙发，她双脚虚浮，觉得每一步都像是踩在废墟里。

她打开门，门外是蓝青定。

他明明衣着整洁，干净温和，却给人一种风尘仆仆之感，似乎是从很远的地方，翻山越岭，跋山涉水赶回。

“你怎么了？”他问。

朱绯彤用最后一丝力气，撑住了笑容，化成了伪装：“没什么啊，我可能有点感冒，刚才睡着了。”

蓝青定直直地看着她，像是要看入她心里：“你怎么了？”

他重复问着。

朱绯彤的笑容僵在脸上：“我有点不舒服，想再睡一会儿。”

今天的蓝青定让她感觉到危险，什么礼节礼貌，朱绯彤不想再管，她关上了门。

可门却被蓝青定单手推住，朱绯彤从没想过，他的力气会这样大。

“你怎么了？”他执着地问着。

朱绯彤的情绪忽然崩溃了，她脸上又露出了多年前在公交站台边，那种像哭又像笑的表情：“蓝青定，你知不知道你这样很烦人？”

蓝青定的双眸平静，像是暴风雨前的海面，平静到可怕。

他上前一步，贴近朱绯彤：“你很讨厌我？”

“是，我讨厌你。”朱绯彤偏过头。

她不敢看他，只看着他平直的肩线。

蓝青定忽然垂首，将头靠在她耳侧，温柔地、凉幽地问道：“那木牌上，为什么要写我？”

朱绯彤浑身一震，也许是好几个小时没有喝水，她喉咙干涸到沙哑：“你误会了，那上面写的是我家里人，我希望他们岁岁平安。”

蓝青定忽然笑了，他脸上的笑，却揉碎了清冷：“那我现在，就去看下？”

他说完，放开了门，快步下了楼。

那门没了对抗的力，陡然松懈。朱绯彤的心，仿佛瞬间坠落，生出了恐惧。她反应过来，忙跑去停车场追赶。

可蓝青定动作是那样快，车已启动，扬长而去。朱绯彤心跳如雷，当即拦了辆出租车，直奔华严寺。

到达时，已是夕阳西下，朱绯彤在华严寺门口看见了蓝青定的车。她下了车，忙凭借着记忆，跑到了后门。

寺庙和八年前没什么不同，肃穆清幽，钟声回荡。

此时因为时间已晚，景区工作人员已经下班，朱绯彤赶去时，发现那里只有蓝青定一人。

他颀长的身影，站在木牌墙前，翻找着。他紧抿着唇，侧面轮廓利落坚定。

朱绯彤觉得浑身像是有无数的蚂蚁在爬，恐慌到了极致，像是秘密即将要被揭晓。她忙冲过来，想要拉开蓝青定："你不要这样！跟我回去！"

蓝青定却置若罔闻，他按照当年记忆中挂木牌的位置，一块块翻找着。

"蓝青定，你疯了！"朱绯彤用尽全力去拉蓝青定，却撼动不了他分毫。

冷白的手，在红色的木牌上翻找。

金色阳光，刺目灼热，将他们的皮肤晒出了疼痛。

朱绯彤已临近失控边缘，她挡在蓝青定面前，双手环住他的双臂，想要将他禁锢住，不让他去翻找。

可根本就是蚍蜉撼树，到最后，她累得精疲力竭，神志破碎，她抱住了他的腰，将头埋在他怀里。

她的耳朵贴着他的心脏，她说话时，会产生共鸣。

"蓝青定，你再这样，我只能走了……我会走到你再也找不到的地方。"她低声道。

不知是不是这句话触动了蓝青定，他终于停下。

朱绯彤深深吸口气，但紧接着，她听见他说了一句话。

"找到了。"

朱绯彤侧过头，看见蓝青定手中，握着一块木牌。

年深日久，那木牌已褪了色，上面刻的字也是模糊的。

但可以认出是两行字。

第一行是：【蓝青定要忘了朱绯彤。】

第二行是：【朱绯彤永远喜欢蓝青定。】

蓝青定扯下了那块红色的木牌，握在掌心间。

站在悬崖上的少年，掀开了黑布。

他没有粉身碎骨，他获得了宝藏。

仿佛尘埃落定，他反而冷静下来。

朱绯彤只觉得众多感情在胸腔内激荡，震得她无法思考，也呆滞着。

两人竟就这么安静下来。

他牵着她的手，走出了寺庙。他们上了车，朝下山的路驶去。下山的路上，密林葱郁，余晖斜照，光晕浮动。

朱绯彤的意识如同密密麻麻的小点，逐渐恢复，她开口，絮絮地解释着：

“那都是很久以前的事了，作不得数的。

“那时候大家都小，对感情有些憧憬，也很正常。

“我希望以后我们还是能照常相处，以工作为重。”

蓝青定始终没有回答，仿佛没有听见般。

朱绯彤咬唇，再次重申：“蓝青定，事情都过去了。”

下山路上，有专门的停车道，他忽然将车驶入停车道内，车刹得急而快。

蓝青定双手放置于方向盘上，头微垂着，像是在看自己那双筋骨分明的手，又像是什么都没看。

“如果都过去了，昨晚你为什么吻我？”他问。

闻言，朱绯彤感觉浑身的血液都霎时上涌。

徐小科从不撒谎，她也就信了蓝青定不能喝酒。而昨晚，他倒在她身边时，明明也是一副不省人事的模样。

朱绯彤断定蓝青定已是醉倒，才会亲吻他。她从没想过，那时的他竟然是清醒的。

朱绯彤觉得车内空气仿佛失去了流动性，憋得她即将窒息，此时此刻，她只想要下车。

她的手刚放在车门上，双肩却被人握住，强逼着转过了身。他的脸，近在咫尺；他的眼，黑至幽深；他的嗓音，温柔如水。

“朱绯彤，你欠了我八年，这事，怎么也过不去。”

下一秒，他吻上了她。

他明明是那么温柔的一个人，可这个吻，却索取得那样彻底。就像是要让她将八年来，所欠他的，连本带利都偿还。

朱绯彤根本逃不掉，他的手掌握住了她的后脑，他的胸膛抵住了她挣扎的双手。

他的吻，就像是他这个人，温热洁净，执着而充满力量。他敛去了她的惊呼与斥责，吸去了她的神志与呼吸。朱绯彤感觉到天地在旋转，自己在颤抖。

这个吻，似乎很长，长到她放弃了挣扎，长到她失去了仅存的力气。

“蓝青定忘不了朱绯彤。”他的声音，似哄骗，似诱惑。

【蓝青定要忘了朱绯彤。】

他的吻，继续从她光洁的额头，到高挺鼻梁，滑过唇，直至脖颈。

“朱绯彤还喜欢蓝青定吗？”他的声音，在她颈窝处响起。

【朱绯彤永远喜欢蓝青定。】

朱绯彤微睁着眼，她的眸内有水光，视野中的所有都是模糊而晃动的，如同置身于梦中。

她怎么可能不喜欢蓝青定。

拥有世界上所有美好的一个人，她怎么可能会不喜欢？

朱绯彤意识到自己喜欢上蓝青定时，是他送来生日礼物那次。

寂静的小区门前，白净少年站在路灯下，将礼物递给她。

“生日快乐。”他说。

他似乎有些紧张。

他这样一个矜贵清冷的人，在她面前紧张。那瞬间，她感觉自己拥有了全世界。

其实应该从很早以前，朱绯彤就觉察到蓝青定在逐渐靠近自己的世界。但她不敢去想，她记得蔡颖告诉她的话。

“爱是海，要一个人活，不要去爱人。”

所以她从来只当蓝青定是普通同学，她不肯打开自己世界的门。

可是这一天，她忽然很想要试试，因为朱文林的出现。

朱文林在她生日时来找她，并带来了十份生日礼物。

比萨店里，朱文林看着她，眼眶内有盈盈泪光：“爸爸这些年，没有一天不是想着你。但你妈妈似乎不太高兴我见你，我怕耽误她的病情，所以才不敢来。每一年你生日那天，我都会买一份礼物放着，总想着有一天，可以拿给你。

彤彤，你能不能，偶尔回来看看爸爸？”

她看着那些小熊玩偶，它们是那样柔软，柔软到她心里。

她答应了，唯一的要求是，她不想看见叶云静。

那天，朱绯彤到达朱文林家时，叶云静正要出门。

看见朱绯彤，她低下头，似乎很内疚的模样，半晌才道：“你爸爸这些年都是想着你的，他也很苦……你别怪他，都是我的错。”

朱绯彤没跟叶云静说一个字。

为了蔡颖，她没办法跟叶云静待在一个屋子。

朱文林看见朱绯彤，非常激动。十岁的朱唯一跑上来亲热地挽着她的手，一直叫姐姐。朱绯彤有些僵硬，但还是拍了拍她的头。

朱文林去给她们切水果，朱唯一拉着朱绯彤到处参观房间。路过朱文林书房时，朱绯彤看见桌上只摆着一张照片。

是朱绯彤小时候跟朱文林的合照。

朱文林将幼小的朱绯彤扛在双肩上，蓝天下，两人笑得都眯起了眼。

“爸爸每天都看这张照片，有时候还会偷偷地哭。”朱唯一说。

也许是照片看久了，朱绯彤忽然觉得眼睛有些酸。

原来，她还是可以有所期待的。

朱绯彤开始有了期待。

在高考誓师大会上，她跟蓝青定也有了约定。

一个是他生日的约定，一个是去中宁大学的约定。

高考誓师大会上，阶梯教室里，蓝青定坐直身子，朝她靠近。这一次，她告诉自己，她不要再躲了。

蓝青定的姿势，是倾向她的。而她，静候迎接。

迎接她的少年。

那是朱绯彤最快乐的日子。

她身后重新有了父亲的荫庇，她的前方有和蓝青定的未来。

唯一的遗憾是，她爷爷朱民孝即将不久于人世。

朱文林带朱绯彤去病房看浑身上下满是药管的朱民孝。那时的朱民孝生命已走到尽头，瘦到似乎只剩骨头。

朱文林弯下腰，凑到朱民孝耳边，小声道："爸，绯彤来了，她是个乖孩子，还是认我们的。"

朱民孝用力睁开混浊的眼，看向朱绯彤。此时的他已非常虚弱，嘴唇张合，却说不出话，只是朝她伸出了手。

他的手，布满了老年斑，是生命逝去的痕迹。朱绯彤握住了朱民孝的手，他的手很凉。

这是朱绯彤对爷爷最后的印象。

几天之后，朱民孝便去世了。

整个朱家乱哄哄的，几家人为了财产争得面红耳赤。最后律师出面，拿出朱民孝临走时立下的遗嘱，按照遗嘱分配财产，这才勉强将混乱平息。

朱绯彤对这些并不在意，她只是安静地守在灵堂里。守到半夜，她有些口渴，便去后方的茶水间想倒点水，结果听见里面有人在说话。

似乎是二伯母以及大伯母。

"我说，老三家真是做得出来啊，之前完全不管前妻和女儿死活的，结果一看老爷子要走了，为了多争点家产，又把女儿给找回来了。"

"我跟你说，我故意从老三他们家朱唯一口中套过话，说是叶云静教的，要朱唯一这段时间必须亲近绯彤。而且他们还故意在家里摆了绯彤的照片，专门给她看，还一次性买了好多生日礼物之类的，就是为了骗那孩子。之后老三故意带绯彤去老爷子面前，说是孩子愿意认祖归宗。这不，老爷子临走时又改了遗嘱，给老三家的多分了一份。"

"天啊，这手段，我们哪争得过啊。哎，你说，老三会把那份钱给绯彤吗？"

"怎么可能？有叶云静在，肯定不会给啊。而且老三这些年，对绯彤是不闻不问，估计早没感情了。在老三家那两口子眼里，绯彤那孩子，就是一颗棋子，用完就扔了。"

朱绯彤没有进茶水间。

她缓步返回灵堂大厅，在大厅门口，她撞见了叶云静与朱唯一。

她们明明看见了她，却像是不认识她。

朱唯一的脸上没有了亲近，叶云静的脸上也没有了内疚。她们看着朱绯彤，就像是看着一颗失去作用的棋子。

叶云静与朱唯一走到了大厅中央，那里站着朱文林。朱文林看见朱唯一，立即抱住了她，他们一家三口站在了一起。

就像是十年前，在爷爷七十大寿寿宴上那次，他们一家三口站在一起，名正言顺，密不可分。

朱绯彤不再口渴，也不想哭，她只是默默地走了出去。

她可以走出灵堂，但她走不出那片密不透风的原生森林。

原来，爱真的是海。

她太渴望，想要追逐飞越，但无处可栖，最终溺毙。

朱绯彤开始远离蓝青定。

她知道那时的自己情绪已经出现问题，但她没有办法控制。

蓝青定对她很好，可她不清楚这样的好会持续多久。就像是朱文林曾经对她好到可以为她失去生命，可最终毫不犹豫地，一次次地，抛弃了她。

成年人都是如此，连自己未来将考取哪所大学都没办法控制的他们又会怎么样？

朱绯彤选择逃避，她尽量避开蓝青定，甚至换了座位，她害怕自己会忍不住靠近他。

蓝青定很生气，他发了脾气，他来质问她那个生日的约定。

那一刻，朱绯彤忽然生出了想要抱住他哭泣的冲动，可是最终，她还是忍住了，纠结地化为脸上像哭又像笑的表情。

朱绯彤其实记得那个约定，她早就准备好了生日礼物，是她亲手织的围巾。

这样，蓝青定可以在下雪的宁城戴。

就在朱绯彤犹豫着是不是要将礼物拜托徐小科送出时，蓝海天来找了她。

蓝海天是在 5 月 1 号找来的。

他请她吃了饭，在一家高级日料店的包间里，只有他们两人。

“小同学，你和青定是什么关系？”蓝海天直接开门见山问道。

朱绯彤垂着头，双手攥紧，不敢看他：“只是，普通同学。”

“可他不是这么认为的，”蓝海天的声音低哑，有属于成年人的沉稳，“家里早早为他准备好了出国的资料，可他却拒绝了，说是想要考中宁大学，我希望你能帮忙劝说下他。”

劝说他放弃那个和她的约定吗？

朱绯彤瞳孔微动。

朱绯彤不能喝酒，蓝海天端起清雅茶壶，为她倒着温热茶水。

蓝海天的声音和袅袅茶香一般温热，可话里的意思，却让她回到了冰冷的现实。

“你们都太小了，没办法给对方任何承诺。未来有太多的变数，不要一时冲动让彼此后悔。”

朱绯彤拿起茶杯，饮了一口，茶水温热，却暖不了她的五脏六腑。

是的，未来有太多的变数，他们没有办法给彼此承诺。

蓝青定没有必要为了她，而放弃自己规划好的人生轨道。

因为，感情是会变的，他会后悔的。

5 月 2 号，是蓝青定的生日。

朱绯彤没有联系蓝青定，而是在储物室待了一天。她不停地拧着发条，看着天花板上投射的星辰光影，就这么看了一天。

最后，她把围巾和八音盒放在了箱子里，用胶布贴得严严实实，放在了房间最下层的最角落。

因为太喜欢，所以才会怕失去。

那个八音盒，只有永远放在箱子底，才不会碎。

那个少年，只有永远放在心底，才不会变。

5 月 3 号，在华严寺里，朱绯彤故意将那话讲给蓝青定听，让他离开自己的世界。

然后，她重新返回后门，在木牌上，写下了自己的愿望。

【蓝青定要忘了朱绯彤。】

那个少年，值得世界上所有的美好，所以请忘记她。

【朱绯彤永远喜欢蓝青定。】

那个少年，是她生命里最大的美好，她会永远喜欢他。

朱绯彤感觉自己整个思绪都是茫然的，像是进入了一片白雾中。

她任由蓝青定将自己送回了宿舍，在分别时，他再次吻了她的额头。她没有抗拒，只是和他道了晚安。随后关门，洗漱，睡觉。隔天，照旧准时去开例会，全身心投入工作。

就仿佛和蓝青定之间，什么事也没发生过。

姚雨倩告诉他，说朱文林还住在那间园林套房里。

“他说自己并不想打扰你，只是想再见你一面。我看他好像身体很不好，一直在吃药，而且，”姚雨倩努力斟酌着话语，小心翼翼道，“郑晓晓打扫房间时，不小心瞄到他放在桌上的病历，上面显示着……肝癌。”

姚雨倩并不太清楚朱绯彤和朱文林两人间的确切关系，只是从他们的姓氏中推断出可能是关系相近的亲属。

但她看见，朱绯彤在得知这个消息后，只是非常淡然地哦了一声。

接下来，朱绯彤继续工作，跟平日相比，没有任何异样。

到下班时，朱绯彤回到宿舍，发现蓝青定正在公寓大门口等她。他照旧穿着T恤加衬衣，单手插入裤兜，单手握着手机。他在手机上打了几个字，随后按下了发送键。

与此同时，朱绯彤的手机里传来了一条信息。

蓝青定：【我在宿舍楼下等你。】

信息提示声响起，蓝青定朝着朱绯彤的方向看来。

阳光下，他周身笼罩着蓬勃的少年气。

他看见了她，他一步步朝着她走来，眼里弥漫着笑意，清浅又浓郁。

“上次你请我在对面的美食街吃了饭，今天我请你。”

他边说，边拉住了朱绯彤的手，十指紧握，牵着她往酒店外走去。

朱绯彤没有挣扎，任由他握着。她垂头看着地上的影子，他们的影子，贴得那样近，就像是从不曾分开过。

其实昨天挑明心意后，他们并没有谈及之后的关系。朱绯彤原本以为会尴尬，但今天的相处，却很自然，和过去一样。

他们吃的是关东煮，朱绯彤刻意没有要海鲜类产品，就怕蓝青定误食到会过敏。

回去时，又买了黑森林蛋糕，苦甜的巧克力，搭配樱桃酒的醇香。

朱绯彤吃了一半，有点撑，蓝青定接过，将剩下的蛋糕都吃完。两人之间的气氛，默契又自然。

明明昨天才接了那个名不正言不顺的吻，可他们却都没有谈及那些过往，一路上聊的，都是些琐碎又不相干的事。

“今天忙吗？”

“还好。”

“听说有客人在投诉？”

“已经解决了。”

“徐小科让我们哪天再出去聚聚。”

“好啊。”

两人就这么天南地北有一搭没一搭地聊着，走回了宿舍。

开门后，朱绯彤有些口渴，便去厨房倒水。此时正是傍晚，天色晦暗不明之际，她没开灯，厨房内的所有东西都蒙上一层淡薄的黑暗。

朱绯彤的手，放置在玻璃冷水壶上，却迟迟没有举起。她似乎想在这混沌的天色中，得到情绪的缓解。

就在这时，一双手从后将她环住，是蓝青定。

她的背脊紧贴着他的胸膛，感受着他均匀的心跳。那频率，逐渐和她的心跳声一致。

他们就这样拥抱着，久久都没有说话。直到那黑暗更浓了，朱绯彤才开口，涩声道：“蓝青定，怎么办，我还是怕。”

害怕会变化的海，害怕会变化的感情，害怕自己因为害怕，而先行逃离。

朱绯彤的手，握在了蓝青定的手背上，她的手掌，有凉意，且在微微发抖。

“你走之后，我决定这辈子都是一个人过，我没有想过还会遇见你。如果我做不到像普通人那样结婚生子，正常组建家庭，怎么办？”

朱绯彤害怕自己会忍不住又要逃，就像过去那样。

心理上的问题，是突发的，也许平时看着一切正常，但忽然被某件事，被某个点触动，整个人就会崩溃，会做出最坏的打算，最糟糕的决定。

朱绯彤被蓝青定转过了身，随即腰上力量加大，她被抱起，放在了料理台上。

她和他的视线，保持平行。幽暗之中，他的眼里浮光闪动：“那我就继续等，一个八年不够，还有下一个八年。”

他凑近她的唇，侧着头，一下下轻啄着。

“谁让我……”

那唇的温度，恰到好处。

“偏偏……”

双唇刚分离，又贴近。

“就是……”

带着温暖的湿意。

“非你不可……”

他双手撑在她的身侧，她闭上眼，双手握着他衬衣的衣襟。料理台的大理石是冰凉的，而他却是温热至烫人的。吻从浅尝变为深究，她的嘴里，有樱桃酒的微醺，他的唇间，有巧克力的苦甜。

朱绯彤没有再躲避，在这样美好的蓝青定面前，她的意志力全线崩溃。

她允许自己有片刻的歇息，不去想未来，只眷恋眼前。

晦暗的厨房内，是令人心热的声音。她的情感，她的呼吸，她的神志，都被他洗劫一空。

他不肯放过，在休息的间隙，他的呼吸喷洒在她的耳垂上，温柔地审问着。

“你第一次在会议室见到我，是什么心情？”

她有些恍惚，一时分不清现实与回忆，他却继续不舍地追问着。

她最终放弃抵抗，全盘托出。

“是希望……你已经忘记了我。”

会议室里，朱绯彤希望蓝青定不要想起自己。

那段记忆，是她生命里最美好的东西，只要她记得就好。

“后来，在电梯里，是希望你不要记得喜欢过我。”

懦弱的她不值得他的喜欢。

“在屋顶花园露台上，和你谈论工作，拼命告诉自己跟你之间只有公事。”

柚木桌的对面，那个身着白衬衣的男人，永远不知道他有多令人沉沦。

“厨房那次，我险些摔倒，却避开你的搀扶，其实是害怕自己会贪恋你的温暖。”

她告诉自己，只要保持着距离，他们永远都可以只是朋友，朋友是永远不会变的。

“从点餐那次开始，你逐渐靠近我，于是催眠自己，这是正常的朋友间的来往。”

其实，是想偷偷汲取一点儿他的温暖。

“在海边，不论是你陪我做游戏那次，还是你陪我坐摩托艇那次，我都希望时间永远停止。”

希望永远和他在一起。

“喝醉酒的第二天，你说我喝醉了，对你说‘有那么一点儿喜欢你’。我觉得你应该是骗我的，因为，我对你的喜欢，不止一点儿。”

是整个青春的喜欢。

“之后，我开始故意澄清和你之间的关系，每当你靠近时，我就躲避。不只是怕你误会了什么，更是怕我自己深陷。”

可还是不由自主陷进去了。

蓝色的睡裙，蓝色的拖鞋，屋子里的一切，逐渐变成蓝色。

蓝青定的唇，继续盘旋在她的耳畔、颈项，有时候温柔，反而是最大的折磨。

“你对我的喜欢，不止一点儿，那应该是多少？”他问。

眼里有湿意，朱绯彤闭上眼，喃喃道：“是曾经只喜欢过你的喜欢……是余生只会喜欢你的喜欢。”

她的话让蓝青定有片刻的停顿，但紧接着，那喜欢便裂开。

她身着衬衣，白色的。他那同样冷白的手，穿过衬衣下方。

蓝青定的呼吸声，有些重：“高中我拿游戏机那次，碰到你，真不是故意的。”

朱绯彤恍惚地点头，她知道。

他凑近她耳畔，似乎是微微用力，咬着牙道：“但这一次，我是故意的。”

朱文林始终在酒店的园林套房住着，一连住了十多天。每一天，姚雨倩都会告诉朱绯彤一些关于朱文林的情况。

“他好像又瘦了，每天看他吃好多药。”

“他今天整个上午都在卫生间里吐，看着真难受。”

“他今天一直都待在房间里，也没吃东西，只是捂着腹部，好像很疼的样子。”

每次，朱绯彤听了，都只是淡然地哦了一声，然后继续工作。

每天晚上下班后，朱绯彤便会回宿舍，和蓝青定约饭。有时自己做，有时出去吃，有时叫外卖。

两人之间并没有明确什么关系，甚至没有谈论未来，都心照不宣地暂时只享受着当下。

这天是朱绯彤做的饭，饭后蓝青定去洗碗，她则打开电视。电视里播放着综艺节目，主持人和嘉宾做着游戏，似乎非常欢乐。

不知为什么，朱绯彤忽然想起了姚雨倩今天给她传递的话。

“那位朱先生让我转告你，说他时日无多了，只是想见你一面，跟你说说话，完成最后的心愿。”

朱绯彤继续看着电视。

综艺节目里在进行着游戏环节，是将食物吊起，让一位嘉宾拉着另一位嘉宾去吃，前一位嘉宾不小心脱手，摔入了白色面粉池内，满头满脸全是白色。

朱绯彤忍不住笑了。

蓝青定从厨房出来，看见朱绯彤笑得特别大声，甚至有些夸张。他走去，在朱绯彤身边坐下。

沙发挺小，他坐下时，朱绯彤感觉到了身边沙发的陷落。蓝青定的手放置在她身后的沙发椅背上，像是环着她的肩。

很多年前，在阶梯教室里，他便想这么做，只是担心旁边那个女孩会躲开。

多年之后，那个女孩终于不再躲了。

蓝青定眼里划过了笑意。

此时，朱绯彤忽然侧身，将头靠在他平直的肩膀上。她身上有小苍兰的气息，是他为她选的沐浴露味道。蓝青定垂首，在她头顶烙下一个吻。

“我买了冲浪板，你休息时我教你冲浪好不好？”他说。

他的手轻抚着朱绯彤的发顶，她是黑色的顺直长发，这么多年都没变过。

蓝青定又想起了高中时，她越过睡觉的自己递出试卷，那柔顺的发，会顺着她跨越的动作，落在他后颈上。

其实那个时候，他就很想，抚着她的头发。

“我平衡力不好，怎么办？”朱绯彤问。

头枕着他的肩，似乎不舒服，朱绯彤干脆抱住他，将头靠在他胸膛上。

是依偎的姿势。

“可以先在陆地上进行平衡板练习，我有平衡板。”蓝青定用手背抚着她的脸颊。

在这一刻，他感受到了撸猫的乐趣。

今天的朱绯彤似乎格外有活力，听说后马上就催他去拿平衡板，在露台花园上练习。

平衡板就是简单的一个滚筒加防滑板面，蓝青定将朱绯彤扶上了板面，朱绯彤双手张开，保持着平衡。

蓝青定逐渐将手放开，朱绯彤见他放开，不免慌乱，失去了平衡。蓝青定及时扶住她的双臂，重新将她稳住。

“不行，你不能放！”朱绯彤吓得跳下了平衡板。

“我扶着你。”蓝青定安慰。

朱绯彤在蓝青定的搀扶下，又站了上去。

蓝青定扶着她的双臂，逐渐放松，可刚离手，她又失去了平衡。

蓝青定忙又上前将她扶住，她则顺势牢牢将他抱住。

“真没事，有我在。”蓝青定保证。

“不行，我怕。”朱绯彤笑着，说什么都不肯撒手。

她站在平衡板上，环住蓝青定的颈项，将下巴抵在他肩上，就怎么安静地抱着。

月朗风清的夜晚，空气里有潮气，朱绯彤与蓝青定在屋顶花园中拥抱着。

蓝青定觉察到了朱绯彤的异样，试探询问：“发生了什么事？”

朱绯彤摇头，她的下巴在他肩上摩挲。他总爱穿纯棉的衣服，给人以舒适熨帖之感。

“没事，就是很开心。”她微笑。

蓝青定似乎想说什么，但他最终还是咽下了，说出口的，是另一句话：“有什么事，你可以告诉我，我一直都在。”

“嗯。”朱绯彤看着星空。

这里有星辰与大海，美景让她忘记了点头。

✦

第十一章

"同是天涯寻妻人"

朱绯彤最终还是去看了朱文林。

当她敲开门时，朱文林瘦削的脸上出现了激动的颤抖。

"彤彤？"他紧张得手脚似乎都不知该往哪里放，"快，快进来。"

朱文林边说边打开门，将朱绯彤迎了进去。

朱绯彤走入房间，看见客厅桌上摆放着各种药品，还有病历。

朱文林将矿泉水倒入烧水壶内，接上电源，开始烧水。

烧水壶亮起了红色指示灯。

"绿茶可以吗？要不，红茶？"朱文林在房间里转来转去，似乎很忙碌，但其实，只是在掩饰着自己的激动与慌乱。

"都可以。"朱绯彤微笑，然后叫出了一个很久都没叫过的称呼，"爸。"

听见这个字，朱文林眼圈霎时红了。

他喉间有些哽咽，但努力压抑住："那就红茶吧，女孩子多喝红茶，对身体好。"

"好。"朱绯彤颔首。

随后，她拿起了桌上的诊断书，上面很多都是专业的医学用词。她在其中看见了三个字——肝移植。

朱文林见她在专注看着自己的病历，忙走上前来，将其拿走，笑着道："你爷爷去世后，你考上了中宁大学。我上次去宁城，想去看你，你却说不用……我怕打扰你，也只能作罢。"

朱绯彤记得，那次是她大二时，朱文林去宁城出差，给她打了电话，说是想来学校看她，被她拒绝了。

“是吗？”朱绯彤嘴角有浅淡的笑，“我都有些不记得了。”

气氛似乎有些凝滞，烧水壶中的水即将烧开，发出咕噜咕噜的喧嚣声响。

“彤彤，爸爸一直都很想你。”朱文林垂下头，掩饰住红色的眼圈，“你爷爷去世后，你说你要准备高考，再没来见过我。后来，你又去宁城读大学，算一算，我们父女居然这么多年没见了。”

朱绯彤当年并没有质问朱文林关于遗产的事，她只是默默地和他断了联系。

“这些年，你过得还好吗？”朱文林关切地询问。

“挺好的。”朱绯彤还是保持着微笑。

烧水壶内的水已停止响动，指示灯也变为绿色。

朱文林将开水倒入茶杯内，泡好了红茶，端到朱绯彤面前。

朱文林在朱绯彤旁边的沙发坐下，缓声道：“活了这么大半辈子，我最放心不下的就是你。也不知道你有没有交男朋友，提前给你准备了一份嫁妆，是一套房子，过两天你有空时，跟爸爸去办理过户手续吧……我也不知道自己还能不能看着你结婚，但至少，女孩子有套房子，也有底气，我以后就算走了，也能放心。”

朱绯彤看着面前的茶杯，水还很烫，茶香氤氲。

她缓声问道：“爸，您身体现在是什么状况？”

“是肝癌，”朱文林涩声笑道，“是我的报应，是我对不起你们母女。”

朱绯彤将手放在茶杯上，白瓷茶杯，光滑细润。

其实茶水温度还很高，她的指腹已被烫得泛起了红，可她像是恍然不觉。

“医生是不是建议肝移植？”她问。

朱文林苦笑着摇头，他本来身材高大魁梧，但此刻被病痛折磨得皱纹横生，整个人像是缩小了一圈，身形佝偻不少。

“你也知道，我们是 RH 阴性 O 型血，熊猫血型，能匹配的肝源太少了。我已经不抱什么希望了，反正大半辈子也活够了。现在我唯一放不下的，就是你。”朱文林长叹口气，“彤彤，你如果能在最后阶段多来看看爸爸，我就很开心了。”

红茶温度逐渐降低，茶杯已是温热，可是朱绯彤的指腹已被烫得有些麻木，此时已分不清冷热。

“我也是 RH 阴性 O 型血，要不，我试试吧。”朱绯彤道。

她始终垂眸，半遮着眼，看不清里面的神色。

"那怎么可以呢？"朱文林忙摇头，仿佛很惊慌的模样，"虽然说肝脏有代偿能力，切除部分对供体没有太大影响。可是，那也是手术，我怎么能让你……"

"既然您不愿意，那就算了。"朱绯彤缓声打断他的话，"那我就不捐了吧。"

她的声音向来温润，此时，却如冰冷的金属刮在玻璃上，有种突兀的刺耳感。

朱文林一时愣住，那表情没能及时转换，显得格外滑稽。

朱绯彤抬起头来，看向朱文林，微笑。她的笑容还是那样有亲和力，只是此时眼里没有了亮光，显得有些怪异。

朱绯彤放下茶杯，茶水已有些凉了，人也应该走了。

"我最近工作比较忙，可能没办法在您最后阶段来医院看望。但每年清明，我不会忘记去拜祭您的。"

朱绯彤说完，起身离开，毫不犹豫，再也没回望一眼。她想，朱文林应该会很痛苦吧。

毕竟，最残酷的事，就是让人从满怀期望到彻底绝望，就像是他曾经对她做过那样。

真好，她今天也同样回报给他了。他们果然是亲生父女，流着同样残忍的血。

朱绯彤不蠢，她当然知道，如果朱文林是真的记挂她，何必等这么多年才重新出现？如果不是想要让她捐献肝源，何必将病历摆得让所有人都能看见？

当初在灵堂，她得知受骗后，并没有当面质问朱文林，不过是想留个幻想。

她可以幻想着都是叶云静的错，她爸爸并不知情。

她不是蠢，只是太需要那么一点儿父爱了。就像是小女孩在火中看见的幻境，明明知道都是风雪中的假象，可还是不管不顾，将手中的火柴全都划遍。

可是朱绯彤不懂，为什么到最后，连最后一丝幻想都不肯给她留下？

既然如此，那就一起坠入深渊吧。

朱绯彤就像是握着一把没有刀柄的刀，刺中了对方，她的手也被割得鲜血淋漓。

可是她一点儿也不后悔，从来没有人给过她选择。

当朱绯彤回过神来时，她已经在蔡敏家了，连她自己也不知道一路是怎么来的，只觉得迷茫之中，只有这个归处。

结果一进门，发现孔情也在。

“你们两个是约好的？回来也不说一声，我也好提前买菜啊。”蔡敏虽然是嗔怪，但看见两姐妹回家还是格外开心。

“买什么菜啊，我点了小龙虾，马上送到。”孔情在手机上拼命打着字，“应该还有五分钟就到，等我跟这个黑粉撕完就吃。”

孔情买了两大盆色泽艳红的小龙虾，还有各种卤菜，三个女人只能奋力解决。

孔情边吃还边不停跟黑粉对战。

“你就别跟他们扯了吧，扯不清的。”朱绯彤劝道。

孔情剥开小龙虾虾尾，咔嗒一声，清脆悦耳。

“凭什么不扯，骂了我，我还不能骂回去？你都不知道他们骂得多脏。他们要是再骂，我就开直播，直播上吊，我要告诉那些黑粉，都是他们逼死我的，我死了要化成鬼，找他们一个个算账，这辈子他们都别想睡觉！”

孔情激情洋溢的直播计划被蔡敏用一只小龙虾给堵住了：“这么多吃的都堵不住你的嘴是吧？还有，你们俩不要减肥，一个个瘦得跟鬼似的，我改天有空了炖了补汤来，必须都喝完。”

姜还是老的辣，威武还是姨妈威武。

反正吃的是外卖，也不用洗碗，三个女人吃完就坐沙发上看电视。

电视里播放着家庭伦理剧，编剧格外熟悉观众喜欢的剧情，一部剧里汇集了各种狗血情节，婆媳纷争，小三正房，凤凰男扶弟魔，应有尽有。

三个女人边指着电视边骂着。

“天啊，这男的眼睛糊的是屎吗？明明正房比较漂亮啊。”

“天啊，这婆婆是人吗？什么年代了还男尊女卑？”

“别给啊，你弟没手没脚吗？他凭什么不能挣钱？”

骂累了，朱绯彤和孔情分别坐在蔡敏的身边，挽着她的手腕中场休息。

朱绯彤记得，蔡颖去世后，她便住进了蔡敏家。入住的隔天，她放学回来时，便看见孔情在沙发上，挽着蔡敏的手坐着。

朱绯彤怔在原地，有些尴尬，正想要回房间，忽然蔡敏拍了拍身边的位置，叫住了她：“绯彤，别急着做作业，过来休息下，先看会儿电视。”

朱绯彤缓步走过去，在蔡敏身边坐下，蔡敏伸手，也将她搂住。

从那时起，她们三个开始相依为命。

结束短暂的回忆，朱绯彤将姨妈的手挽得更紧。

趁着广告间隙，蔡敏开始教育两人："你们两个现在住在外面，别以为我管不到就胡来，我告诉你们啊，找男朋友必须好好找，一定要人品好，对你们好才行。"

"人品一般，对我也一般，但是很有钱的行不行？"孔情忽然问。

蔡敏大手一挥："不行，太有钱的不靠谱，家里事多，不能要！"

闻言，孔情露出了为难表情——糟了，蓝海天就是巨有钱。

朱绯彤也露出了为难的表情——好像蓝青定也挺有钱的。

蔡敏也露出了为难的表情——她好像把两姐妹教育得太自信了。

她是不是该提醒她们——有钱人虽然有钱，但也不瞎呀。

正在这时，孔情的手机响起，她去到窗边接听。

"是，你找我干吗？不是说清楚了吗？什么，你找朱绯彤？"孔情转过头，疑惑地询问朱绯彤，"你手机关机了？"

蓝青定找了朱绯彤一天。

从中午起，她手机便处于关机状态，蓝青定找遍了整个酒店，询问过了每个跟她有关的工作人员，都没有任何发现。

最后黄助功查询到朱绯彤上午去找过朱文林。

得知这个信息后，蓝青定更是心急如焚，背脊渗出冷汗。他又翻遍了整个海城，甚至去找了徐小科以及丁敏，也是一无所获，最后来到了朱绯彤姨妈家楼下。

十八岁那年，蓝青定送朱绯彤生日礼物时，曾经来过一次，只是他并不知晓确切的门牌号。

正在焦急时，蓝青定看见了一辆熟悉的车。

黑色劳斯莱斯库里南，厚重而有威严感的顶级SUV驾驶座上，坐着蓝海天。

原来，"同是天涯寻妻人"。

朱绯彤也不清楚自己手机是何时关的机。

当时跟朱文林说完话后，她只觉得整个人都是恍惚的。或许下意识里，她只想要安静，于是便关了手机。

开机后才发现，蓝青定给她打了无数个电话，发了无数条短信，都是关心她在哪里。

朱绯彤忙冲下了楼，只觉内疚不已，暗悔自己太过自私，丝毫没有顾及蓝青定的感受。

蓝青定在他那辆 G500 前站着，车身纯黑低调，却映得他眉目越发柔和。

他脸上没有半分不耐烦，只微笑着看朱绯彤跑近自己。

朱绯彤跑得急，喉咙干涸，站在蓝青定面前竟一时说不出话来。

灯火阑珊中，蓝青定伸出手来，将朱绯彤抱在怀里，下颌抵着她的发顶，摩挲着，柔声道：“没事就好。”

朱绯彤只觉内心柔软熨帖，如同春水淌过四肢百骸。

两人正准备回去，朱绯彤忽然想起了孔情的嘱咐，又跑到了劳斯莱斯库里南前，小声道：“蓝先生，孔情手机关机了，她让我转告你……”

朱绯彤深吸口气，却声如蚊蚋：“她说，海在那边，你随时可以去投一投。”

翻译过来就是，让他去死。

说完，朱绯彤赶紧逃上了蓝青定的车，返回酒店。

蓝海天望着他们的背影，这才意识到，自己原来等了个寂寞。

在回酒店的途中，蓝青定打开了车内的音乐，舒缓悠扬，让朱绯彤的紧张感逐渐消减。

车窗外，是万家灯火，千里繁华。

朱绯彤垂首打开手机，一条条翻看着蓝青定白天时发来的信息。

【在哪里？】

【看见给我回个信息。】

【我很担心。】

【不管发生什么，有我在。】

【朱绯彤，别走。】

朱绯彤侧首望向旁边的蓝青定，可以想象在她关机的那段时间内，他该是何种焦心如焚。可是当看见她时，他却没有任何埋怨情绪。

只有一句“没事就好”。

朱绯彤只觉眼眸酸涩。

车内没水，两人都有些口渴，便停在超市前，进去买了几瓶矿泉水。

夜已深，超市里只有三三两两顾客。蓝青定将水放在结账处，正要扫支付码，忽然一盒红色小方盒跟水放在了一处。

蓝青定讶异地转头，看向拿来小方盒的朱绯彤。此刻的朱绯彤垂着头，蓝青定看不见她的神色，只看见她那双红得不成样子的耳朵。

收银台后，疲倦的收银员懒洋洋地结着账。收银台前，蓝青定紧握着朱绯彤的手，十指紧握，掌心如同烙铁。

从停车场到回公寓的路上，两人的手都紧握着，没有分开。朱绯彤感觉心脏仿佛移到了手掌上，每一下搏动都格外清晰。

朱绯彤回宿舍去拿了自己的换洗衣服，随后跟着蓝青定去了他房间。

其实气氛挺尴尬的，朱绯彤抱着换洗衣服坐在沙发上，惴惴不安，仿佛沙发上有无数根钢针。

她的手紧攥着，绷到皮肤发白。蓝青定牵起她的手，放置于唇边，轻吻着。

唇的温热与柔软，化解了手的紧绷。

“我先去洗澡，如果没想好的话，今天你可以先走。”

他给了她第一次反悔的机会。

随后，蓝青定去了浴室，里面传来了花洒喷洒的水声，每一声都像是一小滴紧张，浇在朱绯彤心上。

她拿起桌上的矿泉水，拧开，咕噜噜喝了一大口。

时间像是细线，拉扯着她的呼吸。

像是过了无数个沧海桑田，蓝青定从浴室走了出来，在她身边再次坐下。

他的身上，有清爽的沐浴露香气。

“如果害怕，现在还可以回去。”

他给了她第二次反悔的机会。

朱绯彤倏然站起身，但不是跑出门，而是奔进了浴室。

虽然是男生宿舍，但浴室里东西整洁干净，跟蓝青定一样。架子上摆放着一瓶新的沐浴露，是上次在超市里蓝青定和她一同买的，小苍兰味道。

热水伴随着香气淋下，整个浴室熟悉又陌生。朱绯彤洗了很久，久到觉得自己皮肤都泡到发白，这才关上水，穿好衣服。

可就在她的手握在门把手上的瞬间，忽然感觉自己浑身在抖，连牙齿都在咯咯作响。

还是㞞，还是怕。

朱绯彤想着，是不是可以跟蓝青定商量下，改天再进行，他应该会答应吧。

她打开了门，却发现蓝青定竟一直站在浴室门前等着她，不知站了多久。

他微垂着头，双眸幽深，里面有暗火。

刚沐浴完的朱绯彤，皮肤白润如玉，透着自然的红，水汽氤在眼眸里，湿润纯粹。

蓝青定俯下身，轻吻着她。

朱绯彤抖得越发厉害，抵着他的胸膛，声音犹豫不安：“蓝青定……对不起，我还是怕……今天能不能，不要。”

蓝青定顿了顿，随后，他的唇，从她的唇上，移到了她的耳垂上。

他的声音，还是一如既往的温柔。

“可是，已经没有第三次机会了。”

朱绯彤还没反应过来，蓝青定直接将她打横抱起，走入卧室。

他俯身吻住她。

他的吻，像是在惩罚，惩罚她当年的欺骗。他咬住了她的唇，却又不舍得用力，最终，化为了蛊。

蛊吸取了她所有的力量和神志，最后只能妥协。

吻，是失而复得的吻，是视若珍宝的吻，是执着嚣张的吻。

“关灯，好吗？”她问，声音微颤。

啪的一声，灯被关上。

“难受吗，我知道，”他声音温柔至深，“可是怎么办，欠的账，总要还的。”

他嘴里说着道歉，可是话里没有一丝道歉的意味。他封住了她的唇，继续索要着他的账。

半梦半醒之间，她似乎看见了窗外的星河，流光溢彩，璀璨夺目。

朱绯彤醒来时，已是隔天清晨。

窗外天光大盛，她下意识伸手，想要遮住眼。可手刚一动，她就被拥入温热怀抱。

背后的心跳声，清晰传来。

“去哪儿？”蓝青定的声音里还有迷蒙睡意。

“口渴，我去喝点水。”朱绯彤安抚地拍拍蓝青定的手，起身。她趿着拖鞋，来到厨房，给自己倒了杯水，咕噜噜喝下，缓解了喉部的干涸。

忽然一双筋骨分明的手又从后将她环住，声音仍旧是饱含睡意：“我也渴了。”

朱绯彤只得给蓝青定也倒了一杯。

他环住她不放手，她只能端着玻璃杯喂他喝下。

阳光透过厨房的小阳台跃入，晨曦暖热金黄，笼罩在他们两人身上，令时光柔软而静谧。

“怎么不多睡会儿？”朱绯彤问。

听蓝青定的声音，似乎还没休息够。

蓝青定没有说话，只是将下巴放在她肩上，半晌，才懒懒道：“怕你又走了。”

金色暖阳照在玻璃杯上，折射入她眼内，有些刺刺的疼。朱绯彤转过身，用力抱住蓝青定，低声道：“对不起。”

她对不起他。

蓝青定，本来是一个值得世间所有美好的人，可偏偏每次都为了她，而受到伤害。

有时候朱绯彤忍不住会想，要是蓝青定忘记她就好了。要是他们从来都不认识，他是不是会开心很多。

可是人生没有重置键，她可以做的，便是尽全力让他快乐。

“对不起？”蓝青定笑得饱含深意，“嘴上说说就完了？没有实际行动？账上添账，什么时候才能还清？”

“如果你指的是昨晚那种事，”朱绯彤抬起眼，眼神坚定，“你放心，我会好好学习的。”

他说的，和她说的，都恰好在一个频道。

蓝青定愣了半晌，摸摸她的头发，哑然失笑：“你怎么在这方面，这么……乖？”

朱绯彤的双眸，清澈盈润，映着的，全是他：“因为，想让你一直喜欢我。”

闻言，蓝青定眼里划过一丝情绪，他想说什么，但心中百转千回，最终只化为两个字：“别怕。”

他们两个，都别怕对方离开。他们两个，会永远在一起。

朱绯彤前段时间一直加班，格外辛苦，所以这次补休两天。蓝青定便依照诺言，带着她去海边冲浪。

朱绯彤和蓝青定穿上潜水服，带上冲浪板，牵着手来到海边。

远远望去，只见海天一色，景色秾丽，美到人心舒畅。

蓝青定先让朱绯彤在沙滩上进行划水和起身练习。

朱绯彤练习到怀疑人生："怎么回事，我感觉自己简直小脑失调，居然学不会？我记得以前高中时，我体育挺厉害的，怎么年纪越大越倒退了？"

"你高中时体育厉害？我怎么记得你每次长跑都是最后一名？"蓝青定边纠正着她的动作边回忆。

"有吗？"朱绯彤不肯承认。

这种丢脸的事，打死她也不认。

"我每次看着你跑步，就在想，这是我未来媳妇？要不，我再考虑考虑？"蓝青定眉心微挑，嘴角含笑。

"手拿过来。"朱绯彤表情冷静。

"怎么了？"蓝青定虽然这么说着，却还是乖乖将手伸过去。

朱绯彤握住他的小手臂，张口就咬，也没多用力，但也不轻，冷白的皮肤上咬出了印记。

"果然是仓鼠啊，咬上人了。"蓝青定故意叫疼。

"叫你以前小小年纪不学好，天天想什么呢。"朱绯彤假装生气。

蓝青定凑近她耳畔，声音里有深意："咬上瘾了是吧，昨天肩上咬的，还没好呢。"

朱绯彤想起昨晚，顿时耳朵红得滴血。

蓝青定见朱绯彤如新月清晕般的桃花面，眼眸更为深黑，他将唇凑近她，想要吻上她面颊。

正当两人靠近时，忽然一个清脆童声响起。

"哥哥，你会冲浪吗？我们比赛好不好？"

出声询问的是一个抱着儿童冲浪板的小男孩，细眼高鼻，长大走痞帅风估计能迷倒一众少女。

朱绯彤回过神来，忙将蓝青定推开。

蓝青定几不可闻地叹口气，转头对小男孩道："哥哥在哄媳妇，没空比。"

怎么又占她便宜？朱绯彤咬唇，作势要打蓝青定，却被他笑着握住手。

淡金色阳光下，两只手在空中十指交握，密不可分。

小男孩觉得不忿，嘀咕道："什么啊，该不会怕输吧？不行就不行呗，还找什么借口。"

话音落后，阳光照旧明媚，大海照旧澄净，可蓝青定却沉默了。

朱绯彤扶额，简直要给小男孩跪下了：“你为什么要惹他？！”

小男孩一脸无辜，摊手道：“怎么了？为什么凶我？我没说什么啊！”

接下来，蓝青定果断抛下媳妇，开始跟小男孩在海上比赛冲浪。

这次，换朱绯彤开始犹豫——余生真的就选这个人了？要不要再考虑下？

湛蓝晴空下，碧海无垠，雪白浪花滚滚而来，海边有不少冲浪爱好者。他们与海浪搏击，在巨浪中翱翔，与大自然共存共生。

坐在柔软的白沙上，金色暖阳晒着，朱绯彤将头枕在膝盖上。昨晚被折腾了一宿，她本来就缺觉，此时不免打起了盹来。

海浪声、游人的欢笑声逐渐变得模糊，忽然一个幽凉的声音在耳畔响起。

“绯彤……绯彤……”

朱绯彤下意识想要答应，但脑海中白光一闪，猛地清醒过来。

是蔡颖的声音。

她背脊生出薄汗，被海风吹拂，忍不住打了个寒噤。她已经很久都没梦见过蔡颖了，也不知道为什么，今天竟又会梦见。

正在怔忪之际，她忽然听见前方传来惊呼声：“宝宝，不可以！”

朱绯彤定睛一看，发现是一位年轻妈妈拉着四五岁的小男孩站在海边。小男孩的玩具不慎落在海中，他忙哭着去捡。

可浪花看似平稳，实则卷力巨大，眨眼的工夫竟将小男孩卷离了妈妈的手。

浪花一起一落，很容易便能将小孩卷至海中央，到时便是凶多吉少，岸边人顿时都惊呼起来。

此时，一个穿着黑白潜水服的人影，乘着冲浪板，快速滑到小男孩身边。颀长身影跳下冲浪板，果断利落地将小男孩捞起，平安送回岸边。

是蓝青定。

年轻妈妈惊魂未定，忙抱着孩子叠声朝蓝青定道谢。

“没事，但是海边还是挺危险的，带着孩子尽量还是要远离。”蓝青定柔声嘱咐。

朱绯彤忙奔过来，拉着蓝青定上下左右查看一番，焦急地询问：“没事吧？”

“没事，但我觉得这片海滩是不是应该加派个救生员，近期带小孩的客人比较多，我怕出事。”蓝青定建议。

“我明天就跟总经理反映一下。”朱绯彤忙切换到工作模式。

“走吧，正式入海冲浪。”

蓝青定不想再谈工作，牵着朱绯彤来到海上，准备实地教学。

可不管蓝青定怎么鼓励，朱绯彤只敢趴在冲浪板上，双手划水，不敢起乘。

“你知道自己现在像咸鱼吗？”蓝青定站在海中，帮朱绯彤扶着冲浪板。

“我肯定会呛水的。”朱绯彤摇头，“我放弃。”

“就算落水，我也会护着你，不会让你呛水的。”蓝青定安慰，“我什么时候骗过你？”

朱绯彤的眼睛映照着炙热阳光，却有些凉悠悠：“昨晚，你说，只一次。”

当场翻车，可蓝青定丝毫不尴尬，只气定神闲地回道：“这不是谎话，是情不自禁。”

好吧，资本家嘴里果然没有一句真话。

朱绯彤表示服气。

在蓝青定的训练下，朱绯彤最终还是决定勇敢起板。

一个小浪袭来，蓝青定将朱绯彤的冲浪板往前一推，朱绯彤按照之前练习的动作，一鼓作气，在板上起乘。终于，她成功起板。

碧海蓝天下，她乘风破浪，经受海风吹拂，心中的激荡无法言语，只觉得一瞬间，心境与天地同样辽阔旷达。

朱绯彤忍不住尖叫出声，像是要喊出内心所有的阴郁。

但毕竟是新手，只在板上站了片刻，她便失去平衡，掉入海中。蓝青定及时游来，将她稳稳扶住。就像是过去无数次那般，他都默然护住了她。

海面波光粼粼，海鸥翱翔天际，蓝青定的冷白皮肤在阳光下显得更加洁净。

八年前的少年，八年后的男人，在这一刻，合二为一。

朱绯彤双手环住蓝青定的颈项，用力吻上了他。

吻上了她的少年。

冲完浪后，两人换好衣服，饿得不行，便去美食街上觅食。吃了各种小吃，最后还从一位老婆婆那儿买了拉丝糖。

买完后，两人走在回酒店的小路上。

“要是我们高中时就在一起，是不是放学后也会吃这些？”蓝青定问。

朱绯彤郑重回忆了下，认真道：“能不能吃这些我不知道，我能确定的是，如果那时候我们在一起，我的脚会被姨妈打断。”

蔡敏当年严厉警告过她和孔情，要是敢在考上大学前谈恋爱，直接家法伺候。

“你姨妈这么厉害？”蓝青定挑眉，“那以后到了见家长那步时，我一定要小心。”

“见家长？”估计是运动量过大，朱绯彤觉得心跳得有点快。

“是啊，下个月是我妈生日，你要不要去？”蓝青定轻描淡写地问。

朱绯彤瞬间觉得，嘴里的糖不甜了。她微垂下头，踩上了一片落叶，落叶发出咯吱声响。

蓝青定敛去眼里的黯色，笑着揉揉她脑袋：“没事，还早，到时候我们再看。”

朱绯彤点点头。

蓝青定将吃完的小吃盒丢入垃圾桶，回过头来，看见朱绯彤还站在原地，单脚踩着落叶，垂着眼，嘴角有笑，可那笑却淡得看不见。

他叫她：“朱绯彤。”

朱绯彤抬头，只见灿烂晚霞，棕榈树下，蓝青定张开手，眉目温柔：“过来，让我抱抱。”

那晚霞和温柔，直接照入她心里。

朱绯彤小跑过去，双手环住蓝青定的颈项，跟考拉似的，攀在他身上，抱住了他。

蓝青定将她整个人抱起，眉心轻折，命令道：“不准不开心。”

朱绯彤像是拥有了全世界，她亲着他的眉心、眼睑、鼻梁、脸颊，一下下，故意亲得很大声。

她要让所有人知道，她有他。

“教了这么多遍，还是没学会？”蓝青定不满。

随后，他吻上了她的唇，温柔缱绻。

他要让所有人知道，她有他。

朱绯彤将沙滩上的安保需要升级的情况告诉了李子露，李子露对此格外重视，并在例会上对朱绯彤进行了褒赞。

虽然只是简单的一句话，但朱绯彤已觉受宠若惊。

李子露算是铁面无私的典范，能被她夸赞一句，朱绯彤觉得自己这几个月算是没白忙。

例会后，走在大厅内，姚雨倩用手臂碰碰朱绯彤，道：“你算是咱们团队里总经理夸的第一人，前途无量啊姐妹，记住，苟富贵，莫相忘。”

两人正在说笑时，忽然一个西装革履的男人朝着她们走来。

见到姚雨倩，那男人像是想到什么，笑道：“姚经理，麻烦今天帮我多准备一床被单。”

见到来人，姚雨倩脸色有些怪异，但还是撑住了笑容：“好的，胡先生。”

那男人三十岁出头，其实外貌也算是周正俊朗，只是那双眼太过风流，气质上显得落了俗气。

他正要离开，忽然眼神瞄到朱绯彤，眼里顿时亮起了兴味的光。

风流的眼神，从朱绯彤的脸移到她衣服上的工作牌上，那表情显得格外轻佻，让朱绯彤升起不适之感。

男人并没停留多久，接着迈步前进。

姚雨倩见他走了，长松口气，不等朱绯彤问，立马开启了八卦模式：“那个男人，叫胡野峰，是耐基电子的销售总监。耐基电子跟我们酒店是战略合作伙伴关系，他这段时间常住我们酒店。

“你不知道，这个男人，长得人五人六的，可感情生活太乱了，每天都带不同的女人到酒店房间。这就算了，他还喜欢占我们工作人员的便宜，上次我就吃亏了，简直气死。要不是看他们公司每年贡献给我们酒店七位数，我早一巴掌扇过去了。我看他刚才一直在看你，你可小心点。”

想起那男人刚才的眼神，朱绯彤总觉得背脊有凉蛇在爬，忙不迭点头。

下午，朱绯彤在酒店继续工作，快下班时，收到了蓝青定的微信。

蓝青定：【在超市，要买什么？】

朱绯彤：【鸡肉，青菜，薯片。对了，再买点草莓吧。】

蓝青定：【好。】

本来这段平平无奇的情侣日常对话到此应该结束，可蓝青定刚打出了“好”字后，又进行了撤回操作。

随后，他又发来一条消息。

蓝青定：【草莓，家里有。】

朱绯彤挠挠头，家里有草莓这事，她咋不知道？

她正准备问个究竟，忽然大厅前台同事说有人找她。

朱绯彤赶到大厅时，看见了叶云静以及朱唯一。她和朱唯一已经八年没见了，但朱唯一的模样和小时候变化不大。朱唯一长得像叶云静，看上去和朱绯彤毫无相似之处。

朱绯彤想，也许注定了她们不可能是一家人。

她带着她们母女去了酒店外的咖啡馆。

咖啡馆环境幽雅，装修偏冷淡风，咖啡香气萦绕。

朱绯彤要的是美式咖啡，不加任何奶和糖，她喝了口，苦味浓郁，苦到极致，竟也有淡淡回甘。

她看向对面的叶云静，多年来养尊处优，模样变化不大，只是眼神中的精明市侩更为明显。

叶云静向来认为伸手不打笑脸人，于是故意夸赞道："唯一，你看看姐姐，多厉害，年纪轻轻的，现在都是五星级酒店的总经理助理了。你姐姐成绩向来都好，你呀，要多向她学习。"

朱绯彤冷漠地看着叶云静的表演，淡声道："有事的话，可以直说，我还要上班，没时间表演姐妹情深。"

叶云静敛去笑容，苦着脸道："绯彤，以前的事，都是我不对，你别怪你爸爸，他始终都是想着你的……"

"这句话，你在八年前已经骗过我一次了。"朱绯彤提醒。

再次被打脸，叶云静倒也不急躁，只是深吸口气，从包内拿出了一张检查报告，哀声道："绯彤，你爸爸现在情况真的很严重，已经躺在重症监护室了。医生说，只有移植肝脏这一条路可以救他的命。我们也是没有办法才来找你的，你妹妹有肝炎，没办法做移植手术。你看，这是医生出具的检查报告，我们真没骗你。"

见朱绯彤没有伸手去接，叶云静主动将检查报告递到她桌前。

美式咖啡仍旧在冒着热气，染着苦味的白雾氤得朱绯彤眼里的神色更加淡薄："报告的日期，是昨天。"

"是的，昨天刚检查出来的。"朱唯一抢着道。

"而他，是在上一周找的我。"朱绯彤一字一句将话说出，"意思就是，在需要肝源时，他第一时间想到的，是从不曾关心过的大女儿。而不是，备受你们疼爱的小女儿。"

闻言，叶云静和朱唯一脸上闪过慌乱，她们一时忘记了这茬。

确实，当得知朱文林需要肝移植时，叶云静害怕影响女儿的身体，便出了主意，让朱文林先去找朱绯彤，没想到却遭到了朱绯彤的拒绝。叶云静没办法，这才让朱唯一去做了检查，结果却查出有肝炎，不符合移植条件。

事到如今，叶云静只能打出感情牌："难道你要眼睁睁看着自己亲生父亲去死吗？"

朱绯彤声音镇静无波："我不会捐献的，如果注定要死，那也是他的命。"

就像是，她命中，注定无父无母。

朱绯彤以为自己会很难过，但很奇怪，她此刻心情平静无澜。

没有希望，就不会有失望，这句话是真的。

似乎再没什么好谈的，朱绯彤起身，准备离开。

这时，叶云静忽然发出了短促的笑声，像是金属在玻璃上刮蹭，听着让人格外难受："听说，你和蓝家小儿子在一起了？要是蓝家知道你是这种连自己亲生父亲都不救的人，还会允许你进门吗？"

朱绯彤身子顿住，像是水，忽然停止了流动。

叶云静眼里划过得逞的光。

但停顿只有那么一瞬，朱绯彤的手指，碰上咖啡杯的杯壁，指腹上有刺烫的触感。她忽然将咖啡举起，朝着叶云静泼去，顿时激起一阵尖叫。

黑色的咖啡，淋了叶云静满头满脸，而朱唯一也溅洒到不少，两人看上去格外狼狈。

"难怪电视剧都爱这么演，挺解气的。"朱绯彤放下咖啡杯，陶瓷的咖啡杯在桌上发出清脆声响。她转身，朝着大门走去。

身后是叶云静以及朱唯一的尖叫声、咒骂声，朱绯彤置若罔闻。

走出咖啡馆大门，阳光暖柔，透过街边林木，在她身上投下圆形光晕。她忽然觉得整个街道异常空旷，大到让人生出虚幻感，此时此刻，她只想赶紧回到宿舍。

朱绯彤快步走着，到最后快接近公寓时，几乎近似奔跑。她打开宿舍门，看见蓝青定正站在厨房里清洗着菜，背影颀长高挺。

在看到他的那一刻，朱绯彤感觉心内的虚空霎时消失。她走上前去，从后抱住了蓝青定的腰，侧首贴在他背脊上。

"回来了？"蓝青定问。

"别动，让我抱抱。"朱绯彤深深呼吸着蓝青定身上的气息，像是搁浅多时的鱼终于回到了水里。

“出什么事了？”蓝青定握住她的手，感觉她指尖冰凉。

“没什么，就是想你了。”朱绯彤的头埋在蓝青定背脊上，声音嗡嗡的。

“别怕，有我在。”蓝青定轻声安慰着。

“嗯。”朱绯彤重重点头。

似乎从抱住蓝青定的那刻起，坏情绪便一扫而空。朱绯彤等心情好转后，便放开蓝青定，开始翻找冰箱。

“草莓呢？你说家里有的，在哪儿？”

冰箱门被一只冷白的手关上，朱绯彤随即被推靠在冰箱门上。

蓝青定微垂首，双眸锁住她，向来清冷的眼里此刻埋着暗火。

“要几颗？我帮你种。”

原来此草莓，非彼草莓。

“不行！明天我还要上班见人的！”朱绯彤忙用力推开他。

要是被人看见满脖子“草莓印”，那她还活不活了？！

“有丝巾，戴上可以全遮住。”

似乎已无后顾之忧，蓝青定越发变本加厉。

“你一天天到底在想什么？”朱绯彤简直是服气了，连补救措施都给思考得如此周全。

“在想……”他的声音温热柔软，“朱绯彤。”

一直在想着朱绯彤，只想着朱绯彤。

他温热的气息，吹入她耳郭内，像是最强效的酸，将她筋骨融化。

她的身后，是冰箱门，金属的冰冷。她的前方，是蓝青定，温柔的暖热。厨房开着灯，朱绯彤仰着头，看向那莹白灯光，那灯光开始有节奏的晃动。

她眼里似乎聚起了水光，她看见，光影晃动间，蓝青定的脸，从极度隐忍到如愿以偿。

在冰箱门前单脚站了太久，朱绯彤脚酸到不行。睡前，蓝青定拿来热毛巾，为她按摩热敷。

也许是太过疲倦，朱绯彤很快便入睡。

她做了个梦，梦见自己站在海边，黄昏的海滩，天际晚霞浓烈。

前方，蓝青定一身白色西装，手中拿着温婉高雅的百合捧花。他的身后，是反射着绚丽红霞的海浪。

她快步朝着蓝青定奔去，可没跑几步，忽然脚下踩到了什么。她低头，看见了自己脚边的朱文林。

朱文林躺在沙滩上，他紧闭双目，脸色灰白，似乎已无任何生命迹象。

朱绯彤双脚一蹬，顿时惊醒过来。只觉汗出如浆，浑身止不住颤抖。

幸而身边的蓝青定立即将她抱住，她仍旧觉得心有余悸，牙齿止不住打战。

“做噩梦了？”蓝青定关切地询问。

朱绯彤点点头，将他抱得更紧。

“梦见什么了？”蓝青定亲吻她的发顶，安抚着。

夜风吹拂窗帘，轻柔月光透入屋内，可光线太弱，驱不散晦暗。

朱绯彤闭上眼，轻声道：“梦见你不见了，醒来见到你，真好。”

朱绯彤做噩梦的频率似乎越来越高，有时候梦见的是毫无呼吸的朱文林，有时候梦见的则是始终背对着她坐在病床角落的蔡颖。

每次噩梦惊醒后，她便很难入眠，导致近段时间精神状况很不好。

蓝青定自然是看出来了，面对他的询问，朱绯彤只借口说是自己工作压力太大导致。

朱绯彤偷偷去医院开了药，可是效果似乎有限，她最终决定将一切交给时间治愈。

这天，姚雨倩休假，朱绯彤接到了值班人员通知，说是海景套房的胡野峰对浴巾清洁方面有意见，指明要她前去解决。

朱绯彤沉思片刻，最终前往海景套房。

开门后，胡野峰那双风流过度的眼始终在朱绯彤身上转悠，令她不适，但也只能强忍住，礼貌应对。

“胡先生，请问有什么可以为您效劳？”

胡野峰从浴室里拿出了一条浴巾，笑得颇有深意：“这上面似乎有污迹。”

朱绯彤伸手去取，胡野峰的另一只手却顺势伸出，想要摸她的手。朱绯彤立即退后，没让他得逞。

毕竟也算是客人，场面不好弄太僵，朱绯彤不动声色道：“胡先生如果是对浴巾不满，我这就去为您更换。”

朱绯彤说着便想要出门，胡野峰却挡在门前，斜睨着她，那神态格外轻佻：“朱小姐，你何必这样不解风情呢？你也知道我醉翁之意不在酒，在你。”

这算是给脸不要脸了，朱绯彤也不再跟他虚与委蛇，正色道：“胡先生，请您让开，否则我会报警。”

胡野峰却笑得格外邪气：“朱小姐何必闹成这样呢，其实我是真心喜欢你。大家都是成年人，也别拐弯抹角浪费时间，开个价吧。”

“胡先生，您这是在对我进行性骚扰。”朱绯彤蹙眉。

“别装了，我也知道你们服务行业，就拿死工资，一年忙到头也没几个钱。要不，你陪我一次，我给你买个名牌包？”胡野峰话语之间越发露骨。

“胡先生，您是在对我进行侮辱。”朱绯彤眉目冷凝。

胡野峰笑得颇有些狂妄：“怎么，难不成，你还要去告我？你可得想清楚，酒店可不会为了你这样一个小角色得罪我们这种大客户的。”

“胡先生，您这是在威胁？”朱绯彤此时忽然笑了。

她笑容向来和善，但此时多了丝狡黠。

胡野峰心里划过不妙之感，正待发话，朱绯彤忽然从身后拿出了手机。

“刚才我和你的对话，我已经全部录下。”

胡野峰低咒一声，正要去抢，朱绯彤却适时制止了他：“删除也没用，我已经发给我同事，她那边有存档。”

胡野峰吞口唾沫，死死地盯住朱绯彤，一副实不相瞒很想掐死她但是又不敢的表情。

朱绯彤敛下笑意，严肃警告道：“胡先生，出于职业道德，在您入住我们酒店期间，我们会尽心为您服务。但如果您还是死性不改，继续对我们工作人员不尊重，我会将这录音传给贵公司。公司高层对合作酒店员工进行骚扰、侮辱、威胁，我想，任何一个公司都不会允许出这种丑闻吧。”

闻言，胡野峰面部抖动，努力压抑住怒意和惧意，赔笑道：“朱小姐，我只是开个玩笑，别介意。”

“您也许是开玩笑，但我刚说的那些话却没有一个字是玩笑，希望以后胡先生能学会如何尊重我们员工。”朱绯彤正色道，“现在，麻烦让开。”

胡野峰只得乖乖避让，朱绯彤款步走出套房。

而在转过走廊时，朱绯彤立马背靠在墙上，努力拍抚着胸口压惊。

刚刚她虽然强装镇定，但心头还是慌得不行，毕竟是孤身直面那种人，难免出什么意外，不过幸好也拿到了证据，之后胡野峰也不敢再胡来。

虽说这种事是他们酒店占理，可要是闹大，或多或少会影响酒店与耐基电子的关系，所以还是冷处理为好。

朱绯彤将音频在微信上发送给了姚雨倩，顺便将这天的事大致跟她说了遍，提醒她今后小心。

但姚雨倩休假时向来都是睡一天，估计还在睡梦中，始终也没回复。朱绯彤暂时将此事按下不表，照常工作。

这天下班后，蓝青定带着朱绯彤去参观了酒店即将竣工的 D 区。

D 区是兰特酒店筹建了三年的新项目，内部有水族馆、水上乐园以及最受期待的水底套房。

蓝青定牵着朱绯彤来到 D 区的水族馆，透过超大的透明亚克力观赏幕墙，可以看见几万尾海洋生物在清澈的水中游弋。

整个水族馆是幽蓝色，仿佛失落的神话世界，而他们是其中唯一一对客人。

朱绯彤被这壮观美景所蛊惑，心尖都泛着激动。

“下个月这边就会投入使用了，你是第一位客人。”蓝青定牵着朱绯彤的手，走在水族馆里。

“我们这是传说中的公费恋爱？”朱绯彤笑问。

“浪漫吗？”蓝青定问。

朱绯彤忙点头。

“那，给个奖励？”蓝青定凑近朱绯彤。

他的眼神，早已攫住了她那红润饱满的唇。

朱绯彤忙捂住他的嘴，用眼神示意摄像头：“不能亲，这里有摄像头。”

朱绯彤的掌心贴在蓝青定的唇上，他握住了她的手，却没有放下，而是一寸寸吻着她的掌心。

“回……回家再亲。”朱绯彤被他撩得浑身发麻，忙想要抽回手。

“回家可不会只是这个程度了。”蓝青定轻笑，那笑容映着此刻观赏幕墙内的水，幽蓝而深邃。

水族馆内的海水更蓝了，朱绯彤的脸则更红了。

蓝青定终于将她的手放下，十指交握，牵着，道：“不闹你了，多看会儿，回家做个好梦。”

朱绯彤这才醒悟，蓝青定带她来，是想舒缓她的心境。这段时间，她确实因为那些噩梦，睡眠质量直线下降。

朱绯彤没说什么，只是将头靠在蓝青定肩上，嘴角不自觉漾出了笑意。

参观完水族馆后，蓝青定又带着朱绯彤来到海狮乐园，可以在浅滩上，跟海狮近距离互动。

“开放后，应该可以吸引很多带小朋友的旅客群体。”朱绯彤摸着海狮的头，海狮温顺地跟她互动着。

“拍个照吧，我们还没合照。”蓝青定将手机交给了工作人员，请他帮忙拍照。

没想到第一张合照就是两个人加一头海狮，朱绯彤实在是始料未及。

海狮是只懂事的海狮，平时训练有素，在工作人员的命令声中，主动去亲吻朱绯彤。朱绯彤正要享受人生中第一次与海狮的亲吻，忽然一只冷白的手挡住了海狮的嘴。

朱绯彤诧异地望向蓝青定，对方却理所当然地望向她：“我都不能吻，它也别想。”

海狮脸上飘过“人类果然很智障”的淡然，随后摇摇摆摆离开两人去吃自己的鱼。

居然跟一头海狮吃醋，朱绯彤确实是服气了。

参观完水族馆后，朱绯彤和蓝青定回到宿舍。两人都有些累了，便躺在沙发上打开电视观看。

朱绯彤拿着手机，查看着刚才工作人员帮忙拍的照片。照片里，她自己对着镜头微笑着，那双眼里浸着星，而身边的蓝青定，则侧首专注看着她。

他看着她的样子，就像是整个世界只有她。

朱绯彤看着照片，情不自禁地微笑着。

“来，设置成情侣头像。”蓝青定作势要拿她的手机。

“不可以，我微信里全是同事，会曝光的！”朱绯彤忙去夺过来。

“开玩笑的，不过我就这么见不得光？”蓝青定揉着她的头发。

“主要是不利于开展工作。”朱绯彤只得用这个借口搪塞。

累了一天，朱绯彤觉得身子黏糊糊的，便拿了换洗衣服去浴室洗澡。

客厅里，蓝青定正看着电视，忽然朱绯彤放在桌上的手机有信息提示声。

蓝青定向来不会看朱绯彤的手机，可这次那信息噼里啪啦发了好几条来。

他下意识瞄了眼，发现是姚雨倩发来的信息。

姚雨倩白天出门玩，手机用得没电了，晚上回家充完电才听见了朱绯彤发来的录音，顿时怒气值爆棚。

姚雨倩：【什么？那个姓胡的居然把你锁在房间想对你下手？】

姚雨倩：【他个王八蛋，你没被他占便宜吧？！】

姚雨倩：【太过分了！我明天上班一定用他的浴巾来擦马桶！】

看着姚雨倩的话，蓝青定眼里霎时凝出冷色，他将朱绯彤的手机取来，解开了锁屏。

两人的手机密码都是同一组号码，是他们在一起的那天。

蓝青定点开了朱绯彤发给姚雨倩的录音：

“大家都是成年人，也别拐弯抹角浪费时间，开个价吧。”

“要不，你陪我一次，我给你买个包？”

“怎么，难不成，你还要去告我？”

浴室中的朱绯彤刚打开了水龙头，正要洗漱，忽然听见外面隐约传来了对话声。她关上水，仔细一听，发现竟是自己与胡野峰的对话录音。

朱绯彤浑身震动，忙跑出浴室。

只见蓝青定坐在沙发上，唇紧抿着，手里拿着自己的手机，屏幕上正是她和姚雨倩的微信对话界面。

他微垂首，灯光在他脸上拓出荫翳。

朱绯彤缓步走到蓝青定身边，坐下，手抚上他的手臂，轻声道：“是小事，我都解决了，真没什么。”

“我说过，有事要告诉我，我一直都在。”蓝青定嘴角忽然扯出了一个弧度，带着自嘲的浅淡笑意，声音里有低低的哀叹，“朱绯彤，我是不是，特别不值得你的信任？”

朱绯彤像是被扇了一巴掌，只觉得满脸都是热辣辣的疼。她有满腹的话，此刻却都堵在了喉咙间，什么也说不出口。

“好了，去洗澡吧，早点休息。”蓝青定还是如往常一般，揉揉她的头发。

他始终很平静，只是那只手，却不像平日般温暖。

染着凉意。

蓝青定没再提过录音的事，可朱绯彤觉得他还是生气了。

一连几天，他回来得都比较晚，虽然每晚也是抱着她入眠，却没有碰过她。

朱绯彤心里像是蒙上层白油，腻且闷。就连上班时也是恹恹的，总提不起精神。这天姚雨倩连叫了她两遍，她才回过神来。

“啊，什么？”

姚雨倩仔细打量朱绯彤的神色，关切道：“你这两天脸色好差，是不是病了？”

“可能有点感冒。”朱绯彤摸摸脸颊搪塞。

姚雨倩也就信了，忙道：“你知道吗？胡野峰终于遭报应了。也不知怎么回事，耐基电子忽然就成立调查组对他展开调查。他那种人，做过不少小偷小贪的事，并且还在公司里乱开展男女关系，帮女性手下调职。耐基电子以此为由直接将他辞退，估计他以后在业内都找不到工作了。他前天不是灰溜溜跟丧家犬似的退房了吗？结果今天我们有员工去医院看病时撞见了他，说是他走在路上，不知怎么的就被几个人围住，狠狠揍了一顿。我们猜，他一定是得罪了什么人……”

朱绯彤听着，只觉眉心一跳，她怀疑这些事都是蓝青定做的。

这天，蓝青定很晚才回来。他洗完澡后，便躺在了朱绯彤身侧，却是背对她躺着。

朱绯彤翻转过身，从后将他抱住。她的脸颊贴着他的后脑，他刚洗完头吹过，发丝柔软温热。

朱绯彤开始亲吻着蓝青定的后颈。

她索要。

蓝青定身子一僵，随后紧握住她的手。

“睡吧，明天还要早起呢。”浮动的夜色里，他声音暗哑。

他拒绝。

朱绯彤只得停下，她闭上眼。

夜色幽幽，这一刻，虽然他们靠得那样近，可朱绯彤却感觉他们似乎相隔很远。

咫尺天涯。

这天晚上，朱绯彤再次梦见了蔡颖。

梦中，她坐在屋顶花园的秋千上，而蔡颖却始终背对着她坐在休闲椅上。

蔡颖似乎絮絮地说着什么，她用力去听，才听清了蔡颖的话。

蔡颖低声重复着："爱是海……你为什么……就是不听话呢？"

朱绯彤双脚一蹬，猛地清醒过来，浑身出了层薄汗，又是一场噩梦。

凉风吹拂，冷得刺骨，朱绯彤缓慢睁开眼，准备起身去厨房喝水。

但当她看清眼前的事物时，忽然浑身猛颤——她正坐在屋顶花园的秋千上。

似乎永远都不能从噩梦中清醒。

朱绯彤用力掐着自己的掌心，她感觉到了疼，不是梦，是现实。

她不清楚自己到底是怎么从卧室来到了天台花园，她只觉得浑身因为害怕而发抖。

屋顶花园没有开灯，到处都是鬼影森森，那些花草仿佛有了生命，在逐渐变得狰狞。她想站起来，双脚却因为恐惧而瘫软。她喉咙被惊怖堵住，根本发不出一个音节。

就在浑身血液即将凝结成冰时，忽然有个高大身影快速冲来，在她面前蹲下。

是蓝青定。

蓝青定夜里醒来，却发现身边的朱绯彤不见踪迹。他立即起身查看，发现大门竟是大开的。

那一刻，他只觉额间冰凉，手心中满是冷汗。

蓝青定努力镇定心神，正要下楼寻找，忽然看见天台门是开着的，有隐约夜色透出。他立即跑上天台，在秋千上看见了面色苍白如纸的朱绯彤。

朱绯彤看着蹲在自己面前的蓝青定，他双眸湿润，有熠熠星光，不刺目的光明，足以驱散她的黑暗。

那些惊惧如受惊的黑鸦，霎时飞散远离，朱绯彤一把将蓝青定抱住。她浑身冰凉，皮肤上全是黏腻的汗。

"蓝青定，你是不是，"她声音轻到几乎听不见，"不喜欢我了？我们是不是，要分手了？"

她的话，像是低到尘埃里。

酸软和疼惜在蓝青定心头蔓延开来，像是要侵蚀出无数的空洞。他将她抱住，像是要将身体里所有的温度都给予她。

"朱绯彤，分手这种事，你想都别想。"他温柔的声音中透着低沉的跋扈。

"可是你都不碰我了。"朱绯彤喉间哽咽，"那件事，我不是故意瞒着你的。我只是，不想成为你的拖累，不想给你添麻烦。”

朱绯彤的刘海被冷汗浸湿，粘在额头，蓝青定轻柔地帮她抚顺。

“我希望成为你的依靠，你希望不要成为我的拖累。这件事，没有谁对谁错。”蓝青定轻声道，“我们今后也许还会像其他情侣一样，会冷战，会对彼此生气，但是绝对不会分开。因为，忘记你，是菩萨都没办法让我做到的事。”

【蓝青定要忘了朱绯彤。】

她的木牌，求了八年，却抵不过他的思念。

他的声音是有温度的，覆在朱绯彤心上，将那层白油尽数融化。朱绯彤的心，恢复了跳动。

这时，蓝青定才看见朱绯彤是光着脚的，他眉心微皱：“你没穿鞋就上来了？”

朱绯彤也不知怎么解释自己会在这里，当下也只能颔首：“嗯。”

蓝青定将朱绯彤打横抱起，回到了房间。

朱绯彤浑身都是黏腻冷汗，便去浴室重新洗漱。

热水淋下，将冷意洗尽，她神志逐渐清醒，心里忽然生出一个疑惑。她究竟是怎么半夜到天台上的？为什么完全没有记忆？难道是开始梦游了？

正在思考之际，忽然浴室玻璃门被人推开。

朱绯彤诧异地抬眼，对上了蓝青定那双深黑的眼眸，她吞口唾沫：“我……不是锁门了？”

“我有钥匙。”蓝青定一步步向她走来。

花洒的水，也淋在了他身上。

“你刚才控诉我没碰你。”蓝青定眼神里有暗火，声音沙哑，“四舍五入，今晚是你求我的，所以，别喊累。”

朱绯彤还没有回过神来，那吻混合着热水铺天盖地而来。

手抚着冰冷的瓷砖，玻璃上，有晃动的人影。

热水，流淌了很久，很久。

今晚的蓝青定，似乎永不知餍足。

第十二章

我愿为你，飞越山海

朱绯彤向来敬佩丁敏。

这位大神从来都把自己的生活安排得明明白白，有滋有味。

在学校时，丁敏便是上课认真听讲，下课认真看漫画的那种玩耍型学霸。三年高中读下来，不仅考上重点大学，而且各种电视剧、动画片、游戏都没落下。

所以当丁敏在朋友圈晒出和徐小科的结婚证照片时，朱绯彤的吃惊之情只持续了三秒。

毕竟，不愧是丁敏。

丁敏和徐小科决定在兰特度假酒店举办婚宴，兰特度假酒店格外赠送了三天总统套房给新人居住。婚宴前一天，丁敏在酒店跟宴会负责人沟通确定完婚宴事项后，便在总统套房住下，当天晚上邀请所有女性朋友开个婚前单身派对。

丁敏的朋友也基本是各种领域的学霸大神，有位大神叫来了几名男公关。大家都有分寸，并不想真做什么，只是想助兴增加气氛。

朱绯彤自然也参加了这次聚会，大家在沙发上看着三名相貌俊朗身材姣好的男人跳男团舞，现场气氛高到极点。

朱绯彤正看到兴头上，蓝青定忽然发来信息。

蓝青定：【什么时候结束？我来接你。】

要是被蓝青定看见几个男的在这里，就是跳进黄河也洗不清了，朱绯彤立即表示拒绝。

朱绯彤：【还有一会儿，我等会儿自己回来，你先睡。】

等了很久，蓝青定才回了个字。

蓝青定：【哦。】

朱绯彤现在看见“哦”字都有心理阴影了。

不过想着自己确实也没做啥坏事，只能强自镇定，关上手机。

作为宴会主人，丁敏却照旧是那副高冷到极点的冷漠神色。

朱绯彤坐她旁边正喝着香槟吃着甜点，忽然听见丁敏问道：“你和蓝青定，打算什么时候结婚？”

朱绯彤吓得差点没把香槟从鼻子里喷出来，只能边咳嗽边拍胸挽救自己的小命：“还早，我们没谈到这个。”

“见家长了吗？”丁敏问。

朱绯彤顿了顿，摇头：“你也知道，我家里关系很复杂。而且最近又发生了一些事，导致我总做噩梦。如果真走到见家长那步，肯定会牵扯到双方家庭这方面，我怕可能影响我们感情。”

“总归是要去面对的。”丁敏冷声劝道，“我和徐小科订婚时，双方父母见面还大吵了一架，现在四个老人照旧还是亲家长亲家短地喊。两个完全不同的家庭，肯定需要磨合。有问题，就一步步解决，没什么好怕的。”

丁敏的学霸思维简单又干脆，似乎让朱绯彤的心境也舒缓不少。

跟丁敏再聊了会儿，觉得时间不早了，怕蓝青定多想，朱绯彤便决定告辞。

谁知丁敏有几位女性朋友喝嗨了，见朱绯彤要走，怎么也不让，并且还让其中一个男的拦住她。

拦人这种事，他们是专业的，朱绯彤正走到玄关处，一人伸出手，直接将她“壁咚”在玄关墙壁。

这位走的是肌肉健硕风，皮肤是健康古铜色，整个人看上去高大且威猛。但确实不是朱绯彤喜欢的那种类型。

他凑近朱绯彤，笑得职业且诱惑，只是身上的香气有些过分浓郁。

朱绯彤当即有点慌，心里只有一个念头——糟了，得给小费啊。她带的零钱不够怎么办？也不知道这种场合是否支持扫码支付。

倒不是歧视，主要人家也是从事一份自力更生的工作，她不能白占人家便宜。

正在纠结时，忽然门外有人按响门铃。刚丁敏叫了宵夜客房服务，应该是送香槟和美食来的客房服务人员。

朱绯彤此刻被“壁咚”着，动也不敢动，于是只能丁敏去开门。

开门之后，丁敏那边却迟迟没有动静，半晌，才轻咳声，用罕见的柔声道：

“绯彤，找你的。”

朱绯彤正疑惑着能发出这种声音的丁敏是不是撞鬼了，侧头看去，对上了蓝青定那双比鬼还可怕的幽深眸子。

被抓了个现行。

丁敏果然是学霸，当即毫不犹豫抛下朱绯彤逃离战斗现场。

“回家吧。”蓝青定是个有大局观的人，当即也没发作。

在蓝青定转身的瞬间，朱绯彤跑过去拉住他的手。

她的指尖，染着急切的温度。

蓝青定眉间微挑，心内正要软上半分，忽然听朱绯彤开口：“有现金吗？得付小费。”

蓝青定：“……”

夜色里，浩瀚海面上，洒满银色月光，两人越过海滩走在回宿舍的路上。

平时蓝青定总是要牵着朱绯彤的手，可今天面对着朱绯彤主动伸来的手，蓝青定却怎么也不牵。

朱绯彤只能去拉他的手臂，赔笑道：“你怎么来了？”

蓝青定的声音，在夜里，有微微的凉：“徐小科拜托我来看看丁敏，怕她玩疯了。不过没想到……着火的是我家的房子。”

朱绯彤本来觉得自己是理直气壮，可被蓝青定这么一说，不知怎的，忽然觉得自己连人都不配做了。

“真没有，就开个玩笑。”

朱绯彤忙解释，并伸手继续去挽蓝青定的手臂。

此时的蓝青定是高冷禁欲的蓝青定，他面无表情地将朱绯彤的手从自己手肘处拉下。

“别碰，我肌肉太少，我不配。”

朱绯彤再挽，他再拂。

“别碰，我长太白了，我不配。”

字字都是针对刚刚“壁咚”她的那位有古铜色肌肉的健硕男人。

朱绯彤彻底没辙。

蓝青定往前走，鞋子在沙滩上留下染着醋意的印迹。

朱绯彤忽然叫住他：“蓝青定！”

蓝青定停住脚步，刚转过身，却见朱绯彤快步走到他面前，踮起脚，双手揪住他的衣领，往下一拉。

他的唇撞上了她的，她一改往日的被动，主动吻上了他。

作为一个主导者，她并不熟练，急切而生涩，却富有感情。她的嘴里，有香槟的味道，馥郁的果香气混合着坚果的气息。

蓝青定努力忍耐着，保持着理智之弦的紧绷。

得不到他的回应，朱绯彤有些退却，她用力喘息，补充着失去的氧气，随后，又再次吻上了他的唇。

啪的一声，蓝青定听见了理智之弦断裂的声音。

蓝青定眼中的暗火一跃而起，紧接着，朱绯彤便被焚烧殆尽。他环住她的腰，俯身用力地吻着，像是要将她嵌入自己怀里。

迷迷糊糊中，朱绯彤脑子里只有一个念头。蓝青定说得对，她这间房子，确实是着火了。

隔天，丁敏与徐小科的婚礼正式举行。

台上，徐小科仍旧是一副“我是谁，我在哪儿，我要干吗”的懵懂神情。

最后，当话筒递到徐小科手上要他发表下新郎感言时，徐小科才像睡醒般，激动地号了一嗓子：“妈妈，我终于娶到媳妇了！”

旁边的丁敏闭上眼，深吸口气，一脸悔不当初。

到丢捧花的环节，朱绯彤没有跟其余女宾去凑那个热闹，而是安静地待在角落。

结果捧花被一双冷白的男士手握住，是蓝青定。

喧嚣过后，他退回到角落，朝着朱绯彤走来，将手中的捧花递给她。朱绯彤接过，纯洁高雅的白玫瑰，柔软又坚韧。

“这周日，就是我妈妈生日，她想见你。”蓝青定道。

朱绯彤忽然觉得额间冒出了冰凉的汗，她下意识地想要拒绝，但蓝青定那貌似轻描淡写实则如履薄冰的眼神却让她开不了口。

朱绯彤想起了昨晚丁敏的话。

“有问题，就一步步解决，没什么好怕的。”

朱绯彤握紧了手中的捧花，点了头。

为了蓝青定，她决定走出那一步。

蓝青定母亲苏雁回是名画家，创立了雁回艺术馆，恰好她生日那天是艺术馆创立三周年，便邀请众人来看展。

雁回艺术馆位于海城东区，此次展出的是苏雁回自己的画作以及近年来收集的珍贵藏品，内部尽显精致优雅。

朱绯彤在蓝青定的带领下，看见了苏雁回。

苏雁回容貌秀丽端雅，皮肤细腻光滑，如羊脂白玉，蓝青定的清秀与白皙便是遗传自她。

苏雁回气质矜贵，见到朱绯彤时，虽态度称不上热情，但也微笑应对。

朱绯彤这才稍稍放下心来。

不久，有蓝家的世交前来，苏雁回便带着蓝青定前去寒暄，朱绯彤自己则在画廊中观赏。

她一路赏来，在大门展厅处发现了一把扫帚，上面搭着块抹布。

朱绯彤观赏了十分钟，正在了解这幅作品的创作理念，清洁阿姨走来，淡定地将扫帚和抹布拿走。

朱绯彤瞬间感觉到脑壳很痛。

正准备离开这处丢脸之地，忽然看见蓝海天拉着孔情走来。孔情戴着墨镜，一脸心不甘情不愿。

朱绯彤睁大眼，“啊”了声，正准备发问，霸总蓝海天却果断止住她的话：“等她见过我妈，你们再叙旧。”说完，拽着孔情越过朱绯彤，前去拜见苏雁回。

朱绯彤继续观赏着展厅内的艺术品，此时，手机上忽然收到蓝青定的微信。

蓝青定：【这边马上就聊完了，你等我一会儿，乖。】

朱绯彤嘴角忍不住勾起，她正要回复，忽然瞥见前方走来两个人。

是叶云静与朱唯一。

朱文林只是朱家一个分支，并不如蓝家显赫，但叶云静平时靠着曲意奉承，与宴会的大部分宾客相熟，这次也拿到了艺术展的入会资格。

“我猜得没错，你今天果然来了。”叶云静笑了。她穿着一身白色的旗袍，那颜色在灯光下显得格外刺目。

“你想干什么？”也许是艺术馆内空调开得比较足，朱绯彤觉得掌心冰凉。

叶云静舍弃了所有的寒暄，开门见山：“最后一次机会，如果你答应为你爸爸移植肝脏，我保证你能平安嫁到蓝家。否则的话，我就当众把你对自己亲生父亲见死不救的事和这里的人好好讲讲。

“蓝夫人平时是最要面子的一个人，你让她在这些人面前丢尽了脸，到时候她怎么也不会同意你进门的。就算是她儿子再喜欢你又怎么样？难道他会为了你，跟自己父母断了关系？好，就算是现在喜欢你，可以后呢？等感情淡了，他再想起为你做的牺牲，只会觉得根本不值得，到时候你只有被抛弃的份。”

艺术馆内灯光明亮，可朱绯彤却觉得眼前有无数的荫翳。遮天盖日的密林，每次她以为自己可以逃出时，他们都会将她扯回去。

为什么，就是不肯放过她？朱绯彤忽然觉得疲倦像是潮水涌来，让她灭顶。连日来的噩梦，不过是提醒她，她永远都无法挣脱。

朱绯彤心里忽然生出了万念俱灰的毁灭感。

“是吗？”她声音冷淡到几乎没有温度。

此时，蓝青定和苏雁回似乎注意到这边的情况，朝着她们走来。

“我再问你最后一遍，你到底肯不肯捐肝？”叶云静几乎是咬着牙问道。

朱绯彤忽然笑了，或许那不算是笑，只是脸颊上肌肉的抖动。

“那我们就一起死吧。”她声音里是黯然的灰烬。

“好，看来你是不见棺材不掉泪。”见朱绯彤沉默，叶云静发出刺耳的冷哼。

接着，她快步朝着苏雁回走去。

苏雁回对叶云静并不熟悉，只朝她投出探索的目光。

叶云静站在苏雁回面前，红了眼圈，凄凄道：“蓝太太，我是没办法才来找你的。朱绯彤的爸爸患了肝癌，我们检查后发现，只有朱绯彤符合移植条件。其实肝移植只需要取供体的小部分肝脏，肝脏细胞再生能力强，术后很快也会恢复原来的大小，不会对供体产生影响。可是，绯彤却怎么也不同意，完全不管她亲生父亲的死活，我求你帮忙劝劝她。”

蓝青定浑身像是凝出了冰，眉目间全是冷色。他立即挡在苏雁回与叶云静之间，命令安保人员：“马上把她们赶出去！”

安保人员上前，拉动两人。

闹出这样大的动静，周围人都纷纷注目。

就在这时，叶云静拿出了手机，播放了那天在咖啡馆的录音：

“难道你要眼睁睁看着自己亲生父亲去死吗？”

“我不会捐献的，如果注定要死，那也是他的命。”

朱绯彤听见了自己的声音，冷漠无情，和平时的她判若两人。

在场的人都听见了，开始窃窃私语，有的是看热闹，有的是谴责朱绯彤的冷漠。

叶云静高声道：“她爸爸当初为了救她，差点就没命了！可是她现在却说出这样的话，这是人能说出的话吗？！”

朱绯彤感觉到了在场人的目光，就像是刀片，切割着她，如同凌迟。她觉得周围的空气都停止了流动，她被无形的玻璃罩罩住，隔绝在所有人之外。

忽然，有个高挑人影冲过来，揪住了叶云静的头发。叶云静还没来得及发出惨叫声，那人便几巴掌直接扇在她面颊上。那巴掌，狠厉果断，叶云静顿时感觉双颊肿胀，口内似乎有腥味涌出。

是孔情。

孔情那双浅色瞳眸里，此时染着红色，她身上像是燃着火。

朱唯一反应过来，发出尖叫，忙去拦阻，但被孔情一脚踹在小腿上，顿时跪倒在地，只能哀声痛哭。

孔情继续扇着叶云静巴掌，她嘴角绷直，每扇一巴掌便说一句话：

“你当我们家没人了是吗？

“谁准你欺负她的？

“为什么你们不放过她？”

安保人员想要上前拦阻，却被蓝青定用眼神制住。

“让她去。”他说。

孔情继续扇打着，直到精疲力竭才停下。

此时，叶云静口鼻都是血，面颊也是肿胀的，她跌倒在地，发丝凌乱，狼狈不堪。

叶云静被打得头晕眼花，她昏昏沉沉地抬首，恰好对上了朱绯彤的双眸。

当看清那双眼眸时，叶云静浑身霎时一震。朱绯彤的双眸向来都是清亮明净，可是现在，里面却是草木不生的黯然和冷静。瞳眸表面，蒙着一层雾，只想要，拉着人，一起毁灭。

一阵冰寒从叶云静骨头缝里透出，她忍不住打了个寒战。

叶云静与朱唯一几乎是被赶出了艺术馆。

因为这场闹剧，艺术展草草结束。

蓝青定和蓝海天忙着送客以及主持大局，而孔情和朱绯彤坐在休息室里，两人对坐着发呆。

半晌，孔情忽然冒出句懊恼的话："我去，刚没发挥好，应该踹她肚子的。"

朱绯彤靠在孔情肩上，听见这话，忍不住笑了出来。她笑得格外大声，胸腔都在震动。

孔情将肩膀借给朱绯彤，任由她发泄似的笑着，尽情释放自己的情绪。

终于，朱绯彤笑完了，她继续将头靠在孔情肩上，平复着呼吸。

孔情望着天花板上的灯，看久了，眼里出现光影，她缓声道："记住，任何时候，都不能委屈自己。人活着，就是为了干翻这个世界。"

朱绯彤想，此刻的世界听见这话应该表示很惶恐和羞涩。

毕竟是苏雁回的生日，今天却因为她而被弄得一团糟，朱绯彤觉得自己于情于理都应该去向苏雁回致个歉。

她步出休息室，询问工作人员后，得知蓝青定与苏雁回正在侧门的小花园里。她缓步走去，而在临近侧门时，她听见了苏雁回的声音。

"小定，你也知道妈妈向来不会干涉你们交女朋友。学历、家世、相貌我都不在乎，只要你们喜欢就可以。只是，小朱的家庭背景实在太复杂了，在那种环境中长大的小孩，很敏感，极度缺少安全感，相处起来，会很累的。需要用自己的血肉之躯去磨合，到最后，磨得遍体鳞伤，终成怨偶，值得吗？"

苏雁回是很有涵养的一个人，即使是生日宴会被毁，但她的态度并不激烈，甚至也没对朱绯彤有什么过于攻击性的话。

她只是温和地，说出了朱绯彤与蓝青定之间存在的问题，一针见血。

其实苏雁回没有任何错，她不过是想自己的孩子过得幸福。

朱绯彤并没有怨怼，也不难过，她只是感觉到心如止水。她轻轻转身，迈步离去。

小花园里，蓝青定望着花圃内的百合花，通体雪白的花，映得他面目柔和。

"值得。"他说。

顿了顿，他再次重复了一遍："值得。"

混乱之中，朱唯一将孔情扇叶云静巴掌的画面拍下，当天晚上，便实名发上了网。

孔情打人的画面被静音，并没有她指责叶云静的话。而随之同时发上网的，还有朱绯彤在咖啡馆的冷漠录音。

朱唯一爆出了朱绯彤的工作地址以及与蓝青定、与孔情的关系，并且颠倒黑白，诬陷朱绯彤见死不救，对自己亲生父亲格外冷漠，六亲不认，寡情绝义。

孔情是百万大V，兰特度假集团也是知名大企业，这件事热度很高。

网友们大多对朱绯彤进行攻击。

【那录音听得我好生气，怎么会有这么冷漠的女儿啊？】

【再怎么说，也是自己亲生父亲啊，居然真的这么狠心。颤抖。】

【那声音真的好冷漠，说她爸死了是她爸的命，人言否？也不怕她将来的子女也这么对她？】

当天，兰特度假酒店的电话便被蜂拥而至的骚扰电话攻陷，官微官网下也全是骂声，甚至于酒店门口还有人送来了花圈，写着朱绯彤的名字。

朱绯彤看了很久，阳光明明那样炙热，那白色的花却冷得瘆人。

为了不影响酒店，朱绯彤给李子露递交了辞职信。

但李子露并没接受，只是同意她放长假："我等着你回来，还有很多东西需要你学。朱绯彤，我相信你。"

朱绯彤只能苦笑，她自己也不知道能否相信自己。

朱绯彤最终还是来到了医院，去了朱文林所在的病房。

豪华单人病房里，叶云静正捂住脸上的伤口哭泣，而朱唯一则在旁煽风点火："爸，妈为了救你，才忍辱负重去求她，她却联合其他人一起当众打我们，简直太过分了！"

朱文林似乎很疲倦的样子，只是看着前方的墙壁，脸上全是惘然。

当朱绯彤走进病房时，朱文林脸上才出现了情绪的波动："彤彤？"

叶云静与朱唯一戒备地看向朱绯彤，以为她是因为网上的事来兴师问罪。

朱绯彤却没有看她们俩，她望着朱文林，轻声道："我同意捐献。"

此话一出，在场三人脸上神色各异。

朱文林脸颊抖动，嘴唇微翕，正待要说什么，朱绯彤接着提出了自己的条件："前提是，在做手术前，将你的所有资产转给我。"

叶云静倏地站起身，脸色惨白，手指着朱绯彤，不住地颤抖："你……你好狠……"

"狠吗？这都是跟你学的。"朱绯彤微笑，笑意却一点儿也没达眼里，"我也觉得奇怪，为什么向来以利益为重的你，居然会放弃获得遗产的机会，三番五次来逼我捐献肝脏。刚才，我以朱家子孙的身份去问了朱家的律师。这才知道，我爷爷去世前立下过遗嘱，还有家族信托。如果我爸去世，他的财产必须由我和朱唯一平分，你什么也得不到。而你为了不让我分去一半家产，所以才会这么竭尽全力保住我爸的性命。”

叶云静眼眸里闪过慌乱，但很快便镇定下来：“胡说八道，我和你爸这么多年的感情！你别想挑拨我们！”

头顶的灯，在朱绯彤脸上拓出了阴影：“好，为了证明你们的真爱，就按照我的要求，把资产全转给我。时间不多了，早做决定吧。”

说完，朱绯彤走出了病房。

她并没有离开，而是在病房外的走廊上站着。

没多久，里面便传来了剧烈的争吵声，叶云静高声叫着不同意。随后，又是瓷器破碎的声音。

朱绯彤的背脊贴在医院的墙壁上，冰冷的触感让她牙齿微微发颤。

对面病房的玻璃，映出了她的脸。此刻，她的笑容格外滑稽，像哭又像笑。

陌生得连她自己都已经不认识了。

蓝青定回家时，看见朱绯彤正在厨房洗草莓。

他走过去，从后环住她的腰，将下颌枕在她肩窝处。

是一种撒娇的姿势。

“别怕，我已经让专业公司删除网上那些帖子了，过两天热度过去，就什么事也没有了。”蓝青定柔声安慰。

他声音里有些微鼻音和倦意。

朱绯彤伸手摸着他的脸颊，触手只觉得他似乎清瘦了不少。她什么也没说，只是转过身来，拿了颗洗净的草莓，放入他嘴里。

“甜吗？”她问。

略为冰凉的草莓，带着特殊的清甜果香袭来，蓝青定微诧，一时忘记去咬。

朱绯彤踮起脚，斜偏着头，将他未含住的一截草莓咬下。

双唇相碰，是一个草莓味的吻。吻完后，她退后，笑得畅意，眼里有流光。

蓝青定仔细打量她的神色，他总觉得今天的朱绯彤有什么不同。很快乐，平时的她即使最开心时，也是有收敛。而今天，则是格外放肆。

像是，回光返照的快乐。

他们和往常一样，吃饭、看电视、聊天，然后睡觉。睡前，蓝青定正在看手机，忽然觉察到洗完澡的朱绯彤站在他面前。

他放下手机，看见了一双纤细匀称的脚，脚边散落着睡衣。他还看见了洁净的月光，照在她身上。纤秾合度，骨肉匀称。他霎时忘记了呼吸。

今晚的她，全程主导，她轻吻着他的颈项、喉结，流连忘返。

他下颌线条绷直，额上是忍耐的冷汗。

墙上，月光在晃动，久久不息。

卧室的月光，移到了客厅。

深夜，蓝青定在熟睡，朱绯彤则在客厅给蓝青定写着告别信。

蓝青定的预感是正确的，今天，就是“回光返照”的快乐。

她决定要离开他。

朱绯彤觉得自己已经在崩溃的边缘，变成了自己也不认识的人。

白天时，她故意在病房提出那个条件，就是要让叶云静和朱文林决裂。

朱绯彤想，就算是得到了全部资产，她也不会捐赠肝脏，她会拖着，直到朱文林去世。

也就是说，她，即将成为一个杀人凶手。一个，杀害自己亲生父亲的凶手。她的心，已经烂到流出浓稠黑汁，她已经不再是以前的朱绯彤了。

可是她毫无办法。

他们从不肯放过她，叶云静、朱唯一、朱文林、蔡颖，他们从来都不肯放过她。

她的噩梦永远不会消失了，终其一生，她都会梦见死去的朱文林，梦见永远背对着自己的蔡颖。

她以为抓住蓝青定的手，他可以带她逃出那片原生密林，可他们却牢牢抓住她的脚，将她往黑色沼泽中拖。她唯一能做的，就是放开蓝青定的手。她不能拉着蓝青定一起坠落。

他是她的光，光如果暗淡了，她也活不下去了。

离开的时候，朱绯彤只拿了手机以及身份证。

她站在门边，最后看了眼熟睡的蓝青定，像是要将他的模样刻入心里。他睡容安详平和，额前碎发垂下，干净得仿佛不染尘世。

她的少年，就应该是这样，与黑暗隔绝。

与她隔绝。

明月落下，烈阳升起。蓝青定坐在天台花园的秋千上，手中拿着朱绯彤留下的信。

他已经记不清，这是第几次读这封信了。其实不算是信，只是一些零碎的句子。

【对不起，我想出去一趟，也不知道会去哪里，也不知道是不是还会回来。】

【我已经很久都没有睡着过了，每天都会做噩梦。上次去天台，我也不知道自己是怎么上去的，醒来就在那儿。真的，挺可怕的。】

【我想，这辈子我都会继续做着噩梦，再也无法安眠，会梦游，会从自己也不知道的地方醒来。】

【这辈子，我都没有办法像正常人那样怀孕生子，组建家庭。】

【蓝青定，你没有必要跟着我一起做噩梦，一起过这种不正常的生活。你值得一个正常的人，而我不是。】

【你说我欠你八年，其实不是的。八年前，就算我们在一起了，最终也会因为我的种种心魔而分开，就和现在一样。】

【可我不后悔八年后再次遇见你，我们努力过、尝试过，最终虽然失败了，但至少没有遗憾。】

【不要找我，不要等我，不要让我再觉得对不起你。】

【蓝青定，如果你还喜欢我，就请不要记得我。】

蓝青定忽然想起，第一次在天台花园上看见朱绯彤的样子。她站在那里，瞭望着大海，海风猎猎，吹拂她的衣裙。

她就像是一只，他永远也追逐不到的飞鸟。

蓝青定抬头。

碧海之上，长空之中，有飞机划破云层而过，载着乘客驶向远方。

载着他的飞鸟，离开了。

离开海城前，在机场里，朱绯彤将自己与蔡颖、朱文林、叶云静之间的故事用最平和的话叙述了一遍，发上了网。

随后，她登上飞机，开始了无目的地的旅程。

这期间，朱绯彤始终在路上。

她去过敦煌，观赏着日落。

她去过布达拉宫，在湛蓝天空下，看着姿态虔诚，磕长头祈求来生的藏民，心中的喧嚣和浮躁仿佛瞬间消逝大半。

她去看了兵马俑和华清宫，站在古老的城墙上，感受着它的恢宏厚重。那一刻，只觉个人在历史面前，渺小得仿若尘埃。

一路上，她步履不停，汲取着所有的美景与力量。

最后，她来到了宁城。

周三的下午，她坐在中宁大学的休息椅上，看着往来的学弟学妹们，只觉得心境是许久未有的舒畅。

午后柔暖的阳光，透过郁郁葱葱的茂林落在她身上，她体内生出了微醺的快乐。

她记得这种感觉，当初考入中宁大学的第一年，她把所有的时间都用在了学习以及打工上，不让自己有半分闲暇。

终于，在大二时，也是这样一个午后，她抬头看着碧蓝天空，忽然想起了蓝青定。

他所在的国度，是不是也有这样蓝得纯粹的天呢？

想着想着，朱绯彤便笑了。

也就是从那天起，朱绯彤准许自己自由地想念蓝青定，想念那个自己心中永远不变的少年。

正在回忆着，孔情发来了信息。

孔情：【明晚我有真人秀节目开播，记得准时收看。】

朱绯彤：【好。】

孔情：【你什么时候回来？】

朱绯彤：【说不准。】

之后，与孔情的聊天对话框中，始终显示着“对方正在输入中”。

半晌，孔情才发来一句话。

孔情：【你有什么想问我的吗？】

朱绯彤当然明白，孔情指的是蓝青定的近况。

朱绯彤想了想，打出了两个字。

朱绯彤：【没有。】

孔情没说什么，结束了对话。

朱绯彤抬眸，伸出手掌，仰望天空，柔曦阳光从她掌心间透过，形成绚丽光圈。

她告诉过蓝青定，要忘记自己。那她需要做的，就是不要问起他。

因为昨晚又做了噩梦失眠，朱绯彤起身时脑袋有些昏沉。她用力摇摇头，让自己清醒些，拿着手机离开。

待她快要走出校门时，忽然有人叫住她。

是一位齐刘海戴眼镜的文静学妹，她小跑过来，将一个水蓝色的布包递给朱绯彤："小姐姐，你的包丢在休闲椅上了。"

朱绯彤忙千恩万谢，学妹反倒不好意思，忙摆手："也不是我捡到的，是一位小哥哥捡到，让我送来……咦，他人呢？刚才还在这儿的……"

学妹赶着去上课，没多久便离开。

朱绯彤握着包，只感慨自己的幸运。这一路上，她夜晚也时常做噩梦，导致白天昏昏沉沉。

有次在逛美食街时，手机被人偷了，她到付款时才发现。更尴尬的是，她买的鱿鱼串已经吃了一半。面对店主的幽幽眼神，她觉得尬穿地心。

这时，一位老伯走来，将手机递给她，说是有好心人看见，帮她从小偷手里追回的。好心人说自己忙着赶行程，便托付老伯还给她。

朱绯彤这才摆脱了吃霸王餐的窘境。

还有一次，朱绯彤晚上实在睡不着，便出了旅馆去吃宵夜。结果在大排档处，遇见一群小流氓，见朱绯彤长得漂亮，又是独身一人，先是言语调戏，后来竟想要动手。

正在这时，警察赶来，说是有人报警，直接将那群小流氓给教训了一顿，并送朱绯彤回了旅馆。

诸如此类，这一路上朱绯彤总能遇见贵人，逢凶化吉，导致朱绯彤现在都把《爱的奉献》设置成来电提醒了。

人间值得。

参观完中宁大学后，不知为什么，朱绯彤忽然很想看雪。

这个季节，宁城主城区虽然没有雪，但郊区的宁玉山因为高海拔，山顶常年积雪，朱绯彤回旅馆收拾好行李便出发。

宁玉山风景迤逦，山顶有惊艳的雪国风光，令人沉醉，是著名的5A级景区，山上也有不少酒店、民宿。

朱绯彤在网上预订了一家评价不错的民宿，之后乘坐缆车到了半山腰，爬过漫长石阶，终于到达。

预订的民宿名叫雪坞，是小清新的日式装修。前台妹子叫薛蕾蕾，十八九岁的模样，笑起来有小酒窝，恬静可爱。因为此时属于淡季，客人少，薛蕾蕾并不忙碌，便热情地将朱绯彤带到了房间。

朱绯彤预订的是露台间，只见房间内部也是淡雅的日式装修。浅色榻榻米上放着张大床，旁边是充满禅意的复古竹编灯。推开露台门，可以远瞭半山雪景，景观极佳。

朱绯彤对房间环境格外满意，正在这时，楼下的感应迎宾门铃响起，似乎是又有客人来了，薛蕾蕾忙下楼去招呼。

朱绯彤开始收拾着行李，给手机充电，又忙着烧水。在此过程中，听见薛蕾蕾迎着客人上楼来。

薛蕾蕾的声音格外热情："小哥哥，这些房间都可以选的……哦，这间啊，也可以的，只是前面有树，景色有点遮挡……没关系吗，好嘞，我这就给你安排这间。"

朱绯彤听着他们进了自己隔壁房间，也没在意。

不一会儿，薛蕾蕾又给她拿来了一次性拖鞋，并兴奋地悄声道："今天运气太好了，隔壁的那位小哥哥长得好帅，跟明星似的。"

闻言，朱绯彤只是笑笑。

朱绯彤在山下时便有些感冒症状，宁玉山海拔高，又出现了轻微的高反症状，她只觉得头痛身子热，也没胃口吃晚饭，洗完澡后便躲在了被窝里刷孔情的微博。

之前在海城的机场里，朱绯彤将事情真相都发到了网上，之后也没再关注这事。

后来是孔情告诉她，网友得知事情始末，开始是呈怀疑观望状态，后来陆续有当年的一些知情人站出来证实了朱绯彤的说法。舆论顿时大变，网友开始站在朱绯彤一方，纷纷指责朱文林、叶云静以及朱唯一。朱文林的公司受到牵连，很多业务受阻。而朱唯一的学校也被扒出来，遭到同学的孤立。

而提起叶云静的下场，孔情更是拊掌大笑："朱文林和叶云静在闹离婚。

我原本以为他们是真爱呢，结果这么多年了，朱文林仍旧是防着叶云静，公司的事完全不让她插手。她手上也就有一些首饰和包，房产、股票什么的完全没她的份，也难怪她这么着急。自从你上次提出了转移全部资产的要求，她极力阻止，甚至还偷偷给朱文林断药，不再让他接受治疗，想着熬死了他，至少朱唯一可以得一半资产。谁知这事被朱文林知道了，气得差点没背过气去，从此连病房都不让叶云静进了。前几天我看见叶云静，她起码老了十岁，真是报应！”

孔情将这件事在电话里告诉朱绯彤时，朱绯彤正站在布达拉宫外。

她抬头看着纯净到毫无杂质的天空，以及周围转经筒的声音，不知为何，心中有的，竟是无悲无喜的平静。

真相大白后，虽然大部分网友都是支持朱绯彤，但也有少部分人仍旧在攻击她。认为朱文林毕竟是她亲生父亲，这样见死不救太过绝情。

见朱绯彤并没有理会，有些极端网友便开始咒骂她。

其实他们并不关心事件本身，他们只是想将自己生活中的不如意，找个借口和对象进行宣泄。

孔情看见后，完全没有一个百万大V应有的职业素养，直接亲自下场开骂，并且还在自己微博进行转发，天天发上百条，都是她的骂词，不带一个脏字，却骂得人毫无还嘴之力。

最后，那些极端发言的网友有一个算一个，全被硬生生骂得销号，从此消失于网络。

而这天晚上，朱绯彤又目睹了孔情将一个黑粉给骂到销号的全过程。

不得不感慨，表姐牛！

因为头痛，朱绯彤这晚入睡困难，吃了安眠药后，好不容易才迷迷糊糊地睡着。

但还是做了噩梦，她梦见自己跟着一位面目模糊的医生，去了太平间。不锈钢金属床上，躺着一具蒙着白布的尸体。

医生的声音跟太平间的空气一样冰冷：“朱文林的家属，请掀开白布检查下，确认身份。”

她站在原地，动弹不得。

医生并没有不耐烦，只是一遍遍地催促着，声音毫无情绪起伏，异常怪异：“家属请抓紧时间。”

她感觉自己血液都已凝固，最后，医生竟用手来抓她，将她推向朱文林。

医生的手冷得像冰块，她却忽然觉得浑身滚烫，仿佛有火在烧。

朱绯彤猛地清醒过来。

她还躺在民宿床上，窗外是浓郁夜色。她意识到自己发了高烧，只觉额头滚烫，浑身疼痛。

朱绯彤强撑着身子爬起来，跌跌撞撞地走到门边，打算去楼下找薛蕾蕾拿点药。可实在烧得厉害，刚打开门，双脚便软得没了力气，整个人咚一声摔倒在地上。

恍惚之中，朱绯彤感觉到有人将她打横抱起，随后放回了柔软的床上。

复古竹编灯发出了橘红的灯光，朱绯彤的眼帘沉得像石头，睁不开，只能隐约感觉到有人在自己面前晃动。

此外，还有人在轻声交谈，那声音太轻，像是隔着很远，她根本听不清。

之后，朱绯彤的意识又陷入了黑暗，再稍微恢复时，有人将她半抱起，喂她吃药喝水，动作轻柔体贴。

她的背脊抵着一个温暖的怀抱，似乎听见了规律的心跳声。

喂药时，那人的指腹碰触到她的唇，似乎颤抖了下。不知为什么，她眼里忽然涌上湿意。

朱绯彤没时间分辨这种突兀情绪的由来，她的意识再度陷入黑暗中。

再睁眼时，屋外已是晨曦微光，那白光显得模糊，朱绯彤感觉到面前有人影，她用力睁眼，逐渐看清了那人的面容。

是薛蕾蕾。

薛蕾蕾见朱绯彤醒来，忙询问："小姐姐你醒了？觉得怎么样？昨晚你忽然高烧不退，吓死我们……吓死我了。"

"昨晚，是你在照顾我？"朱绯彤开口，只觉喉咙嘶哑。

薛蕾蕾深吸口气，眼神躲闪开来："啊，是的。"

之后，薛蕾蕾忙个不停，端来清粥小菜喂朱绯彤喝下，之后又给她拿来药和热水。

朱绯彤感动不已，忙连声道谢。

薛蕾蕾却不知为何，一改话痨本质，始终紧闭着嘴，可脸上有因为激动而泛起的红晕。最后离开时，薛蕾蕾单手握拳，对她做出加油的姿势。

"小姐姐，你们……你可以的！"

不知为何，朱绯彤总觉得那表情格外熟悉，只是刚高烧过的脑子有些当机，一时想不起来。

高烧来得快，去得也快，朱绯彤在民宿躺了两天，薛蕾蕾全程体贴照料，送来的餐食也都是朱绯彤喜欢的口味。

朱绯彤决定把《爱的奉献》设置为自己的闹铃。

人间值得。

在民宿休息期间，朱绯彤观看了孔情参与录制的《去海边吧》旅游真人秀节目。

因为之前在网上帮朱绯彤骂黑粉，孔情表现出色，战斗力爆表，热度知名度再度提升，被邀请与当红明星参加了《去海边吧》旅游真人秀节目。

谁知第一集里，孔情便跟明星曲沁杠上了。曲沁是朵说话喜欢指桑骂槐，讽刺完人还会睁着无辜眼睛说“不会吧不会吧我没有这个意思她为什么会生气啊好奇怪哦”的高端“白莲”。

之前网上流传孔情介入蓝海天以及袁瑾之间，曲沁抓住机会讽刺。

结果孔情二话没说，直接给她倒了一杯绿茶：“来，宝贝，咱们原汤化原食。”

意思有点明显，就是骂曲沁“绿茶”。

曲沁在众人面前受辱，当即娇滴滴地哭了起来。

有不明真相的嘉宾过来询问怎么回事，孔情两手一摊，无辜地说道：“不知道哦，可能是绿茶叶梗戳到眼睛了吧。”

意思非常明显，就是骂曲沁“绿茶”。

弹幕顿时爆炸，观众欢呼精彩，毕竟这个年代，谁爱看女星姐妹情深，大家就爱看女星当场薅头发。

第一集两大女神对决，战况激烈，收视率飙升。

朱绯彤笑得不行，心情瞬间大好，感觉身体也恢复得差不多，便穿好衣服，准备去附近的冰潭湖游玩。

冰潭湖是冰川湖泊，四周松林密布，悬挂着霜花，一派雾凇美景，天地白茫，仿若仙境。

高海拔地区，阳光毫无遮拦射下，炽烈又纯粹。朱绯彤眯着眼直视天空，眼里氤出了水汽，折射出绚丽光晕。冰潭湖此时已结冰，整个湖面洁白静谧，清平如镜。

湖边立有警示牌，禁止游客私下至冰面行走。但此时，一个小男孩却爬下湖边石坡，上了湖面，开始在冰面滑行。

小男孩看上去不超过十岁，旁边无人照看。前方一千米处便是游客中心，是售卖餐食之处，估计小男孩是趁着父母在吃饭歇息时偷跑出来的。

朱绯彤害怕小男孩有危险，忙高声唤他，可小男孩置若罔闻。

眼看着小男孩越滑越兴奋，逐渐朝着冰湖中心前进，朱绯彤蹙眉，决定去游客中心寻找小孩父母，让他们出面管教。

谁知就在这时，忽然前方传来冰面开裂声，伴随着小男孩的尖叫声，朱绯彤心头紧缩，忙凝眸望去，发现冰面竟忽然塌陷，小男孩坠入冰湖中。

冰湖温度极低，小男孩被冻得声音颤抖，只剩求生本能在呼救。

冰湖周围，只有三三两两游人，此时，大家纷纷报警，呼叫工作人员。

但没人敢下去救小男孩。

朱绯彤也不敢，此刻的她站在原地，僵直地听着那小男孩的声音，逐渐微弱下去。

不知为何，她忽然想起了蓝青定。

在海滩上，他毫不犹豫，冲去救了那个因为捡玩具而被卷入海中的小孩。

当朱绯彤反应过来时，她发现自己已经开始在步下湖边石坡，准备去救这个小男孩。

人在情绪紧张时，反而不会想太多，朱绯彤只知道自己应该这么做。

但就在她的脚即将要踏上冰面的刹那，她的手腕忽然被人抓住，并用力拽上了湖边。

即使是这样的寒冷之地，那握住她的手，掌心仍旧温热。

朱绯彤转头，对上了一双漆黑的眼眸，瞳眸里映着的，是雾凇与她。她张大嘴，像是霎时被万箭钉在当场。

是蓝青定。

他穿着黑色的羽绒服，头发似乎剪过，更为干净利落。

“朱绯彤，站在这里，等我回来。”他命令。

他的声音，比平时略为沉与哑，带着气声。随后，他快速跨下石坡，俯卧在冰面上，匍匐朝着小男孩落水处前进。

朱绯彤站在原地，她紧咬着下唇，心脏剧烈跳动，仿佛要破胸而出。她的每个毛孔，都在出汗，整个身子，一会儿冷一会儿热。

蓝青定谨慎敏捷，很快便爬到了小男孩落水处。他将手递给小男孩，想要将小男孩拉上岸，可小男孩的羽绒服吸了水，变得格外厚重，压根无法起身。

就在蓝青定用力拖拉之际，他身下的冰面忽然传来令人心惧的破碎声。随即，他整个人也坠入冰窟之中。

那破碎的声音传到岸上，像是刺入朱绯彤心脏，她牙齿用力咬唇，唇齿间顿时满溢出血腥味。

她脑子里只有蓝青定的嘱咐。

站在这里，等他回来。

水下温度极低，蓝青定感觉冰寒如同千万根钢针刺中他的骨头，让他僵硬到嘴唇颤抖。

他抓住了身边满脸苍白毫无血色的小男孩，用最大的力气，想将他推上岸。

景区的工作人员找来了救生圈，拴好绳子，丢向蓝青定。连试了好几次，才丢到他们身边，蓝青定将救生圈套在小男孩腰上。

小男孩因为落水太久，此时嘴唇乌紫，僵硬得如同石头。蓝青定耗尽全部体力，终于将他推上了冰层。岸边的工作人员与游客一同帮忙，缓慢将小男孩往岸边拖曳。

终于，小男孩成功获救，被救护人员送到山下的医疗站。

此时的蓝青定已是精疲力竭，手紧握住冰层，不让自己沉入湖底。

救援队也立即闻讯赶来，但因为冰面此时已非常脆弱，救援队员只能缓慢匍匐前行，施救过程困难。

而就在救援队即将到达冰窟时，蓝青定因为浸泡在冰水中时间过长，意识出现模糊，手逐渐松开，朝着水底沉去……

伴随着救援队的惊呼声，朱绯彤看着蓝青定逐渐消失在水面……

朱绯彤坐在医院的手术室外，安静等待着。

人在遭遇到巨大冲击时，反而非常平静。

就像刚才，她平静地看着救援队员用最快的速度将面色青白的蓝青定救起，送入医院。

就像此刻，她平静地看着她和蓝青定的手机。她的手机上，有孔情发来的信息。

【蓝海天让我别告诉你，但我还是憋不住。】

【你离开海城的第二天，蓝青定也跟着走了。】

【他跟蓝海天说，是去找你。可我这段时间听你说话的意思，是没遇见他？】

【我也弄不懂你们之间到底要做什么，也管不了。】

【反正，就及时行乐吧。】

朱绯彤按熄了自己手机的屏幕，再度打开了蓝青定的手机。里面有很多新增的照片，都是她的背影。

有她在大漠上看落日的背影，有她站在布达拉宫前的背影，有她在西安看城墙的背影，有她在中宁大学休闲椅上的背影，有她乘坐缆车上宁玉山的背影……

原来，他一直跟着她。

原来，那些帮助过她的好心人，都是他。

原来，他始终守护着她。

朱绯彤看着手术室前的白色墙壁，大脑放空，无法思考。

终于，手术室的灯熄灭，戴着口罩的医生从里面走了出来。

她上前，想要询问，但喉咙干得像是冒着火。她正要吞口唾沫润下嗓子时，医生却开口。

似乎说了三个字，但她只听到后两个字。

"……死了。"

医生的声音从口罩后传来，瓮瓮的，有种窒闷感。

朱绯彤的那双清澈眼眸，很慢地眨动了下，瞳眸很干，没有任何多余的湿意。

医生取下了口罩，将自己的意思补充完毕："我这只单身狗，被你们齁死了。"

是之前那位急诊科医生。

他说完后，也不再理会朱绯彤，大跨步往前走。

他很气。女朋友跑了，在医院里待着又被这对情侣连续刺激几次，所以他参加医院的对口支援活动，来到宁玉山这所医院想要避上几个月。谁知这对情侣还是不放过他，居然跟着追来了。

蓝青定脱离了生命危险，但肺部有感染情况出现，而且整个人处于昏迷中，需要进一步观察，不排除脑损伤的可能性。

朱绯彤始终守在病床前照看他。

她似乎并没有什么情绪上的波动，依然非常安静。

薛蕾蕾听闻消息也赶紧过来探望，看着病床上的蓝青定，还是忍不住红了眼圈："小姐姐，那天晚上，是小哥哥照顾了你一整夜。他给我看了你们的合照，说你们是男女朋友。说是他不好，惹你生气了，所以你跑出来散心。他说希望能悄悄陪着你，到你不生气的那天。让我帮他保密。"

朱绯彤这才醒悟，那天薛蕾蕾脸上出现的激动表情为何如此熟悉。

那是"这对 CP 我锁死了，钥匙我吞了"的激动表情。

薛蕾蕾还要管理民宿，待了会儿便离开。

朱绯彤趴在蓝青定的病床边，将脸颊贴着他的手背。那向来温热的手，此刻却显得冰凉。她闭上眼，用自己的脸颊帮他暖着。

不知不觉间，竟缓慢睡去。

朱绯彤再度梦见了蔡颖，这次，蔡颖坐在她去世前常年居住的那间双人病房里，背对着她。蔡颖身形消瘦，病号服穿在她身上宽大得像是睡袍。

朱绯彤看见床头柜上有橘子，她洗净手，将橘子皮剥开，递到蔡颖手中。蔡颖的手是冰冷的，梦中的朱绯彤也感受得很清楚。

"你走吧。"朱绯彤说，"我以后，都不要再见你了。"

她以后，会有自己的人生。

朱绯彤醒来时，怔忪了半晌，依稀还觉得自己指尖有橘子的清香。她嗅着自己的指尖，忽然醒悟有道目光正看着自己。

是蓝青定。

朱绯彤忙按了病房床头铃，通知医生前来。蓝青定嘴唇微白，显然还是虚弱状态。

她看着蓝青定，想说话，但刚发了一个音，却觉得喉咙有些干哑，于是停下，轻咳声。

正准备再度开口，却听见蓝青定略为沙哑的声音："你……是谁？"

朱绯彤愣住，眼眸很慢地眨动了下。

医生说过，溺水缺氧确实是有导致脑损伤的可能。

朱绯彤吞了口唾沫，试探地开口："你是在……开玩笑吗？"

蓝青定忽然笑了，嘴角有上翘的弧度："是你说的，让我忘记你。"

那就是说，他并没有失忆，只是在逗她。

“哦。”朱绯彤愣愣地点头，“渴吗？我给你倒水。”

朱绯彤来到柜子前，打开热水瓶的木塞，热气立即袭上面颊。

她也没移动，就这样任由白雾氤着。那双眼眸，就像是冰，被热气熏后，立即化开，融出无数的泪珠。

那泪珠大而重，滑过她的面颊，啪嗒啪嗒地落在了地板上。

这次换蓝青定愣住了。

他从没见过朱绯彤哭，即使最难过的时候，她也没在他面前哭过。

可是这次，她却哭得歇斯底里，毫无顾忌，像是要将五脏六腑里所有情感都掏空。哭到最后，连站立的力气都没有，只蹲在地上号啕。

蓝青定走下病床，终究是刚从死亡线上挣扎出来，身体虚弱，最终只能跌坐在地上，一只脚屈膝，一只脚伸着。

他抚着她的头，一下一下。她的发丝，柔软温顺。

朱绯彤的声音，裹着浓重的鼻音，像是最委屈的孩童。

“那个医生，他骗我，他说你死了……”

蓝青定抚着朱绯彤的头，她发色稍浅，冷白手指与发丝映衬，意外和谐。

“那个医生欺负你是吧？乖啊，等我好了，我帮你揍他。”

年轻医生毕竟是医者仁心，听到病人按床头铃呼叫，着急赶来，谁知刚开推门，就听见了这番虐狗言辞，气得差点拂袖而去。

朱绯彤继续蹲着，将头埋在双臂之间，哭到浑身发抖。

“你也骗我，你说你不记得我了……你们都骗我，你们都欺负我……”

窗外有雪光射入，映亮蓝青定的清浅笑脸。

他照旧还是抚着她的头发，用最耐心的声音哄着：“是你说的，如果我还喜欢你，就让我忘记你……怎么办，我还喜欢你，所以只能忘记你。”

朱绯彤什么也说不出来，她只是哭，将头埋在臂弯里，边哭边摇着头，自己也不知道摇头的含义。

蓝青定的手指，抚着他家“仓鼠”的头，声音温柔清润。

“你好，我叫蓝青定。

“虽然我不知道你的名字，但你长得很像我未来的女朋友。

“可以让我追你吗？你不同意也没关系，我先追着。

“然后，八年后再问一次。”

朱绯彤始终没有抬头，蹲在地上，直哭到声音沙哑，浑身虚脱。她像是要把这辈子受的委屈都通通哭出来，再也不加掩饰。

而蓝青定，则坐在地上，默默地陪伴着。

病房窗外，雪野苍茫，干净到天地仿如新生。

幸好蓝青定体质较好，在医院住了十余天，就痊愈了。出院时，朱绯彤与蓝青定再度登上了宁玉山。

朱绯彤明明有手套，却不想戴着，只将手塞入蓝青定的口袋里，紧握住他的手取暖。就这样，两人跟连体婴似的，爬上了山顶。

运气挺好，山顶正好在下雪。漫天的银雪，令天地皆白。雪花纷扬落下，如柳絮鹅毛。

到底是南方的孩子，朱绯彤看见雪还是忍不住兴奋，放开了蓝青定的手，仰头，任由那雪扑在面颊上，冷得她一激灵。

蓝青定眉心轻皱，将朱绯彤拉到面前，把她的围巾取下，重新围住她的头脸，裹得严严实实。

朱绯彤精致的小圆脸被遮住，只剩漆黑润泽的一双眼眸露在外面。

“裹成这样，是要让我去偷电瓶车吗？”

朱绯彤抗议，想要取下，但蓝青定却按住她的手，凝眸警告。

“等会儿又感冒。”

她只能作罢。

道路角落，积了雪堆，朱绯彤走过去踩雪。雪地靴踩在积雪上，发出吱呀声响。

朱绯彤觉得，踩积雪的声音也是快乐的。此刻的她，全身都是快乐的气泡。没有什么比失而复得更能让人彻悟。

当蓝青定坠入冰窟的刹那，当他的身影从湖面消失的瞬间，当误认为医生说他死了的片刻，她忽然醒悟了。

世上最坏的结果，并不是蓝青定变了心意。世上最坏的结果，是蓝青定不在人世。

她跨越过大漠，知晓自然的广阔；她抚摸过城墙，清楚历史的浩瀚；她见过海拔最高的寺庙，深觉信仰的力量。

在旅途中，她逐渐醒悟。她生命中的腌臜混乱，在这样的广袤面前，渺小得无法比拟。

而在即将要失去蓝青定的那刻，她猛然醒悟。蓝青定比这些更广袤，更加重要。

他即是她的人间。

朱绯彤想，她还是会惧怕，他们的未来可能仍旧有阻碍。但是这些惧怕和阻碍，跟失去蓝青定相比，显得不值一提。

她要用力去爱，不计得失。因为，他始终那样努力地朝着她靠近。这一次，请换她努力地，走向他。

朱绯彤踩着那些雪堆，积雪湿滑，蓝青定怕她摔倒，便用手扶着。

两人一路走，一路说着话。

“蓝青定，你还记得我们约定要在宁城看雪的那天吗？”

“嗯？”

“你老实说，那天在阶梯教室里，你是不是想偷偷把头靠我肩上来着？”

“有吗？不是你觊觎我，偷偷靠过来的吗？”

朱绯彤停下脚步，转身看向蓝青定。

她站在雪堆上，和他差不多高度，双手搭在他肩上，直视着他：“你现在是想倒打一耙？”

“没错。”他挑眉，微笑。

笑得特别无赖，又特别可爱。

朱绯彤霎时生不出气。

“你还记得我们高中最后一次见面吗？”她问。

蓝青定当然记得。

那是从华严寺回来后不久，家里人催促他尽快准备出国留学。在出发之前，蓝青定决定向朱绯彤告白。

在华严寺里亲耳听见朱绯彤说的那些话后，他其实已不抱任何希望。但他还是决定告白，为自己两年的喜欢做一个终结。

那天他们小组负责做清洁，她站在水池边洗着抹布，水龙头大开着，出水嘴上套着根深蓝色的短橡皮管，水花在橡皮管底部四溅开，不断砸在乳白色瓷砖上。

他向她告白。

之后，他看见她敛下眼睑，缓慢摇头。

她说："我妈不让我谈恋爱。"

他眼里的光芒彻底熄灭了，这段暗恋宣布结束。

不用参加高考，蓝青定也再没必要来学校。自那天后，他开始积极准备出国，不让自己有任何闲暇时间，不让自己再想起朱绯彤。

直到坐上飞机的那刻，他看向地面，最后一次念起了她的名字。

"再见，朱绯彤。"

朱绯彤也记得。

记得当时的蓝青定。

夏风骤起，树影婆娑，光影在他脸上晃动。他向她告白，眼里有光芒翻滚。

她觉得自己拒绝的理由应该是不喜欢他，可那就是撒谎，她怕他看出她在撒谎。

所以，她回复的，是句半真半假的话。

"我妈不让我谈恋爱。"

他眼里的光，还是熄灭了。

站在雪堆上，朱绯彤继续问道："那你还记得，当时你怎么跟我告白的吗？"

蓝青定颔首。

"你再说一遍。"朱绯彤双手环住他的颈项。

"提这个干吗？"蓝青定不太愿意提起那天，毕竟有被拒绝的阴影。

朱绯彤却缠着他，非让他说。

蓝青定被缠得没法，只得应了她。他仍旧有些不情愿回忆，只移开眼，轻咳一声，缓解尴尬："我说的是'朱绯彤，我喜欢你，可以和我在一起吗？'"

朱绯彤的手，从他的颈项滑下，滑过他的双臂，落在他手指上。

一片雪花降落，粘在他睫毛上，蓝青定眼睫微颤。

随即，他感觉到自己的左手无名指上，被套上了一枚金属品。他诧异地垂眸，发现左手无名指上，多了一枚简约的男士铂金戒指。

那戒指显然是被她握在手中多时，因此在这天寒地冻里，仍旧是暖热温度，毫无刺骨之感。

蓝青定抬头，对上朱绯彤的双眸。她的眼里，映着漫天雪光，亮如星辰：

“当年的回答不算，这才是我真正的答案。

“答案是，我也喜欢你。”

她也喜欢他。

余生，她会努力地，走向他。

朱绯彤恍惚看见，那个少年眼里的光芒重新翻动。

他们身后，是雾凇美景，落雪寒晶挂满枝头，玉树琼枝，仿若梨花盛放。

蓝青定忽然单手扶住朱绯彤的后脑，单手环住她的纤腰，将她用力拥向自己。他吻上她，温柔又炙热，像是能融化所有的雪。

越过万水千山，他的飞鸟，终于回到了他身边。

朱绯彤和蓝青定最终还是回到了海城。

而在回到海城不久，朱文林的律师便通知朱绯彤前去医院，说是朱文林愿意将资产转给她。

“如果不愿意面对，你可以不去。”蓝青定担心朱绯彤心情会受影响。

可朱绯彤最终还是决定面对，但她握住了他的手：“我会去，但是需要你陪着我。”

从他们复合的那刻起，朱绯彤便决定不再逃避，她会在蓝青定的支持下，与他一同面对。

蓝青定在病房外等待，朱绯彤深吸口气，推开病房门而入。

朱文林的病房里，再没有朱唯一和叶云静的身影。他与之前相比，更加瘦削，但面上神情却异常平静。

在朱绯彤说话前，朱文林先开了口：“叶云静暗中给我换了药，病情恶化，现在已经没有肝脏移植的必要了。”

朱文林忽然笑了，因为短时间内暴瘦，他皮肤松垮，笑起来皱纹横生。

可那笑容，却格外通透。

是人之将死前的通透。

“死到临头，我反而想通了，这算是我的报应，也是解脱。这辈子，我最对不起的人，就是你。彤彤，这些东西，原本都应该是你的。这几天时间内，律师都会依照程序，陆续转给你。”朱文林转头看着窗外，眼里有淡淡的惘然，“这几天不知为什么，总想起你八岁生日那天。那天，我应该陪着你去游乐园的……为什么……偏偏要让你失望呢……”

毕竟是久病之人，朱文林体力不支，逐渐睡去。

从进入病房到最后离开时，朱绯彤一句话也没说出口，她确实也不知道该说什么。

是否可以原谅，是否可以弥补，都不是现在的她所能知道的。

出门时，朱绯彤的神情有些凝滞，直到蓝青定握住她的手。他掌心的温热，传递到了她的手臂，融化了她的面容。她的神色，重新生动起来。

“我们去游乐园好不好？”她说。

蓝青定带着朱绯彤来到游乐园。

朱绯彤玩得很尽兴，拉着蓝青定依次玩了各种项目。她紧握着蓝青定的手，跟着众人尖叫，直吼到声音都沙哑。

中场休息时，蓝青定又去美食摊位上买了很多吃的，他手里塞得满满的，朱绯彤嘴里也塞得满满的，可她还是想继续买。

蓝青定蹙眉：“够了。”

朱绯彤此刻双颊塞着食物，更像仓鼠了：“不是，你现在应该学韩剧男主角，指着臭豆腐说，除了这个，其余的通通都给我打包，我的女人，值得拥有。这种人均不超过两百元的性价比超高的霸道总裁打开方式，过了这村，就没这个店了。”

蓝青定伸出大拇指，抹去她嘴边的芝士酱，语气故意硬了两分：“行，你吃不下我就硬灌了。”

说是这么说，但朱绯彤吃不下的，蓝青定还是负责默默解决了。

朱绯彤又买了猫耳朵发光发箍，逼着蓝青定戴上，两人手牵着手，可可爱爱一起走。

“那还有棉花糖！”朱绯彤兴奋地指着前方的棉花糖摊位。

“下次再买，今天你吃太多了，小心闹肚子。”蓝青定阻止。

朱绯彤只得作罢，可那眼神还是粘在棉花糖上，一步三回头，依依不舍。

蓝青定忽然放开她的手，朱绯彤以为他生气了，正要哄哄，却发现他三两步走到了棉花糖摊位前，扫码支付。

还是拗不过她。

朱绯彤醒悟过来，忙跑过去，从后环住蓝青定的腰，脑袋在他背后蹭来蹭去。

“等会儿口红要是蹭在衣服上，你得负责给我洗干净啊。”蓝青定佯装生气。

“洗就洗。”朱绯彤继续蹭。

摊主是位阿姨，看上去健谈又热情，边转着棉花糖，边笑眯眯地问：“你们感情真好啊，结婚了吗？”

蓝青定正准备回答，朱绯彤踮着脚，从他身后伸出个脑袋，道：“快啦，马上就结。”说完后，又缩回头，继续在他后背蹭。

蓝青定低头，看着自己腰上那双牢牢环住自己的纤细莹白的手，眼里逐渐涌上笑意。

那笑意满溢着，扩散到四肢百骸，无处不在。

摊主技术精湛，加入各种颜色的砂糖，不一会儿手上便有了粉红和浅蓝相间的棉花糖，还是桃心的形状。

蓝青定拿着棉花糖递给了朱绯彤。

朱绯彤眼里发出光，兴奋道：“是我们，红和蓝。”

“别吃太多了，有色素。”蓝青定揉着她的头发。

朱绯彤用舌尖将大块棉花糖卷入嘴里，含糊应着：“那你帮我吃吧。”

粉色的舌，让蓝青定的双眸更为幽深。蓝青定朝着她凑近，朱绯彤以为他是要吃棉花糖，便将棉花糖朝着他伸去。

但蓝青定却越过了棉花糖，直接奔向她的唇。她的舌，卷走了棉花糖。而他的舌，则卷上她的舌，认真地描绘着她的唇，不急不缓，泛起最温热的痒意。

今天的棉花糖甜不甜，朱绯彤不知道。

她只知道，蓝青定的吻很甜。

他们坐上了旋转木马，相邻的座位，一同牵着手，随着悠扬的音乐声，起伏旋转。

“我从八岁后，就没来过这里了。”朱绯彤道。

“以后每周，我都带你来。”蓝青定承诺。

阳光透过旁边的密林，斜射到朱绯彤眼睑上，温暖又明亮。欢乐轻扬的音乐声中，朱绯彤握着蓝青定的手，随着光影旋转。

她终于走出了那片密林。她终于看见了阳光。他，就是她的光。

朱绯彤和蓝青定的婚礼，是在兰特度假酒店草坪上举行的。

在化妆间里，朱绯彤看着镜子中的自己，格外紧张。她身着洁白婚纱，名家设计，手工优良，纯洁而高贵。

幸好有孔情、丁敏、姚雨倩在旁边不停地笑闹着。

“今晚要不要闹洞房？”

“必须的！”

“你们倒没事，我要是被扣年终奖怎么办？”

“没事，有绯彤在，蓝青定不敢的。”

正闹着，苏雁回走了进来，几人见状，忙噤声。

朱绯彤也忙站起身来，喉咙顿时有些干涸。自从决定结婚后，她跟苏雁回只见过两次面，还没单独说过话。

朱绯彤知道，苏雁回并不太满意自己的家庭背景。但是，不管苏雁回说什么，她都不会退缩的，为了蓝青定。

苏雁回走到朱绯彤面前站定，她照旧是高雅端方，气质冷清的贵妇人模样。

就在朱绯彤攥紧双手，紧张到一定程度时，苏雁回忽然伸手，温柔地帮她整理着头纱。

苏雁回敛下眸，轻声道：“对不起，我也是第一次当人婆婆，我也需要学习。绯彤，请你，一定要让他幸福。”

朱绯彤垂下头，只觉得眼里有止不住的湿意。

她说不出话，只重重点头。

“好了，时间到了，快去吧。”苏雁回笑着催促。

朱绯彤来到草坪上，四周坐满了前来祝福的宾客。地上，铺着白色的绸缎，撒着玫瑰花瓣。而前方不远处，布置着白玫瑰搭成的浪漫拱门。

蓝青定站在前方，目光温柔。

朱绯彤一步步朝着蓝青定走去，脚步坚定。

我愿为你，飞越山海。

蓝青定的身后，海天相连，世界尽头，有连绵群山。

近海远山，皆候飞鸟。

番外一

双向醋王

蓝海天是实名认证式霸道总裁，具体表现在送给朱绯彤与蓝青定的结婚礼物就是酒店附近的一幢独栋三层临海别墅。

朱绯彤和蓝青定在婚后便搬了过去。

别墅有私家庭院，以及无边海景泳池，景色宜人。哪里都好，唯一的小缺点就是距离酒店的距离有点尴尬。

两公里，属于走路稍有点远，但开车又太浪费的状态，朱绯彤最终决定骑自行车上下班。

蓝青定去附近的自行车车行给她买了一辆轻便的女士自行车，浅蓝色，前面还自带竹编小车篮，挺可爱。

唯一的小问题便是，朱绯彤不会骑自行车。

自己选的老婆能怎么办，蓝青定只能负责教了。

朱绯彤自认厨艺精湛，吃苦耐劳，优点很多，可缺点也很明显，那就是平衡力不佳。

蓝青定教导起来格外辛苦，教了好几天，还是必须要扶着自行车后座，她才能勉强骑行。

为了让朱绯彤能尽早学会自己骑行，蓝青定在她的注意力放在前方视野时，偷偷放了手。

结果很明显，朱绯彤是真不会骑，在蓝青定放手的瞬间，她便倒在了草丛中。

蓝青定不得不仰头叹息，学自行车这种事，真的太难为老婆了。

朱绯彤从草丛中起身后，幽幽地望着蓝青定：“你说过对我不会放手的。”

男人，怎么一结婚就变了。蓝青定能说什么，只能就地承认自己是渣男。

朱绯彤决定寻求外力的帮助，边上网搜寻，边问道：“你说，有没有可能，在我的自行车后面安装两个平衡轮？这样就不会摔倒了。”

蓝青定平静地指出：“你说的那个，叫儿童三轮车，就是他骑的那个。”

顺着蓝青定手指的方向看去，朱绯彤发现一位五六岁的小朋友正骑着小三轮车龟速地从他们面前滑过。

车里还放着儿童神曲——“爸爸的爸爸叫什么，爸爸的爸爸叫爷爷。”

确实很稳，但也很矬。

好吧，在被摔死和被笑死之间，朱绯彤选择前者。

再这么练下去，估计两个人中至少得废一个，小夫妻只能暂时停下练习的步伐。

毕竟也是高强度的运动，朱绯彤饿得不行，便拉着蓝青定去附近的日式拉面店吃饭。

练习了一下午，朱绯彤埋头吃得挺香。等吃得差不多了，她抬头准备询问蓝青定明天要去哪儿玩，忽然发现他正看着落地窗外。

顺着蓝青定的眼神望去，朱绯彤看见了一位运动型女生。那女生大概一米七左右，身材高挑，皮肤是健康的古铜色，纤瘦有肌肉，看上去散发着无穷活力。她似乎是专业的山地车选手，戴着头盔、魔术方巾、防风眼镜，正将那辆非常拉风的山地车放置在拉面店外。

朱绯彤面前的冬阴功汤拉面还剩小半碗，她端起，咕噜咕噜地喝了口。

嗯，有点酸。

刚运动时喝了太多水，朱绯彤便前去洗手间释放。等踏出洗手间门时，却发现那位山地车女神站在蓝青定身边，正掏出手机跟蓝青定说着什么。

这一幕朱绯彤看过，当初她和蓝青定去医院时，有两位女生也是掏出手机，围着蓝青定。

当时蓝青定指着她，对那两位女生说了什么，那两位立即红着脸走开。

后来，在朱绯彤的逼问下，蓝青定才说了实话，他当初说的是——“不好意思，我女朋友不准我加其他女生微信。”

朱绯彤回忆了下，虽然自己当时还不是蓝青定的女朋友，蓝青定这么说，有占她便宜的倾向。可不论如何，蓝青定这种洁身自爱的行为还是非常值得表扬的。

但没想到，这刚结婚没多久，她同样是上个洗手间，回来房子就塌了。

朱绯彤看见，蓝青定这次没有拒绝，而是掏出手机打开微信任由那位山地车女神扫描，两人就此交换了微信。

朱绯彤瞬间觉得掌心有点痒。

那山地车女神并没有选择堂食，在柜台打包后便提着外卖盒离开。

朱绯彤重新坐回了蓝青定身旁，面前的冬阴功汤拉面还有剩的，她垂头看着，心情郁闷，也没怎么动筷子。

蓝青定伸手想将碗拿过来帮她吃了，她却将碗护住，幽幽道："算了，这里面有醋，还是我喝了吧。"

蓝青定向来不喜欢酸味重的食物。

"冬阴功里有醋吗？"蓝青定眉宇轻皱，"不是只有青柠檬？"

朱绯彤噎了噎，半晌道："我觉得今天的有。"

蓝青定没在意，此时，他手机微信消息提示音忽然响了下，便拿起来回复。

他不是个喜欢交际的人，微信里的好友屈指可数。朱绯彤眼尖地发现，与他对话的微信头像挺眼生。

是一位女生骑着山地车在公路上骑行的图片，基本可以确定是刚才的山地车女神了。

朱绯彤用筷子夹起一个饺子，边看着专注回复信息的蓝青定，边咬了一口。

"咔嚓"一声，格外清脆利落。

仿佛咬的不是酥脆的饺子，而是蓝青定的脖子。

跟对方聊了会儿后，蓝青定放下手机，毫无求生欲地看向朱绯彤，问道："明天还练习吗？"

"不练了，休息下。"

朱绯彤嘴里继续咬着蓝青定的脖子，不，是饺子。

蓝青定本来想说什么，但听朱绯彤拒绝了，想了想，也就算了，转而道："好，这几天也练累了，休息两天也行。"

他边埋头吃拉面，边继续问道："明天休息，你想去哪里玩？"

朱绯彤仔细想了想，道："想去染个发，墨绿色的，你觉得怎么样？"

闻言，蓝青定顿时被呛住，连续咳了好几声。朱绯彤端起茶杯，给他倒了茶，递到面前。

想象了下朱绯彤顶着不良少女般墨绿色的头发，蓝青定眼里滑过了为难神色。

但领了结婚证也不代表他可以干预老婆的染发自由，所以最终只能勉强同意：“行，你喜欢就好。”

大不了，以后在床上时，把她头发捂住就好。

说是这么说，但朱绯彤最终并没有去把头染成墨绿色。毕竟真染了，就不吉利了。每天都顶着“绿帽子”，也太诡异了。

虽然领了结婚证，但也不代表自己可以干预蓝青定的交往自由，朱绯彤只能默默将这件事放心上，自己生气。

说是自己生气，但蓝青定也跟着遭了殃。

当天晚上，朱绯彤洗完澡，刚背对着他躺下准备睡觉，蓝青定的手便伸入她衣服下摆，开始不老实。

朱绯彤立即按住他，迎头泼去冷水：“我‘大姨妈’来了。”

“大姨妈”，堪称全世界男人最讨厌的“亲戚”，没有之一。

蓝青定只能抱住朱绯彤，好一会儿才平息好自己的欲念。

还能怎么办，只能忍了，七天后再补回来。可惜，到第七天晚上，朱绯彤表示“大姨妈”还在。

有时候女生因为体质或者内分泌失调等问题，这种情况也不是没有可能。

蓝青定向来比较绅士体贴，表示可以理解。

但是到第十天，当朱绯彤告诉他，说自己“大姨妈”还没走时，蓝青定决定放弃自己的绅士人设了。

说完后，朱绯彤正想要将被单蒙住头，继续睡觉休息，结果蓝青定将被单给按住。

朱绯彤抬头，看向他的双眸，眸子里的火苗，有股凉意：“你告诉我，谁‘大姨妈’来十天？”

朱绯彤只能拿出了自己早已想好的借口：“我家‘大姨妈’比较恋家。”

蓝青定单手钩着她的睡衣肩带，那白色丝绸，细细长长，在性感的肩胛骨上打了个蝴蝶结。

他的手指就这么钩在蝴蝶结上，在扯与不扯的边缘徘徊：“你说，我是不是应该跟你家‘大姨妈’聊聊？”

朱绯彤看得心惊胆战，忙表示拒绝：“哦，那倒也不必，我家‘大姨妈’不太健谈。”

再次遭到拒绝，蓝青定进了浴室，并开始在浴缸里放水，看样子是要泡个澡。

主卧室内的浴缸是双人按摩冲浪式的，足够宽大。不过朱绯彤觉得洗浴是件私密的事，所以不管之前蓝青定如何邀约，她都没和他一起泡过。

朱绯彤累得实在够呛，也没精力理会他。

确实是太累了，她连身都懒得翻。

可还没躺上两分钟，浴室里蓝青定就叫她帮忙递浴巾。

自己选的老公，难不成还能让他泡死在浴缸里？朱绯彤只得忍着倦意，拿了浴巾进去。

进去时，发现浴缸已放满了水，蓝青定正闭目在里面悠闲泡着。

“我给你放这里了，你自己慢慢泡。”

朱绯彤将干净的浴巾放好，正准备离开，谁知手腕忽地被人拉住。

蓝青定的手，干净又燥热，在她的手腕处激起了滚烫的火。

他起的火，她来灭。

朱绯彤还没反应过来，就被拉入了浴池中，跌入蓝青定怀里。

朱绯彤觉得自己真的太亏了。

要是早知道有后面这一出，前面她何必那么卖力。

不过蓝青定的热情表现让朱绯彤的醋意消了不少——确实是个严格储存公粮的乖宝宝。

朱绯彤唯一的担心，就是在一起久了，蓝青定会不会有审美疲劳，偶尔也会憧憬上次那种运动型女生。

她本来想咨询孔倩，但后来静下心来想想，觉得这种事还是得问个聪明的，所以转而去问了丁敏。

丁敏是对自己的人生很有规划的那种人，结婚后便成功怀孕，此时已是孕晚期，在家休养，即使是这种时刻，也是拿着专业书不停看，准备考级。

果然是大神，不放过一点儿时间。

“男人的审美会变吗？”朱绯彤发出了灵魂质问。

“应该不会，但偶尔还是要改变下造型，这样比较有新鲜感。”丁敏建议。

“你和徐小科之间会有倦怠期吗？”朱绯彤好奇。

丁敏单手扶了扶眼镜，冷静地指出：“徐小科的脑子，只会宕机，还没有升级到会有倦怠期这种高级状态。”

朱绯彤第一次真心实意地羡慕别人家有个傻老公。

“要不去换个造型吧，去这家店，我是常客，Tony老师技术挺好。我刚充值就怀孕了，再过几个月就过期，不如你去帮我用了。”丁敏拿出了一张大型美发店的会员卡。

朱绯彤对学霸有盲目崇拜心理，当即收下会员卡，决定听丁敏的。

隔天，朱绯彤便前去美发店寻找丁敏相熟的Tony老师。只是她万万没想到，Tony老师就是上次丁敏开单身聚会时“壁咚”她的那位肌肉健硕，皮肤古铜色，高大威猛的男人。

朱绯彤忙在微信上找丁敏。

朱绯彤：【怎么回事？他怎么改行做发型总监了？还能不能有点专业性了？】

丁敏：【人家已经改行半年了，而且人家之前也只是卖艺，你这种职业歧视观念真的要好好改改。】

好吧，朱绯彤承认是自己世界观狭隘了。

刚和丁敏聊完，忽然蓝青定又发来了微信。

蓝青定：【在哪儿呢？】

朱绯彤：【木樨路这边，在染头发。】

蓝青定：【我在跟徐小科吃饭，估计晚点回来。】

朱绯彤：【好。】

蓝青定回复信息时，徐小科在旁边觑了眼他们夫妻俩的聊天记录，开始以过来人身份发表意见：“我觉得这个‘好’字包含的信息量很丰富。”

“怎么了？”蓝青定挑眉。

徐小科虽然向来神经粗得如钢管，但丁敏孕期荷尔蒙上升，情绪非常不稳，他几乎每天都在生死边缘挣扎。为了活下来，徐小科上网查询了许多资料，现在已经自诩婚姻专家。

“婚后的男人一定要有强大的求生欲。女人提出一个看似轻描淡写的问题，其实蕴藏着无限杀机。你刚不是说，彤姐最近有些不对劲。你还记得她是从哪天开始不对劲的？哪天问了你什么问题？”

蓝青定仔细回忆了下，确定是从在日式拉面店吃饭后，朱绯彤当天晚上就不让他碰自己了。

当时她问的问题是——“想去染个发，墨绿色的，你觉得怎么样？”

徐小科恍然大悟：“这就对了，这个问题就是典型的死亡陷阱问题，你的完美回答应该是‘不，你现在就很好看，不需要做任何的改变’。但你当时的回答却好像是在说，你早就觉得她应该换了，感觉是在嫌弃她的外形。恭喜你，触大雷了兄弟。”

蓝青定虽然对徐小科的话半信半疑，但想了想，眼前的同学毕竟孩子都要生了，还好好活着，肯定也有过人之处，不可小觑。

而且朱绯彤近期情绪确实有点不对，想来想去，估计也就是徐小科的答案。

徐小科充当军师：“现在唯一能拯救你的方法就是亲自去美发店，陪着彤姐染发。女人都喜欢男人陪着逛街，陪着理发，因为表示在乎她。”

蓝青定虽然对这个理论不太赞同，但此时只能死马当活马医了。

查看了下，木樨路那边只有一家美发店，蓝青定立即驱车前往。

朱绯彤最后还是没染发，就剪了个头发，做了个护理。

不过 Tony 老师确实技术很不错，朱绯彤表示很满意，同时也为自己之前的狭隘世界观表示愧疚。

剪发完毕后，朱绯彤步出理发店，没走几步，忽然被 Tony 老师叫住。

只见 Tony 老师拿着她的包追出来，她这才忆起自己忘记取包，忙道谢。

Tony 老师拿出手机，道：“加个微信吧，到时候你如果要来理发，可以直接发微信跟我预约时间。而且头发护理方面的问题，也可以随时问我。”

Tony 老师是做一行爱一行，此刻显得非常专业。朱绯彤心生敬佩，拿出微信添加了。

刚加好，忽然有几个滑板少年欢叫着冲来，眼见着就要撞到朱绯彤，Tony 老师忙握住朱绯彤的手臂，将她拉到旁边。

朱绯彤拍抚胸口，正要松口气，忽然听到身后传来停车声，转头一瞅，发现对面路边停了辆纯黑色 G500。

驾驶座上，蓝青定那双盯着她和 Tony 老师的眼眸，比车身，更纯黑。

“人家真的是发型总监，改行了。”

“哦。”

“刚才我们加微信真的只是想预约时间下次理发，绝对没别的意思。”

“哦。”

“刚才他拉我，也是因为形势危急，怕我被撞了。”

“哦。”

蓝青定是真生了气，回家途中，朱绯彤始终在解释，但蓝青定的回答却永远只是那一个字，都不带换的。

到最后回到家时，蓝青定还是那副抿直唇线的冷漠模样。

朱绯彤也动了气，直接摊牌：“那你那天在拉面店，不也一样加了那个山地车女神的微信，更是其心可诛。”

闻言，蓝青定身形顿了顿。朱绯彤心头咯噔一声，心想不会吧，自己还真猜中了？

结果下一秒，蓝青定掏出了手机，解锁点开微信，将自己与那个山地车女神的聊天对话框打开，递给了朱绯彤。

朱绯彤发现那位山地车女神微信名叫“Sunny”，微信上的自我介绍是“绝地山地车俱乐部会员兼教练”。

而他们之间的对话，也相当简单。

Sunny：【如果你太太愿意学习的话，可以直接来我们训练场，我可以负责教她。】

蓝青定：【好的，我问问她。】

Sunny：【好嘞。】

蓝青定：【不好意思，她这几天练习得比较累，估计要多休息两天。】

Sunny：【没问题，到时候提前联系我就可以的。】

“啪啪啪！”朱绯彤仿佛听见了来自远方的打脸声。

蓝青定是清白的，原来他加那山地车女神微信只是为了帮她寻找教练。

可朱绯彤此时也悔之晚矣，蓝青定彻底生气了。

蓝青定生气时倒不会发火，只是任由朱绯彤问什么，他只会回答“嗯”“哦”“好”。

简直是冷战王者。

过了一周，朱绯彤还是没哄好，只能在微信上找“罪魁祸首”丁敏解决问题。

丁敏听了却丝毫不慌，非常淡定。

丁敏：【男人嘛，床上哄哄就好了。】

朱绯彤：【他现在是禁欲状态，平时都抱着我睡，现在我们背对背睡，哄不了。】

丁敏：【那是因为你没下猛料，来，姐姐教你。】

随即，丁敏发来了一条，非常让人脸红心跳的消息。

非常突破底线。

丁敏：【发给他。】

此时，蓝青定和李子露等人正在一起检查已经竣工投入使用的酒店 D 区。

朱绯彤红着脸，按下了发送键。蓝青定接到了信息，掏出手机看了眼，随后又放了回去，脸上完全是波澜不惊的状态。

就算是接到骚扰短信，也还会皱下眉。可这条猛撩短信，却如此没有存在感，朱绯彤感觉身上每个毛孔都处于失望状态，忙询问丁敏。

朱绯彤：【不行，完全没反应。】

丁敏：【不至于吧，我就是这么发给徐小科的，然后我就怀孕了。】

实在伤自尊，朱绯彤决定不再跟着蓝青定，而是自己去巡视客房。

此时，姚雨倩忽然通知她去底层海底套房，说是检查出有问题。

朱绯彤心头一惊，D 区海底套房是酒店最贵的套房，接近六位数一晚，清洁方面要求很严格。

她之前才认真检查过，怎么会出现问题？

朱绯彤走进套房，却发现里面似乎没人，也没开灯，呈现幽蓝状态。

客厅的落地窗是弹性有机玻璃拱墙，窗外便是海底，视野所及，是美轮美奂的珊瑚以及各种热带鱼类。

朱绯彤正要开灯，忽然发现门被人锁住。随即，她被推到了玻璃上。

身后，是蓝青定的气息。

“你……做什么？”朱绯彤觉得自己的声音不由自主软糯了两分。

“刚不是在短信里说，想要对我做一些事吗？就在这里做吧。”蓝青定的声音也是喑哑有温度。

“不行……有鱼。”朱绯彤觉得自己倒是被撩到站不稳。

“你刚才在短信里不是那么野？怎么又㞞了？”蓝青定低低地笑，“来，我先演示一遍。”

朱绯彤的前方，是冰凉的有机玻璃与奇幻的海底幽蓝世界。

而身后，则是灼热的蓝青定。

玻璃上，出现清晰的掌印，鱼儿好奇地观望。

在如天地动荡般的悸动中，朱绯彤只迷迷糊糊地确定一点。

醋王，终于哄好了。

✦

番外二

平行世界

如果那年，朱绯彤答应了蓝青定的告白——

初夏时节，清透的日光洒落在走廊上。水池边，水龙头大开，水花四溅，砸在乳白色瓷砖上。

蓝青定抬起眼眸，内双的眼睑干净而清秀，他的眼里有光芒在翻滚。

“朱绯彤，我很喜欢你，我想我们在一起。”终究，他还是说出了这句话。

他的心脏内，像是有只小动物在不断地跳动着，根本按压不住。而朱绯彤的心脏里，同样也装着一只小动物，跳得她皮肤都在颤抖。她无意识地抬起了头，对上了蓝青定的脸。他的皮肤在阳光下，白得像是透了明，树影在他脸上晃动着，蓬勃的少年气扑面而来。

然后，朱绯彤听见了自己的声音——“好。”

她答应了蓝青定的告白，因为在那一刻，她找不到任何理由拒绝面前的这个少年。

就这样，他们两人交往了，可是蓝青定始终觉得自己如坠梦中，不敢相信这是真的。

两人都报考了中宁大学，没有任何意外，他们都被录取了。在开学报到时，他们坐上同一班飞机，一同去了宁城。

在飞机上，蓝青定始终握着朱绯彤的手，怎么也不肯放开。于是，在空姐为他们递来饮料时，朱绯彤只能够单手去接。没办法，谁让她遇上一个黏人精男朋友呢？

空姐看着甜蜜的两人，被喂了一嘴狗粮，不禁捂嘴偷笑，惹得朱绯彤脸颊绯红，忍不住嗔怪蓝青定：“从出门开始，你就一直握着我的手，手都要被你握肿了，干吗这样？”

“怕你跑了。”蓝青定望着她，漆黑的眼眸温柔而澄明。

“这是飞机上，我能跑哪儿去？”朱绯彤失笑。难不成她还能背着降落伞，中途跳机？

“不知道，但就是怕。”蓝青定嗓音低低的，像是沙落在人心上，“这两个月，我经常做梦，梦见你总是看着我就跑。我追了上去拉住你，可是你却说，你答应我的告白，只是开个玩笑，你说你根本就不想和我在一起。”

“那都是梦，梦是反的。”朱绯彤将头枕在蓝青定的肩膀上，她得安慰下这个没有安全感的男朋友。

蓝青定牢牢地握住了她的手，侧首亲吻了下她的发丝，轻声道：“这次，我们永远都不分开。”

飞机到达宁城之后，两人按照地址来到了中宁大学。

朱绯彤报考的是中宁大学的旅游管理专业，而蓝青定报考的则是中宁大学的经济学专业。两个专业的宿舍分别在中宁大学的东面和西面，相隔很远，于是两人只能暂时分别，跟着学长和学姐去自己学院的宿舍放置物品。

朱绯彤的性格向来内向，有些社恐倾向，于是在进入她所住的402宿舍前，她在宿舍门口做了很久的心理建设。脑子里不断地想着，进去以后，应该跟那些室友说些什么话才不会尴尬。毕竟她们可是要相处四年的，马虎不得。

在做了十多次的深呼吸后，朱绯彤终于鼓起勇气推开了宿舍门。

宿舍内，有三名女生已经在里面收拾房间，见朱绯彤进入，都抬眼看向她。朱绯彤感觉自己像是被施了定身咒一般，站在原地，头皮麻麻的，也不知道该开口说些什么。

正在尴尬之际，忽然一位长相明艳的高挑女生走过来，热情地拉着她的手，赞叹道：“哇，你长得好乖啊，跟小兔子似的，我太喜欢你了！”

那明艳大方的女生便是宋潇湘，是宁城本地人，性格开朗活泼。在宋潇湘的介绍之下，朱绯彤也与其余两名室友迅速认识，初见时的尴尬荡然无存。

没多久，喜欢八卦的司马燕忽然翻到了中宁大学论坛的帖子，惊喜地喊道：“你们看，这是有人偷拍的今天来报到的大一新生照片。快看这一张，简直是神颜！我的妈呀，长得跟明星似的！”

中宁大学有个不成文的规矩，每年新生报到时，大二大三负责接送新生的学长学姐都会偷拍长相出众的新生照片，发在校内论坛里，以供大家欣赏。

宋潇湘以及贺思思忙冲过去，围着司马燕的手机观看，朱绯彤却不感兴趣，只忙着整理自己的行李。谁知就在这时，她忽然听见司马燕念出了论坛底下的爆料回复：“四楼有人说——我知道这是谁，是经济学专业大一新生蓝青定。哦，原来这个男生叫蓝青定啊。”

吃瓜吃到自己家了？朱绯彤立即冲过去，拿着手机看了起来。果然，论坛首页飘红的帖子里，就放着一张蓝青定的照片。

照片上的蓝青定走在校园的林荫大道上，斑驳的光影落在他那轮廓明晰的面庞上，整个人仿佛笼着层金色的微光。虽然照片是高糊状态，但是完全掩不住他的俊颜。

司马燕捂住双颊，憧憬道：“一想到我们学校有这么好看的男生，真是太让人开心了，就是不知道他有没有女朋友？”

朱绯彤正打算弱弱地举手，告诉这些室友，自己就是蓝青定的女朋友。谁知此时，贺思思立即泼了盆冷水过来：“算了，这种男神级人物，才不是我们这些普通女生配得上的。他就算有女朋友，肯定也是那种非常惊艳的大美人型。比如，就像宋潇湘这样的。”

贺思思成功地让朱绯彤咽下了“我就是他女朋友”这句话。算了，开学第一天，不要随便吓室友。反正以后日子还长，慢慢跟她们解释就好了。

开学之后没多久，学校便将他们这群大一新生拉到山上的训练基地进行军训。

大一军训是男女学生分开进行的，因此朱绯彤与蓝青定在军训的一个月中，只能靠手机进行联系，两人没能见面。然而令朱绯彤没能想到的是，校园论坛的那个帖子因为有了蓝青定的照片，在首页飘了一整个月，帖子里全是全校众多女生对蓝青定的爱慕之词。

【天啊，好帅啊，世界上怎么会有这么好看这么温柔的男生？】

【我听他室友说，他好像有女朋友来着。】

【不可以！我不允许蓝蓝有女朋友！他是我们大家的！】

【没错，除非他女朋友长得美若天仙，否则我绝对不允许！】

如此一来，朱绯彤就更加不敢出声了。她有自知之明，清楚自己可算不上什么美若天仙的大美女。要是暴露了和蓝青定的关系，铁定得被全校女生给撕掉一层皮，到时候怎么死的都不知道。

在军训完返校后的第二天，蓝青定便来到了女生宿舍楼下，打算找朱绯彤约会。谁知这一举动掀起了轩然大波，别说整栋宿舍的女生，就连宿舍阿姨就震惊了。乌泱泱的一大堆脑袋都挤在窗口处、阳台上，全盯着蓝青定，就想看看这中宁大学新晋校草到底是在等谁。

朱绯彤吓得不轻，哪里还敢在这种关头出面，只能赶紧给蓝青定发了信息，约他在小树林里见面。

朱绯彤鬼鬼祟祟地来到了小树林里，确定了身边没有人，这才连忙对蓝青定嘱咐："你现在是校草，所以以后千万不能在女生宿舍门口等我，咱们也不能公开关系。你一定要对外宣称，说你没有女朋友，千万不能供出我，明白吗？"

蓝青定对自己在校园的热度并不在乎，也不关心。此时，他微蹙着眉头，对要隐瞒自己与朱绯彤的关系非常不满："我们好好谈个恋爱，为什么不能公布？"

"因为她们一定会说我配不上你的。"朱绯彤说出了实话。

"如果有人敢在我面前这么说，我一定不会放过他的。"蓝青定眉宇间有温柔而坚定的神色。

"我是觉得公开出来，压力太大了。"朱绯彤咬唇，低声解释。

"难道我们要隐瞒一辈子吗？我就这么让你有压力吗？"蓝青定的眸色，不自觉地暗了几分。

这是两人确定恋爱关系之后，首次有了争执。

朱绯彤不再说话，只低垂着头，绞着自己的手指头。

蓝青定的话，说到了点子上。朱绯彤跟他在一起，确实觉得很有压力。蓝青定太优秀了，优秀到朱绯彤甚至觉得自己有点配不上他。所以她才会选择隐藏他们的关系，想尽量忽视这种压力。

见朱绯彤低垂着头，仿佛是小兔子做错事的模样，蓝青定心内某处地方又软了下来。他握住了她的手，无奈地轻声安慰："好吧，就听你的。"

朱绯彤这时终于笑了出来："没关系的，只是暂时隐藏而已，等你的热度降下来，我们再慢慢公布好了。"

蓝青定想说什么，但张张嘴，最终没有说话。

两人达成了隐瞒的协议之后，走出了小树林。谁知，迎面就撞上了宿舍的另外三个人。几人大眼瞪小眼，看着彼此，全都怔住，一时说不出话来。

最后还是司马燕忍不住问道："绯彤，这不是蓝……蓝青定，你和他……"

司马燕想问他们俩干吗要钻小树林，但话还没来得及说出口，朱绯彤立即说道："哦，我们是高中同学，都是海城的，今天刚好在学校里遇见了。他想问一下以前高中同学的联系方式，我们刚刚就在聊这个。"

这话也算是半真半假，其余几人立即相信了。不过大晚上的，似乎也不好继续跟以前高中的普通男同学钻小树林。于是，朱绯彤只能给蓝青定留下个愧疚的目光，跟着其余三人一同回了宿舍。结果回去之后，朱绯彤立即被三个人给围了起来，按在凳子上进行了审问。

司马燕质问："你居然跟蓝青定是高中同学？这么重要的信息你怎么不早告诉我们？"

朱绯彤忙解释："我和他不是太熟，所以也没好意思说。"

贺思思接着质问："蓝青定有女朋友这件事，到底是不是真的？听说是我们学校的？"

朱绯彤忙将头摇成了拨浪鼓："我和他不是太熟，我什么都不知道。"

宋潇湘也赶紧质问："那他喜欢什么类型的女孩子啊？"

朱绯彤还是一问三不知："我和他不是太熟，我也不太清楚。"

见朱绯彤什么也问不出来，几人没了兴致，便暂时放过她，饶了她一命。朱绯彤暗暗拍抚着小心脏——宿舍的三人不过是以为自己是蓝青定的高中同学，就把她审成这样。要是知道自己是蓝青定的女朋友，她起码得被审掉一层皮。

朱绯彤倒也没有打算一直瞒着室友们，她想着再过几个月，再告诉她们这件事，循序渐进，比较不吓人。

她的计划虽然挺周全，但这件事真正执行起来还是有一定的难度。毕竟蓝青定在校园里是热门人物，受关注度极高，不管出现在校园哪里，都会被人盯着，甚至经常还会被偷拍照片，发在校园论坛上，引发众人围观点赞。

如此一来，朱绯彤根本不敢与蓝青定在校园里见面。两人就算是约会，也只能到离校园很远的地方。

这天，两人就把约会地点定在了离学校大约半小时车程的餐厅里面。

朱绯彤点了菜之后，便去了洗手间，出来时竟发现，在他们旁边的桌子上，又坐了两位女生。她定睛一看，发现那两位女生正是他们旅游管理专业的大二学姐。而两位学姐显然也认出了蓝青定，正拿着手机偷偷拍着他的照片。

朱绯彤知道，要是自己现在走过去，铁定是要暴露身份。她只能悄悄地走出了餐厅，偷偷地给蓝青定打了电话，让他赶紧出来。蓝青定只得结账，步出了餐厅。两人又再次寻找其他的地方吃饭，谁知这天真是撞了邪，好不容易找到第二家餐厅，谁知刚一踏进门，就看见里面坐着蓝青定的同学。朱绯彤哪里敢进去呢？只得像做贼般，拉着蓝青定出来。

好不容易约个会，谁知就光顾着躲避人，别说浪漫了，连水也没喝上一口。就算是有再好的脾气，蓝青定也忍不住蹙眉：“难不成我们就要这么假装四年吗？”

朱绯彤忙安慰：“再过段时间吧，等过段时间他们没那么关注你了，我们再公布好了。”

蓝青定直直地看着朱绯彤，仿佛要看入她的心里：“过段时间是多久呢？一个月？半年，还是一年？”

朱绯彤动了动嘴唇，却哑口无言。按照蓝青定现在的热度，她确实不知道什么时候才能公布他们的关系。

也不知怎的，气氛瞬间沉闷了起来。再这么待下去，估计两人会发生争吵。蓝青定只能把朱绯彤送回了学校，两人不欢而散。

回到宿舍之后，朱绯彤趴在床上，只觉得浑身都没力气。其实，她又何尝不想公开与蓝青定的关系呢？

只是，她真的害怕。

她之前就一直在做梦，梦见自己与蓝青定的关系被知晓后，校园帖子里不断地出现她的黑照，以及对她的诅咒之词。而她走在校园路上，也不断地有人指指点点，那些窃窃私语的声音像针一般刺痛着她的耳膜——

“就是她呀？很普通啊，怎么能配得上蓝青定呢？”

那些梦都太过真实，以至于她醒来时，满头大汗，吓得魂不附体。也因此，她才会想要把自己与蓝青定的关系暂时隐藏。只是她没有想到，这样的做法也会让蓝青定不开心，影响他们之间的感情。

难道，她真的错了吗？

正当朱绯彤发呆时，宋潇湘也返回了宿舍里，好奇地问：“怎么了？你一副丢了魂的样子？”

朱绯彤摇摇头：“噢，没事，我去洗个澡。”

宋潇湘忽然想起什么，道：“对了，绯彤，你把上次那个《理想国》的读后感发我下，我抄一抄，下节课得交。”

“就在我电脑F盘里面的新建文件夹里，你打开自己传一下吧。”

朱绯彤说完，便进了洗手间去洗澡。而洗完之后出来，她忽然发现宋潇湘正呆呆地看着自己的电脑屏幕。

朱绯彤忽然想起，自己电脑里面还存有不少与蓝青定的合照，顿时心头一紧，忙出声问道：“怎么了？”

别是看见合照了吧？朱绯彤边说边快步朝着宋潇湘走去，而宋潇湘却不着痕迹地点了下鼠标。当朱绯彤走到宋潇湘背后时，发现电脑屏幕上只有文档页面。朱绯彤只当是自己多心，便也没再多想，松了口气。

宋潇湘回过头来，笑得若无其事：“对了，不久之后，我们一年级新生就要举办圣诞节晚会。据说中宁大学有个传统，就是平安夜时，可以在操场的雪地上对心仪的暗恋对象进行告白。如果对方答应了，就表明你们的这段恋爱肯定会成功，能白头偕老。到时候，我们一起去啊。”

朱绯彤对告白的事倒不是太关心，此刻她心里想的全是蓝青定，于是便忍不住向宋潇湘进行讨教：“潇湘，如果你有一个特别优秀的男朋友，优秀到别人会觉得你配不上他。那这种情况下，你还会选择公布跟他的恋情吗？”

闻言，宋潇湘眼眸里闪过丝晦暗不明的碎光，良久，她才道：“这种情况还是选择隐藏吧，毕竟人言可畏，这样公布出来，压力太大了，说不定会影响两人的感情的。”

这么一听，朱绯彤心里又开始动摇了。是啊，如果公布之后，在巨大压力之下，他们的关系越发恶劣了，该怎么办呢？

这事实在太闹心，朱绯彤决定暂时抛开不想，于是把注意力放在了宋潇湘的恋情上，询问道：“咦，你不是说今天要和男朋友约会吗，怎么这么早就回来了？”

宋潇湘眨眨眼，轻声道：“我觉得跟他在一起不太开心，打算跟他分手了。再说，现在我又有新的目标了。”

“新的目标？谁啊？”朱绯彤好奇。

宋潇湘笑着，但是那笑意却没有到达眼底：“你不认识。”

朱绯彤觉得毕竟这是宋潇湘的隐私，便也没再多问。

蓝青定虽然性格温柔，可是在原则性问题上格外固执。他始终认为两人的关系应该公布出来，因此并不想退让。

而接下来，因为临近期末考试，再加上402宿舍被学院安排任务，去制作圣诞晚会的道具，因此朱绯彤忙得不可开交。

如此一来，两人竟然一个星期都没有联系过，可以称得上是某种程度的冷战了。朱绯彤也不清楚他们为什么会变成现在这个样子，谁也不肯先踏出一步。也许感情越深，越容易发生摩擦吧。

朱绯彤每天都看着手机，就怕漏接了蓝青定的电话或者短信，但就算是她差点把手机给盯出个洞来，也仍旧没有收到蓝青定的信息。

朱绯彤只觉得浑身疲倦，神思惘然，这天正躺在床上唉声叹气时，宋潇湘走入了宿舍里面，低声神秘地对她道："绯彤，你猜怎么着？我今天看见蓝青定和一个很漂亮的女生一起走在操场上，看着特别亲密，明眼人一看就能发现他们之间的暧昧。你说，是不是他女朋友啊？哎，千万别说这件事是我告诉你的！"

朱绯彤一听，差点没从床上跳起来。她绞着手指头，纠结了许久，终于决定硬着头皮，发信息质问蓝青定。

朱绯彤：【你今天跟谁一起在操场上啊？】

朱绯彤的信息发了过去，可迟迟没有收到蓝青定的回复。她的一颗心像是被猫爪子抓挠着似的，难受得紧。每一分钟都像是一根丝线缠在她脖子上，勒得她喘不过气来。终于，在一个小时后，蓝青定才给予了回复。

蓝青定：【一个学姐而已。】

朱绯彤咬着唇，继续在手机上敲打着信息：【有人看见，你和她好像走得很近，很亲密。】

蓝青定不知道该怎么回复这条信息，今天他有点感冒，睡得比较早。结果中途醒来时，才看见了朱绯彤在一小时前发来的短信，便连忙回复了。但听朱绯彤的意思，似乎是怀疑他跟那个学姐有什么暧昧。

蓝青定觉得很奇怪，当时那位学姐只是过来操场上询问他，有关学院圣诞活动准备的情况。两人一共就说了不到三句话，而且中间还隔了一米的距离，怎么看也称不上亲密吧。

思来想去，蓝青定只能将这件事归结于朱绯彤没有安全感。于是，他给朱绯彤回复了一条解决这个问题的信息。

蓝青定：【如果你没有安全感的话，我们就把恋情公布了吧，免得别人误会。】

朱绯彤：【我现在不是在说这个问题。】

朱绯彤想要的不是这个回答，她想要的，是蓝青定亲口告诉自己，说他与那个学姐根本没有什么关系。可蓝青定却脑内清明，看得透彻。

蓝青定：【我觉得，这就是我们之间存在的最大问题。】

朱绯彤没有再继续回复，蓝青定也没有再发来信息。

当天晚上，朱绯彤躺在床上，翻来覆去怎么也睡不着。终于，她来到了宿舍的露台上，看着夜空，只觉月色寂寥，夜风清冽。

正当她在思考着，是不是该给蓝青定发个信息道歉时，宋潇湘也来到了宿舍露台上，询问道："怎么不睡觉？"

这一刻，朱绯彤再也抑制不住内心的情绪，便将自己与蓝青定的关系，原原本本地告诉了宋潇湘。

说完之后，朱绯彤连声道歉："潇湘，真的对不起！我不是故意瞒着你们的。只是当时你们对蓝青定女朋友的期望值实在是太高了，我就没好意思说出自己和他的关系。"

宋潇湘睁大了眼，表现出了惊讶，可是仔细看会发现，那惊讶的情绪稍显过头，显得有些虚假。

朱绯彤倒没留意宋潇湘，只是垂着眼眸，犹豫地说："我和他这段时间在因为这件事而冷战，仔细想想，确实是我不对。我看，明天我还是对外公布和蓝青定之间的关系吧。"

闻言，宋潇湘却进行了制止："千万别，现在蓝青定的人气这么旺，你要是真的公布了，那些女生嫉妒起来，肯定会明里暗里对你不利的。到时候你压力一大，说不定和蓝青定之间的关系，会更加糟糕呢。"

听宋潇湘这么一说，朱绯彤蹙眉，不由得长叹口气。

宋潇湘笑着安慰道："没事，情侣之间哪有不吵架的。你们先冷静两天，都不要找对方，等气头过了再联系。再说了，你也别妄自菲薄，你的人气也挺旺的啊。你不知道吗，我们系的韩礼华就挺喜欢你的。"

韩礼华同样也是旅游管理专业的大一新生，不过朱绯彤跟他之间没有什么交流。听了这话，朱绯彤也只是觉得宋潇湘是在开玩笑，没有放在心上。之后，她按照宋潇湘的建议，在接下来的两天里，并没有与蓝青定联系。

而第三天时，知名的经济学教授来到中宁大学讲座，大一的全部新生都被通知去阶梯教室参加。朱绯彤当时忙着帮学院老师完成任务，因此到达的时间比较晚，便拜托宋潇湘帮自己占了个位置。谁知去了之后，朱绯彤却发现，宋潇湘为她占的位置旁边坐着韩礼华，而宋潇湘她们则坐在前排。

宋潇湘解释说，因为来的学生太多了，当时只有那个位置空着。朱绯彤也不是个喜欢计较的人，便抓紧时间坐下。

可也不知道怎么回事，在听讲座的过程当中，韩礼华始终都在找朱绯彤说话。因为教授在上面演讲，所以两人说话时必须凑得很近，在外人眼里看来，就显得格外亲密。

而这亲密的姿态，都被坐在最后排的蓝青定看在眼里。他一眨不眨地看着韩礼华与朱绯彤，深黑的眼眸像是大海，藏着万千汹涌的情绪。

朱绯彤总觉得后背毛毛的，无意中回头，这才发现了蓝青定，以及他那意味深长，明显是误会了自己的眼神。

朱绯彤一颗心顿时跳得七上八下的，便想要在讲座结束之后，赶紧去向蓝青定解释。

然而在讲座结束后，蓝青定就坐在原地，似乎是在等待着她。

可是看着周遭那些汹涌的人群，那些聚集在蓝青定身上的目光，朱绯彤却犹豫了，不敢上前，她害怕别人会用审视以及异样的眼神看着自己与蓝青定。

蓝青定始终坐着，等待着朱绯彤，却没有等到她朝着自己走来一步。

蓝青定眼里的光逐渐化为失望，最终，他站起身来，离开了。

朱绯彤只能给蓝青定打去了电话，她在电话里着急地解释："我和韩礼华只是普通同学，我们平时连话都没说过两句，你不要误会。"

电话的那一头，蓝青定的声音却格外平静，但不知为何，这种平静却更让朱绯彤心惊："绯彤，你知道吗，如果这样继续隐瞒下去，我们之间的误会会越来越多的。"

朱绯彤懂蓝青定的意思，如果他们选择继续隐瞒恋情，那些认为他们单身的人会不间断地出现，进行示好。而他们也会因此互相误会，争吵以至冷战。可是如果选择公布恋情，朱绯彤觉得自己的压力实在太大了，她不知道该怎么去承受异样的目光。

朱绯彤轻声道："你就不能，站在我的角度想想吗？"

电话那头，蓝青定的嗓音有些沙哑："绯彤，你呢？你有站在我的角度想想吗？其实在这段关系里，最没有安全感的人是我。"

闻言，朱绯彤忽然愣住，不知该如何回答。

蓝青定的声音悠悠荡荡的，从手机里传来："我人生中最开心的一天，就是在你接受我的那一天。可是在那之后，我就经常做梦，梦见你又逃避，又退缩。绯彤，你从来没有给过我足够的安全感，你就像是一只飞鸟，可以随时离开我的生活。"

朱绯彤没有再回复，她不知道该说什么，这是她第一次知晓蓝青定心里的恐惧。她也不记得，蓝青定是何时挂断的电话，当回过神来时，只听见电话那头传来嘟嘟嘟的声响，空旷又茫然。

接下来的几天，朱绯彤过得浑浑噩噩的。她实在想不通，自己和蓝青定之间究竟为什么会成了这样。

也许是受到心情影响，朱绯彤患了重感冒，再加上她暂时不想看见蓝青定，于是便在平安夜这天请假，没去参加圣诞晚会。

当天晚上，宿舍里只剩下朱绯彤一人。她躺在床上，却怎么也睡不着，脑子里总是想着蓝青定。她翻出手机，想要给蓝青定发个信息，可是调出了对话框，却始终不知道该说些什么。

正当她茫然无措之际，忽然手机里有一条信息涌入。

朱绯彤忙激动地点开，却发现信息并不是来自蓝青定的，而是来自韩礼华。

韩礼华也不知道是从哪里得知她生病的消息，不停地嘘寒问暖，并且语气越发暧昧。朱绯彤觉察出了不对劲，决定把话挑明："不好意思，也许是我想多了，但我想声明一下，我已经有男朋友了。"

那边的韩礼华感觉非常讶异："啊？可是宋潇湘不是说你是单身吗？而且她还说，你对我有好感，让我加油。"

朱绯彤一下从床上坐起，忙问："这些话，她是什么时候告诉你的？"

韩礼华把底细全都给交代了："就是前几天，那个讲座的位置也是她帮我们俩占的，说是为了给我们制造机会，让我先别告诉你。"

电光石火之间，朱绯彤把什么事都想清楚了。

挂上电话之后，她直接奔到了圣诞节的晚会现场。

此时已经是半夜十二点，大一新生全部在操场上集合，准备开始雪地告白的环节。远远地，朱绯彤便看见，人群最外围的宋潇湘，始终盯着蓝青定所在的方向。

朱绯彤走过去，拍了拍宋潇湘的肩膀。

宋潇湘转过头来，看见了朱绯彤，顿时眉心一跳，眼里闪过一丝不自然："你怎么来了？不是感冒了吗？你快回去休息吧。"

朱绯彤站在原地，一眨不眨地盯着宋潇湘的眼睛，像是要看透宋潇湘的内心。良久，她终于质问道："你那天告诉我，说你有了新的目标，是指蓝青定，对吗？"

宋潇湘姣好的面容上，闪过了一丝慌乱。

朱绯彤面色平静，将心里的分析全部倒了出来："你在电脑里翻到了我和蓝青定的合照，那时便知道了我们的关系。之后你故意告诉我，说看见蓝青定和那位学姐举止亲密，是为了让我心存芥蒂。再然后，你又撺掇韩礼华来追求我，让蓝青定误会。你下了这么大一盘棋，就是为了分开我和蓝青定。因为，你喜欢他。"

其实宋潇湘的做法，并不算太高明，如果观察仔细些，必定会发现破绽。只是朱绯彤向来把宋潇湘当成好朋友看待，从没有怀疑过她，以至于上了这么大的当。

见自己的计划已经全然败露，宋潇湘也不再抵抗，干脆将话全部挑明："没错，我就是喜欢蓝青定，我就是千方百计想要离间你们之间的关系，让你们分手。因为，你根本就配不上他，你连承认他是自己男朋友都不敢，你有什么资格跟他在一起？！"

宋潇湘的话，像是一盆冰水，浇在了朱绯彤的脑袋上，让她瞬间清醒。朱绯彤抬眼，看向前方站在经济系大一新生中的蓝青定。

他整个人白皙而干净，如清风，似霁月。只是那内双的眼眸半敛着，遮住了所有光芒，笼着郁郁之色。

朱绯彤想，他的不开心，都是因为她吧。

正在这时，主持人开始大声宣布，说告白仪式正式开始，希望大家踊跃上台告白。但因为在场都是大一新生，脸皮都薄，一时之间，众人只是互相起哄，却没有人敢真正走上台去。

正当现场气氛陷入胶着之际，忽然一个娇小的身影冲到了主席台上，从主持人手中接过了话筒。

众人定睛一看，发现那女生长相乖巧精致，杏眼清澈，面容紧张，正是朱绯彤。此时，蓝青定也看清了朱绯彤，顿时怔住。

面对着主席台下那么多双眼睛，朱绯彤只觉得胸腔里面像是装了只小兔子，在不停地蹦跳着。她也不知道自己是哪里来的胆子，居然就这样冲上了主席台。

可是她不后悔，她就是要在今天对蓝青定告白，就像是宋潇湘所说的那样——连承认蓝青定是自己男朋友都不敢，那她还有什么资格跟他在一起呢？

此时，漆黑的夜空，飘下了晶莹的雪花。那雪花在路灯的映照下，闪出了熠熠的光，就像是天地间，下起了白色的星星。

朱绯彤深吸口气，看向人群中的蓝青定，一字一句道："蓝青定，请当我的男朋友。因为我喜欢你，很喜欢。"

在场群众全都惊呆了，包括宋潇湘。他们没有想到，向来内向不多话的朱绯彤居然会当众对男神表白。

可是在那瞬间，没有人觉得她不配。因为主席台上的朱绯彤，目光明亮而赤诚，整个人闪着微光，比任何时候都漂亮。

只是，蓝青定会如何反应呢？他会答应吗？

很快，众人心中便有了答案。因为他们看见，蓝青定快速地奔上了主席台，站在了朱绯彤的身边。

他们对视一眼，天地之大，但他们的眼眸里却只装得下对方的影子。

"你向我表白了一次，今天换我向你表白。我想告诉你，我不会再离开你的生活，我会给你足够的安全感。"朱绯彤仿佛宣誓一般，"我们要，一直在一起。"

蓝青定没有回话，他只是伸出双手，捧住了朱绯彤的脸，用力地吻上了她。

在这一刻，任何话语都是多余的，只有这个吻可以表达他的心意。

当人们反应过来后，在场的所有人都发出了欢呼的尖叫。在这样浓烈的爱意面前，所有的恶意都被淹没。

宋潇湘默默地转身，朝着宿舍走去。她终于明白，自己错了——朱绯彤能够配得上蓝青定，配不上蓝青定的人，是自己。

雪地里，朱绯彤与蓝青定拥吻着。在洁白无垠的世界里，所有人都看见了，他们的愿望会成真。

他们，一辈子都不会分开。

【完】